Fritz Peter Heßberger

<u>Anderwelt</u>

Erzählungen

1

01110531 P 068/106 M 0001/0001 PB   16.68 mm

Der Autor:

Fritz Peter Heßberger, Jahrgang 1952, geboren in Großwelzheim, heute Karlstein am Main, studierte Physik an der Technischen Hochschule Darmstadt; 1985 Promotion zum Dr. rer. nat.; von 1979 bis zum Eintritt in den Ruhestand 2018 als wissenschaftlicher Angestellter in einer Großforschungsanlage tätig.

Inhalt

MIX
www.fsc.org
Papier aus ver-
antwortungsvollen
Quellen
Paper from
responsible sources
FSC® C105338

Bibliographische Information der Deutschen Nationalbibliothek:

Die Deutsche Nationalbibliothek verzeichnet diese Publikation in der Deutschen Nationalbibliographie; detaillierte bibliographische Daten sind im Internet über http://dnb.d-nb.de abrufbar

ISBN 978-3-7504-6975-4

Odin

Das Technologiezentrum

Die Soldaten erschienen in der Morgendämmerung und die Besetzung des Gebäudekomplexes erfolgte fast lautlos, denn die meisten Anwesenden wurden im Schlaf überrascht. Sie waren fast ausnahmslos Zivilisten. An Widerstand dachte niemand. Die Soldaten trieben die Menschen aus den Büros, Magazinen und Archiven, den Plätzen also, an denen sie sich zum Schlafen niedergelegt hatten und jagten sie in den Hof. Dann kümmerten sie sich nicht weiter um sie. Es blieben nur ein paar Wachen zurück, die verhindern sollten, daß jemand in den Gebäudekomplex zurückkehrte. So standen oder saßen die Menschen nun herum, leicht fröstelnd an diesem klaren, aber noch kühlen Augustmorgen und beobachteten das Treiben der fremden Soldaten. Viel war nicht zu erkennen, außer einem ständigen Herein- und Heraustragen offenbar schwerer Kisten. Anke Frobert hatte, wie viele ihrer Kolleginnen und Kollegen die Nacht im Technologiezentrum verbracht, denn Gerüchten zufolge hielt man es für den sichersten Ort. Sie hatte sich auf einen niedrigen Betonpfeiler im Hof niedergelassen, betrachtete das Treiben mit einer Mischung aus Erstaunen und Unbehagen, versuchte darüber nachzudenken, was dies wohl bedeuten könnte.

Eine Woche nach Beginn ihres Angriffs hatten die Palschunen die Frontlinie im Osten, welche bis dahin trotz allmählichen Zurückweichens gehalten werden konnte, an drei Stellen auf auf einer Breite von fünfzig Kilometern durchbrochen und waren zum Flaraton vorgestoßen, den sie drei Tage später überschritten. Geordneten Widerstand gab es seitdem nicht mehr. Die Fronttruppen waren zerschlagen und die Aufstellung eines Ersatzheeres war aufgrund heftigster Luftangriffe gescheitert. Nun leisteten nur noch einige verbände, meist ohne Kontakt zueinander, lokalen Widerstand.

Die Palschunen konnten daher nach Überschreiten des Flaraton fast ungehindert in das Zentrum des Markomannischen Reiches vorstoßen. Vor drei Tagen war die Hauptstadt Marbodia nach kurzem Kampf gefallen. Und nun näherten sie sich unaufhaltsam dem Thoron, der das Zentrum des Reiches von den westlichen Provinzen trennte. Trotz der Schnelligkeit war das Vordringen der Palschunen von entsetzlichen Gräueltaten begleitet. Massenmorde, Vergewaltigungen, Raub und Zerstörung der Dörfer und Städte waren an der Tagesordnung. Es schien als seien die Palschunen nicht an der Eroberung oder Unterjochung des Landes interessiert, sondern nur an dessen Auslöschung, der Erzeugung verbrannter Erde. Der Haß mochte historische Gründe haben. Seine Wiege waren wohl die vielen blutigen Kriege, welche das Markomannische Reich in den vergangenen Jahrhunderten mit Palschunistan entlang der gemeinsamen Grenze geführt hatte. Allerdings herrschte in den letzten fünf Jahrzehnten Friede und so war dieses Aufleben eines Urhasses, der diesen Vernichtungskrieg anheizte, eher unbegreiflich. Aber er war nun Realität. Und es kamen Gerüchte auf, einigen Kontakt gab es ja noch über Mobiltelefone, daß den Soldaten Einsatzgruppen folgten, welche die Überlebenden und noch Anwesenden in den Osten verschleppten. Es ist daher verständlich, daß die Bewohner der noch unbesetzten Gebiete verzweifelt waren. Doch sie sahen keinen Ausweg. Wohin sollte die Flucht führen ? Die Brücken über den Thoron waren größtenteils zerstört, der Bahnverkehr war zusammengebrochen, Treibstoff für Kraftfahrzeuge war kaum aufzutreiben. Was noch vorhanden war, das beschlagnahmte das Militär. Der einzig offene Weg führte zu dem Küstenstreifen zwischen den Mündungen des Flaraton und des Thoron. Hier gerieten die Flüchtlinge allerdings in heftige Gefechte und wer die Küste dennoch erreichte saß fest. Denn Schiffe, die sie über das Meer hätten evakuieren können, gab es nicht.

Allerdings, wie üblich in auswegslosen Situationen, entstanden Gerüchte über angeblich 'sichere Zonen'. So hieß es am Vortag plötzlich, die Palschunen würden das Technologiezentrum und dessen

Mitarbeiter verschonen, da sie die dort aufbewahrten Dokumente in die Hände bekommen und auch das Wissen der Mitarbeiter für sich nutzbar machen wollten. Das erschien einleuchtend, da der überlegene technische Standard des Reiches weltweit bekannt war. Und so keimte die Hoffnung auf, entweder bleiben zu dürfen oder, nach Verschleppung in den Osten, dort wenigstens ein erträgliches Leben führen zu können. Da die Palschunen rasch vordrangen und niemand sicher sein konnte, am nächsten Morgen noch in das Technologiezentrum zu gelangen, blieben am Abend die meisten an ihrem Arbeitsplatz und übernachteten dort.

Das Eindringen der fremden Soldaten, welche offensichtlich auch an dem technischen Wissen interessiert waren, das für die Mitarbeiter eine Art Lebensversicherung zu sein schien, schockierte nun die im Hof versammelten Menschen zutiefst. Niemand wußte, wer diese Soldaten waren. Palschunen waren es jedenfalls nicht, sie trugen auch nicht deren Uniformen, unterhielten sich offensichtlich auch auf markomannisch, der Landessprache, soweit etwas zu verstehen war. Aber es waren auch keine eigenen Soldaten. Und so standen oder saßen an diesem mittlerweile nun warmen Augustmorgen die Menschen ratlos herum und harrten überwiegend teilnahmslos dem weiteren Gang der Ereignisse entgegen.

Die fremden Soldaten behandelten die Menschen eher gleichgültig, das heißt, sie kümmerten sich nicht um sie. Es standen, wie schon erwähnt, nur ein paar Bewaffnete herum, die verhindern sollten, daß die Menschen den Gebäudekomplex betraten oder das Gelände verließen. Die anderen waren damit beschäftigt, schwere Kisten fortzuschleppen. Immerhin hatten sie den Menschen nach einigen Stunden gestattet, die Cafeteria und die Toiletten im Erdgeschoß des Hauptgebäudes aufzusuchen und sich in der Cafeteria mit Essen und Getränken zu versorgen, soweit noch etwas vorhanden war.

Gegen Mittag kam Unruhe auf. Außerhalb des Geländes dröhnten nun Motoren, bisher war es ruhig gewesen, zu sehen war aber nichts. Über den Hof und im Gebäudekomplex wurden laut Befehle erteilt, die Arbeiten einzustellen und sich zu sammeln. Und bis auf die wenigen Wachen, die zurückblieben, schienen offenbar alle abzuziehen.

Ein Offizier trat vor die Menge, befahl den Menschen ruhig zu bleiben, nichts zu unternehmen, da sonst geschossen werde. Dann verschwand auch er. Die Menschen hatten Angst, gehorchten.

Kurze Zeit später war aus einiger Entfernung heftiger Kampflärm zu hören. Es tauchten auch Flugzeuge auf, die in nicht allzu großer Entfernung Bomben abwarfen oder Raketen abschossen. Eigene Flugzeuge waren es nicht, auch keine palschunischen. Drei Stunden später verstummte der Kampflärm und kurze Zeit später kamen die Soldaten zurück. Viele Uniformen wiesen Blutspuren auf. Sie machten sich sogleich wieder an die Arbeit.

Anke hatte sich unterdessen, wie die meisten anderen auf den Boden gesetzt, wartete ab. Sie hatte sich am Vormittag aus der Cafeteria eine Flasche Wasser holen können, allerdings nichts zu essen bekommen. Neben ihr saß Anja Heremlinger. Anke war Sachbearbeiterin in der Personalabteilung, Anja Elektroingenieurin in einer Entwicklungsabteilung. Sie kannten sich flüchtig. Sie saßen schon einige Zeit zusammen; ihr Gespräch war mittlerweile verstummt. In unmittelbarer Nähe hatten sich zwei Abteilungsleiter niedergelassen.

„Ich sage dir", meinte nun der eine, „die wissen genau, was sie wollen."

„Das glaube ich nicht so ganz", entgegnete der andere, „die nehmen einfach alles mit, was ihnen in die Hände fällt."

„Nein", erwiderte der erste, „ich habe mich nach einem Toilettengang ein bißchen unbemerkt durch den Bau geschlichen, das gelang mir auch für einige Zeit, bis sie mich dann entdeckten und rausschmissen. Und ich sage dir, die raffen nicht wahllos zusammen. Ich kenne die Abteilungen und die Archive. Die wissen genau, wo sie suchen müssen um die Hochtechnologiesachen zu finden. Die Räume, in denen nur gewöhnliches und unwichtiges aufbewahrt wird, haben sie gar nicht betreten. Die sind nur auf Unterlagen für Elektronik, Raketentechnik, Flugzeugbau, Gentechnik, Informationstechnologie und so Sachen aus. Das wirkliche 'Knowhow' eben. Gewöhnliche Elektrotechnik, allgemeiner Maschinenbau oder Schiffsbau interessieren sie nicht."

„Ja, wer könnte das Zeug stehlen wollen. Palschunen sind es nicht,

8

unsere Leute sind es auch nicht."

„Keine Ahnung."

Sie schwiegen einen Moment.

„Odin vielleicht ?" bemerkte der zweite nach kurzer Zeit.

„Odin ? Wer ist das ?" entgegnete der erste.

„So genau weiß man es nicht", war die Antwort, „aber es gibt immer wieder Gerüchte, vielleicht hast du auch schon davon gehört, daß vor etwa zwanzig Jahren ein Geheimbund namens 'Odin' gegründet wurde, mit dem Ziel die europäische Kultur zu retten, die vor dem Verfall stehen sollte."

„Aber das ist doch Unsinn. Ich weiß, es haben immer wieder einmal irgendwelche Magazine von so einem Geheimbund berichtet, genaues ist aber nicht bekannt geworden. Und von Aktionen hat man auch nie etwas gehört."

„Das besagt gar nichts. Die Kultur zu retten bedeutet ja nicht, irgendwelche spektakulären Aktionen zu starten, sondern die kulturellen Werte innerhalb einer Gemeinschaft zu erhalten, ähnlich wie das Hermann Hesse schon in seinem 'Glasperlenspiel' beschrieben hat. Dazu ist nur eine handvoll gebildeter Leute notwendig, die gar nicht einmal an die Öffentlichkeit treten müssen."

„Und jetzt haben sie plötzlich Soldaten ?"

„Nun drängt die Zeit, die Palschunen überrennen uns und vernichten alles. Und daher retten sie, was zu retten ist."

„Ach, das ist doch alles Unsinn."

„Vielleicht doch nicht. Vielleicht waren es nicht nur weltfremde Stubenhocker, sondern es waren auch Leute darunter, die einen Plan hatten und Vorsorge trafen. Denn wenn alles zugrunde geht, braucht man einen sicheren Platz, einen Ort, an den man sich zurückziehen kann. Und der muß vorbereitet sein."

Der andere lächelte.

„Und wo soll der Ort liegen ? Irgendwo im Himalaja oder auf dem Meeresgrund ?"

„Weiß ich's ?"

Sie schwiegen jetzt. Im Hof herrschte dumpfes Brüten, quälendes Warten.

9

Die Evakuierung

Am späten Nachmittag, kurz nach fünf Uhr, trat einer der Soldaten in blutverschmierter Uniform, offenbar ein Offizier, möglicherweise der Kommandeur, vor die Menge und erklärte kurz:
„Unsere Aktion ist beendet. Wir rücken ab. Einige von euch können wir mitnehmen und in Sicherheit bringen. Aber bei weiten nicht alle, dazu haben wir nicht genügend Fahrzeuge. Aber wir nehmen nur Frauen mit. Ihr Männer könnt kämpfen. Seid euch aber darüber im Klaren, daß ihr nichts mitnehmen könnt, außer, was ihr bei euch habt und daß wir euch außer Landes bringen. Hier im 'Noch-Reich' gibt es keine Sicherheit mehr. Wer Interesse hat, soll zum Tor kommen. Und stellt euch dort in Zehnerreihen auf."
Ein Raunen ging durch die Menge. Einige erhoben ihre Stimme, aber der Offizier entgegnete scharf:
„Ich befehle hier, diskutiert wird nicht und beeilt euch, ihr habt zehn Minuten Zeit."
Auf viele wirkten diese Worte, hart und kalt gesprochen, schockierend. Das bedeutete 'Erlösung', aber was für eine ? Wo würde man sie hinbringen ? Vor den Palschunen gab es allem Ermessen nach kein Entrinnen. Hier erwartete sie der Tod oder bestenfalls ein elendes Leben irgendwo im Osten, wenn man Glück hatte. Aber was bedeutete diese 'Rettung' ? Verfrachtung in ein fremdes Land. Und was erwartete einen dort ? Vor allem aber bedeutete es auch die unverzügliche Trennung von allem, was man besaß und was einem wert war, nicht nur von materiellen Gütern, sondern auch von der Familie, Verwandten und Freunden. Es ist daher verständlich, daß viele trotz der Angst und der Verzweiflung nicht in der Lage waren, eine so rasche Entscheidung zu treffen, die praktisch die Auslöschung der bisherigen Existenz bedeutete. Nur zögerlich traten daher Frauen nach vorne. Am Ende waren es ungefähr einhundert, etwa ein fünftel der Anwesenden.
„Zieht euch alle nackt aus !" befahl der Offizier denen, die vorgetre-

10

ten waren. Erneut ging ein Raunen durch die Menge.

„Es wird nicht diskutiert", wiederholte der Offizier, „ihr habt fünf Minuten Zeit."

Und er fügte etwas spöttisch hinzu:

„Das genügt, ihr habt ohnehin nicht viel an."

Etwa die Hälfte der Frauen folgte der Aufforderung. Anja und Anke waren mit vorgetreten. Anja war Ende dreißig, nie verheiratet gewesen, stammte aus dem Osten. Was aus ihren Eltern und Geschwistern geworden war, wußte sie nicht und die paar oberflächlichen Freunde, die sie hier besaß, würde sie nicht vermissen.

Anke war einundfünfzig, geschieden, hatte zwei erwachsene Kinder, die schon außer Haus waren. Der Sohn hielt sich gegenwärtig in Südamerika auf, die Tochter hatte sich vor zwei Tagen aus Iberien gemeldet. Beide waren also in Sicherheit, würden auch kaum wieder ins Reich zurückkehren. Es gab keinen Grund zu bleiben. Während sich Anja auszog, schien Anke die Angelegenheit bedenklich; daher weigerte sie sich.

Der Offizier wartete die vorgegebene Frist ab, sagte dann:

„Die Nackten gehen vors Tor und ziehen sich dort wieder an."

Dann ging er zu den Zurückgebliebenen, schritt durch die Reihen. Vor Anke blieb er stehen, musterte sie kurz aber intensiv, sagte dann:

„Du kommst auch mit. Geh vors Tor !"

Das gleiche sagte er noch zu einer weiteren Frau.

Die noch verbliebenen Soldaten sammelten sich nun, verließen dann das Gelände. Sie führten die Frauen auf ein freies Feld in der Nähe. Dort standen etliche Lastwagen, einige gepanzerte Fahrzeuge und ein paar Hubschrauber. Der Offizier wies den Frauen zwei Lastwagen zu.

„Es wird ein bißchen eng sein, aber mehr Platz haben wir nicht."

Es wurde tatsächlich ziemlich eng.

Vor dem Besteigen der Lastwagen mußten sie sich noch kurz in Zehnergruppen aufstellen; jede Gruppe wurde photographiert und ihre Namen wurden notiert.

Kaum waren die letzten Frauen aufgestiegen, setzte sich die Kolonne in Bewegung. Anke und Anja befanden sich auf dem hinteren der beiden Lastwagen, hatten sich auch soweit wie möglich hinten hingesetzt, konnten so auch heraussehen, denn niemand hatte sich die Mühe gemacht, die Abschlußplane zu befestigen. Viel konnten sie trotzdem nicht erkennen, lediglich, daß zwei gepanzerte Fahrzeuge das Ende des Zuges bildeten.

Die Fahrt ging anfangs eher langsam vonstatten, führte großteils auch gar nicht über Straßen sondern querfeldein. Das bedeutete für die Frauen auf den Lastwagen aber keine sonderliche Beschwernis, da die Gegend eben und die Felder trocken waren. Kurz nach Einbruch der Dämmerung erreichten sie den Thoron.

Der Offizier erschien.

„Das Übersetzen nimmt einige Zeit in Anspruch, ihr könnt absteigen. Aber bleibt zusammen, wir warten auf niemanden."

In der beginnenden Dunkelheit konnte Anke zwei Pontonfähren erkennen. Jede vermochte ein Fahrzeug zu tragen. Eine Fahrt, vom Ablegen der Fähre bis zum Wiederanlegen dauerte knapp fünfzehn Minuten. Das summierte sich bei Berücksichtigung der Beladezeit bei etwas mehr als zwanzig Fahrzeugen auf etwa vier Stunden.

Der Abend war mild. Anke setzte sich ans Ufer schaute über den Fluß auf die andere Seite. Dort drüben lag also die Rettung – irgendwo.

Ein lauter Ruf erscholl.

„Alle Weiber zu Laster vier !"

Sie ging hin, die meisten hatten sich bereits eingefunden.

„Ein Essenspaket für jede !" rief eine Stimme.

Die Pakete wurden verteilt. Anke nahm ihres entgegen, entfernte sich dann ein Stück, sah Anja etwas abseits sitzen. Sie hatte ihr Paket bereits geöffnet, hatte zu essen begonnen.

„Schmeckts ?" fragte Anke.

„Überraschend gut", lautete die Antwort, „ich habe zwar kein Ahnung, was sie mit uns vorhaben, aber verhungern lassen sie uns offensichtlich nicht."

Anke öffnete ihr Paket. Es enthielt zwei Dosen Wurst, zwei Dosen Käse, eine Dose Marmelade, ein größeres Päckchen Brot, ein Tüt-

12

chen Salz, ein Tütchen Pfeffer und zwei Flaschen Wasser, jeweils einen halben Liter. Dazu fanden sich noch ein Messer, eine Gabel und ein Löffelchen aus Plastik.

„Ich möchte wissen, woher das Zeug stammt", sagte Anke. Sie hatte gehofft, Herstellerangaben auf den Verpackungen zu finden, aber da standen nur Inhalt, Gewicht und das Haltbarkeitsdatum.

„Hast du irgendeine Idee, was das für Kerle sind ?" fragte sie dann, „ist dir aufgefallen, daß da viele Neger darunter sind ?"

„Ein paar, aber so viele sind es jetzt auch wieder nicht. Spielt das eine Rolle ?" erwiderte Anja.

„Ich weiß nicht. Aber ich habe vorhin mit angehört, wie sich zwei unterhielten. Ich wurde aus dem Gerede allerdings nicht schlau. Aber mir ist aufgefallen, daß sie einwandfreies markomannisch sprachen."

„Vielleicht sind es Asylanten, die schon lange im Reich sind."

„Nein, nein, die Sache ist anders."

Die Unterhaltung wurde durch ein lautes Zischen unterbrochen. Erschrocken drehten sie sich um und sahen zwei Feuerschweife dem Himmel zustreben. Sekunden später leuchteten zwei Feuerbälle auf und kurz danach vernahmen sie einen lauten Explosionsknall. Der Schreck war ihnen so sehr in die Glieder gefahren, daß sie die Unterhaltung nicht mehr aufnahmen, sondern schweigend weiter aßen. Ein Soldat, der wenig später vorbeikam, winkte ihnen zu.

„Keine Angst Mädels, das waren Palschunen, aber unsere Jungs sind auf Zack."

Da wurde ihnen wieder bewußt, daß sie sich trotz der scheinbaren Idylle im Krieg befanden. Kurz vor Mitternacht wurden die Frauen aufgefordert wieder die Lastwagen zu besteigen. Minuten später rollten sie auf die Fähren. Der Aufenthalt am anderen Ufer dauerte noch eine knappe Stunde, dann setzte sich die Kolonne in Bewegung. Nach kurzer Fahrtzeit hörte das Rütteln auf, ein Zeichen, daß die Querfeldeinfahrt wohl beendet war und man ausgebaute Straßen benutzte.

Viel war in der Dunkelheit nicht zu erkennen, nur schemenhaft die Umrisse des nachfolgenden gepanzerten Fahrzeugs. Denn die Kolonne fuhr ohne Licht. Die Frauen waren müde, schliefen nach und nach ein. Die weitere Fahrt verlief ohne Zwischenfälle, es gab nur zwei technische Stopps, welche Gelegenheit boten, die Lastwagen kurz zu verlassen um ein dringendes Bedürfnis zu erledigen. Sie fuhren noch als die Sonne aufging und sie nach und nach aufwachten; sie begannen mit dem 'Frühstück', das heißt, sie aßen, was aus den Paketen noch übrig war.

Kurz nach zehn Uhr hielt der Konvoi an, man gebot ihnen auszusteigen und führte sie zu einer unweit gelegenen Baracke.

„Macht es euch dort so bequem wie möglich bis es weitergeht", sagte der Offizier, der sie führte.

Die Baracke erwies sich als recht geräumig, so daß die etwa fünfzig Frauen einigermaßen Platz finden konnten, wenn auch auf dem Fußboden, da keine Möbel vorhanden waren. Der Platz war zwar nicht übermäßig üppig, aber kein Vergleich zu der Enge auf den Lastwagen. Auf dem Boden lagen Decken und Matratzen, die allerdings nicht unbedingt frisch aussahen.

„Man darf in dieser Situation nicht wählerisch sein", bemerkte eine.

„Hat jemand eine Ahnung, wo wir sind ?" fragte nun eine andere.

„Vermutlich an der Küste, irgendwie riecht es hier nach Meer", lautete die Antwort.

„Ich bin mir nicht ganz sicher", warf dann eine andere ein, „aber das Städtchen, an dem wir kurz vor der Ankunft hier vorbeigefahren sind, sah irgendwie wie Maxhaven aus."

'Maxhaven', eigentlich 'Maximilianshaven', war der kleinste und jüngste Hochseehafen des Reiches; jahrhundertelang nur ein unbedeutender Fischereihafen, war er vor zwanzig Jahren wegen des ständig steigenden Welthandels zum Hochseehafen ausgebaut worden.

Kurze Zeit später ertönte der Ruf „Verpflegung". Sechs Soldaten kamen heran, jeweils zwei trugen je einen Kübel, die anderen beiden zogen ein Wägelchen auf dem sich Pakete befanden. Die Kübel enthielten Kaffee und Tee. Zusätzlich erhielt jede ein neues Essenspakt, ähnlich dem gestrigen, aber größer. Der Inhalt war fast der gleiche wie am Vortag, nur umfangreicher. Sie enthielten auch noch eine Dose Erdnußbutter und eine Dose Margarine.

Ein Offizier erschien.

„Falls jemand Lust hat sich zu waschen, da drüben gibt es Duschen."
Er zeigte dabei auf ein Nachbargebäude.

„Außerdem, noch etwas. Seht ihr das rot-weiße Flatterband da drüben? Das ist eure Grenze, bleibt bitte im abgesteckten Bereich. Das ist ein Militärlager und wir haben hier noch einiges zu tun. Da müßt ihr uns nicht unbedingt im Weg herumstehen."

Anke und Anja verspürten Lust auf eine Körperreinigung, begaben sich, nachdem sie ihren Kaffee genossen hatten zu den Duschen. Sie waren jedoch etwas überrascht als sie sahen, daß es sich nur um einen einzigen Raum handelte, der von Männern und Frauen gemeinsam benutzt wurde. Anja zögerte nicht, zog sich aus, ging zu einer freien Brause. Anke dagegen zierte sich, ging wieder nach draußen.

„Gibt es hier keine Damenduschen?" fragte sie einen Offizier, der zufällig vorbeikam.

„Soweit ich weiß, gibt es da nur ein Sorte", erwiderte er, „ist das eine besondere Konstruktion?"

„Nein", erwiderte Anke etwas ärgerlich, da sie sich auf den Arm genommen fühlte, „ich meine einen Duschraum nur für Frauen."

„Wozu ist das nötig?" fragte der Offizier zurück.

„Wir Frauen können doch nicht nackt zusammen mit nackten Männern duschen."

„Warum nicht? Wo ist da das Problem?"

„Ist eben nicht anders", sagte Anke zu sich selbst und duschte auch.

„Letztlich war es doch nicht so unangenehm, die Männer haben mich gar nicht beachtet", sagte sie später zu Anja.

„Und das, obwohl du für dein Alter noch ganz appetitlich aussiehst", antwortete die etwas schnippisch.

Anke verkniff sich den Ärger, sie war ja auch immerhin bereits einundfünfzig, Anja so etwa zwölf Jahre jünger; aber sie war schlank, hatte eine gute Figur, auf die sie sich auch etwas einbildete.

Ansonsten verlief der Tag ruhig. Es wurde noch zweimal Tee und Kaffee gebracht, zum Abendessen gab es Eintopf. Sie legten sich auch bald schlafen.

Unterbrochen wurde die Eintönigkeit lediglich durch das Erscheinen eines Offiziers in Begleitung zweier Soldaten am späten Nachmittag.

Sie verteilten gelbe Plastikarmbändchen und Kugelschreiber, wiesen die Frauen an, ihre Namen auf die Bändchen zu schreiben und diese dann anzulegen.

„Das ist euer Erkennungszeichen", meinte der Offizier.

Während die Frauen beschäftigt waren, ging er im Raum umher, schaute sich gründlich um. Vor Anke und Anja blieb er schließlich stehen und bedeutete ihnen, ihm nach draußen zu folgen.

„Draußen ist das Licht besser", meinte er nur.

Er betrachtete die beiden nun intensiv, musterte abwechselnd ihre Gesichter und zwei Photographien, die er in der Hand hielt.

„Kein Zweifel, ihr seid es", sagte er schließlich, eher zu sich selbst als zu den Frauen. Dann gab er jeder ein rotes Plastikarmband.

„Zieht das zusätzlich zum gelben an und paßt auf, daß ihr es nicht verliert."

„Was hat das zu bedeuten?" fragte Anja.

„So eine Art Auszeichnung."

„Von wem?"

„Keine Ahnung", war die Antwort.

Dann ging er. Die beiden Frauen blieben etwas verwirrt zurück, legten dann die Armbändchen an.

Das Schiff

Kurz nach Mitternacht wurden sie unsanft geweckt und in aller Eile zum Hafen und dann auf ein Schiff getrieben. Schließlich fanden sie sich unter Deck in einem langen Gang wieder. An den beiden Enden des Ganges befanden sich größere Räume. Im Gang selbst gab es rechts und links zahlreiche Türen, die vermutlich zu Kabinen oder Versorgungsräumen führten. Die meisten Türen waren verschlossen, die wenigen offenen führten in der Tat zu Kabinen, die unter normalen Umständen vier Personen Platz boten. Etwa in der Mitte des Ganges führte eine Treppe nach oben. Über diese waren sie auch nach unten gelangt. Oben gab es eine größere Plattform. An der Stirnseite, der Treppe gegenüber, befand sich eine große zweiflügelige Tür, durch die sie hereingekommen waren. Sie war nun verschlossen. An den Seitenwänden führten Türen zu Toiletten. Weitere Toiletten befanden sich nahe des unteren Endes der Treppe. Es hielten sich hier unter Deck deutlich mehr Personen auf als die fünfzig Frauen, die sie vom Technologiezentrum mitgenommen hatten, wie Anke und Anja feststellten. Die Frauen machten es sich bequem so gut es ging. In den großen Räumen lagen genügend Decken aufgestapelt, auch einige Matratzen, die aber bei weitem nicht für alle reichten. Es war insgesamt sehr eng, aber irgendwie fand jede ein Plätzchen zum Niederlegen. Die meisten waren auch müde und erschöpft, waren froh, eine Ecke zum Schlafen gefunden zu haben.

Daher war es auch nur wenigen aufgefallen, daß das Schiff unmittelbar nachdem sie an Bord gegangen waren, auslief, aber nach einiger Fahrt wieder stoppte und kurz darauf eine deutliche Unruhe das Schiff zu erfassen schien, offenbar an und unter Deck eine hektische Tätigkeit einsetzte. Hier bei den Frauen blieb es allerdings ruhig, niemand kümmerte sich um sie.

Am Morgen als die meisten wieder wach geworden waren, dauerten die Tätigkeitsgeräusche noch an. Niemand kümmerte sich um sie, es gab keine Verpflegung, nur Wasser aus den Wasserhähnen in den Toiletten. Einige wurden nun unruhig, begannen zu schimpfen, doch es gab auch Besonnene, denen es gelang, die Ruhe wieder herzustellen, indem sie anführten, sie seien ja bisher gut behandelt worden und sie würden sicherlich bald erfahren, was das jetzige Verhalten zu bedeuten habe. Sicherlich gab es hierfür gewichtige Gründe. Typisch für die Stimmung war Anjas Bemerkung zu Anke:

„Was mir echt auf die Nerven geht, das ist der ständige Wechsel ihres Verhaltens; manchmal sind sie fast fürsorglich, dann wieder uns gegenüber völlig gleichgültig."

Anke zuckte mit den Achseln.

„Ich habe keine Ahnung, was dahintersteckt."

Kurz nach zehn Uhr hörten die Geräusche auf und wenig später setzte sich das Schiff in Bewegung.

Gegen dreiviertel elf wurde die Tür geöffnet. Ein Offizier erschien,

17

ihm folgten mehrere Soldaten, die Kübel und Pakete trugen. Der Offizier gebot den Frauen zu schweigen, ging die Treppe hinunter, rief dann, er hatte vorsorglich ein Megaphon mitgebracht:

„Alle mal herhören."

Er schwieg dann kurz, um den Frauen Gelegenheit zu geben sich auf Plätzen zu versammeln, von denen aus sie ihn hören konnten.

„Tut uns leid für die Unannehmlichkeiten von heute nacht und heute morgen. Wir mußten aber in der Nacht kurzfristig einem Kriegsschiff Platz machen und daher viel früher auslaufen als geplant war. Dadurch mußten wir auch auf See die Beladung beenden. Das ist aber jetzt alles erledigt; wir haben Fahrt aufgenommen und können jetzt auch hier Ordnung schaffen."

Er schwieg kurz.

„Das wird aber alles nicht so schnell vonstatten gehen", fügte er dann lächelnd hinzu, „wir sind nämlich auch müde. Fürs erste habe ich Kaffee und Kekse mitgebracht, richtiges Essen gibt es später."

Die Soldaten trugen jeweils zwei Kübel in die beiden größeren Räume, zwei Kübel blieben oben auf der Plattform. Becher führten sie auch mit sich. Dann begannen sie mit dem Ausschenken. Die Kekse befanden sich in größeren Kartons, welche sie auf den Boden stellten. Der Offizier wartete eine Weile, sagte dann.

„So, wir fangen jetzt mit der Registrierung und der Zuteilung der Quartiere an. Als erste gehen die mit roten Armbändchen in Raum C, der befindet sich ein paar Meter rechts hinter der Tür. Und die ersten fünfundzwanzig der anderen gehen in den Raum D, der liegt am Ende des Ganges wenn ihr hinter der Tür nach links geht. Die Menge setzte sich nun in Bewegung. Anke und Anja begaben sich in den Raum C. An einer der Wände standen vier Schreibtische. An jedem saß ein Soldat. Einer von ihnen bedeutete den Frauen sich zu setzen. Genügend Stühle waren vorhanden. Es sammelten sich so nach und nach etwa zwanzig Frauen im Raum. Als niemand mehr eintrat, warteten sie ein paar Minuten, dann bat der ganz rechts sitzende, welcher der Ranghöchste zu sein schien und im folgenden auch als Wortführer auftrat, die Türe zu schließen.

„Ihr seid wohl vollzählig, nehme ich an. So einen genauen Über-

blick, wen sie uns da alles angeschleppt haben, haben wir nicht."
Eine der Frauen meldete sich zu Wort.

„Ich kenne hier niemanden, woher soll ich wissen, ob wir vollzählig sind ?"

„Das spielt jetzt auch gar keine Rolle."

„Was bedeuten diese roten Armbändchen überhaupt ?" fragte nun eine andere.

„Daß ihr Prioritätsdamen seid; Verzeihung", verbesserte er sich mit etwas ironischem Unterton, „daß Sie Prioritätsdamen sind."

„Was sind 'Prioritätsdamen' ?" fragte eine zurück.

Der Wortführer atmete tief durch.

„Das bedeutet, daß irgendwelche Bonzen bestimmt haben, daß Sie etwas Besonderes sind und Ihnen daher auch eine bevorzugte Behandlung zusteht."

„Und wer sollen diese 'Bonzen' sein ?" entgegnete es.

„Ja, wenn Sie das nicht selbst wissen, ich habe keine Ahnung. Wir führen hier nur unseren Auftrag durch."

Er bat nun die ersten vier zu den Schreibtischen zu kommen. Nachdem sie auf den Stühlen davor Platz genommen hatten, fragte man sie nach Namen, Geburtsnamen, Geburtsdatum, Geschlecht, Körpergröße und Augenfarbe. Danach wurden sie photographiert. Anschließend wurden sie gefragt, ob sie bei der Kabinenbelegung hinsichtlich der Zimmergenossin einen besonderen Wunsch hätten. Anja, die mit vorgetreten war, nannte Anke. Die anderen drei Frauen zuckten mit den Achseln, verneinten. Jede erhielt dann eine Kabinennummer und einen Schlüssel, einen Plan, auf dem die Lage der Kabine eingezeichnet war sowie einen Umschlag.

„Er enthält Bezugsscheine im Wert von hundert Talern. Die Verpflegung, also Essen und Trinken kosten nichts, ebenso alle Hygieneartikel. Aber für irgendwelche sonstigen Kleinigkeiten müssen Sie selbst aufkommen."

Anschließend wurde ihnen, wohl in der Annahme, daß sie sich nicht sofort mit dem Plan zurechtfinden würden, noch kurz erklärt wo die Kabinen liegen und mitgeteilt, daß sie beim Abendessen ihre Ausweise erhalten würden. Alles weitere, z. B. die Lage des Speiseraums, des Aufenthaltsraumes und wie sie sich bei Gefahr zu verhalten hätten, sei in einer Anweisung niedergelegt, die in den Kabinen ausliegen. Anschließend wurde ihnen noch gesagt, sie sollten sich, bevor sie zu ihren Unterkünften gingen, zur Kleiderkammer am Ende des Ganges begeben um dort ihre Ausstattung in Empfang zu nehmen. Dann wurden sie entlassen und die nächsten vier zu den Schreibtischen gebeten.

Anja begab sich mit den anderen drei Frauen zu der Kleiderkammer. Dort wurden sie gebeten, zunächst einen Zettel auszufüllen, auf dem nach Kleidergröße, Hosenweite und Hosenlänge, Wäschegröße, BH – Größe und Schuhgröße gefragt wurde. Anja füllte den Zettel aus, gab ihn dann einer der Frauen, welche die Austeilung vornahmen. Kurze Zeit darauf erhielt sie fünf Pakete und eine geräumigen Reisetasche. Sie verstaute die Pakete in der Tasche. Diese besaß Rollen, so daß Anja sie bequem transportieren konnte. Zusätzlich erhielt sie ein Verpflegungspaket, da die Frauen meinten, die Bewirtung beginne erst am Abend. Dann begab sie sich zu der ihr zugewiesenen Kabine. Sie war recht geräumig, bot zwei Personen genügend Platz. Sie enthielt zwei Betten, zwei Kleiderschränke, einen kleinen Wandschrank neben der Tür, einen Tisch, zwei Stühle und zwei Sessel. Auf einem kleinen Beitisch stand ein Fernsehapparat. In der hinteren Ecke links von der Tür befand sich eine kleine Küchenzeile mit zwei Herdplatten, einer Spüle und einem Kühlschrank. An der Wand, welche der Eingangstür gegenüberlag, befanden sich zwei kleine Fenster, die anzeigten, daß sich die Kabine wohl im Oberdeck befand. Eine Tür neben der Küchenzeile führte zu einem 'Badezimmer', bestehend aus einer Dusche und einer Toilette. Anja stellte die Reisetasche auf dem Boden ab und begann die Kabine näher zu untersuchen. Die Betten erschienen bequem, das Bettzeug war sauber. In den Kleiderschränken befanden sich im Oberfach zwei Decken und zwei Kopfkissen, einige Kleiderbügel auf der Kleiderstange, sowie je eine Jacke, eine Regenjacke und eine Mütze. Der dritte Schrank enthielt einen Besen, eine kleine Schaufel, einen Eimer, Putzlappen, Putzmittel, sowie ein Bügelbrett und ein Bügeleisen, außerdem noch Schuhputzzeug. Im Hängeschrank über der Spüle fand sie Geschirr,

Teller, Tassen, Untertassen, Gläser, drei Schüsseln unterschiedlicher Größe, zwei Kochtöpfe, eine kleine Pfanne sowie einen kleinen Wasserkocher. An der Tür des Schrankes befand sich ein kleines Regal, das verschiedene Döschen mit Gewürzen enthielt. Im oberen Schubfach in einem Schränkchen neben der Spüle lag das Besteck, im unteren Schubfach fand sie zwei Päckchen Brot, einen Brotkorb, eine größere Tüte mit Kaffeepulver und einige Beutel Tee. Auf der Spüle lagen eine Spülbürste, zwei Schwämme, zwei Wischlappen und eine Flasche Spülmittel. Der Kühlschrank enthielt zwei Flaschen Wasser, zwei Dosen Wurst, zwei Päckchen Käse, ein Glas Marmelade und ein Päckchen Margarine.

Im Bad lagen auf einem Regal Handtücher verschiedener Größe und Waschlappen. Der Spiegelschrank oberhalb des Waschbeckens enthielt Waschgel, Haarwaschmittel, Deo, Zahnpasta, zwei Zahnbürsten, zwei Kämme, zwei Haarbürsten, einen Föhn und sogar zwei Päckchen Tampons, außerdem noch eine Dose Rasierschaum und ein Päckchen Einmalrasierer.

Kurze Zeit später erschien Anke. Sie einigten sich rasch über die Einteilung der Betten und der Kleiderschränke, begannen dann die Kleider auszupacken. Die Pakete enthielten fünf Paar Unterwäsche, fünf Paar Strümpfe, fünf T-Shirts, drei BHs, zwei Kleider, zwei Hosen, zwei Pullover, zwei Paar Schuhe, ein Paar Hausschuhe.

„Nicht schlecht für den Anfang", bemerkte Anja, „wenn ich jetzt noch wüßte, was sie mit uns vorhaben, dann wäre ich beruhigt."

Nachdem die Einräumarbeiten beendet waren, kochten sie sich erst einmal einen Kaffee und frühstückten, duschten dann, zogen frische Kleider an. Abschließend begannen sie, die Instruktionen durchzulesen. Sie enthielten größtenteils allgemeine Verhaltensmaßregeln auf dem Schiff, sowie solche bei Notfällen und feindlichen Angriffen, aber auch ein Verzeichnis der Örtlichkeiten im näheren Decksbereich, allerdings keine Übersicht über das ganze Schiff, soweit diese nicht im Evakuierungsplan eingezeichnet war. So fanden auch die Lage des Speiseraums, des Aufenthaltsraumes, des Waschraums, in dem sich Waschmaschinen und Wäschetrockner befanden. Auch die Speisezeiten waren aufgeführt. Irgendwelche Hinweise, wohin die

Reise führte, fanden sie aber nicht.

„Insgesamt scheint alles hier recht vornehm zu sein", meinte Anke schließlich und fuhr dann mit einem Blick auf ihre Uhr fort, „es geht auf erst auf zwei Uhr zu; bis zur Essenszeit haben wir noch fünf Stunden. Bis dahin können wir uns noch ausruhen. Viel Hunger habe ich zwar jetzt nach dem Frühstück nicht, aber wir gehen dann einmal hin; mal sehen, was uns da erwartet."

Sie begaben sich kurz vor sieben zum Speiseraum. Er war nicht allzu groß, mit sechs Vierertischen ausgestattet. Er war noch fast leer. Sie setzten sich an einen freien Tisch. Eine dunkelhäutige Frau, offenbar die Bedienung, kam heran, fragte nach den Getränkewünschen.

„Das Essen wird allerdings erst serviert, wenn Sie vollständig sind. Aber Sie können schon einmal einen Blick auf die Speisekarte werfen."

Sie taten es, es klang vielversprechend, was da zu lesen war. Allmählich füllte sich der Saal. Nach einigen Minuten traten zwei Frauen zu ihnen, fragten, ob am Tisch noch Platz sei und setzten sich zu ihnen, als die Frage bejaht wurde. Sie stellten sich als Silke Hollerau und Kerstin Glugowski vor. Das Essen wurde bald danach serviert. Während der Mahlzeit entspann sich eine erste Unterhaltung zwischen den vieren. Auch Silke und Kerstin wußten nur, daß sie evakuiert wurden, hatten aber auch keine Ahnung wohin die Reise ging. Silke meinte zwischendurch, bei ihr habe wohl eine 'Nummer sieben' eine Rolle gespielt. Um wen es sich dabei handelte, wußte sie allerdings nicht. Zwischendurch teilte ihnen die Bedienung mit, daß sie nach Ende der Mahlzeit noch bleiben sollten, da ein Offizier ihnen einige Erklärungen abgeben möchte.

Der Offizier stellte sich dann als Major Holger Helmbrechts vor. Er übergab ihnen zunächst ihre Ausweise, dann begann er:

„Ich will keine lange Rede halten. Kurz gesagt: Sie befinden sich hier als sogenannte unplanmäßig Evakuierte auf einem bewaffneten Transporter, einem Kriegsschiff sozusagen. In Friedenszeiten dienen diese Schiffe in Kombination als Frachtschiffe und Fahrgastschiffe, daher auch die teils sehr bequemen Kabinen. Diese liegen im vorderen Teil des Schiffes. Wir befinden uns nun auf der Fahrt zu unserer Basis, Ihrer neuen Heimat sozusagen. Vergessen Sie aber nicht, daß wir uns auf einem Kriegsschiff befinden. Wir fahren im Konvoi, haben Begleitschutz. Unterwegs werden noch weitere Schiffe zu uns stoßen. Woher diese kommen, wie der Begleitschutz aussieht, unsere Fahrtroute, unser Ziel und die Dauer unserer Reise darf ich Ihnen aus Sicherheitsgründen nicht mitteilen. Stellen Sie auch diesbezüglich keine Fragen an das Bedienungspersonal, fragen Sie auch nicht, woher diese Leute kommen. Sie werden alles erfahren wenn wir am Ziel sind. Bitte zügeln Sie Ihre Neugier. Sie dürfen sich während der Reise, wenn keine triftigen Gründe dagegen sprechen, frei im Passagierbereich, also auf dem Vorderdeck, bewegen. Der Transportbereich ist militärische Zone. Diese dürfen Sie nicht betreten. Im Moment befinden wir uns allerdings noch im Kriegsgebiet, das heißt, im Bereich der feindlichen Luftwaffe. Daher ist das Vorderdeck noch gesperrt. Aber morgen können Sie dann an die frische Luft, falls nicht triftige Gründe dagegen sprechen. Betrachten Sie die Fahrt aber bitte nicht als Urlaubsreise. Sie werden daher auch zu Arbeiten herangezogen. Als 'Prioritätsdamen' müssen Sie allerdings keine schweren und schmutzigen Arbeiten ausführen. Näheres erfahren Sie morgen nach dem Frühstück. In Ihrer neuen Heimat werden Sie auch arbeiten müssen. Ich werde daher jetzt noch Fragebögen austeilen, die Sie bitte wahrheitsgemäß ausfüllen sollen, damit wir schon Vorplanungen bezüglich Ihrer Unterbringung und Ihrer Arbeitsstellen machen können. Überprüfen können wir Ihre Angaben vorläufig allerdings nicht. Seien Sie also bitte ehrlich. Die ausgefüllten Fragebögen geben Sie bitte morgen vor dem Frühstück ab. Schreibzeug sollte ja in Ihren Kabinen vorhanden sein. Wenn Sie keine weiteren Fragen haben, dann empfehle ich mich für heute. Es war auch für mich ein langer Tag.“

Fragen gab es im Grunde zur Genüge, aber die Frauen waren größtenteils auch erschöpft, sehnten sich nach Ruhe und Entspannung. Deshalb unterließen sie es, Fragen zu stellen. Der Offizier verabschiedete sich und ging.

Das Geschirr wurde nun abgeräumt und nach und nach leerte sich der Speisesaal.

„Wie lange können wir hier noch sitzen bleiben ?" fragte Silke die Bedienung.

„Solange Sie wollen", lautete die Antwort, „es gibt keine Sperrstunde und der Saal bleibt die Nacht über offen."

„Könnten wir noch etwas zu trinken bekommen ?" fragte Silke dann weiter, „vielleicht ein Flasche Wein ?"

„Sicher, aber die müssen Sie bezahlen. Die Flasche kostet zwei Taler."

„Gut", sagte Silke.

„Dann kommen Sie bitte mit."

Erzählungen und Mutmaßungen

Silke verließ mit der Bedienung den Raum, kehrte nach kurzer Zeit mit einer Flasche Rotwein und vier Gläsern zurück. Die Flasche trug kein Etikett.

„Tja", meinte Silke, „so grob haben wir uns ja nun kennengelernt. Aber vielleicht sollten wir einmal unsere Geschichten erzählen; wer wir sind, wo wir herkommen, wie wir aufs Schiff kamen. Vielleicht weiß jeder ein bißchen etwas und wir können uns am Ende ein ungefähres Bild davon machen, mit wem wir es zu tun haben und wohin die Reise geht. Irgendwie komisch klang auch dieser Ausdruck 'unplanmäßig Evakuierte'. Ich habe keine Ahnung, was das konkret bedeutet."

Der Vorschlag wurde positiv aufgenommen und obwohl sie bereits müde waren, wollten sie doch noch nicht schlafen gehen, es war auch nicht einmal neun Uhr und noch einigermaßen hell draußen. Anke meinte dann, die Unterhaltung könne nun länger dauern und besorgte vorsichtshalber noch schnell eine zweite Flasche Rotwein. So entspann sich eine längere Unterhaltung. Zunächst erzählte Anja ihre Geschichte. Silke meinte daraufhin, das könne wohl den Begriff 'unplanmäßige Evakuierung' erklären. Vermutlich habe man von Anfang an eine bestimmte Personengruppe evakuieren wollen, aber angesichts gewisser Umstände kurzfristig auch noch andere Personen

24

mitgenommen. Was allerdings ihre Einstufung als 'Prioritätsdamen' betraf, so wußte sie keine Erklärung.

„Wenn ihr nichts dagegen habt, werde ich mal weitermachen", meinte Silke.

„Ich kann mir gar nicht so recht vorstellen", begann sie, „daß dieser Alptraum nicht einmal zwei Tage zurückliegt. Alles erscheint mir mittlerweile schon so unwirklich. Gestern am frühen Morgen stießen die Palschunen in unser Städtchen vor. Sie eroberten es sehr rasch, da sie auf keinen nennenswerten Widerstand stießen. Bald brannte es überall. Einige Soldaten drangen in unser Bürogebäude ein. Sie schossen wild um sich, töten alle Männer, die sie antrafen. Die Frauen zerrten sie aus den Büros. Mir gelang es, mich in einer Abstellkammer zu verstecken. Allmählich ließ der Lärm nach. Ich glaubte schon verschont geblieben zu sein. Doch plötzlich wurde die Tür aufgerissen und ich erblickte die Fratze eines Palschunen. Er grinste, zog mich heraus. Er war nicht allein, sie waren zu dritt. Einer riß meine Bluse auf, begrabschte meinen Busen. Nachdem er offenbar genug an mir herumgefummelt hatte, ließ er die anderen ran. Der dritte begnügte sich nicht mehr damit. Er griff mir unter den Rock, zog mein Höschen ein Stück herunter, begrapschte mich zwischen den Beinen. 'Gut Futt', sagte er und grinste. Dann durften die anderen beiden ran. Als sie davon genug hatten, rissen sie mir die Kleider vom Leib, stießen mich zu Boden. Zwei hielten mich fest, der dritte knöpfte seine Hose auf. Doch dann erstarrte er, fiel seitwärts zu Boden. Ein Messer steckte in seinem Rücken. Die beiden anderen sprangen auf, Schüsse krachten und sie fielen ebenfalls zu Boden. Wie durch einen Schleier sah ich drei fremde Soldaten. 'Komm schnell', rief der eine. Ich war aber vor Schreck starr, konnte nicht aufstehen. Und so rissen sie mich hoch, schleppten mich, nackt wie ich war, durch zahlreiche Gänge, schließlich zur Eingangstür hinaus in einen Lieferwagen. Ich erschrak, denn das Fahrzeug trug das Hoheitszeichen der Palschunen. Einer der Männer bemerkte meinen Schrecken, sagte, 'keine Angst, das ist nur Tarnung'. In dem Fahrzeug warteten drei Soldaten. Sie fuhren sofort los, durch einige Straßen aus dem Städtchen heraus. Einer gab während der Fahrt offenbar

25

über Funk Anweisungen. Ich konnte allerdings nicht verstehen, was er sagte. Nach einiger Zeit, fragt mich nicht wie lange und wie weit wir gefahren waren, bogen sie in einen Waldweg ab. Wir erreichten bald eine Lichtung, auf der ein Hubschrauber mit laufendem Motor wartete. Wir bestiegen ihn. Er hob sofort ab. Während der Autofahrt hatte einer der Soldaten seine Jacke ausgezogen und sie mir gegeben, so daß ich mich notdürftig bedecken konnte. Nun, als wir in der Luft waren, kramte einer eine Plastiktüte hervor und gab sie mir. Sie enthielt ein paar Kleidungsstücke. Ich zog sie an. Nach etwa einer halben Stunde landeten wir in einem Militärlager. Man brachte mich in eine Baracke, in der ein Offizier hinter einem Schreibtisch saß. Er fragte nach meinem Namen. Ich nannte ihn. Er schaute auf eine Liste, die vor ihm lag, sagte dann nur 'gut'. Daraufhin reichte er mir ein gelbes und ein rotes Plastikarmbändchen, die ich beide anziehen sollte. Er schwieg einen Moment, machte unterdessen einige Notizen, sagte dann, 'gleich fährt der Konvoi zur Küste ab. Sie kommen mit.' Ich hatte mich mittlerweile von meinem Schrecken etwas erholt und fragte ihn, was all dies zu bedeuten habe. 'Befehl von Nummer sieben', antworte er nur. 'Wer ist Nummer sieben ?' fragte ich zurück. 'Keine Ahnung', antwortete er, 'wir führen hier nur unsere Aufträge aus.' Dann brachten mich zwei Soldaten zu einem Lastwagen. Kurz darauf fuhr die Kolonne los. Wir wurden bald danach zweimal von Flugzeugen angegriffen, vermutlich waren es Palschunen. Sie konnten sie aber abwehren. Dann blieb es ruhig. Während eines Zwischenstopps erhielt ich ein Verpflegungspaket. Gegen elf Uhr abends erreichten wir den Hafen. Man brachte mich zu einer Baracke, in der sich bereits zahlreiche Frauen befanden. Ich blieb aber nicht lange dort, denn schon bald wurden wir auf ein Schiff gebracht. Den Rest kennt ihr."

„Hast du irgendeine Ahnung, wer diese 'Nummer sieben' sein könnte ?" fragte Anja.

„Nein", lautete die Antwort, „ich habe mich während der Fahrt auch gefragt, warum sie solchen Aufwand trieben um mich herauszuholen. Immerhin hatten sie so an die zehn Soldaten sozusagen auf ein Himmelfahrtskommando geschickt um mich zu holen. Die hätten alle draufgehen können."

Silke nahm einen großen Schluck aus dem Glas. Dann fuhr sie fort:
„Mir ist auch nicht klar geworden, woher sie wußten, wo sie mich
finden konnten. Zufall war das nicht, sie suchten genau mich. Mein
Name stand ja offenbar auch auf der Liste des Offiziers. Sonst hätte
er nicht 'gut' gesagt, mir das rote Armbändchen gegeben und
schließlich 'Befehl von Nummer sieben' geantwortet."

Sie trank ihr Glas leer.

Anke zuckte mit den Achseln.

„Das kann nur bedeuten, daß jemand größten Wert darauf gelegt hat,
dich zu retten."

„Du mußt ihn kennen, anders kann es gar nicht sein, alles andere ist
unlogisch", wollte sie noch sagen. Doch dann hielt sie diese Bemerkung in diesem Augenblick doch für eher unpassend und schwieg.

„Bei mir war die Sache anders", begann nun Kerstin, „und ich fange
am besten ganz von vorn an. Ich komme aus Grottstadt, oder besser,
ich lebte und arbeitete in Grottstadt. Das liegt nahe der Ostgrenze.
Ich war dort in der Bezirksverwaltung im Wasserwirtschaftsamt, Abteilung Gewässerschutz, beschäftigt. Als die Palschunen bei uns ein-
fielen, gelang es mir mich zu verstecken. Nachdem sie abgezogen
waren, beschloß ich mich nach Westen durchzuschlagen. Da ich aufgrund meiner Arbeit die Gegend gut kannte, benutzte ich Feld- und
Waldwege, mied Ortschaften. Ich blieb unbehelligt. Nach zwei Tagen
erreichte ich Groswitz, ein kleines Städtchen. Die Palschunen waren
hier schon durchgezogen, der Ort war größtenteils zerstört. Er schien
auf den ersten Blick menschenleer. Da ich seit zwei Tagen nichts gegessen hatte und hungrig war, wollte ich nachschauen, ob im Ort
noch etwas zu Essen aufzutreiben wäre. Doch dann sah ich aber einige Palschunen. Sie waren größtenteils verwundet, wie ich an ihren
Verbänden sehen konnte, aber offenbar nur leicht, denn sie konnten
noch Waffen tragen. Möglicherweise hatte man sie als Sicherung zu-
rückgelassen. Da mir die Sache gefährlich erschien, meine Angst
größer war als mein Hunger, wollte ich schon weiterziehen. Doch
dann erschienen am Himmel drei Hubschrauber, die am Ortsrand
landeten. Soldaten sprangen heraus, stürmten das Städtchen. Die

27

Palschunen waren überrascht, wurden niedergemacht ehe sie Widerstand leisten konnten. Ein Trupp von fünf Mann begab sich dann zur Kirche. Neugierig geworden, ich weiß, es war unvorsichtig, folgte ich ihnen heimlich. In der halb zerstörten Kirche wühlten drei von ihnen in einem Schutthaufen, gruben schließlich die 'Madonna von Groswitz' aus. 'Gott sei Dank', sagte einer, offenbar der Anführer, 'sie ist unbeschädigt'. Mich beachteten sie nicht. Dann kamen die beiden übrigen, trugen einen Schrein mit dem 'Gnadenbild'."

„'Madonna von Groswitz', 'Gnadenbild'? Was ist das?" unterbrach Silke.

„Gemach, kommt noch", erwiderte Kerstin und fuhr fort, „die Soldaten verließen die Kirche. Ich folgte ihnen. Vor der Tür lag ein palschunischer Soldat. Er war tot. Er hielt eine Pistole in der Hand. 'Eine Pistole könnte ich bei meiner weiteren Flucht gut gebrauchen', schoß es mir durch den Kopf und nahm sie an mich. Sie war noch gesichert. Der Palschune hatte wohl nur noch die Zeit gehabt, sie aus dem Halfter zu ziehen. Die Soldaten gingen langsam, befanden sich etwa zwanzig Meter vor mir. Da sah ich, wie ein palschunischer Soldat, der etwa zehn Meter von mir entfernt lag, sich langsam erhob und auf die Soldaten, die ihn nicht bemerkten, anlegte. Man kann schon sagen 'mechanisch' entsicherte ich die Pistole und drückte ab, zwei oder dreimal. Ehrlich gesagt, ich wußte gar nicht, ob sie geladen war. Daran dachte ich in diesem Moment aber auch gar nicht. Sie war geladen. Die Schüsse krachten und der Palschune sackte zusammen. Durch den Knall alarmiert drehte sich der Anführer der Soldaten um, hielt nun sein Gewehr schußbereit auf mich gerichtet. 'Der Palschune wollte auf euch schießen, aber ich habe ihn getroffen', sagte ich schnell. Ich hatte Angst, daß der Soldat nun auf mich schießen würde. Er blieb mißtrauisch, sagte, die Waffe auf mich gerichtet, ich solle meine Pistole weglegen. Ich tat es, beteuerte allerdings, ich hätte nicht auf sie, sondern auf den Palschunen geschossen. Der Soldat ging nun vorsichtig auf den Palschunen zu. Der blutete am Kopf, röchelte noch. Er konnte also erst vor kurzem die Wunde erhalten haben, sicherlich nicht schon beim Sturm auf das Städtchen, der ja schon etwa eine halbe Stunde zurücklag. Der Soldat erkannte das und es überzeugte ihn offensichtlich davon, daß ich die Wahrheit gesagt hatte, denn sein Gesicht nahm nun freundliche Züge an. 'Dann hast du uns ja das Leben gerettet', meinte er, 'kann ich zum Dank etwas für dich tun ?' 'Nehmt mich mit', sagte ich nur. 'Gut', antwortete er. Wir begaben uns zu den Hubschraubern, bestiegen einen, dann starteten sie.

Der Anführer hatte sich neben mich gesetzt. 'Die Madonna von Groswitz', meinte er, 'stammt aus dem elften Jahrhundert. Sie ist die älteste Madonnenstatue im Osten, von unschätzbarem Wert.' 'Ich weiß', antwortete ich, 'ich komme aus der Gegend.' 'Jetzt brauchen wir nur nach das Sonnenrad von Passwalk, dann geht es zurück.' 'Ihr wißt, daß es sich wegen einer Ausstellung zur Zeit nicht im Museum, sondern in der Kirche befindet ? Letzten Sonntag war es jedenfalls noch dort', entgegnete ich ihm. 'Nein', antwortete er. 'Wer seid ihr ?' fragte ich dann. 'Später', lautete die Antwort. Passwalk erreichten wir nach einer Viertelstunde. Der Ort war großteils zerstört und war menschenleer. Auch hier hatten die Palschunen gewütet. Überall lagen Tote herum. Ich sollte im Hubschrauber zurückbleiben, bat aber hartnäckig mitkommen zu dürfen, da in der Ausstellung noch andere wertvolle Stücke gezeigt worden seien, die ich kannte. Sie hatten schon vorher einige Orte 'abgegrast', wie sich der Anführer während des Fluges ausdrückte und etliche Kostbarkeiten an sich gebracht. Meine Worte überzeugten ihn. Der Anführer sah nun ein, daß ich ihnen hier von Nutzen sein könnte und gab mir die Erlaubnis mitzukommen. Das Unternehmen erwies sich als ungefährlich. Die Gegenstände befanden sich tatsächlich noch in der Kirche. Und nach zwanzig Minuten konnten wir wieder starten. Der Rückflug zu einem Militärlager verlief ruhig. 'Es gibt einige 'sichere' Korridore, durch die man hindurch schlüpfen kann', meinte der Anführer, der sich als Hauptmann Jörg Hausfeld vorstellte. Während des Fluges, wir nahmen offenbar einen Umweg, der knapp drei Stunden in Anspruch nahm, wurde er gesprächiger. Er erzählte, daß sie den Auftrag hätten, wertvolle Kulturkostbarkeiten vor den Palschunen in Sicherheit zu bringen, sie zu retten. Ich fragte ihn, in wessen Auftrag sie handelten und seine Antwort war 'Odin'. Mehr war allerdings nicht aus ihm herauszubringen. Ich befand mich nun in einer etwas unangenehmen Lage, war wohl fürs erste gerettet, aber was sollte aus mir nach Erreichen des Militärlagers geschehen, mittellos, alleine, in einer fremden Umgebung ? 'Kann ich nicht bei euch mitmachen ?' fragte ich daher den Hauptmann. Der überlegte kurz. 'Möglicherweise', meinte er dann, 'Leute wie dich können wir brauchen. Aber das entscheidet der Oberst.' Dann landeten wir. Der Hauptmann begab sich zur Kommandantur um Meldung zu erstatten, nahm mich mit. Nach der Meldung berichtete er dem Oberst von meinem Anliegen, erwähnte auch, daß ich ihm und zweien seiner Leute das Leben gerettet hatte. 'Ich werde es mir überlegen', antwortete der Offizier. Wir verließen die Kommandantur. Man gab mir dann Verpflegung, wies mir einen Schlafraum, ein Einzelzimmer in einer Baracke zu. Ich schlief tief und ruhig in der Nacht. Am Morgen konnte ich dann duschen, erhielt frische Kleider und wurde nach dem Frühstück zur Kommandantur bestellt, wo mich ein Offizier freundlich empfing. 'Sie sind also die neue Heldin', sagte er jovial, 'Mädchen wie Sie können wir brauchen. Melden Sie sich in der Schreibstube.' Dann reichte er mir ein gelbes und ein rotes Plastikarmbändchen, erläuterte kurz deren Bedeutung. 'Sie haben es verdient', meinte er abschließend. Ich blieb einige Tage im Militärlager, wurde dann nach Maximilianshaven verlegt. Dort wurde ich zur Überwachung der Beladung der Schiffe eingesetzt. Ich war heute nacht, als ihr sozusagen 'hergetrieben' wurdet, wie ihr euch so schön ausgedrückt habt, bereits an Bord. Ich war auch nicht bei euch unter Deck, sondern mit der Beladung beschäftigt. Ich bin dann auch erst am Vormittag, nachdem wir Fahrt aufgenommen hatten, zu euch gestoßen."

Sie trank nun ihr Glas leer, schenkte sich neu ein.

„Das war sehr aufschlußreich", bemerkte Anke, „insbesondere die Erwähnung von 'Odin'. Das erinnert mich an das Gespräch der beiden Abteilungsleiter im Hof des Technologiezentrums."

„Was war das für ein Gespräch ?" fragte Silke.

Doch Anke war müde, die anderen auch.

„Ich denke, das war genug für heute. Die Fahrt dauert ja noch einige Tage und wir werden sicherlich noch genügend Zeit haben, uns ausführlicher darüber zu unterhalten."

Sie brachen auf, gingen in ihren Räumen zurück. Silke und Kerstin teilten sich übrigens eine Kabine. Es muß nicht extra erwähnt werden, daß nach den Aufregungen der letzten Tage die Frauen sich nun in Sicherheit fühlten, beruhigt zu Bett gingen und endlich eine Nacht ohne Angst schlafen konnten.

Am nächsten Morgen nach dem Frühstück erschien Major Helmbrechts.

„Guten Morgen, meine Damen", grüßte er, „ich hoffe, Sie haben die Nacht gut verbracht. Wir haben übrigens mittlerweile die Kriegszone verlassen. Sie können also an Deck gehen."

Er schwieg kurz.

„Nun, jetzt kommen wir zur Sache", fuhr er dann fort, „ich hatte Ihnen ja gestern bereits gesagt, daß wir Sie zu einer Arbeit einteilen werden. Sie wird nicht sonderlich anstrengend sein, verlangt allerdings ein bißchen Konzentration. Wir befinden uns auf einem Evakuierungsschiff. Wir bringen nicht nur Menschen, sondern auch Kulturgüter und andere wichtige Dinge, die ich jetzt nicht näher erläutere, da sie mit Ihrer Arbeit nichts zu tun haben, in Sicherheit. Sie wissen auch, daß Sie eine neue Heimat finden werden. Um Ihre Eingliederung in die neue Gesellschaft zu erleichtern, mußten Sie ja die Fragebögen ausfüllen, handschriftlich. In dieser Form sind sie allerdings nicht elektronisch auswertbar, sie müssen daher in eine Maske übertragen werden. Entsprechendes gilt für die Kulturgüter. Um sie einordnen zu können müssen sie katalogisiert werden. Das wird Ihre Arbeit sein. Ich hoffe, die Fragebögen sind ordentlich ausgefüllt und leserlich. Bei den Unterlagen zu den Kulturgütern ist das anders. Sie sind auch größtenteils handschriftlich angefertigt, teilweise in Eile erstellt, enthalten daher sicherlich auch zahlreiche Rechtschreibfehler und sind mitunter nicht gut lesbar. Da kommen wohl einige Schwierigkeiten auf Sie zu. Die Eintragung in die Masken erfordert daher einige Konzentration und äußerste Sorgfalt. Trotzdem sind Fehler nicht ausgeschlossen. Das wissen wir, das muß eben später korrigiert werden. Aber bemühen Sie sich bitte! Die tägliche Arbeitszeit beträgt fünf Stunden, von neun Uhr bis vierzehn Uhr dreißig, darin ist eine

halbe Stunde Pause enthalten. Den Rest des Tages haben Sie frei."
Sie wurden nun in drei Gruppen eingeteilt und in die Arbeitsräume
geführt. Sie waren mit Schreibtischen, Bildschirmen, Tastaturen und
Mäusen ausgestattet. Anke und Anja gehörten der gleichen Gruppe
an, erhielten aber unterschiedliche Aufgaben. Anja wurde die
Bearbeitung von Fragebögen übertragen, Anke die Abschrift von
Listen der Kulturgüter. Die auszuführenden Tätigkeiten wurden ih-
nen kurz erklärt.

„Wenn Ihnen etwas unklar ist", meinte der Instrukteur dann, „mar-
kieren Sie bitte den Dateinamen rot und legen das Formular auf
einen gesonderten Stoß. Das erleichtert dann später die Korrektur."
Da die Arbeit in der Tat einige Konzentration verlangte, unterließen
sie weitgehend irgendwelche Unterhaltungen. Um halb eins war Pause und sie hatten Gelegenheit das Mittagessen einzunehmen, das im
Speisesaal serviert wurde. Nach Arbeitsende gingen sie in ihre Unterkunft zurück. Anke hatte sich aus dem Speisesaal eines der dort aus-
liegenden Bücher mitgenommen, wollte lesen. Anja dagegen hatte
keine Lust den Nachmittag in der Kabine zu verbringen, ging an
Deck. Es war sonnig und warm, allerdings windig. Sie blickte aufs
Meer hinaus, fragte sich, wo sie sich jetzt wohl befänden, sah aber
nur Wasser, von zwei Schiffen in einiger Entfernung abgesehen. Es
schienen Kriegsschiffe zu sein, die zur Sicherung eingesetzt waren.
Sie war in Gedanken versunken, bemerkte daher den jungen Mann,
der herantrat, erst, als er freundlich 'Hallo' sagte. Er war ungefähr
Mitte dreißig, gutaussehend.
„Auch auf dem Weg nach Afrika in die neue Heimat ?"
Anja drehte sich zu ihm hin, blickte ihn etwas verwundert an.
„Nach Afrika fahren wir ? Woher wissen Sie das ?"
Der junge Mann war erstaunt.
„Was, Sie wissen nicht, wo wir hinfahren ?"
„Nicht wirklich, nur soviel, daß es zu einer 'Basis' geht. Mehr hat uns
der Major nicht gesagt."
„Sie gehören also nicht zu den planmäßig Evakuierten ?"
„Nein, im Grunde genommen bin ich nur ein zufällig mitgenomme-
ner Flüchtling, mit einem besonderen Status, gehöre also zu den un-

32

planmäßig Evakuierten."

„Welchem Status ?"

„Ich bin eine 'Pririotätsdame'. Sehen Sie das rote Armbändchen. Das ist das Kennzeichen."

„Prioritätsdame ? Was ist das ?"

„Und was sind planmäßig Evakuierte ? Warum tragen Sie eigentlich keine Uniform ? Sie sind doch sicherlich Soldat ?"

„Nein, ich bin Zivilist."

„Ich wußte gar nicht, daß sie auch Männer evakuieren. Bei uns haben sie nur Frauen mitgenommen."

„Und wo war das ?"

„Im Technologiezentrum. Sie haben dort alle möglichen Unterlagen mitgenommen."

„Aha. Und Sie wissen wirklich sonst nichts ?"

„So gut wie nichts, außer, daß auf dem Schiff auch noch Kulturgüter und 'andere Dinge' evakuiert werden. Die Kulturgüter wurden im Reich eingesammelt. Was allerdings die 'anderen Dinge' sind, das weiß ich auch nicht; vielleicht sind es die Unterlagen aus dem Technologiezentrum. Ich heiße übrigens Anja. Und Sie ?"

„Ich heiße Rudolph."

„Und wie kommen Sie auf das Schiff hier ?"

„Das ist eine lange Geschichte. Haben Sie Zeit ?"

„Ja."

„Im Grunde genommen, so wie ich es heute sehe, fing es vor drei Jahren an", begann Rudolph, „ein Freund sprach mich damals an, fragte mich, ob ich für 'Odin' arbeiten wolle. Wissen Sie, ich bin Elektronikingenieur, arbeitete in einer Firma, die Kommunikationssatelliten herstellte. Mein Aufgabegebiet umfaßte die Entwicklung und den Bau von Steuereinheiten."

„Dann sind wir ja sozusagen Kollegen. Ich bin Elektroingenieurin", unterbrach ihn Anja.

„Das ist schön", fuhr Rudolph fort, „ich fragte den Freund, wer 'Odin' sei und er antwortete, 'weißt du, Europa geht dem Untergang entgegen. Es hat sich nun eine Organisation gebildet, die sich 'Odin' nennt und es sich zur Aufgabe gemacht hat, unsere kulturellen, wis-

33

senschaftlichen und technischen Errungenschaften zu retten. Sie baut in Afrika ein riesiges Technologiezentrum auf und sucht hierfür fähige Leute. Sie haben es sich zum Ziel gesetzt, das technische Wissen nicht nur zu erhalten, sondern auch weiterzuentwickeln und es zum Wohle der Menschheit einzusetzen.' 'Eine Weltverbessererorganisation also ?' fragte ich ihn. 'Wenn du es so sehen willst, ja', lautete die Antwort. 'Na ja, von solchen Organisationen hat man ja schon öfters gehört. Meistens steckte nichts Gutes dahinter', meinte ich daraufhin. Dem widersprach mein Freund aber. Er erklärte mir nun, daß ich auch in ein paar Jahren nach Afrika kommen könnte. Wo das Technologiezentrum entstand, teilte er mir aber nicht mit, vielleicht wußte er es auch gar nicht. Er führte dann nur aus, daß sich meine Tätigkeit vorerst hier ausüben würde, meinen bisherigen Arbeitsplatz auch behalten könne. Meine Aufgabe bestünde darin, für 'Odin' Informationen und Unterlagen zu beschaffen. 'Spionage, also', wandte ich ein. 'Wenn du es so siehst', entgegnete er, 'ich würde es eher als Übertragung von Wissen in die richtigen Hände bezeichnen.' Er mochte es so interpretieren, aber mir schien die Sache zu bedenklich und ich lehnte ab. Und in der Tat wurde mein Freund einige Monate später wegen Industriespionage verhaftet, konnte allerdings kurze Zeit später aus dem Gefängnis fliehen. Es gab da wohl Helfeshelfer. Ich habe seitdem nichts mehr von ihm gehört. Vor einem halben Jahr verlor ich meinen Job, nachdem ein bedeutender Auftrag storniert worden war. Vor drei Monaten sprach mich jemand an, fragte, ob ich Interesse an einer Stelle in Afrika hätte. Das Angebot interessierte mich, zumal die Aussichten im Reich eine neue Stelle zu finden sehr schlecht waren. Nach einigen Verhandlungen einigten wir uns, denn die Bedingungen waren gut, das Gehalt ausgezeichnet. Ich sollte dort für eine Firma, die ihren Sitz in Gotenland habe, tätig sein. Man sagte mir auch, mein Arbeitsplatz liege nicht auf dem Festland, sondern auf einer Insel, auf der auch das Klima für Europäer erträglicher sei. Man teilte mir auch mit, die Firma gehöre einer Organisation namens 'Odin', der Name dürfe aber nicht in den schriftlichen Unterlagen auftauchen, ich solle ihn auch nirgends erwähnen. Auch Gotenland wurde im Arbeitsvertrag nicht erwähnt,

da ein Wirtschaftsembargo gegen diesen Land bestand. Das kam mir natürlich alles bedenklich vor, aber ich brauchte Geld und außerdem zogen sich dunkle Wolken über Europa zusammen, so daß ich dachte, es sei vielleicht besser wegzugehen. Daher unterschrieb ich. Am 1. Oktober sollte ich nach Afrika reisen, nicht direkt, sondern zunächst nach Suebien. Von dort aus würde man mich weiterleiten. Aber es kam dann anders. Kurz nach Kriegsbeginn erhielt ich die Nachricht, ich solle mich umgehend auf die Abreise vorbereiten. In zwei Tagen würde ich abgeholt. Man brachte mich nach Maximilianshaven, wo ich bis vorgestern blieb. Es hieß, die Ausreise habe noch Zeit und ich würde hier noch gebraucht. Man teilte mich zur Arbeit ein. Der Arbeitsraum lag in einem Keller. Ich sollte Unterlagen sichten, sie grob nach 'hochwichtig', 'wichtig' und 'weniger wichtig' einteilen, sie außerdem in verschiedene Kategorien wie 'Luftfahrt', 'Weltraumtechnik', 'Kommunikationstechnik' und so weiter einordnen. Die Unterlagen stammten aus zahlreichen Unternehmen, viele aus meiner ehemaligen Firma. Sie waren offenbar geraubt. Mir schien die Sache bedenklich, ich wurde aber mit den Worten beruhigt, die Sache sei in Ordnung, man würde sogar mit den Behörden zusammenarbeiten. Die Unterlagen dürften den Palschunen nicht in die Hände fallen, die wichtigsten müßten natürlich zuerst in Sicherheit gebracht werden und man wisse nicht, wie lange das noch möglich sei; daher die Klassifizierung. Was sollte ich tun ? Ich steckte nun tief in der Sache drin. Ich machte also mit. Vorgestern wurde ich dann aufs Schiff gebracht, mache hier, zusammen mit etwa vierzig anderen Männern und Frauen, mit der Sichtung und Einordnung von Unterlagen weiter. Wir sind im Unterdeck untergebracht. Die Kabinen sind soweit recht schön, gut eingerichtet, die Verpflegung ist in Ordnung. Mal sehen, was kommt. Im übrigen kann man ja auch froh sein, daß man weg ist. Die Palschunen haben mittlerweile den Thoron überschritten und werden bald die Küste erreichen. Dann ist der Ofen aus."
Anja blickte mißtrauisch.
„Mit den Behörden zusammenarbeiten ? Das war doch nicht glaubwürdig."

35

„Mag sein, aber es spielte ohnehin keine Rolle, ich war in der Sache sowieso drin. Andererseits ist mir aber auch aufgefallen, daß sich des öfteren hochrangige Offiziere der Reichsarmee auf unserem Gelände aufhielten. Außerdem wurden unsere Kommandos, die Unterlagen herbeischafften, nie von der Reichsarmee angegriffen. Das war doch merkwürdig, oder ? Das kann doch nur bedeutet haben, daß es irgendwelche Absprachen gab."

Anja erzählte dann noch, wie es ihr ergangen war. Darüber wurde es Abend. Sie verabschiedete sich von Rudolph, bemerkte aber, es würde sie freuen ihn wiederzusehen. Sie begab sich in ihre Kabine, ging dann mit Anke zum Abendessen.

„Ich habe mich heute einmal bei den anderen etwas umgehört", berichtete Silke, „die meisten wissen auch nicht so recht, warum sie hier sind; manche sagen, es stecke eine 'Nummer drei' dahinter, andere nennen eine 'Nummer fünf' und so weiter. Aber keine kann sich eine klare Vorstellung machen, wer sich hinter den Nummern verbergen könnte. Und das schönste ist, eine, die älteste hier, schon fast siebzig, meinte sogar, sie habe gehört, daß ihre Evakuierung vom 'Staatsvogt' angeordnet worden sei, habe aber keine Ahnung, wer der 'Staatsvogt' sein könnte. Jedenfalls, viele erwähnten den Namen 'Odin', wußten aber auch nicht, was das bedeutet. Nach dem Essen sollten wir unsere Unterhaltung fortsetzen. Vielleicht hat eine von euch etwas erfahren."

Sie setzten sich dann bei zwei Flaschen Wein zusammen. Anja ergriff das Wort.

„Ich hatte heute eine sehr interessante Begegnung."

Und sie berichtete von ihrer Unterhaltung mit Rudolph. Silke blickte erstaunt auf als sie das Wort 'Gotenland' hörte, unterbrach aber Anja nicht, begann erst zu reden, nachdem Anja geendet hatte.

„Das ist ja hochinteressant. Also gibt es eine Verbindung zwischen Gotenland und 'Odin'."

„Gotenland, was ist damit ? Es soll eine Militärdiktatur im südlichen Afrika sein. Viel hört man über dieses Land nicht", warf Kerstin ein.

„Mit guten Grund", erwiderte Silke, „das Land war im Reich quasi tabu. Man verschwieg seine Existenz so gut es ging. Und wenn man einmal darüber berichtete, so war es nur Negatives. Aber ganz so liegen die Dinge nicht."

„Weißt du Näheres ?" fragte Anke.

„Einiges. Also, unsere Kanzlei vertrat vor einigen Jahren einmal einen Geschäftsmann, der wegen illegaler Exporte nach Gotenland angeklagt war, denn gegen dieses Land besteht ein Embargo, jeder Handel, Export oder Import, mit ihm ist verboten. Ebenso auch Reisen dahin. Es gibt auch keine diplomatischen Beziehungen. Kontakte zu diesem Land, wenn sie einmal notwendig sein sollten, werden über Suebien abgewickelt."

„Wieso ausgerechnet Suebien ?" fragte Anja.

„Ich weiß es nicht", antworte Silke, „vielleicht wegen Alogoramta."

Die Antwort befriedigte aber nicht. Alogoramta war eine ehemalige suebische Kolonie im südlichen Afrika. Mittlerweile war der Name von der Landkarte verschwunden.

„Der damalige Fall", fuhr Silke nun fort, „veranlaßte mich, so gut es ging, mich ein bißchen näher mit diesem Land zu beschäftigen. Nervierngo kennt ihr ja alle, zumindest dem Namen nach ? Es war etwa siebzig Jahre lange gallische Kolonie. Nach Ende der Kolonialherrschaft trennte sich die südliche, an Bodenschätzen reiche Provinz, Haedanga, vom Rest des Landes ab. Es kam zu einem langen, blutigen Sezessionskrieg. Die haedangische Regierung heuerte in dieser Zeit zehntausende Söldner an. Viele davon kamen aus dem Reich. Nach elf Jahren Krieg schien dann allerdings Haedanga am Ende. Die Armee kapitulierte, die Regierung unterwarf sich der nervierngetischen Zentralmacht. Die Söldner wurden aufgefordert sich ebenfalls zu ergeben, was mit Sicherheit ihre Ermordung durch die Nervierngesen, für welche sie lediglich Banditen waren, nach sich gezogen hätte, denn kein Staat nahm diese Männer in Schutz. Sie waren wohl verzweifelt, nehme ich an. In dieser Situation ergriff ein junger Söldneroffizier die Initiative. Er gab den Söldnern neuen Mut, führte sie in den Kampf und die Nervierngesen wurden geschlagen und aus Haedanga vertrieben. Danach rief er die unabhängige Republik Haedanga aus. Die Welt glaubte, daß dieses Regime bald zusammenbrechen würde, aber sie irrte sich. Dem Söldnerführer, er nannte sich Totila, gelang es das Vertrauen und die Unterstützung der Einheimischen zu gewinnen. Er arrangierte sich auch mit den überwiegend ausländischen Minenbesitzern, festigte den Staat, kurbelte die Wirtschaft an. Zwei Jahre später wurde Haedanga in 'Gotenland' umbenannt. Es war wohl eher ein symbolischer Name, sollte an das Volk der Goten erinnern, das einst nach jahrzehntelanger Wanderung durch Europa in Iberien eine neue Heimat fand. Nachdem es gelungen war die Wirtschaft in Gang zu bringen, warb die Regierung in Europa um Einwanderer. Im Reich herrschte damals eine schwere Wirtschaftskrise, die Arbeitslosigkeit war hoch, daher machten sich viele, überwiegend Fachkräfte, auf den Weg. Man geht von drei bis vier Millionen aus. Ein Großteil kam aus den Ostprovinzen. Es waren auch viele, man schätzt ihre Zahl auf zwei Millionen, aus der markomannischen Minderheit in Palschunistan dabei. Diese hohe Anzahl, sowie die Tatsache, daß die Führungsspitze aus dem Reich stammte, war auch der Grund, weshalb markomannisch zur Staatssprache wurde. Doch Totila war nicht auf die Dominanz der Weißen, eine neue Kolonialisierung aus. Er hatte erkannt, daß nur ein gleichberechtigtes Zusammenleben zwischen den weißen Einwanderern und den schwarzen Einheimischen auf Dauer die unterschiedlichen Gruppen zu, ja, man möchte sagen, zu einem Volk zusammenschweißen und einen stabilen Staat gewährleisten konnte. Klarerweise bestanden die Einheimischen aus sehr unterschiedlichen Negerstämmen und die Weißen stammten aus verschiedenen Ländern, auch wenn die Markomannen dominierten. Es kamen dann ja auch noch zahlreiche Weiße aus den ehemaligen angelsächsischen Kolonien im südlichen Afrika dazu. Nach Ende der suebischen Kolonialherrschaft und nachdem die Kommunisten in einem blutigen Bürgerkrieg die Macht an sich gerissen hatten, versuchten die Alogoramer mit palschunischer Hilfe Gotenland zu erobern und auszulöschen. Das mißlang. Gotenland verfügte mittlerweile über eine hervorragende Armee, welche die angreifenden alogoramischen Truppen vernichtete und das Land eroberte. Gotenland verleibte sich dann Alogoramta ein. Das stieß bei den Einheimischen gar nicht einmal auf großen Widerstand, da man einerseits die positive wirtschaftliche Entwicklung in Gotenland kannte, die Kommunisten andererseits wegen ihrer Terrorherrschaft verhaßt waren. Seit der Zeit ist es in der Gegend ruhig. Die gotenländische Regierung konzentrierte sich auf den Aufbau des Landes, trieb praktisch keine Außenpolitik, obwohl das Land mittlerweile über Atomwaffen verfügte. Der Westen hatte dieser Entwicklung zunächst wohlwollend gegenüber gestanden, wenn er sie auch nicht unterstützt hatte. Schließlich brachte auch der Sieg über Alogoramta die Eindämmung des palschuninschen Einflusses im südlichen Afrika mit sich. Zum Bruch kam es schließlich als die Regierung die Minen verstaatlichte. Die ausländischen Konzerne weigerten sich ordentliche Arbeitsbedingungen für die fast ausschließlich schwarzen Arbeiter zu schaffen und angemessene Löhne zu bezahlen. Sie waren nur an Profit und Fortsetzung der kolonialistischen Ausbeutung interessiert. Das kollidierte natürlich mit den Plänen Totilas, eine schwarz – weiße Volksgemeinschaft zu schaffen. Gerechterweise muß man sagen, daß den Minenkonzernen eine, wenn auch nicht übermäßig hohe, Entschädigung angeboten wurde. Die gallische Regierung akzeptierte auch das Angebot, die Samunkelaner lehnten strikt ab; es war für sie nicht akzeptabel, daß ein Land, das sie sich als Satellitenstaat auserkoren hatten, sich nach eigenen Vorstellungen entwickeln wollte. Nach ihrem Debakel in Indogallia befanden sich die Samunkelaner damals in einer Art militärischer Depression, wagten es daher nicht, einen neuen Krieg vom Zaum zu brechen. Es gelang ihnen aber, zumindest den von ihnen abhängigen europäischen Staaten, das Markomannische Reich gehört ja auch zu ihnen, ein allgemeines Handelsembargo gegen Gotenland und einem völligen politischen Boykott aufzuzwingen. Was das Reich betrifft, so kam natürlich noch dazu, daß die Regierung Gotenlands Sympathien für den Teutosozialismus hegte. Es unterhielt auch beste Beziehungen zu Muselmauristan und Persien und auch freundliche Kontakte zu Kimaokareo und zur Volksrepublik Anichtoran, damals herrschte dort noch Tung Tse Oma, also zu Ländern, die nach dem Sprachgebrauch der Samunkelstaner als Schurkenstaaten galten. Man nahm Gotenland natürlich auch die fast schon gigantische Anwerbung von Fachkräften aus dem Reich übel. Die Sanktionen brachten aber keinen Erfolg. Die Gotenländer unterhielten freundschaftliche Beziehungen mit den Muselmauren, nachten mit ihnen hervorragende Geschäfte. Die afrikanischen Nachbarstaaten waren an guten Beziehungen interessiert, da sie davon profitierten und es entwickelten sich auch die guten Beziehungen zu Anichtoran weiter, auch zu Nerdinien und einigen südamerikanischen Staaten. Gotenland blühte auf und nach zwanzig Jahren konnte das Land seinen Bürgern einen Lebensstandard bieten, der europäisches Niveau hatte. Das wäre so die gotenländische Geschichte kurz zusammengefaßt. Ich halte es übrigens durchaus für möglich, daß Gotenland und insbesondere der 'Staatsvogt', wie Totila mittlerweile genannt wird, sich in der Zeit des Zusammenbruchs als Hüter der europäischen Kultur fühlt und es daher eine Zusammenarbeit mit einer Organisation 'Odin' gibt, die ja angeblich auch die europäische Kultur vor dem Untergang retten will."

Anja blickte Silke mißtrauisch an.

„Das macht durchaus Sinn, aber vielleicht sind die Motive nicht so ganz ehrenhaft. Anders gesagt, man nutzt den Zusammenbruch um sich noch schnell unter den Nagel zu reißen, was zu holen ist. Von den Kulturgütern will ich gar nicht reden, aber was sie alleine aus dem Technologiezentrum an Plänen, Unterlagen und Entwicklungsberichten herausgeholt haben, ist sicherlich viele Milliarden wert, wenn man dieses Wissen verwertet."

„Da hast du allerdings recht", warf Kerstin nun ein, „das würde aber bedeuten, daß die Soldaten, welche die Archive geräumt, die Kulturgüter eingesammelt, aber auch uns gerettet haben, Gotenländer waren. Und das allerdings würde auch erklären, warum die zahlreichen Neger unter ihnen perfekt markomannisch sprachen."

„Na ja, vielleicht nicht alle, aber ein Großteil", bemerkte nun Anke, „außerdem, so eine Evakuierung im großen Stil kann eine kleine Gruppe gar nicht bewerkstelligen. Da muß schon eine Großmacht dahinter stecken. Und war dieser Rudolph nicht auch der Meinung, daß es geheime Absprachen gab, mit der Reichsregierung, einflußreichen

Gruppen aus Industrie und Verwaltung ? Denkt an die hohen Offiziere im 'Evakuierungslager' in Maximilianshaven."

„Nüchtern betrachtet", meinte Anja jetzt, „ist eine Firma ja noch immer besser dran, wenn sie die Hälfte ihres 'Knowhows' an die Gotenländer oder sonst wen abtreten muß als wenn die Palschunen alles klauen. Was mich nur irritiert ist, daß wir angeblich zu einer Insel und gar nicht nach Gotenland fahren."

„Da fällt mir ein", bemerkte Silke nun, „zum gotenländischen Territorium gehört auch eine Inselgruppe, die Barbarossainseln; sie liegt etwa tausend Kilometer von der Küste entfernt im Atlantik. Die Inselgruppe war bisher weitgehend unbewohnt, wäre also der ideale Platz für 'Odin' um da eine Basis zu bauen. Vielleicht ist das unser Ziel ?"

„Natürlich, das wird es sein", warf nun Anja ein, „Rudolph sagte doch auch, daß sein Arbeitsplatz nicht auf dem Festland, sondern auf einer Insel liegen würde."

Es paßte zwar alles zusammen, die Geschichte schien aber in ihrer Gesamtheit so unwirklich, so unglaublich, daß selbst Silke skeptisch blieb.

„Vielleicht spinnen wir uns das alles nur zusammen und am Ende ist alles doch anders. Aber spielt das jetzt eine Rolle ? Wir sind auf dem Meer unterwegs, fahren irgendwo hin. Das reizt natürlich zu Spekulationen, zumal wir im Grunde nichts Sicheres wissen. Aber, wenn es tatsächlich so ist, wäre das ein schlechtes Ziel ?"

„Das wird sich zeigen", ergänzte Anke, „sicher ist nur, daß wir unterwegs sind, einer gräßlichen Gegenwart entrannen, irgendwohin fahren. Ist es da schlimm, wenn wir auf eine gute Zukunft hoffen ?"

Kerstin grinste.

„'Etwas besseres als den Tod werden wir überall finden', sagte der Esel zum Hund."

Es war mittlerweile spät geworden und der Wein war auch zur Neige gegangen. Die Runde löste sich auf, die Frauen kehrten in ihre Kabinen zurück.

Die nächsten Tage verliefen gleichförmig; die Frauen gingen ihrer

Arbeit nach, trafen sich abends zur Plauderrunde. Sie blieben unter sich. Intensivere Kontakte zu den anderen Prioritätsdamen wurden nicht geknüpft. Das hatte keine besonderen Gründe, beruhte nicht auf Abneigungen. Es war eher so: die vier hatten sich gefunden, verstanden sich und die abendlichen Unterhaltungen beim Wein hatten bereits nach drei Tagen eine gewisse Tradition; tagsüber unterhielt man sich schon mit den anderen und Anja traf sich auch fast täglich mit Rudolph. Die Gespräche drehten sich nun nicht mehr so sehr um Spekulationen über ihre Lage und ihre Zukunft, man sprach über persönlich Dinge, erzählte Begebenheiten aus seinem Leben. Hinsichtlich ihres Ziels und ihrer Zukunft gab es ja auch keine Neuigkeiten, die zu neuen Mutmaßungen hätten Anlaß geben können. Anja war lediglich bei ihren Aufenthalten auf Deck aufgefallen, daß sich offensichtlich zwei größere Passagierschiffe ihnen angeschlossen hatten. Verwunderlich war das allerdings nicht. Sie waren ja sicherlich nicht die einzigen, die evakuiert wurden.

Eines Tages eröffnete dann Kerstin die Plauderrunde:

„Ich muß euch etwas Interessantes erzählen. Ich hatte da heute nacht als ich wach lag so eine Idee. Wie ihr wißt, gibt es ja hier auf den Computern ein Informationsnetz, so eine Art Internet. Da hatte ich gestern ein bißchen nachgeforscht und ein altes Photo von Totila gefunden; es stammte aus dem Jahre 1971, also noch aus seiner Zeit als Söldner. Ich druckte es aus. Heute nacht fiel mir dann ein, daß die alte Frau, ich meine Hedwig, einmal erzählt hatte, daß ihre Evakuierung offensichtlich auf Anordnung des 'Staatsvogtes' erfolgt war und Silke einmal erwähnt hatte, daß Totila sich jetzt als 'Staatsvogt' bezeichnen läßt. Ich ging also heute nach dem Mittagessen zu ihr hin, zeigte ihr das Photo und fragte sie, ob sie den Mann kenne. Sie dachte eine Weile nach, sagte dann: 'Es ist über fünfzig Jahre her, ich war damals fünfzehn oder sechzehn als ein Junge, er war so zwei Jahre älter als ich, mir nachlief. Er war nicht mein Typ, ich wies ihn ab, aber er war hartnäckig, wurde mir mit der Zeit lästig. Ich sagte es ihm auch, aber er ließ sich nicht abwimmeln. Dann verschwand er eines Tages. Eine Freundin, die ihn von der Schule her kannte, erzählte mir dann, er habe wegen der Teilnahme an einer

42

gewalttätigen Demonstration Ärger mit der Polizei bekommen und sei abgehauen. Es hieße, er sei zur Fremdenlegion gegangen. Was aus ihm geworden ist, weiß ich nicht; ich habe nie mehr etwas von ihm gehört.' Ich habe ihr natürlich nicht gesagt, wer er heute ist."

„Bingo", meinte Silke, „der Junge, der ihr nachlief ist Totila, der 'Staatsvogt'; er hat sie nicht vergessen und nun rausholen lassen, und das nach über fünfzig Jahren. Das nennt man ewige Liebe."

Die anderen lachten. Anja unterbrach das Gelächter schließlich: „Aber das ist der Beweis. Hinter der Evakuierung stecken die Gotenländer. Jetzt müssen wir nur noch herausfinden, welche Rolle 'Odin' in diesem Spiel hat."

Ankunft auf den Barbarossainseln

Nach knapp zwei Wochen Fahrt kam Land in Sicht. Sie steuerten eine Insel an. Nach dem Anlegen mußten die Frauen noch einige Tage auf dem Schiff bleiben, dann durften sie an Land gehen, wurden angewiesen auf einem freien Platz in der Nähe des Kais Aufstellung nehmen. Major Helmbrechts kam herbei.

„So, meine Damen, Ihre Reise ist fast zu Ende. Sie werden jetzt in Ihre neuen Quartiere gebracht. Allerdings nicht alle in die gleichen. Sie werden aufgeteilt. Wir wissen aber, daß Sie sich während der Fahrt näher kennengelernt, Freundschaften geschlossen, Untergruppen gebildet haben. Das werden wir, soweit möglich, berücksichtigen und Sie nicht auseinanderreißen. Sie werden dann aufgerufen. Ich verabschiede mich schon einmal von Ihnen. War mir ein Vergnügen."

Er ging; Anke, Anja, Kerstin und Silke wurden zu einer Fähre geschickt. So nach und nach versammelten sich dort etwa einhundertfünfzig Personen, Frauen, Männer, auch Familien mit Kindern. Dann legte die Fähre ab. Nach knapp zweistündiger Fahrt erreichten sie eine weitere Insel. Die Fähre legte an, die Menschen gingen von Bord. Wiederum mußten sie alle Aufstellung nehmen. Die vier wurden zusammen mit etwa vierzig anderen Frauen, die sie zum Teil kannten, zum Teil aber auch nicht kannten, einer Gruppe zugeteilt.

Als sie vollständig waren, marschierten sie los und gelangten nach etwa einer halben Stunde zu einem Gebäudekomplex, der in einer Art Park lag und auf den ersten Blick an eine Ferienanlage erinnerte. Nach einer kurzen Begrüßungsrede durch eine Frau mittleren Alters, die sich als Vorsteherin titulierte, wurden die Wohnungen zugeteilt, sie erhielten ihre Schlüssel und einen Umschlag, der tausend gotenländische Taler enthielt. Anke und Anja sowie Kerstin und Silke erhielten je eine Dreizimmerwohnung; sie lagen in unmittelbarer Nachbarschaft im Erdgeschoß. Die Wohnungen waren vollständig möbliert, gut ausgestattet, verfügten über eine Küche mit einer Kühlschrank – Gefriertruhen - Kombination, einem Herd, einem Backofen, einer Spülmaschine, einem Mikrowellenofen, auch Toaster, Wasserkocher, Eierkocher und so weiter, eben alles was zu einer modernen Küche gehört, war vorhanden. Im Badezimmer stand eine Waschmaschine, einen Wäschetrockner gab es allerdings nicht, auch Fernsehapparat und Telefon waren vorhanden. Die Frauen legten ihr Gepäck ab, suchten anschließend das nahe gelegene Einkaufszentrum auf, da die Vorsteherin ihnen erklärt hatte, daß sie sich von nun an selbst versorgen müßten. Sie kauften einige Lebensmittel, Getränke, Hygieneartikel, eben das, was sie am dringendsten zu brauchen glaubten. Dann gingen sie zu ihrer Wohnung zurück, bereiteten sich eine Mahlzeit, aßen. Es war mittlerweile vier Uhr nachmittags; es war warm und sonnig draußen, und so beschlossen die vier die Gegend etwas zu erkunden. Es schien sich tatsächlich um eine Ferienanlage zu handeln, die allerdings offensichtlich vorher noch nicht genutzt worden war. Der Strand lag etwa zweihundert Meter entfernt nach Norden. Nach Westen zog er sich etwas geradlinig hin, in der Ferne war eine Anlage, vielleicht eine Fabrik zu erkennen. Im Osten mündete der Strand in eine sich nach Süden hin erstreckende Bucht mit einer Tiefe von etwa einem Kilometer, an deren Ende der Hafen lag, in dem sie angekommen waren. Auf der anderen Seite der Bucht erhob sich eine vielleicht fünfzig Meter hohe Klippe, auf der ein einzelnes Haus stand. Alles bot einen harmonischen, fast idyllischen Anblick, die Gebäude, der Hafen, selbst die entfernte Fabrik ordneten sich in die Landschaft ein, es gab keine häßlichen Bauten, die störten.

„Fast wie im Paradies", bemerkte Anja.

Erst als es dunkel wurde kehrten sie in ihre Wohnungen zurück. Sie fanden eine Nachricht vor, daß sie sich am nächsten Morgen um neun Uhr in einem 'Unterrichtssaal' einzufinden hätten. Ein Orientierungsplan war beigefügt. Silke und Kerstin kamen noch einmal kurz zu Besuch. Sie tranken Wein, waren guter Dinge, spekulierten darüber, was morgen geschehen würde.

Die etwa vierzig Frauen fanden sich zur angegebenen Zeit im Unterrichtssaal ein. Dann erschien die Vorsteherin, die sie bereits gestern empfangen hatte.

„Guten Morgen, meine Damen", begann sie, „Sie sind jetzt am Ziel. Ich denke, ich muß Sie erst einmal über die Gegebenheiten informieren. Sie befinden sich auf der Insel Donarsland; sie ist die zweitgrößte der Inselgruppe der Barbarossainseln. Die größte heißt Wotansland, dort sind sie angekommen. Die Inselgruppe gehört zum Territorium der Republik Gotenland, besitzt aber einen Autonomiestatus und wird von der Organisation 'Odin' verwaltet. Unsere Insel soll einmal etwa einhunderttausend Menschen beherbergen, bisher sind allerdings nur knapp die Hälfte eingetroffen, die anderen werden im Zuge der Evakuierungen aus Europa im Laufe der nächsten zwei bis drei Wochen ankommen, schätze ich einmal. Ich habe mich Ihnen als 'Vorsteherin' vorgestellt, das heißt konkret, ich bin, in Ihrem bisherigen Sprachgebrauch, die Bürgermeisterin der Gemeinde Ottosdorf, zu der Ihre Wohnanlage gehört. Sie wurde, wie Sie vielleicht schon an ihrer Struktur erkannt haben, ursprünglich als Feriensiedlung geplant und errichtet, die Umstände erfordern es aber, daß sie bis auf Weiteres als Wohnanlage genutzt wird. Es ist hier auch noch nicht alles so, wie es sein sollte, der Bezug der Insel war auch erst für später vorgesehen; die durch den Krieg in Europa notwendig gewordenen Evakuierungen haben allerdings unsere Planungen durcheinandergebracht. Wir mußten improvisieren. Wir hoffen trotzdem, daß Sie sich hier wohlfühlen werden. Nun, genug der Vorrede. Sie haben sicherlich auf der Reise von 'Odin' gehört.

Unsere Organisation wurde vor zwanzig Jahren gegründet, ursprünglich um die bedrohte europäische Kultur zu bewahren. Sie war zunächst eher ein akademischer, idealistischer Zirkel; man glaubte damals noch, es genüge innerhalb der Bevölkerung des Reiches eine genügend große Gruppe gebildeter Menschen zusammen zu bekommen, die in der Lage ist, die Bewahrung der Kultur zu gewährleisten, sozusagen, eine Art geistiger Elite, welche die zunehmende Verflachung des Geisteslebens und die Verwilderung der Sitten nicht mitmachen würde. Nach einigen Jahre stellte sich aber heraus, daß dies nicht genügte. Eine territoriale Basis wurde als notwendig erachtet, in der die Kultur erhaltenden Menschen ihren eigenen Gesetzen entsprechend leben konnten, sich nicht dem Zeitungeist unterwerfen mußten. In Europa gab es hierfür keinen Platz. Die Regierung von Gotenland erwärmte sich jedoch für das Projekt. Nach längeren Verhandlungen stellte sie uns die fast unbewohnten Barbarossainseln zur Verfügung. Sie gewährte unserer Organisation einen Autonomiestatus, unterstützte uns personell und finanziell großzügig beim Aufbau. Wir haben natürlich auch eigene Geldquellen, Beteiligungen an internationalen Konzernen zum Beispiel; die Erträge verwenden wir zum Aufbau hier. Sie müssen wissen, in unseren Führungsgremien saßen mittlerweile keine unbedeutenden Leute mehr, sondern einflußreiche Personen, die im Markomannischen Reich in Staat und in der Industrie führende Stellungen einnahmen und weitreichende Verbindungen hatten. Es waren natürlich tüchtige Leute; von diesen Schwätzerpolitikern, die das Reich ruiniert haben, ist keiner bei uns. Aus diesem Grund wurde und wird auch noch jetzt diese Geheimniskrämerei mit den Namen getrieben und die Mitglieder des Zwölferrates, der unsere Geschicke bestimmt, werden nur mit Nummern bezeichnet. Es hätte unserer Sache sehr geschadet, wenn ihre Namen publik geworden wären. Man hätte sie dann sicherlich kaltgestellt und sie hätten nichts mehr für unsere Sache tun können. Nun, nachdem das Reich verdienterweise zerschlagen wurde, ist eine solche Geheimhaltung nicht mehr notwendig. Ich denke, sie werden sich bald zu erkennen geben. Einfluß darauf habe ich natürlich nicht. Gut, weiter im Text. Es werden hier neue Industrien entstehen, vornehmlich auf dem Gebiet der Hochtechnologie. Wir werden Produkte herstellen, die auf dem Weltmarkt gefragt sind und sich dort mit großem Gewinn verkaufen lassen. Das sichert unsere Existenz, wir müssen schließlich mit einer relativ kleinen Anzahl von Menschen viel leisten. Und das Leben hier soll noch lebenswert sein. Niemand soll bis zur völligen Erschöpfung arbeiten müssen. Ein Teil der Anlagen ist bereits fertiggestellt, aber viele befinden sich noch im Aufbau, da nach unseren Plänen eine großangelegte Besiedlung erst in zwei Jahren erfolgen sollte. Sie müssen also noch Pionierarbeit leisten. Ich denke aber, es wird hier für Sie dennoch nicht zu schwer. Es werden Ihnen im Anschluß an meine Einführungsrede dann Arbeitsplätze für die Aufbauphase zugewiesen. Die müssen Sie einnehmen. Später können Sie dann sicherlich Ihren Arbeitsplatz frei wählen. Im Moment geht das aber nicht, der Aufbau hat Vorrang, da brauchen wir jede Hand am richtigen Ort. Aber bedenken Sie eines: Sie sind keine Gefangene; wer nach einigen Wochen oder Monaten das Land verlassen will, darf das tun. Überlegen Sie sich das allerdings gut, denn eine Rückkehr ist ausgeschlossen. Die Armbänder können Sie übrigens abnehmen. Die brauchen Sie jetzt nicht mehr."

Sie wurden dann einzeln aufgerufen, erhielten ihre Arbeitsplätze zugewiesen. Den Vieren wurde allesamt, ihrer Ausbildung entsprechend, ein Arbeitsplatz in einer sich im Aufbau befindenden Meerwasser - Entsalzungsanlage zugewiesen. Sie lag etwa ein Kilometer entfernt im Westen, war die 'Fabrik', die sie gestern in der Ferne gesehen hatten. Ihnen wurde dann noch mitgeteilt, daß sie ihre Arbeitsplätze am nächsten Montag antreten müßten. Bis dahin hätten sie frei. Damit endete die Versammlung. Die meisten gingen, die vier blieben aber noch.

„Entschuldigen Sie", fragte Silke die Vorsteherin, „wir hätten da noch eine Frage."

„Bitte", war die Antwort.

„Die Sache ist so; Sie sagten vorhin, wir bräuchten die Armbänder nicht mehr. Sehen Sie, wir waren 'Prioritätsdamen'. Es war uns aber niemals so richtig klar geworden, abgesehen davon, daß wir bei der

47

Überfahrt bevorzugt behandelt wurden, was das bedeutete und wie wir zu dieser Ehre kamen. Und wenn ich Sie recht verstanden habe, gaben Sie so lapidar zu verstehen, daß das jetzt keine Rolle mehr spielt. Das verstehen wir nicht."

Die Vorsteherin lachte.

„Wenn Sie sonst keine Probleme haben ! Wissen Sie, die Klassifizierung 'Prioritätsdamen' war für die Evakuierung gedacht. Sie betraf Frauen, die nicht zu den 'geplant' zu Evakuierenden gehörten, also Personen, die auf irgendeine Art und Weise schon vorher zu uns gehörten und nun, ja, vorzeitig zu den Inseln gebracht werden sollten. Sie sollten aber auch eine bessere Behandlung erfahren als 'normale' Flüchtlinge, die ja zweifelsohne auch mit evakuiert werden würden. Das Ganze ging natürlich von den Herren des Zwölferrates aus. Sie erließen die entsprechende Richtlinie. Ich nehme an, sie machten das, um Frauen, zu denen sie irgendwie geartete Beziehungen hatten, herauszuholen und ihnen natürlich auch eine entsprechende priviligierte Behandlung hinsichtlich Verpflegung, Unterkunft und so weiter zuzukommen lassen. In einem zweiten Erlaß wurden dann einige Tage später auch Frauen in diesen Kreis aufgenommen, die während der Durchführung unserer Maßnahmen, das heißt der Sicherstellung technischer Unterlagen oder Kulturgüter, sich besondere Verdienste für unsere Sache erwerben würden, ohne daß sie vorher zu uns gehört hätten. Diese Definition war natürlich recht schwammig und wurde von den Kommandeuren vor Ort auch großzügig ausgelegt. Wenn Sie also nicht wissen, warum Sie diesen Status erhalten haben und keinen 'näheren Kontakt' zu einem von denen hatten, so liegt das vermutlich daran, daß Sie dem Kommandeur aus irgendeinem Grund einfach nur gefallen haben und er Ihnen einen Dienst erweisen wollte. Vielleicht haben Sie ihn an seine Mutter erinnert oder so etwas."

„Bei mir war angeblich eine 'Nummer sieben' im Spiel", meinte Silke, „wissen Sie, wer dahinterstecken könnte ?"

„Wie ich schon vorhin sagte, die Männer vom Zwölferrat sind namentlich nicht bekannt, sie tragen aus Tarnungsgründen Nummern. 'Nummer sieben' ist, soviel ich weiß, für den Bereich 'Naturwissenschaften' zuständig. Wer sich allerdings dahinter verbirgt, weiß ich nicht. Denken Sie mal nach, vermutlich kennt er Sie von früher her. Aber seien Sie sich sicher, wenn er noch Interesse an Ihnen hat, dann wird er sich früher oder später mit Ihnen in Verbindung setzen. Wenn nicht, dann ergeben sich für Sie daraus auch keine Nachteile."

Die Vorsteherin verabschiedete sich.

„Also, bei mir ist wohl klar, warum ich den Status hatte", spöttelte nun Kerstin, „bei Silke wohl auch, da handelt es sich wohl um einen verschmähten Liebhaber, an den sie sich nicht mehr erinnert oder erinnern will. Aber was ist mit Euch ?"

Sie blickte Anke und Anja spöttisch an.

„Anke hat dem Typen wohl gefallen, obwohl sie angezogen war", frozzelte nun Anja, „war vielleicht auch besser so, daß sie sich geweigert hat sich auszuziehen. Hätte er sie nackt gesehen, hätte er sie vermutlich gar nicht mitgenommen."

„Dumme Kuh", war Ankes Antwort.

Die Tage bis zu ihrem Arbeitsantritt verbrachten die Frauen mir 'süßem Nichtstun', faulenzen, lesen, sich sonnen, spazieren gehen, die Gegend erkunden. Auch versuchten Sie sich über die Lage in Europa zu informieren. Die Palschunen hatten mittlerweile das Reich völlig überrannt, an zahlreichen Stellen sogar die gallische Grenze überschritten, aber ihren Vormarsch nach einigen Kilometern eingestellt. Offenbar hatten die Palschunen nicht die Absicht auch noch Gallien zu erobern und es gab wohl Waffenstillstandsverhandlungen mit der gallischen Regierung. Die Nachrichten aus dem Reich, man muß schon sagen, dem ehemaligen Reich, waren spärlich. Was sich in den von den Palschunen besetzten Gebieten abspielte blieb weitgehend im Dunkeln; die wenigen Flüchtlinge, die sich nach Gallien durchschlagen konnten sprachen von schlimmsten Gräueltateten..

Am Montag morgen begaben sich die vier zu ihren Arbeitsstellen. Sie hatten mittlerweile Fahrräder erhalten, so daß sie nicht laufen mußten. Silke erhielt eine Stelle einer Hausjuristin, Anke die einer

Sachbearbeiterin in der Personalabteilung; Anja wurde als Ingenieurin in der Abteilung zur Entwicklung von Steuerungsanlagen eingestellt und Kerstin schließlich als Ingenieurin in der Qualitätskontrolle, das heißt der Analyse des entsalzten Meerwassers in Hinblick auf seine Verwendung als Trinkwasser, Brauchwasser oder zur Bewässerung. Sie arbeiteten sich rasch in ihre Positionen ein, waren im Großen und Ganzen zufrieden.

Weitere Zuzüge Evakuierter folgten; die Aufbaumaßnahmen gingen voran. Die vier erkundeten in ihrer Freizeit die Insel per Fahrrad; sie war nicht allzu groß, umfaßte etwa 1500 Quadratkilometer. Allerdings lockerte sich die Gruppe auch etwas. Mit der zunehmenden Normalisierung des Lebens, kamen natürlich auch die unterschiedlichen Interessen zur Geltung.

Das 'soziale' Leben begann, es bildeten sich Vereine. Silke gründete eine Theatergruppe, Kerstin wirkte beim Aufbau eines Museums mit, lernte dabei einen Mann kennen und es entwickelte sich eine intensive Beziehung zwischen ihnen. Rudolph war auf der gleichen Insel angesiedelt worden, Anja und er nahmen Kontakt auf, intensivierten ihr Verhältnis zu einander, wenn man das einmal so sagen darf.

Anja wirkte daneben auch bei der Einrichtung einer Bibliothek mit, während Anke daran ging, eine Ausstellung über Dome im Markomannischen Reich zusammenzustellen.

Auch Silke und Anke fanden schließlich 'ihre Männer'. Anfangs gab es natürlich Frozzeleien; Silke warte auf ihre 'Nummer sieben' hieß es bald in der Runde. Anke gegenüber war man noch gemeiner, da man ihr nachsagte, sie leide bereits unter Altersfrigidität. Das blieb natürlich innerhalb der Gruppe, wurde entsprechend gewertet und war kein Anlaß sich zu zerstreiten.

Anke gelang es nach einiger Zeit Verbindung zu ihren Kindern aufzunehmen. Sie waren in Sicherheit. Als sie allerdings erfuhren, wo sich ihre Mutter befand, waren sie bestürzt und erschüttert. Sie waren eben die typischen Produkte der zeitgemäßen markomannischen Erziehung und Gotenland war für sie daher, abgesehen von der Hölle, der übelste Ort, an den ein Mensch geraten konnte. Als Anke ihnen mitteilte, es gehe ihr gut, glaubten sie zunächst, sie stünde unter Drogeneinfluß und es kostete sie sehr viel Mühe ihre Kinder davon zu überzeugen, daß sie bei klarem Verstand war. Sie waren selbstverständlich auch nicht bereit, sie in Gotenland zu besuchen oder sich gar dort anzusiedeln, wozu natürlich auch eine spezielle Einwanderungserlaubnis notwendig gewesen wäre. So blieb am Ende der Kompromiß, daß sie sich bei Gelegenheit in Suebien treffen würden.

Der staatsbürgerliche Unterricht

An regelmäßigen Verpflichtungen gab es nur den sogenannten 'Staatsbürgerlichen Unterricht', den sie einmal pro Woche abends besuchen mußten. Er dauerte jeweils etwa zwei Stunden. Hier wurden sie mit den politischen und gesellschaftlichen Grundlagen ihrer neuen Heimat, des 'neuen Staates' vertraut gemacht. Die Teilnehmerzahl pro Unterrichtseinheit war auf etwa zwanzig Personen begrenzt. Es hieß, man wolle die Gruppen nicht zu groß machen, da es sich nicht um einem Frontalunterricht, eine Art Vorlesung handele, sondern man wolle auch die Möglichkeit einer Diskussion offenhalten. Es muß daher nicht unbedingt erwähnt werden, daß es angesichts der hohen Anzahl der Eingewanderten nicht nur einen Kurs gab, sondern zahlreiche, die zum Teil auch parallel abgehalten wurden. Die vier besuchten daher nicht gemeinsam einen einzigen Kurs. Insgesamt zogen sich die Unterrichtseinheiten über acht Monate hin. Der Unterrichtsstoff soll hier nicht im Detail wiedergegeben, sondern nur in groben Zügen dargestellt werden.

Zunächst wurde den Teilnehmern die Organisation 'Odin' vorgestellt, ihre Geschichte, ihr Aufbau, ihre Ziele.

'Odin' war etwa vor zwanzig Jahren von einer Gruppe Professoren, vornehmlich Geisteswissenschaftlern, gegründet worden. Man kann wohl mit einem gewissen Recht behaupten, daß bei der Gründung Hermann Hesses 'Glasperlenspiel' eine nicht unbedeutende Rolle gespielt und man sich anfangs auch daran ausgerichtet hat. 'Odins' Ziel

51

war es daher, angesichts der zunehmenden Samunklatisierung Europas, einen Gegenpol zur Erhaltung des europäischen Geistes zu errichten. Den Gründern schwebte eine Art Orden des Geistes vor, eine Gemeinschaft zur Erhaltung des kulturellen Erbes in der Literatur, der Musik, der Philosophie, der Malerei, aber auch der Bildhauerkunst, der Mythen, der Sagen, der alten Überlieferungen. Zunächst beschäftigte man sich mit der Zusammenstellung von Listen erhaltenswerter Kulturgüter, dann begann man mit der Sammlung, da es Ziel war, ein zentrales Kulturmuseum einzurichten, das als eine Begegnungsstätte, ein Ort der Wissensvermittlung, des Lernens dienen sollte. Besonderen Wert wollte man darauf legen, gerade junge Menschen, die in Schule und in den Medien kaum noch etwas über ihre kulturellen Wurzeln und ihr kulturelles Erbe erfuhren, anzusprechen, ihnen die alten Werte vermitteln und sie so wieder in ihren Kulturkreis einzubinden, um sie schließlich zu überzeugen, daß es ein wertvollerer Lebenssinn sei, als Träger der eigenen Kultur zu wirken als sich einer seichten multikulturellen Lebensweise hinzugeben, die keine Werte kannte, außer Beliebigkeit, und dem Ausleben der eigenen Persönlichkeit nachzugehen, die keine echte Persönlichkeit war, sondern nur eine Zusammenballung fremder Einflüsse. Dieser Menschentyp stellte schon damals die Mehrheit dar; über keine kulturellen Wurzeln mehr verfügend, besaßen sie keine auf kulturellen Werten basierende Lebenseinstellung mehr, sondern folgten nur den geistigen Strömungen, die ihnen von Lehrern, Pfarrern und Medien als die 'modernen' und einzig richtigen gesellschaftlichen Anschauungen eingeimpft wurden. Sie waren sozusagen im 'Zeitgeist' verhaftet, der alles vehement diffamierte und bekämpfte, was nicht auf seiner ungeistigen Linie lag. Mit 'Odin' gab es keine nennenswerten direkten Auseinandersetzungen innerhalb der Gesellschaft, da die Herren des Zeitgeistes den Angehörigen 'Odins' geistig unterlegen und daher nicht in der Lage waren mit ihnen sachlich fundierte Diskussionen zu führen. Man beschränkte sich daher auf gelegentliche Diffamierungen und verschwieg die Existenz 'Odins' soweit wie möglich. Aus diesem Grund blieb die Organisation im Volk weitgehend unbekannt.

Nach einigen Jahren kam allerdings noch ein zweiter Punkt hinzu: die Verschärfung der politischen Lage in Europa, hervorgerufen durch die zunehmend aggressivere Politik Palschunistans, die von einer fundamentalistisch – kommunistischen Führungsschicht bestimmt wurde. Im Mittelpunkt deren Ideologie stand die Heranbildung eines 'neuen, sozialistischen Menschen', der nach völlig neuen Regeln leben sollte. Die alten kulturellen und geistigen Werte Europas galten in dieser Ideologie als reaktionär, der Zukunft entgegen gerichtet, abschaffenswert. Diese Politik betrieben sie in ihrem Herrschaftsgebiet mit aller Konsequenz. Viele bewußt denkende Menschen erkannten die Gefahr, welche dadurch drohte, zumal Palschunistan eine gewaltige militärische Aufrüstung betrieb, während man in Europa, das Markomannische Reich ging hier mit schlechtestem Beispiel voran, von einer friedlichen, multikulturellen Zukunft träumte, die Ausgaben für Verteidigung drastisch kürzte und die freigewordenen Mittel für soziale Experimente ausgab. Man vertraute vielmehr auf den Schutz durch Samunkelstan ohne zu merken, daß dieses Land sich allmählich von Europa abwandte, weil Engagement in anderen Weltregionen profitabler erschien. Es wurde den Mitgliedern von 'Odin' daher sehr bald klar, daß ihre Gruppe im Reich keine wirkliche Zukunft hatte, das ohnehin von dem drohenden Palschunensturm hinweggefegt werden würde. Sie benötigte also eine Basis irgendwo außerhalb Europas, am besten in Form einer autonomen Republik. Dies erschien anfangs als absurdes Wunschdenken, denn wo wollte man in einer verteilten Welt ein Territorium für solch einen Staat finden ? Kein Land würde so etwas zulassen. Umso größer war die Überraschung als Totila, der politische Führer Gotenlands, Kontakt zu der Organisation aufnahm und Interesse an deren Ideen zeigte. Mit der Einschaltung Totilas veränderten sich aber auch die Ziele 'Odins'. Hatte man zuvor bei den Vorstellungen von einem eigenen Territorium eher an eine abseits der Schauplätze der Weltgeschichte liegende 'Mönchsrepublik' gedacht, so rückte nun die Schaffung eines elitären Staates in den Vordergrund, in dem Technologie und Naturwissenschaft die zentrale Rolle spielen sollten. Die Ziele der gotenländischen Regierung

standen außer Zweifel. Totilas Bestreben war, die lokale Großmacht Gotenland zu einer wirtschaftlichen und militärische Großmacht von Weltgeltung auszubauen und hierzu benötigte er das technologische Wissen Europas, zu dem es wegen des Handelsembargos auf legale Weise keinen Zugang gab. Die Errichtung einer 'Odin' – Republik nach seinen Vorstellungen beinhaltete die Zuwanderung einiger hunderttausend technischer und naturwissenschaftlicher Spitzen- kräfte und den Aufbau sogenannter 'Denkfabriken', Unternehmen zur Entwicklung spitzentechnologischer Geräte. Die Betonung lag auf 'Entwicklung', die spätere Produktion der Waren konnte woanders erfolgen. Das gesamte Unternehmen lief also auf eine gigantische Industriespionage hinaus, wenn man es so nennen möchte. Und hierfür war Totila bereit, 'Odin' nicht nur gewaltige finanzielle Mittel, sondern auch die fast unbewohnten Barbarossainseln als Basis zur Verfügung zu stellen. Die Vertreter der 'Technologie' in der Führung 'Odins', bisher gegenüber den 'Humanisten' eher eine unbedeutende Gruppe, erkannten die Bedeutung der Vorschläge der goten- ländischen Regierung eher als die teilweise etwas weltfremd wirkenden Humanisten, engagierten sich unbedingt dafür und setzten schließlich die entsprechenden Beschlüsse durch. Ihr Einfluß steigerte sich sehr rasch, bereits nach wenigen Monaten dominierten sie. Die massenhafte Anwerbung wissenschaftlicher und technischer Spitzenkräfte begann, später dann auch die von Facharbeitern und Handwerkern. Andere Berufsgruppen waren von geringerem Interesse; man kam überein, nur so viele anzuwerben wie für die Funktion des zukünftigen Staates als unbedingt notwendig erachtet wurde. Dies hatte zu dem damaligen Zeitpunkt noch keine Eile.
Der Aufbau begann.
Im 'Staatsbürgerlichen Unterricht' stellte man diesen Sachverhalt auch mehr oder weniger unverblümt dar, verbrämte allerdings die In- dustriespionage als 'Rettung des technischen Wissens Europas' vor dem Zugriff der Palschunen. Daß die Spionageaktionen schon Jahre vor dem Überfall der Palschunen begonnen hatte, begründete man damit, daß 'Odin' die Entwicklung, wie sie nun eingetreten war, schon lange vorausgesehen und man mit den 'Rettungsmaßnahmen'

daher schon frühzeitig hatte beginnen müssen. Man verwies dabei darauf, daß die Palschunen in knapp vier Wochen das Reich überrannt hatten, eine viel zu kurze Zeitspanne für umfangreiche Evakuierungen ohne Vorbereitung. Das heißt, ohne 'Odins' vorausschauende Maßnahmen, wäre fast das gesamte im Reich angesammelte technische Wissen den Palschunen in die Hände gefallen und damit unwiederbringlich verloren gewesen.

Mit dem Beginn der Aufbauphase auf den Barbarossainseln habe sich 'Odin' dann von einer 'idealistischen' Gruppe hin zu einer politisch-wirtschaftlichen Organisation entwickelt, die sich natürlich nicht öffentlich präsentieren konnte, zumal infolge der Dominanz der 'Technokraten' nun auch mehr und mehr einflußreiche Personen aus Staat und Wirtschaft sich 'Odin' angeschlossen hätten und in Führungspositionen aufgestiegen seien. Es habe aus diesen Gründen auch keinen direkten Kontakt zwischen den oberen Führungsebenen von 'Odin' und den 'einfachen Neuangeworbenen' geben können. Dieser habe durch eine Gruppe von 'Vermittlungspersonen' stattfinden müssen, die allerdings über kein großes Detailwissen hinsichtlich der Führungsschicht verfügen durfte, damit sie im Falle von Enttarnung oder durch Geschwätzigkeit nicht allzu viel über die Organisation preisgeben und ihr damit schaden konnte. Die Führungsschicht habe damals notwendiger Weise erweitert werden müssen. Dies sei durch ein aufwendiges Auswahlverfahren erfolgt. Schließlich sei der 'Zwölferrat' etabliert worden, dem auch Exekutivbefugnisse verliehen wurden, und der damit als eine Art Regierung fungierte. Jedem Ratsmitglied unterstand ein bestimmter Verantwortungsbereich. Die Durchführung der in einen Bereich fallenden Aufgaben oblag einem dem Ratsmitglied unterstelltem Gremium, das wiederum in drei oder vier verschiedene Ebenen unterteilt war. Den Kontakt mit der Außenwelt hielten die untersten Ebenen aufrecht. Ihnen gehörten auch die oben erwähnten 'Vermittlungspersonen' an.

Bei den Schulungsvorträgen wurde dann auch hervorgehoben, daß derartige Strukturen nicht als demokratisch bezeichnet werden können. Die Errichtung demokratischer Strukturen sei unter den gegebenen Verhältnissen auch gar nicht möglich gewesen. Es werde gegenwärtig auch nicht daran gedacht, die bestehenden Strukturen auf der mittleren und oberen Führungsebene mittelfristig zu verändern. Sie seien allerdings durchlässig, was bedeutet, daß geeigneten, fähigen Personen der Aufstieg in diese Führungsebenen offenstehe; das wurde allerdings als Selbstverständlichkeit dargestellt, da mit dem fortschreitenden Aufbau des Staates ohnehin auch eine zunehmende Anzahl von Führungspersonen benötigt werde.

Demokratische Strukturen seien allerdings auf der unteren Ebene, das heißt der Verwaltung und der Ausgestaltung der Gemeinden und Städte im Aufbau.

Dies bedeute aber keine Willkürherrschaft der Führungsschicht; diese handele in Verantwortung für die Realisierung der Ziele, dem Aufbau und der Ausgestaltung des neuen Staates zum Wohle aller.

Eine Rechtsordnung, basierend auf den europäischen Traditionen und jener des Markomannischen Reiches, sei in Ausgestaltung, in Teilen bereits verkündet.

Diese hier knapp zusammengefaßten allgemeinen Ausführungen, nahmen im Unterricht einen sehr breiten, sehr ausführlich diskutierten Raum ein. Der Zweck bestand natürlich auch darin, den Menschen 'Odin' näher zu bringen, ihnen zu vermitteln, daß es sich um keine zweifelhafte Organisation mit zweifelhaften Zielen handelte, welche die Menschen hier auf den Inseln nur für ihre Zwecke mißbrauchen wolle. Vielmehr strebe 'Odin' danach, ihnen ein Leben in Freiheit, Sicherheit und ohne wirtschaftliche Not unter Wahrung ihrer kulturellen und zivilisatorischen Wurzeln und ihrer traditionellen Lebensweise zu gewährleisten. Hierfür sei die Anerkennung der Staatsgrundlagen und ihre aktive Mitarbeit beim Aufbau und der Ausgestaltung des neuen Staates erforderlich.

Die Staatsgrundlagen waren allerdings bisher noch nicht näher erläutert worden.

Die Menschen erfuhren nun, daß sich die Führungsschicht bereits unmittelbar nach Beginn der Aufbauphase mit dem Thema beschäftigt hatte, woraus die Denkschrift 'Grundlage der zukünftigen Republik Odin' entstand. Sie wurde lange unter Verschluß gehalten. Nun sei dies aber nicht mehr notwendig. Sie wurde daher mit der Bemerkung, dieses Dokument bilde die Basis der gegenwärtigen erarbeiteten Verfassung, unter die Zuhörer verteilt und nachfolgend ausführlich erläutert und diskutiert.

Der wichtigste Kernpunkt war die Errichtung eines Staates auf der Basis der europäischen Kultur, geprägt durch die traditionellen ethischen Werte. Man vermied geflissentlich den Begriff 'christlich', da auch antike, also griechische und römische, sowie auch germanische und keltische Traditionen eingebunden würden. Und es wurde betont, daß das Christentum nicht immer einen positiven Einfluß auf die geistige, kulturelle und zivilisatorische Entwicklung Europas ausgeübt habe. Ein Schriftsteller habe das einmal so ausgedrückt: nur ein schlechter Geistlicher mische sich in weltliche Händel ein. Daher hätten sich religiöse Vorstellungen der staatlichen Ordung zu unterwerfen. In diesem Zusammenhang wurde auch angeführt, daß sich die Kirchen in den vergangenen Jahrzehnten ohnehin vom eigentlichen Christentum entfernt und sich dem Zeitgeist unterworfen hätten. Die wenigen Kirchenvertreter, die mit auf die Inseln gekommen waren, bestritten dies natürlich vehement, fanden allerdings bei Führungsspitze kein Gehör und mußten sich damit abfinden, daß die Religion zur Privatsache herabgestuft wurde und sie keinerlei Einflußnahme auf das öffentliche Leben mehr hatten. Die Werte der europäischen Kultur sollten für die staatliche Ordnung, worunter man unter anderem die Gesetzgebung, das öffentliche Leben, die Gesellschaftsordnung oder auch das Erziehungswesen verstand, maßgeblich sein. Hierbei wurde auch eine Reihe von Werten genannt, die manche Gelehrte wohl nicht als elementarer Bestandteil der europäischen Kultur anerkannt hätten, während anderen 'Werten' nicht die Bedeutung zukam, die sie ihnen gerne beigemessen hätten. Dieser Punkt wurde auch ausführlich diskutiert, denn der europäische, genau genommen bereits schon der europäisch – markomannische Geist, sei ja kein einheitliches Gebilde, sondern beinhalte zahlreiche Strömungen und natürlich auch Widersprüche, so daß es notwendig sei, eine gewisse Auswahl zu treffen. Ziel war es dabei, gewisse Unzulänglichkeiten in den staatlichen und gesellschaftlichen

57

Ordnungen der europäischen Staaten, die man als solche erkannt hatte, in der 'Republik Odin' zu vermeiden.

In diesem Zusammenhang tauchte natürlich die Frage auf, woher man wisse, daß diese Auswahl auch tatsächlich die richtige ist. Die ehrliche Antwort lautete, daß man das leider nicht wisse; die Entscheidung sei nach gründlicher Abwägung unterschiedlicher Aspekte getroffen worden. Es müsse sich allerdings in der Praxis erweisen, ob diese Entscheidungen die richtigen, beziehungsweise die sinnvollsten waren und gegebenenfalls müßten entsprechende Modifikationen vorgenommen werden. Die Geschichte habe ja auch gezeigt, daß es keine ewige Staatsverfassung oder Religion gibt. Die geistige Weiterentwicklung der Menschen, zunehmendes Wissen über die Struktur der Materie im Kleinen und des Universums im Großen, sowie neue und intensivere Kontakte mit Völkern, die unterschiedliche Lebensweisen und Lebensnormen hatten, führten in der Vergangenheit zu Änderungen der Denkweisen und der Geisteshaltungen, zu Paradigmenwechseln und hätten sich dann oft in blutigen Revolutionen entladen, wenn die gesellschaftlich und politisch führenden Kreise solche Entwicklungen zu lange ignoriert oder gar bekämpft hätten. Und im übrigen hätten Umstürze nicht immer zu positiven Ergebnissen geführt, wie die Zustände in Palschunistan zeigten. Die Denkschrift sei daher auch nur eine Basis für den gesellschaftlichen Aufbau und es sei auch eine Aufgabe des politischen Unterrichts sich ausführlich damit auseinanderzusetzen und darüber zu diskutieren. Mit anderen Worten, es werde von jedem einzelnen erwartet, daß er nicht nur seine Pflicht an seiner Arbeitsstelle erfüllt, sondern auch aktiv am Aufbau des neuen Staates mitwirkt.

Andere Kulturen wurden durchaus positiv bewertet, ihre Leistungen wurden anerkannt; es wurde allerdings deutlich daraufhin gewiesen, daß sie nicht Teil der europäischen Traditionen seien und daher auch keinen Eingang in die staatliche Ordnung fänden. Dies sei keine Feindlichkeit gegenüber anderen Kulturen, es solle lediglich klar sein, daß die 'Republik Odin' eben ein europäisch geprägter Staat sei, kein multikulturelles Gebilde. 'In anderen Gegenden der Welt mögen sie wohl gedeihen und wir werden auch freundschaftliche Beziehungen zu diesen unterhalten, wenn sie es wünschen', hieß es in diesem Zusammenhang, 'die Führungsschicht fühle sich allerdings auch nicht verpflichtet, anderen Vorstellungen Rechnung zu tragen. Wem also die staatliche Ordnung hier nicht gefalle, dürfe nicht erwarten, daß sich der Staat seinen Wünschen anpasse; vielmehr habe er sich der Ordnung anzupassen, andernfalls stehe es ihm frei, das Land zu verlassen. Niemand werde gezwungen hier zu bleiben und sich der Staatsordnung zu unterwerfen.'

Ein zentraler Punkt war natürlich die Gleichheit aller Menschen, speziell auch die Gleichheit der Geschlechter, was auf eine Abschaffung der Geschlechtertrennung hinauslief. Die Konsequenzen in der Praxis war manchen befremdlich, denn es gab keine getrennten Toiletten mehr; in öffentlichen Bädern gab es auch keine getrennten Umkleideräume oder Duschen und es war als selbstverständlich gestattet, in Bädern oder am Strand sich unbekleidet zu bewegen.

Die in jener Zeit aus Samunkelstan auf Europa übergesprungene 'Gender – Ideologie' wurde als wissenschaftlich unhaltbarer Unsinn verworfen, dem im praktischen Leben wegen der Aufhebung der Geschlechtertrennung ohnehin keine Bedeutung zukam. Ob sich jemand privat als Mann, Frau oder als irgend ein Zwitterwesen fühlte, blieb ihm selbst überlassen. Ansprüche gegenüber Staat und Gesellschaft konnten er oder sie oder es daraus allerdings nicht ableiten. Entsprechend verhielt es sich mit der Homosexualität. Auch diese wurde zur Privatsache erklärt. Es wurde jedoch klar gestellt, daß in der Staatsordnung eine Ehe als Verbindung zwischen Mann und Frau definiert sei und daher nur Paare, die sich eindeutig biologisch und psychisch als Mann und Frau positionierten, heiraten konnten. Damit war die traditionelle Ehe ein Teil der Staatsgrundlage.

Religion und andere geistige Strömungen wurden in die Privatsphäre verbannt; dort durfte sich jeder nach seinen Vorstellungen ausleben, solange er damit nicht in die Rechte anderer eingriff. Die letztere Einschränkung war insbesondere für Paare und Familien von Bedeutung. Für das Zusammenleben galten hier unbedingt die Gesetze des Staates. Wurden einem der Partner die ihm gesetzlich zustehenden

Rechte aufgrund religiöser oder sonstiger weltanschaulicher Aspekte eingeschränkt oder verwehrt, so hatten er oder sie den Anspruch auf sofortige Auflösung der Partnerschaft, sofern sie gesetzlich besiegelt war, und auf entsprechende Entschädigungszahlungen und finanzielle Unterstützung zum Aufbau einer neuen Lebensumgebung.

Als Beispiele hierfür wurden Alkoholgenuß und auch die vegetarische Lebensweise angeführt. Jeder hatte das Recht Abstinenzler oder Vegetarier zu sein, aber niemand das Recht, diese Verhaltensmuster als allgemeine Lebensweise zu propagieren, Menschen, welche diese Lebensweise nicht teilten, zu diffamieren oder zu fordern, solche Ansichten zu Prinzipien des Staatsaufbaus zu erheben.f

Die Freiheit des Einzelnen war ein weiterer wesentlicher Punkt in der Staatsordnung. Im Zentrum stand dabei der Mensch als eigenverantwortliches Wesen. Dies bedeutete zunächst einmal, daß alle Methoden zu Manipulation oder Indoktrinierung der Menschen abgelehnt wurden. Man hatte dabei die eher willenlosen, blind dem Zeitgeist folgenden Menschen des Markomannischen Reichen als negatives Beispiel vor Augen. Derartige Kreaturen hatten keinen Platz in der 'Republik Odin'; deshalb mußten alle Strukturen, die derartige Wesen hervorbrachten, vermieden werden.

Die Notwendigkeit, selbstbewußte und verantwortungsbewußte Menschen heranzuziehen, ergab sich schon aus der Bedingung einen neuen Staat aufzubauen. Dem Zwölferrat war klar, daß er nicht alles bis in das kleinste Detail hinein regeln konnte. Vor Ort waren daher Menschen notwendig, die in der Lage waren, aufgrund der speziellen Gegebenheiten Entscheidungen zu treffen, die sich unter Umständen nicht unbedingt mit den Vorgaben deckten, ihnen möglicherweise sogar widersprachen. Es war den Mitgliedern des Zwölferrates natürlich klar, daß Vorgaben im Grunde gut gemeint sind, bei Planungen am grünen Tisch auch gut aussehen mögen, in der Praxis auch in vielen Fällen die sinnvollste Lösung darstellen, in vielleicht nicht allzu seltenen Fällen allerdings die falsche Lösung seien. Das läßt sich aber nur vor Ort entscheiden. Und daher muß dem Verantwortlichen die Freiheit gelassen werden, eigenmächtige Entscheidungen zu treffen, auch wenn sie den Vorgaben widersprechen, und diese Entscheidungen gegenüber den höheren Gremien zu vertreten. Diese Gremien andererseits müssen verpflichtet sein, solche Entscheidungen nachträglich anzuerkennen, wenn sie sich als richtig oder als sinnvoll erwiesen haben. Massenmenschen, die nur Befehle ausführen können, sind hierfür nicht geeignet.

Natürlich muß man da Grenzen setzen. Entscheidungsfreiheit darf nicht Willkür bedeuten. Eigenmächtige Entscheidungen, die Vorgaben widersprechen, und sich dann als falsch erweisen und dem Staat unter Umständen Schaden zugefügt haben, müssen natürlich geahndet werden, ebenso wie richtige Entscheidungen, die Vorgaben widersprechen, durchaus eine Belohnung verdienen. Andererseits kann man Personen, die falsche, aber den Vorgaben entsprechende Entscheidungen treffen nicht unbedingt den Vorwurf machen, wissentlich falsch gehandelt zu haben und deswegen bestrafen. Man kann natürlich anführen, daß sie bei genügender Qualifikation die Fehler in den Vorgaben hätten erkennen können, woraus man ihnen nicht unbedingt unmittelbare Nachteile auferlegen sollte, die sich aber bei der Begutachtung der Fähigkeiten jener Personen auszuwirken haben.

Daß man diesen Sachverhalt so ausführlich darstellte, hatte natürlich seinen Grund. Man wollte damit die Bedeutung der Eigenverantwortung hervorheben, wollte den Zuhörern bewußt machen, daß man ihr im Staat einen besonderen Stellenwert zukommen ließ.

Dies war auch der wesentliche Grund, die Menschen nicht mit gesellschaftlichen oder politischen Vorgaben zu infiltrieren, ihnen bestimmte Denkmuster aufzuprägen. Jeder sollte befähigt und willens sein, aufgrund der ihm vorliegenden Informationen sein eigenes Urteil zu fällen.

Es gab da natürlich eine Grenze:

Die Grundlagen des Staates stellten eine Sammlung von Dogmen dar, die nicht in Frage gestellt werden durften.

Unter Beachtung dieser Prinzipien sollte jeder Mensch das Recht besitzen, seine Persönlichkeit frei zu entfalten, Meinungsfreiheit wurde gewährleistet, das Recht auf Eigentum, das Recht auf freie Berufswahl, langfristig auch das Recht auf freie Wahl des Arbeitsplatzes und auch des Wohnortes. In der Aufbauphase hatte hier allerdings das Interesse des Staates Vorrang, so daß die Zuweisung eines Arbeitsplatzes oder auch des Wohnortes hingenommen werden mußten. Meinungsfreiheit bedeutete, seine Ansichten offen vertreten zu dürfen, auch wenn sie anderen unbequem sein sollten. Harte Worte sollten nicht verboten werden, die Grenzen zu Äußerungen, die als Beleidigungen eingestuft werden konnten, wurden weit gesteckt. Die Unsitte namens 'politische Korrektheit', die sich im letzten Jahrzehnt im Markomannischen Reich breit gemacht hatte, sowie Denkvorgaben oder das Verbot von Wörtern oder Ausdrucksweisen, die angeblich historisch vorbelastet waren oder die Gefühle von 'Minderheiten' verletzten könnten, wurden abgelehnt. Es wurde allerdings betont, daß bei Auseinandersetzungen stets der 'gesellschaftliche Anstand' zu berücksichtigen sei, das heißt, daß man die Würde des anderen zu wahren hatte; Diffamierungen wurden nicht durch Meinungsfreiheit gedeckt.

Das sexuelle Verhalten wurde ähnlich gesehen. Die Tatsache, daß man die Geschlechtertrennung aufhob, Nacktheit als etwas natürliches ansah, Schamgefühle dagegen als Ergebnis einer falschen Erziehung, bedeute nicht, daß man ein zügelloses Sexualverhalten fördern wolle. Männer und Frauen sollten vielmehr unter gegenseitiger Achtung miteinander umgehen. Den anderen als Sexualobjekt, das heißt als Objekt zur Befriedigung der eigenen sexuellen Lust zu betrachten oder gar zu sexuellen Handlungen zu nötigen, wurde als Fehlverhalten eingestuft. Vielmehr sollte der intime Umgang von Mann und Frau Ausdruck einer tiefen inneren Bindung sein. Ob zu recht oder zu unrecht, das mag hier dahingestellt sein, wurde 'sexuelles Fehlverhalten' als Folge einer nicht nur in Europa üblichen falschen Erziehung angesehen, welche darauf beruhte, sexuelle Empfindungen eher zu unterdrücken als in richtige Bahnen zu lenken. Dies habe auch zu abartigen sexuellen Phantasien und Verhalten geführt.

Selbstverständlich sollte der 'gesellschaftliche Anstand' auch Ehrlichkeit und Aufrichtigkeit im Umgang miteinander beinhalten. Lüge, Täuschung oder Übervorteilung der anderen wurde als schweres Vergehen eingestuft; 'ein gegebenes Versprechen muß gehalten werden'

62

lautete hier die Devise.

Die Diskussion dieser Punkte nahm in dem 'staatsbürgerlichen Unterricht' einen breiten Raum ein. Die einzelnen Punkte wurden auch anhand vieler Beispiele erläutert, um auch jedem Richtlinien für das eigene Verhalten in die Hand zu geben. Man unterschied dabei zwischen 'Ansichten' und 'Regeln'; Ansichten waren hierbei private Einstellungen, die nicht im Gegensatz zu der staatlichen Ordnung standen, aber auch nicht in allen Punkten mit ihr übereinstimmen mußten. 'Regeln' dagegen, waren Vorgaben, die auf den Grundlagen der staatlichen Ordnung basierten und unbedingt eingehalten werden mußten.

Ein weiterer Punkt des Unterrichtes betraf das 'allgemeine Verhalten' gegenüber Staat und Gesellschaft; gefordert wurde von jedem Einzelnen, daß er sich nach besten Kräften zum Aufbau und Erhalt der Gesellschaft einzusetzen hatte, er dann auch als Gegenleistung im Falle von Krankheit und unverschuldeter Not Anspruch auf die Fürsorge von Staat und Gesellschaft hatte. Im Grunde genommen bedeutete dies nichts anderes, daß eine Volksgemeinschaft ohne Klassenschranken angestrebt wurde, in der jeder seinen Fähigkeiten entsprechend eine Position in der Gesellschaft einnehmen konnte, und jeder, der sich redlich bemühte und seiner Arbeit nachging auch ein Anrecht auf ein menschenwürdiges Leben hatte. Bummelantentum und Schmarotzertum sollten nicht toleriert werden.

„Diese ewigen Diskussionen sind öde", meinte Anja einmal bei einem der Viererttreffen, „im Grunde genommen möchten ich und ihr sicher auch, doch nur in Ruhe und Frieden leben; was interessieren da diese Basisdiskussionen."

„Das sagst du so einfach dahin", bemerkte darauf Silke, „du mußt aber verstehen, daß hier ein bunt zusammengewürfelter Haufen zu einem 'neuen Volk' zusammengeschlossen werden soll, da braucht man eine gewisse Struktur und vor allem, diese Struktur muß auch allgemein akzeptiert werden. 'Odin' ist sich da völlig bewußt, daß ohne einen Gemeinschaftssinn der ganze Laden früher oder später auseinanderfliegt."

Anja und Rudolph

Rudolphs Arbeit, die Sichtung und Einordnung von Unterlagen, war noch nicht beendet als sie die Inseln erreichten. Ihm und den anderen, welche mit dieser Aufgabe beschäftigt waren, wurden daher kein Domizil und kein Arbeitsplatz zugewiesen, vielmehr wurden sie, als sie eine Woche nach der Ankunft das Schiff verlassen konnten, in ein Hotel einquartiert, in dessen Kellerräume die noch nicht gesichteten Unterlagen gebracht wurden. Dort setzten sie dann ihre Tätigkeit fort, die noch knapp vier Wochen in Anspruch nahm.

Anja und er hatten vereinbart sich nicht aus den Augen zu verlieren, sondern in Kontakt zu bleiben. Sie hatten ja schließlich Gefallen an einander gefunden. Es schien hier auch alles bestens organisiert zu sein und so zweifelte Rudolph nicht daran, Anja, zum Beispiel über ein Melderegister, wiederzufinden, wo immer sie auch hin verschlagen worden war. Er ging natürlich davon aus, daß es in der gegenwärtigen Lage etwas dauern könnte, da eine Auskunft darüber, wo sich seine Freundin aufhielt, eher eine geringe Priorität besaß. Er wartete drei Tage, wandte sich dann an die Hotelrezeption, weil er sich sagte, das sei wohl die beste Adresse für Auskünfte. Die junge Frau war auch recht freundlich, meinte allerdings:

„Wissen Sie eigentlich, was hier los ist ? Es kommen täglich Tausende, die registriert und verteilt werden müssen. Das nimmt viel Zeit und fast alle Kapazitäten in Anspruch. Und Ihr Problem hat da keine Wichtigkeit. Ich weiß allerdings, daß bereits ein Melderegister erstellt wird, über das man Auskunft über alle Personen, die sich auf der Inselgruppe befinden, erhalten kann, und Ihre Freundin ist da möglicherweise schon drin. Ich weiß allerdings nicht, wie aktuell es ist. Wir bekommen darauf auch Zugriff, ich weiß allerdings im Moment nicht, ob es schon zugänglich ist und wie man es bedient. Ich bin ja schließlich auch erst zwei Wochen hier und kenne mich noch nicht in allen Dingen aus. Ich helfe Ihnen natürlich gern, aber bitte drängeln Sie mich nicht. Kommen Sie übermorgen wieder vorbei. Vielleicht weiß ich dann mehr."

Rudolph blickte sie mit einem Ausdruck der Ungeduld an.

„Sehen Sie", meinte die Dame, die das erkannte, „es hat keinen Zweck nervös zu werden. Wir befinden uns hier in einem Provisorium, und es wird noch einige Zeit dauern, bis alles in ordentlichen Bahnen verläuft. Bedenken Sie doch: Sie haben ein Dach über dem Kopf, zu Essen und zu Trinken, brauchen keine Angst vor Mord und Totschlag zu haben. Das ist doch etwas. Viele in Europa wären froh, wenn sie das hätten. Und den Rest kriegen wir auch noch hin."

Sie fügte dann noch leicht spitz hinzu:

„Sie wird sich ja wohl nicht gleich an einen anderen ran machen. Und wenn, es gibt noch mehr hübsche Frauen auf der Insel. Ich bin auch noch zu haben."

Rudolph blieb nichts anderes übrig als zu warten. Am übernächsten Tag sprach er wieder vor.

„Wie war noch ihr Name", fragte die Frau, „Anja Heremlinger ? Ja, hier gibt es eine. Sie wohnt auf Donarsland, in Ottosdorf, Carolus-anlage, Apartment 25, steht hier, was immer das ist. Ihre Telefon-nummer habe ich auch. Hier ist sie. Sehen Sie, ich habe es ja gesagt, es klappt alles, dauert eben ein bißchen; nur nicht die Nerven verlieren."

Rudolph rief Anja sofort an, mußte es allerdings ein paarmal probieren, da sie nicht gleich ans Telefon ging, weil sie nicht zuhause war. Sie freute sich natürlich, daß sie sich gefunden hatten, wollte ihn auch baldmöglichst sehen. Das war aber nicht so einfach, denn wegen der vielen Zuwanderungen waren die Fähren nach Donarsland ohnehin überlastet und Privatpersonen wurden nicht mitgenommen. Blieb also nur der Kontakt über das Telefon.

Nach Abschluß der Sichtungsarbeiten erhielt Rudolph dann die Zu-weisung zu seinem Arbeitgeber. Es handelte sich tatsächlich um die Firma 'Technomodern', mit der er den Kontrakt abgeschlossen hatte. Sie hatte, zu seiner großen Freude, ihren Sitz in Frundsberg auf Do-narsland.

„Was wundert Sie daran ?" fragte der Sachbearbeiter, der ihm die Unterlagen aushändigte, „wir halten uns an Verträge. Morgen werden Sie hinreisen. Sie bekommen dann auch dort eine Wohnung."

65

Rudolph strahlte, was wollte er mehr; auf der gleichen Insel wohnte ja auch Anja. Und Ottosdorf und Frundsberg waren keine zwanzig Kilometer voneinander entfernt !

Er reiste hin. Die Firma war tatsächlich ein Unternehmen für Weltraumtechnik, zumindest war es ein Unternehmenszweig. Die Arbeitsstelle, das Gehalt und die sonstigen Bedingungen entsprachen dem, was im Vertrag vereinbart war.

Er nahm natürlich sofort Kontakt zu Anja auf und bereits am nächsten Abend trafen sie sich.

Rudolph war mit dem Fahrrad gekommen, da er noch keine Zeit gefunden hatte sich über Omnibusverbindungen zu informieren. Das Land war eben und so nahm die Fahrt auch nicht viel mehr als eine Stunde in Anspruch.

Sie umarmten und küßten sich wie zwei alte Verliebte, dabei hatten sie sich vorher noch nie so nahe berührt. Aber die Situation hier war anders, viel anders als auf dem Schiff, wo ihnen die Aufenthaltsorte vorgeschrieben und die Möglichkeiten sich ungestört zu treffen sehr eingeschränkt waren. Nun konnten sie ihren Gefühlen freien Lauf lassen. Sie schlenderten den Strand entlang, es war ein milder Abend und es gab viel zu erzählen. Jeder wollte unbedingt loswerden, wie es ihm seit der letzten Begegnung ergangen war. Dabei war eigentlich nichts besonderes, nichts dramatisches geschehen, lediglich die Ereignisse nach dem Verlassen des Schiffes und die ersten Schritte des Einlebens. Dennoch, die neue Umgebung hatte in beiden eine gewisse Faszination ausgelöst, eine Hochstimmung. Es war eine neue Welt, die Zukunft verhieß, noch ungewiß zwar, aber irgendwo in der Ferne war ein heller Streifen am Zeithorizont zu erkennen. Als die Sonne unterging, suchten sie ein Restaurant zum Abendessen auf.

Anja erzählte Rudolph, daß sie plane eine Bibliothek zu gründen.

„Es ist ein Neuanfang hier und jeder muß etwas tun um das soziale Leben in Gang zu setzen. Silke will eine Theatergruppe gründen, Kerstin ein Museum einrichten und Anke plant eine Ausstellung über Dome im Reich. Welche Pläne hast du ?"

Rudolph stutze.

„Keine Ahnung, ich bin doch gerade erst in Frundsberg angekommen. Ich habe noch keine Ahnung, was da läuft."

„Du könntest beim Aufbau der Bibliothek helfen. Kennst du dich mit Literatur aus ?"

„Na ja, so übermäßig belesen bin ich nicht. Aber Bücher einräumen könnte ich schon."

„Egal, was du machst, aber wir könnten dann noch häufiger zusammen sein."

Rudolph lächelte.

„Ich freue mich über dein Angebot und besonders über die Begründung. Ich werde es mir überlegen, aber Konkretes versprechen kann ich auf Anhieb nicht. Ich weiß ja noch gar nicht, was mich in meiner neuen Stelle erwartet. Und dann ist Frundsberg ja auch knapp zwanzig Kilometer entfernt. Das ist zwar nicht sehr weit, aber ich habe kein Auto, weiß noch nichts über Omnibusverbindungen. Und mit dem Fahrrad sind es immerhin mehr als zwei Stunden hin und zurück."

„Das sind doch typische Anfängerprobleme. In einer Woche ist das alles geklärt."

Gegen zehn Uhr trennten sie sich. Rudolph fuhr in der Dunkelheit nach Frundsberg zurück, Anja lief zu ihrer Wohnung. Anke war noch wach als Anja ankam. Sie saß im Wohnzimmer und las.

„Na, du strahlst ja wie ein Honigkuchenpferd. Was ist denn mit dir los ?"

„Ich habe heute abend Rudolph wiedergetroffen."

„Ja, und ?"

„Ja, merkst du das denn nicht ? Ich bin verliebt !"

„In deinem Alter ? Das ist doch eher etwas für Jugendliche. Ich war auch einmal verliebt, da war ich neunzehn."

„Red' doch nicht so einen Blödsinn. Rudolph ist meine große Liebe, der Mann meines Lebens. Und du erfährst es als Erste ! Nicht einmal Rudolph weiß es bisher !"

Anke atmete tief durch.

„Große Liebe ! Mann deines Lebens ! Du hast wohl zu viele schlechte Filme gesehen ?"

Anja war nun sichtlich verärgert. Sie hatte Anke voller Freude die große Mitteilung machen wollen und nun schlug ihr nur Nörgeln entgegen.

„Du bist ja nur neidisch, weil du zu alt für solche Gefühle bist, schon an Altersfrigidität leidest. Aber du wirst es sehen, wir werden nicht allzu lange zusammen wohnen. Und ich gehe jetzt schlafen."

„Große Liebe ? Altersfrigidität ? Dumme Kuh !" dachte Anke und las weiter.

Zwei Tage später, am Samstag, trafen sie sich erneut. Diesmal schon am frühen Nachmittag.

„Hast du es dir überlegt ?" fragte Anja als sie am Strand entlang bummelten.

„Was ?"

„Das mit der Bibliothek."

„Ach so, ja; ich denke, es geht; an einem Abend könnte ich während der Woche mit Sicherheit kommen. Der letzte Bus fährt um elf Uhr. Und dann natürlich am Wochenende. Aber, wenn es Schreibarbeiten gibt, da könnte ich auch zuhause einiges erledigen."

„Das wäre fein."

Sie gingen noch ein Stück weiter, legten sich dann in den warmen Sand, schmusten miteinander, trieben es allerdings nicht zu weit, denn sie waren nicht allein, ständig kamen Spaziergänger vorbei und nicht weit entfernt lagen andere in der Sonne.

„Hast du eigentlich schon irgendwelche Zukunftspläne, ich meine, etwas, das über die Bibliothek hinausgeht ?" fragte Rudolph schließlich.

„Nein, eigentlich nicht", antwortete Anja.

Das war nicht unbedingt die Wahrheit, denn sie träumte bereits von einem Leben mit Rudolph, aber das wollte sie noch nicht so offen sagen.

„Aber ich möchte nicht so alt und knurrig werden wie Anke", ergänzte sie dann.

„Daß ist auch nicht notwendig. Du könntest dir ja einen netten Mann suchen", fuhr Rudolph fort.

„Suchen ? Das ist zeitaufwendig. Und wo soll ich die Zeit hernehmen, neben meiner Arbeit, dem staatsbürgerlichen Unterricht, dem Bibliotheksaufbau, den Treffen mit meinen Freundinnen und mit dir ? Und wo soll ich suchen ? Etwa hier am Strand entlang laufen ?"

„Na ja", meinte Rudolph, „vielleicht ist das gar nicht so schwierig. Vielleicht findest du ihn bald. Vielleicht ist er schon ganz in der Nähe."

Anja blickte ihn an.

„Du Spitzbube, du meinst wohl dich ? Das muß ich mir noch gründlich überlegen. Aber wenn du dich bewährst, dann kann ich mal darüber nachdenken."

„Und wie kann ich mich bewähren ?"

„Das muß ich mir noch überlegen."

Sie beugte sich über ihn, küßte ihn.

„Möchtest du eigentlich Kinder ?" fragte er dann.

Anja war von der Frage überrascht, wurde nachdenklich.

„Ich habe mich bisher noch nicht entscheiden können. Anfangs waren mir Ausbildung und Beruf wichtiger, dann war es die Sorge um die Zukunft. Das Unheil, das mit dem Krieg über uns hereingebrochen ist, kam ja nicht überraschend. Die dumpfe Ahnung einer kommenden Katastrophe saß schon seit Jahren in uns. Ich bezweifelte daher, daß es richtig sei, Kinder in diese Welt zu setzen. Und ich glaube, ich hatte recht. Stell dir vor, ich hätte ein kleines Kind. Was wäre dann geschehen ? Wäre ich in jener Nacht im Technologiezentrum geblieben und evakuiert worden ? Oder hätte ich das Reich gar nicht verlassen können, wäre jetzt tot; und das Kind auch ?"

Rudolph streichelte sie.

„Das verstehe ich voll und ganz. Aber waren die Zeiten je anders ? Die Zukunft kann niemand vorhersehen. Und selbst wenn heute noch alles in hellem Glanz erscheint, kann in drei Jahren schon die absolute Finsternis herrschen. Aber schau, es gibt hier Familien mit kleinen Kindern. Die haben es auch geschafft. Man darf nicht immer den schlimmsten Fall annehmen."

Ihr Gesicht hellte sich wieder leicht auf.

„Vielleicht hast du recht. Aber laß mir ein bißchen Zeit."

Rudolph horchte auf. Was hat sie gesagt ? 'Laß mir ein bißchen Zeit.'

Das klang nach 'ja', wenn auch nicht nach 'sofort'. Und es hatte ihren möglichem Kinderwunsch mit ihm in Verbindung gebracht. Er fand diese Antwort daher für heute ausreichend und weitere Diskussionen zu diesem Thema für vorerst kontraproduktiv. Er begann nun von seiner Arbeit zu erzählen, soweit er darüber nach drei Tagen etwas sagen konnte.

„Du kannst ja morgen nach Frundsberg kommen, wenn du möchtest. Sonntags fahren zwischen neun Uhr vormittags und zehn Uhr abends alle zwei Stunden Omnibusse. Dann kann ich dir den Ort zeigen. Ich habe auch eine eigene Wohnung. Die ist zwar klein, aber ich bewohne sie allein. Dort sind wir auch ungestört."

„Aber ich muß am Montag morgen rechtzeitig zur Arbeit."

„Keine Sorge, es gibt eine frühe Busverbindung."

„Du bist ein Schelm."

Sie verbarg ihr Gefühl. Anke hätte sein Verhalten jetzt wohl sicherlich als eindeutig zudringlich charakterisiert. Anja aber freute sich innerlich, sein Vorschlag entsprach ihren Wünschen.

Sie genossen den Nachmittag und den Abend.

Anja lag noch lange wach in dieser Nacht. Es war nicht nur das Verliebtsein, was sie nicht schlafen ließ. Ihre Zukunft, bisher noch ein verschwommenes Bild, hatte erstmals eine Form angenommen, noch nichts Konkretes, wies aber eine Möglichkeit auf, einen Weg, den sie gehen konnte. Sie hatte in der Tat schon oft daran gedacht und sich auch gewünscht eine Familie zu haben. Sie hatte aber bisher nie einen Mann kennengelernt, der ihren Vorstellungen entsprach, mit dem sie sich ein gemeinsames Leben vorstellen und den sie sich auch als Vater ihrer Kinder vorstellen konnte. Entweder waren diese Typen nur auf ein schnelles Abenteuer, aber nicht auf eine langfristige Verbindung aus, wollten dominieren und sie zu einem willenlosen Püppchen degradieren, das stets ihre Wünsche erfüllte oder ihre Begierden stillte, oder es waren eher unselbständige Wesen, die einen Mutterersatz suchten. Ein wirklicher Kamerad, mit dem sie auf gleicher Augenhöhe verkehren konnte, war nicht dabei gewesen. Rudolph könnte so ein geeigneter Typ sein, dachte sie nun, war sich aber nicht sicher. Dazu kannte sie ihn noch zu wenig. Sie wußte daher nicht, ob er wirklich so war, wie er sich gab oder ob hinter der äußeren Fassade nicht ein ganz anderer Typ steckte. Das mußte sie erst herausfinden ehe sie 'ja' sagen würde. Andererseits war ihr auch klar, es war langsam an der Zeit sich festzulegen, wenn sie überhaupt noch eine Familie wollte, sie ging ja auf die vierzig zu. Und dann war auch hier die Zukunft noch unsicher, vieles wirkte vorläufig; dieser Staat, diese Gesellschaft waren ein Experiment, das durchaus schief gehen konnte. Und was kam dann ? Konnte man es da riskieren ein Kind zu haben ? Dann wiederum sagte sie sich, so wie die Dinge hier anliefen, konnte man der Zukunft vielleicht doch getrost entgegensehen. Und es gab auch keine Notwendigkeit, sich in dieser Nacht zu entscheiden und festzulegen. So schlief sie dann ein.

Am nächsten Vormittag fuhr sie mit den Elf-Uhr-Omnibus nach Frundsberg. Sie genossen einen angenehmen Tag. Über eine gemeinsame Zukunft unterhielten sie nicht direkt, obwohl irgendwie fast jeder Satz, den sie sagten, damit zusammenhängen schien.
Sie verbrachten die Nacht zusammen, ohne daß es zu intimsten Kontakten kam.
„Jetzt haben wir zusammen geschlafen, aber nicht miteinander geschlafen", meinte Rudolph als sie am nächsten Morgen erwachten, „bist du jetzt enttäuscht ?"
Anja lächelte ihn an.
„Nein, wieso ?"
„Na ja", meinte Rudolph, „es mag ein bißchen komisch klingen, vielleicht drücke ich mich jetzt auch falsch aus, aber ich hatte irgendwie das Gefühl, daß wir noch nicht soweit sind."
Anja küßte ihn.
„Das Gefühl hatte ich auch."
Sie frühstückten kurz zusammen. Um sieben Uhr fuhr Anja mit dem Omnibus zurück nach Ottosdorf um rechtzeitig an ihrer Arbeitsstelle zu sein. Sie war sich nun sicher. Die letzten Schranken zwischen ihnen waren gefallen. Die gemeinsame Zukunft begann. Und so entwickelten sich die Dinge dann auch.

71

Kerstins Beziehung

Bei Kerstins Wahl einer Tätigkeit auf kulturellem Gebiet, spielte auch die Art und Weise wie sie zu 'Odin' gefunden hatte eine Rolle. Die Rettung der 'Madonna von Groswitz' und des Gnadenbildes unter Einsatz des Lebens von fast einem Dutzend Männer hatte sie nachhaltig beeindruckt. Wenn man bereit war, zur Rettung dieser Kulturgüter einen so hohen Einsatz zu wagen, dann mußte es doch auch eine Verpflichtung sein, sie der Öffentlichkeit gebührend zu präsentieren. Sie schloß sich daher einer Gruppe von Frauen und Männern an, die es sich zur Aufgabe gemacht hatten, ein Museum einzurichten. Die Aufgabe erwies sich allerdings schwieriger als angenommen. Vielleicht war man auch etwas zu blauäugig gewesen als man annahm, man könnte leicht an kulturelle Kostbarkeiten herankommen. Die Verfügung darüber lag aber bei dem Kulturvertreter im Zwölferrat. Und der hatte eigene Pläne, und ließ ein zentrales Museum auf der Hauptinsel Wotansland errichten; allerdings fanden sie ein offenes Ohr, wenn auch erst nach einigen Vorstößen, für die Errichtung eines kleineren Museums auf Donarsland. Sie gründeten eine Projektgruppe 'Museum'. Kostbarkeiten sollten hierfür allerdings nicht zur Verfügung gestellt werden. Kerstin erinnerte sich an die Ausstellung in Passwalk. Dort waren die Soldaten mit dem Auftrag hingeschickt worden, das Sonnenrad zu bergen. Und dann hatte man doch noch eine größere Anzahl kleiner Stücke mitgenommen, was man eben so fand. Sie überlegte nun, daß wahrscheinlich auch an anderen Orten ähnliches geschehen war, also mehr Stücke evakuiert wurden als im Plan vorgesehen war. Diese standen wohl nicht auf der Liste zu rettender Kulturgüter und waren vielleicht erhältlich. Sie stellte ein entsprechendes Gesuch, dem relativ schnell statt gegeben wurde. Das lag wohl auch daran, daß man in der Zentrale, in der alle evakuierten Stücke, katalogisiert wurden, schon ein bißchen die Übersicht verloren hatte und froh war, daß jemand einiges abnehmen wollte. Und es handelte sich nicht nur um Stücke aus der Frühzeit, sondern auch aus dem Mittelalter bis hin zur

Neuzeit. Das bedeutete aber, daß sie nun regelmäßig, üblicherweise samstags schon recht früh mit der Fähre nach Wotansland fuhr um in der Zentrale die verfügbaren Stücke zu sichten. Es sollte ja auch eine ordentliche Auswahl sein, nicht irgendein Sammelsurium. Das erforderte natürlich eine gewisse Vorbereitung. Innerhalb der Projektgruppe legte man zunächst Schwerpunkte für die Ausstellung fest, das heißt, welche Themen man überhaupt behandeln wollte. Nach einigen, teilweise kontroversen Diskussionen einigte man sich schließlich auf vier Themenbereiche: Frühzeit, Mittelalter, frühe Neuzeit und Zeit der Industrialisierung. Die konkrete Ausgestaltung blieb allerdings zunächst offen, da man nicht wußte, was und wie viele Stücke zu einem bestimmten Thema erhältlich sein würden. Es bildeten sich dann vier Arbeitsgruppen, welche jeweils für einen bestimmten Themenbereich verantwortlich waren. Da andererseits nur eine begrenzte Ausstellungsfläche zur Verfügung stand, wurde eine Prioritätsliste erarbeitet, welche dann die Grundlage für die Suche im Zentrum bildete. Es war samstags dann stets ein Trupp von etwa einem Dutzend Personen aus den vier Untergruppen unterwegs, die in den entsprechenden Abteilungen des Zentrums nach erhältlichen Ausstellungsstücken suchten. Einer von denen, die regelmäßig mitfuhren, war Richard. Er hatte sich erst kurz zuvor der Projektgruppe 'Museum' angeschlossen und daher nicht an den anfänglichen Treffen zur Vorbereitung des Projektes teilgenommen. Kerstin und er kannten sich daher nicht, kamen auch erst nach einigen Wochen miteinander in Kontakt als sie einmal während der Überfahrt zufällig nebeneinander saßen. Kerstin fand Gefallen an dem groß gewachsenen, schlanken, recht hübschen Mann, den sie in ihrem Alter ansiedelte. Er wirkte allerdings etwas schüchtern. Daher ging sie davon aus, daß er aus eigenem Antrieb wohl kein Gespräch beginnen würde und unternahm deshalb den ersten Schritt.
„Sie fahren auch jeden Samstag nach Wotansland hinüber ?"
Der Mann lächelte.
„Ja, ja, Sie beobachten genau. Sie sind mir auch schon aufgefallen."
So schüchtern schien er gar nicht zu sein.
„Wissen Sie", fuhr er fort, „ich arbeite an einem Projekt mit, das sich

73

mit der Einrichtung eines Museums auf Donarsland beschäftigt und zwar in der Untergruppe 'Handwerkliche Kunst des Mittelalters'. Wir gehen da samstags ins Zentrum um geeignete und erhältliche Stücke zu suchen. Und was treibt Sie regelmäßig nach Wotansland ?" „Ich bin die Leiterin der Gruppe 'Frühzeit'", antwortete Kerstin ohne Umschweife.

Der Mann lachte.

„Da bin ich ja wohl in ein Fettnäpfchen getreten. Entschuldigen Sie, ich bin noch nicht lange dabei. Ich habe auch kaum Zeit, an den Treffen während der Woche teilzunehmen, mache mich daher am Samstag nützlich. Wissen Sie, ich bin Chemiker mit Schwerpunkt Arzneimittelentwicklung; wir sind dabei, eine pharmazeutische Fabrik aufzubauen, das nimmt fast meine ganze Zeit in Anspruch, aber ein bißchen was anderes möchte ich eben auch noch tun."

„Sie brauchen sich nicht zu entschuldigen", entgegnete Kerstin, „wir sind hier dabei, ein neues Land aufzubauen, und da muß jeder seine Pflicht an seinem Platz tun. Aber vielleicht sollte ich mich erst einmal vorstellen. Ich heiße Kerstin Glugowski."

„Und ich heiße, lachen Sie jetzt nicht, Richard Wagner. Ich bin allerdings mit dem Komponisten überhaupt nicht verwandt, auch nicht sonderlich musikalisch. Ich beherrsche auch kein Instrument."

„Nehmen Sie es nicht tragisch."

„Was mich hier besonders interessiert, ist natürlich die mittelalterliche Arzneimittelherstellung. Es sind einige interessante Sachen im Zentrum vorhanden und sie sind auch erhältlich, da dies kein Thema für das Zentralmuseum ist. Ich muß nur die richtige Auswahl treffen, weil ich hierfür nur einen kleinen Raum zur Verfügung gestellt bekomme."

„Ich weiß, aber ich kann es nicht ändern. Wir haben zur Zeit eben nur beschränkten Platz, mehr bekommen wir im Moment auch nicht, in ein oder zwei Jahren vielleicht. Deshalb habe ich eine Bitte an Sie. Nehmen Sie alle Stücke, die Sie für wertvoll erachten, auch wenn wir sie im Moment nicht alle ausstellen können. Aber es gibt die Möglichkeit sie einzulagern. Und wenn wir sie bekommen können, dann sollten wir das auch tun, andernfalls gehen sie vielleicht verloren."

„Wann fahren Sie eigentlich zurück ?" fragte Richard nun unvermittelt, „wir könnten heute abend zusammen essen gehen, wenn Sie mögen."

Kerstin war etwas perplex. Eine solche Frage hatte sie von dem anfangs so schüchtern wirkenden Mann nicht erwartet.

„Üblicherweise um 17 Uhr."

„Ja, dann können wir uns bereits auf der Fähre treffen."

„Abgemacht", sagte Kerstin.

„Abgemacht", erwiderte Richard.

Sie trafen sich auf dem Rückweg, unterhielten sich, weniger über Dinge, die das Museumsprojekt betrafen als über persönliche Angelegenheiten. Richard hatte schon seit Jahren Kontakt zu 'Odin', gehörte auch zu den 'planmäßig' evakuierten Personen. Er bot ihr dann auch bald das 'du' an, was Kerstin gerne annahm.

„Sei mir nicht böse", sagte sie dann, „aber ich wundere mich ein bißchen über dich. Du erschienst mir sehr schüchtern, aber das ist wohl gar nicht der Fall."

„Was heißt hier schüchtern", entgegnete Richard, „ich bin eher kontaktscheu. Weißt du, es gibt Leute, die sehr schnell Kontakt finden. Bei anderen ist das nicht der Fall, weil sie immer den Eindruck haben von den anderen abgelehnt zu werden. Deswegen versuchen sie auch gar nicht aus eigenem Antrieb Kontakte zu knüpfen, weil sie sich keine Abfuhr einhandeln wollen. Zu dieser Gruppe gehöre ich. Aber wenn jemand auf mich zukommt, verliere ich sehr rasch die Scheu und dann geht es ganz schnell. Jeder hat eben so seine Eigenarten."

Und es ging sehr schnell. Auf Donarsland angekommen suchten sie sich ein Lokal zum Abendessen, unterhielten sich lange, verbrachten dann die Nacht miteinander.

Einige Monate später, Kerstin war bereits schwanger, heirateten sie.

Begegnung mit Heselberg

Anke entwickelte den Plan einer Ausstellung zu Kirchen und Dome im ehemaligen Reich im geplanten Museum der Insel, da sie meinte, es sei wichtig, daß die bedeutendsten Bauten des ehemaligen Reiches nicht in Vergessenheit geraten durften. Insbesondere jungen Menschen sollte das Wissen über das kulturelle Erbe vermittelt werden, auch wenn die Bauten mittlerweile durch den Krieg größtenteils zerstört worden waren. Ein entsprechender Raum sollte dafür zur Verfügung gestellt werden. Ihr großes Problem war allerdings gute Photographien zu erhalten; sie fand zunächst nicht allzu viel, was ihren Vorstellungen entsprochen hätte, denn die Menschen in ihrer Umgebung war allesamt Evakuierte, welche, als sie das zusammenpacken mußten, was sie mitnehmen konnten, am wenigsten an Photos von Kirchen, sofern sie überhaupt welche besaßen, gedacht hatten. Eines Abends dann sprach sie die Bürgermeisterin an.

„Sie suchen doch Photos von Kirchen. Ich glaube, ich kann Ihnen da weiterhelfen. Fragen Sie einmal bei Dr. Heselberg nach. Er besitzt eine große Sammlung an Photos von Sehenswürdigkeiten aus dem Markomannischen Reich."

„Dr. Heselberg? Den kenne ich nicht. Den Namen habe ich noch nie gehört."

„Sie werden ihn kennenlernen. Er ist ein netter, alter Mann, etwa siebzig Jahre alt. Er wohnt drüben auf der anderen Seite der Bucht in dem einsamen Haus auf der Klippe. Es ist Ihnen doch sicherlich schon längst aufgefallen. Er hat hier im Gemeinschaftshaus bereits ab und zu einmal Vorträge gehalten. Er gehört übrigens nicht zu uns, das heißt, nicht zu 'Odin'. Er ist Physiker, hat lange ein Forschungslabor in Gotenland geleitet und er zog nach Eintritt in den Ruhestand, wie man so schön sagt, vor ungefähr zwei Jahren hierher. Er sagte mir einmal, das Klima auf der Insel bekomme ihm besser als das Urwaldklima auf dem Festland. Das Haus war übrigens früher einmal das Leuchtturmwärterhaus; die gotenländische Regierung hat es ihm wegen seiner Verdienste geschenkt. Der Leuchtturm wurde allerdinngs vor einigen Jahren abgerissen, da er nicht mehr notwendig war."

Am darauffolgenden Samstag suchte Anke den Mann auf. Er empfing sie freundlich, lud sie in sein Wohnzimmer ein, bat sie Platz zu nehmen, bot ihr, wahlweise, Kaffee oder Tee an. Sie brachte dann ihr Anliegen vor.

„Ich heiße Anke Frobert und bin vor vier Monaten mit einem Evakuierungsschiff hierher gekommen, arbeite nun in der Meerwasser - Entsalzungsanlage in der Personalabteilung. Nachdem ich mich jetzt ein bißchen eingelebt habe, möchte ich natürlich auch an der Gestaltung unserer Gemeinde mitwirken und unserer Verpflichtung unsere kulturellen Werte zu erhalten nachkommen. Ich habe daher den Plan gefaßt, eine Ausstellung über die bedeutendsten Dome im Reich zusammenzustellen. Ich denke, es ist besonders für die jungen Menschen und die Kinder wichtig, daß ihnen bewußt ist, welch hoch entwickeltem Kulturkreis sie entstammen und sie motiviert werden, das Erbe zu bewahren. Die prächtigen Bauten haben sie nie selbst gesehen und werden sie auch niemals sehen, da sie zerstört sind. Meine Suche nach Photos ist leider bisher nicht sonderlich erfolgreich gewesen. Nun hat mich die Bürgermeisterin von Ottosdorf an Sie verwiesen; sie sagte, sie hätten eine größere Sammlung von Photos."

„Das kann man wohl so sagen", erwiderte Dr. Heselberg, „aber bleiben Sie ein bißchen auf dem Teppich, Ihre Rede wirkte etwas schwülstig oder pathetisch. Bei mir können Sie normal reden."

Anke blickte ihn etwas verwirrt an; der Doktor erkannte dies, antwortete.

„Nehmen Sie es mir nicht übel, aber ich gehöre zu den Leuten, die keine Umschweife machen, direkt sagen, was sie denken. Und Sie sind mir sympathisch, Sie besitzen eine gewisse Ausstrahlung, denken tiefer und weiter als die meisten anderen Menschen, das merkt man sofort. Aber ich will nicht von Thema abschweifen. Photographieren war mein Hobby. Ich bin viel im Reich herumgefahren, habe zahllose Städte besucht, photographiert. Manchmal war das ein ganz schöner Streß, fünfhundert Kilometer an einem Tag gefahren und dabei noch drei Städte besucht, stundenlang herumgelaufen und so an die zehn Kirchen photographiert."

Anke schaute ihn erstaunt an.

„Dann sind Sie ja viel herumgereist, Herr Doktor."

„Ach, lassen Sie den Doktor weg. Ich lege keinen Wert darauf. Wissen Sie, im Reich herrschte die Meinung, wer Doktor ist, der hat auch Geld und den kann man ausnehmen. Da war man nur von Geiern umgeben. Nennen Sie mich einfach Frank und ich nenne Sie Anke. Ist das in Ordnung für Sie ?"

Anke bejahte. Der alte Mann wurde ihr sympathisch.

„Wissen Sie", fuhr er dann fort, „ich stamme aus dem Reich, bin vor siebzehn Jahren aufgrund besonderer Umstände nach Gotenland gekommen. Ich bin Physiker, arbeitete im Reich in einem Forschungszentrum. Ich hatte nur eine mittelmäßige Position, war aber zufrieden, hatte auch Zeit für meine Phototouren. Das lief alles gut, bis zu jenem seltsamen Experiment. Ich will da nicht ins Detail gehen, da ich annehme, daß Sie das ohnehin nicht verstehen. Aber, wissen Sie, die Analyse eines wissenschaftlichen Experimentes ist manchmal schon so eine Art Kaffeesatzleserei. Oft ist das Meßergebnis unklar, aber mit etwas 'gutem Willen' kann man da schon interessante Effekte aus den Daten herauslesen, die nicht unbedingt existieren müssen. So war es auch damals. Das Ergebnis galt als wissenschaftliches 'Highlight' und wurde von der Institutsleitung entsprechend der Öffentlichkeit präsentiert. Die Sache hatte leider einen Haken, denn was da als der 'neue Effekt', das neue wissenschaftliche Ergebnis präsentiert wurde, war nichts weiter als ein Meßfehler. Ich hatte das schon früh erkannt, aber der Leiter des Experimentes, einer, der als großer Wissenschaftler knapp unter der Genialitätsschwelle und als aussichtsreicher Nobelpreiskandidat galt, wollte endlich, nach zahlreichen wissenschaftlichen Fehlschlägen, wieder einmal einen großen Erfolg. Er ignorierte meine Einwände. Ich lehnte es natürlich ab, auf der Publikation als Koautor zu fungieren, schrieb vielmehr eine Gegendarstellung. Die wurde sogar gedruckt und war für unsere Institutsleitung, ich hatte sie aber vorher gewarnt, und für unser 'Möchtegern-Genie', das schon auf den Nobelpreis gehofft hatte, eine

furchtbare Blamage. Mir wurde das dann als Nestbeschmutzung ausgelegt. Ich wurde zwar nicht entlassen, aber kaltgestellt. Ich hatte
dann keine Möglichkeit mehr, selbst wissenschaftliche Forschung
durchzuführen, mußte mich mit Laborhilfstätigkeiten begnügen. Das
war frustrierend und ich teilte das auch Totila in einem meiner Briefe
mit. Er schrieb mir kurze Zeit später, sie würden in Gotenland ein
neues Forschungslabor aufbauen und könnten einen Wissenschaftler
mit meinen Erfahrungen gut brauchen. Und er fragte mich, ob ich Interesse hätte nach Gotenland zu kommen. Ich hatte nun keine priva-
ten Bindungen in der Heimat, keine Zukunftsaussichten mehr, brach
daher meine Zelte ab und ging nach Afrika."
„Entschuldigen Sie, daß ich Sie unterbreche. Sie sagten, Sie hätten
Totila, dies in einem Brief mitgeteilt. Kannten Sie ihn ? Standen Sie
in Kontakt zu ihm ?"
Frank lachte.
„Sie werden es nicht glauben, aber ich kenne ihn seit meiner Kind-
heit. Wir sind zusammen zur Schule gegangen."
Anke blickte ihn erstaunt an.
„Sehen Sie, solche Zufälle oder auch Zusammenhänge gibt es im Leben. Dabei hätte ich nicht geglaubt, daß aus ihm einmal ein großer
Staatsführer wird. Er war eine etwas zwiespältige, unreif wirkende
Persönlichkeit. Auf der einen Seite war er ein eher schüchterner, zu-
rückhaltender Junge, in sich gekehrt, etwas verträumt. Auf der anderen Seite war er intelligent und ehrgeizig und konnte, wenn er sich
einmal etwas in den Kopf gesetzt hatte, sehr hartnäckig sein. Dabei
war er bei der Durchsetzung seiner Ziele schonungslos gegen sich
selbst und rücksichtslos und auch gemein gegen andere. Aber so
richtig niederträchtig handelte er nie. Auch ein gegebenes Wort brach
er nie. Seine Hartnäckigkeit zeigte sich so richtig als er zum ersten
Mal verliebt war. Er war damals siebzehn. Sie hieß Hedwig, war
zwei Jahre jünger. Er war sozusagen nicht ihr Typ und sie wollte
auch nichts von ihm wissen. Er lief ihr aber trotzdem nach, wie man
so schön sagt; etwa zwei Jahre lang. Er machte sich dadurch auf die
Dauer lächerlich. Aber das störte ihn nicht im geringsten; es interessierte ihn ohnehin nie, was andere von ihm dachten. Dann wiederum

konnte er in seiner Phantasie Kleinigkeiten zu drohenden Katastrophen aufbauschen. Dann wurde er ängstlich und unsicher. Das zeigte sich als er damals abtauchte. Die Demonstration verlief eigentlich gar nicht so gewalttätig, wie das heute in seiner Biographie dargestellt wird. Gut, es flogen ein paar Pflastersteine auf Polizisten, zwei oder drei wurden auch leicht verletzt, also das, was man bei Demonstrationen von Linken als eine kleine Rangelei bezeichnet. Er hatte auch damit nichts zu tun. Er sollte auch gar nicht verhaftet werden, er wurde lediglich zu einer Zeugenaussage vorgeladen. Aber er nahm sich das derart zu Herzen, fühlte sich schuldig, sah eine gewaltige Bedrohung, sich schon zu jahrelanger Haft verurteilt. Daher verschwand er und trat in die Fremdenlegion eintrat. Er desertierte allerdings nach etwa einem Jahr und schloß sich einer Söldnertruppe in Haedanga an. Ich hörte lange nichts von ihm, erst wieder als er der Staatsführer in Gotenland war. Er nannte sich jetzt Totila. Aus einer Laune heraus schrieb ich ihm einmal während einer Urlaubsreise nach Suebien. Adressiert war der Brief an 'Totila, Präsident der Republik Gotenland, Präsidentenpalast, Totilana, Gotenland'. Ich hätte nie geglaubt, daß der Brief ankommen würde. Doch etwa fünf Wochen später erhielt ich eine Antwort. Wir hatten dann regelmäßig Kontakt. Er lief über eine Tarnadresse in Suebien, da Postverkehr vom Reich aus nach Gotenland verboten war."

Anke unterbrach ihn.

„Da fällt mir ein, diese Hedwig ist hier auf den Barbarossainseln. Sie war mit uns auf dem Schiff. Sie erzählte auch, sie sei auf Anordnung des 'Staatsvogtes' evakuiert worden, ohne allerdings zu wissen, wer dahinter steckte. Mit der Zeit hatten wir da einen gewissen Verdacht und eine von uns fand im Informationsnetz ein Photo, das ihn als jungen Söldner darstellte. Sie zeigte es ihr, ohne natürlich zu sagen, wer das war, und diese Hedwig erkannte ihn."

Frank lachte.

„Das ist typisch für ihn, er vergißt nichts."

„Entschuldigen Sie, wenn ich unterbreche, ich habe da noch zwei Fragen. Warum nennt er sich Totila und warum lief der Kontakt ausgerechnet über Suebien ?"

„Die erste Frage kann ich nicht so genau beantworten. Totila war ja König der Ostgoten. Er richtete nach verheerenden Niederlagen gegen die Byzantiner das Ostgotenreich noch einmal auf, fiel aber dann im Kampf gegen die unter Narses eingedrungen oströmischen Truppen. Er wird noch heute von vielen als Held verehrt. Ich habe ihn aber niemals gefragt, warum er gerade diesen Namen gewählt hat. Und bei der zweiten Frage verhält es sich so: Suebien war damals das einzige Land in Europa, das offizielle diplomatische Beziehungen zu Gotenland unterhielt. Sagt Ihnen der Name Alogoramta etwas ? Es war eine suebische Kolonie. Die Barbarossainseln gehörten auch dazu. Sie hießen damals allerdings noch Henricionen. Zu Beginn der siebziger Jahre des letzten Jahrhunderts führten alogoramische Rebellen einen Kolonialkrieg gegen Suebien. Es war kein eigentlicher Krieg, da sich die Kampfhandlungen auf eher lokale Aktionen beschränkten. In Suebien herrschte damals noch eine faschistische Diktatur; sie war unbeliebt und ein Großteil der in Alogorama lebenden Sueben sympathisierte mit den Rebellen und unterstützte sie sogar. Nachdem das Regime in Suebien durch eine unblutige Revolution gestürzt worden war und das Land eine demokratische Regierung erhalten hatte, entließ Suebien seine Kolonien in die Unabhängigkeit. In Alogoramta kämpften dann mehrere Rebellengruppen um die Macht. Nach etwa einem Jahr siegten die von Palschunistan finanzierten Kommunisten. Die Sueben galten nun als die Vertreter des alten Kolonialherrenregimes, als Ausbeuter. Sie wurden enteignet, entrechtet und und großteils zur Zwangsarbeit verpflichtet. Nach unserem Sieg und der Annexion Alogoramtas drei Jahre später, rehabilitierte die gotenländische Regierung die Sueben, gab ihnen ihren Besitz zurück, gab ihnen volle staatsbürgerlichen Rechte, gewährte ihnen sogar einen Minderheitenstatus mit besonderen Rechten. Das hat uns Suebien hoch angerechnet und hat sich deswegen auch nicht dem Boykott der übrigen europäischen Staaten angeschlossen."

Frank machte eine kurze Pause.

„Jetzt haben wir lange geplaudert, aber noch nicht über das Thema geredet. Das können wir auch kurz machen. Natürlich können Sie auf meine Unterstützung zählen. Ich habe aber zigtausende Photos. Ich muß Sie sortieren. Kommen Sie in drei Tagen wieder. Ich gebe Ihnen aber schon einmal einige Photopräsentationen mit, in der die wichtigsten Sehenswürdigkeiten und einige Informationen zu finden sind. Schauen Sie sich erst einmal alles in Ruhe an. Sie haben doch sicher einen Computer ? Wenn Sie noch mehr Material brauchen, gebe ich Ihnen dann, was ich habe. Warten Sie einen Moment, ich mache Ihnen eine Kopie."

Er setzte sich an seinen Computer, überreichte ihr nach kurzer Zeit eine CD. Anke blieb noch einige Zeit bei dem Mann, erfuhr Näheres über ihn, erzählte auch aus ihrem Leben und von der Evakuierung. Es war bereits dunkel als sie ihn verließ.

Die Vostellung des Zwölferrates

Die Photopräsentationen erwiesen sich als wertvolle Informationsquelle, waren natürlich nicht ausreichend um eine Ausstellung zusammenzustellen, zumal die Vorstellungen, die Anke mit ihr verband, nicht deckungsgleich waren mit den Darstellungen der Objekte Heselbachs in den Präsentationen. Verwunderlich war das nicht, denn wieso sollten zwei völlig unterschiedliche Menschen die gleiche Vorstellung über die Präsentation kultureller Werte haben, wenn bereits die Motivation hierfür völlig unterschiedlich war. Heselbachs Darstellungen waren sein Hobby gewesen, legten den Schwerpunkt auf das, was ihn persönlich interessierte. Er hatte auch nie versucht, die Präsentationen in irgendeiner Form zu publizieren, das heißt, einem größeren Publikum zugänglich zu machen. Er hatte lediglich einige Kopien an Bekannte verteilt. Anke dagegen wollte mit ihrer Ausstellung die Bewohner der Insel, Menschen unterschiedlicher Bildung, Interessen und Alters und insbesondere die Jugend ansprechen. Heselbach verstand das natürlich und unterstützte Anke wo und wie er konnte. Das machte sehr viele Besuche und Gespräche notwendig, die auch ihre persönliche Beziehung zu einander vertiefte.

In diese Zeit fiel ein anderes Ereignis, das auf der Inselgruppe mit großer Spannung erwartet wurde. 'Odin' war auch nach vier Monaten auf der Insel noch immer eine geheimnisumwitterte Organisation, insbesondere der 'Zwölferrat'. Die lokalen Organe hatte man mehr oder weniger kennengelernt und im Grunde nur positive Erfahrungen gesammelt. Alle waren ehrlich, offen, hilfsbereit. Nirgendwo stieß man auf Willkür; man hatte stets ein Ohr für sachliche Argumente, leitete Beschwerden weiter und man erhielt auch nach einiger Zeit eine Nachricht, ob der Beschwerde stattgegeben wurde. Falls dies nicht der Fall war, wurde dies ausführlich begründet. Was allerdings die Führungsspitze, den 'Zwölferrat' betraf, so herrschte eine totale Geheimniskrämerei. Man wußte lediglich, daß er existierte und alle wichtigen Entscheidungen fällte. Die Mitglieder waren namentlich nicht bekannt, wurden noch immer als 'Nummern' gehandelt. Von einigen wußte man, für welche Aufgaben sie zuständig waren, von einem Großteil aber nicht.

Für den Mittwoch nach Ankes erstem Besuch bei Heselberg war die mit Spannung erwartete Vorstellung des 'Zwölferrates' angekündigt. Am Abend versammelten sich die vier in Kerstins und Silkes Wohnung vor dem Fernsehapparat. Ein älterer Mann stellte sich als Präsident des Rates, als 'Nummer eins' vor. Er hielt eine kurze Begrüßungsansprache an die 'Bürger der autonomen Republik Odin'. Er lobte die bisherige Aufbauarbeit, bedankte sich herzlichst bei der gotenländischen Regierung für die großzügige Hilfe. Bezüglich der zukünftigen politischen und gesellschaftlichen Ordnung der Republik kündigte er für die nahe Zukunft eine ausführliche Regierungserklärung an, meinte allerdings, die Angelegenheit sei nicht sonderlich dringend, da Maßnahmen zur Zukunftsgestaltung erst nach Abschluß des Basisaufbaus angegangen werden. Das werde sich noch einige Monate hinziehen. Dann stellte er die Mitglieder des 'Zwölferrates' vor, nannte ihre Namen und ihre Funktion, die Nummern erwähnte er nicht. Die Personen waren den Vieren völlig unbekannt. Daher erweckte auch lediglich das Ratsmitglied für 'Wissenschaft und Forschung', wie sein Verantwortungsbereich nun offiziell bezeichnet wurde, ihr Interesse, in dem sie die 'Nummer sieben' vermuteten. Er hieß Norbert Lohmann, ein großer, eher hagerer Mann, nicht unbedingt hübsch und gut aussehend, kein Typ auf den Frauen fliegen.

„Kennst du den Typen ? Er ist ja offenbar dein Beschützer", fragte Anja, an Silke gerichtet.

„So ganz sicher bin ich mir nicht", entgegnete diese nach kurzem Nachdenken, „aber er erinnert mich an einen Typen, den ich vor einigen Jahren im Zug nach Pratisburg kennengelernt hatte. Ich fuhr zu einer Tagung, er hatte eine Einladung zu einem Seminarvortag an der dortigen Universität. Ich glaube er war Physiker. Wir unterhielten uns recht nett. Er versuchte hinterher mit mir Kontakt aufzunehmen. Ich hatte ihm meine Visitenkarte gegeben und auch unvorsichtiger Weise angedeutet, ich würde ihn gerne wiedersehen. Das hat er wohl mißverstanden, denn ich hatte ihm auch nicht gesagt, daß ich 'in einer Beziehung lebte'. Er schrieb mir ein paarmal. Ich reagierte aber nicht auf seine Nachrichten und schließlich meldete er sich auch nicht mehr. Er wohnte übrigens nicht weit von meinem Heimatstädtchen entfernt, und ich habe ihn auch ein paarmal auf irgendwelchen größeren Veranstaltungen in der Region gesehen. Kontakt hatten wir allerdings nicht mehr."

„Dennoch hast du wohl einen nachhaltigen Eindruck bei ihm hinterlassen. Kaum vorstellbar, wenn man dich so kennt", witzelte Anja.

„Ach, hört doch mit diesen Frozzeleien auf", warf Kerstin ein, „trinken wir lieber auf die Regierung, obwohl wir eigentlich nicht viel mehr über sie wissen als vorher."

Der Vorschlag wurde angenommen, man trank, unterhielt sich noch eine Weile, ging dann schlafen.

Die Wissenschaftsministerin

Es war zwei Wochen später, an einem Freitag nachmittag, als Anke nach Feierabend wieder einmal Heselberg aufsuchte.

Frank hatte Besuch, eine jüngere, hübsche, gut aussehende Negerin, maximal Ende dreißig, schätzte Anke. Sie wollte nicht stören, gleich wieder gehen, doch die Frau bat sie noch kurz zu bleiben.

„Sie stellen also diese Ausstellung von Domen zusammen ? Vielleicht wäre es nicht schlecht, wenn Sie auch Modelle aufstellen könnten, so im Maßstab eins zu hundert."

„Daran haben wir auch schon gedacht und auch schon ein bißchen etwas gebastelt. Aber wir sind bisher nicht so recht zufrieden mit den Ergebnissen. Es ist sehr schwierig, fast unmöglich nur auf der Basis der vorhandenen Photos etwas zu machen, was mehr ist als nur ein grobes Modell. Vielfach können wir nicht einmal die Proportionen richtig darstellen, da die Photos oft Verzerrungen aufweisen."

„Da kann ich Ihnen sicher weiterhelfen. Wir haben in unseren Archiven Kopien der Baupläne zahlreicher Dome. Von denen könnte ich Ihnen Zweitkopien zur Verfügung stellen."

„Das wäre schön", freute sich Anke, „es wundert mich aber schon, daß Sie ein solches Archiv haben."

„Die Regierung hat es im Laufe der Jahre angelegen lassen. Wissen Sie, auch Totila ist daran interessiert die europäische Kultur zu erhalten. Ich kann Ihnen da viel erzählen. Vielleicht sollten wir uns einmal treffen. Ich bleibe noch bis Sonntag auf der Insel und wohne im Hotel 'Heinrich der Vogler'. Wäre morgen abend recht ? Übermorgen ist Sonntag. Da macht es nichts, wenn es spät wird."

„Das wäre schön", erwiderte Anke.

„Ich heiße übrigens Gloria Lumambo."

„Und ich heiße Anke Frobert."

„Also gut dann, bis morgen abend. Ihre Adresse und Telefonnummer erfahre ich von Frank. Ich rufe Sie dann so gegen sechs Uhr an."

Anke verabschiedete sich von Gloria und Frank, verließ das Haus.

85

Am nächsten Abend, etwa zur vereinbarten Zeit, klingelte das Telefon.

„Ich lasse Sie jetzt abholen; der Chauffeur wird in knapp zehn Minuten eintreffen. Er wartet am Eingang der Anlage."

„Einen Chauffeur hat sie also. Möchte wissen, was das für eine vornehme Frau ist", dachte Anke während sie sich zum Treffpunkt begab.

Eine 'Nobelkarosse' fuhr vor; Anke war unsicher, ob das wirklich der richtige Wagen sei, zögerte näher zu treten. Doch der Chauffeur stieg aus, kam auf Anke zu, grüßte freundlich.

„Steigen Sie bitte ein, Frau Frobert. Die Ministerin erwartet Sie."

„Ministerin, oh Gott. An wen bin ich da geraten ?"

Gloria erwartete Anke bereits in der Empfangshalle, begrüßte sie herzlich, lud sie zum Abendessen ein. Danach begaben sie sich in Glorias Suite, ließen sich auf einem Sofa nieder. Gloria fragte Anke ob sie Wein möchte, schenkte ein als diese bejahte.

„Sie wundern sich sicherlich, hier eine gotenländische Ministerin zu treffen. Ich leite das Wissenschaftsressort. Frank kenne ich seit seiner Ankunft in Gotenland. Ich war seine erste Doktorandin. Seitdem sind wir befreundet. Ich verdanke ihm viel, auch mein Leben, meine Freiheit und letztlich auch mein Amt. Ich komme des öfteren für ein paar Tage auf die Insel um ihn zu besuchen und mich mit ihm zu unterhalten. Wissen Sie, seine Meinung und seine Ratschläge sind mir oft eine große Hilfe."

Anke blickte sie ungläubig an.

„Ich muß weit ausholen, aber wir haben ja Zeit. Vielleicht haben Sie schon davon gehört, daß sich die Söldner nach ihrer Machtübernahme um ein gutes Verhältnis zur einheimischen Bevölkerung bemühten. Sie haben viel für die Entwicklung des Landes getan. Wir verdanken ihnen unsere Freiheit und unseren Wohlstand, beide sind ohnegleichen in Afrika. In unserem Land herrscht weitgehende Meinungsfreiheit, ein allgemeines Rechtssystem ohne Willkür, keine Korruption, keine offizielle Rassentrennung und Diskriminierung. Sie gewährten uns die Pflege unserer Sprache und unserer Kultur; und das sogar sehr großzügig. Noch heute werden Projekte mit bedeutenden Summen finanziell gefördert. An der Oberfläche sah das alles gut aus, darunter gärte es aber. Wissen Sie, Gotenland wurde europäisiert, nicht nur durch die vielen Einwanderer, sondern im wesentlichen durch die Politik Totilas. Die Sprache war europäisch, die Gesetze waren europäisch, die Familien- und Sozialpolitik waren europäisch, Sitten und Gebräuche, die das öffentliche Leben charakterisierten, waren europäisch. Das heißt, die europäische Zivilisation, Kultur und Lebensweise dominierten im Staat. Unsere Kultur galt als zweitrangig, obwohl das nie so gesagt wurde, galt in der Öffentlichkeit nichts, sondern wurde in die Privatsphäre verbannt, auf den Status von Folklore herabgestuft, wenn ich das einmal so sagen darf. Sie machten auch sonst aus ihrer Überlegenheit keine Hehl, begründeten ihre Dominanz mit einem gewissen Entwicklungsrückstand unsererseits, der eben gegenwärtig noch bestehe, eines Tages aber sicherlich abgebaut sei. Das heißt, die real existierende Diskriminierung wurde einfach bestritten. Es gab ja in der Tat auch praktisch keine Einheimischen in Führungspositionen, weder in der Regierung, noch in der Verwaltung, noch in der Wirtschaft. Dabei wurde natürlich immer wieder auf die gewaltigen Summen hingewiesen, die für die Bildung der einheimischen Bevölkerung aufgebracht wurden. Sie förderten das Schulwesen ja wirklich großzügig und viele Einheimische besuchten Universitäten. Aber es hatte irgendwie keine Auswirkung auf unsere Stellung in der Gesellschaft. Wir Neger seien einfach noch nicht so weit, hieß es unter der Hand; so drastisch wurde es allerdings nie offen ausgesprochen. Ich wiederhole mich vielleicht ein bißchen, aber das war eben der springende Punkt. Wissen Sie, das erinnerte so ziemlich an die Glaubenslehre vom Paradies: die gegenwärtige Existenz ist zugegebener Maßen schlecht, aber im Jenseits wird es allen gut gehen. Die Sache ist allerdings die: wir leben jetzt und wollen nicht auf eine ferne Zukunft vertröstet werden. Das deprimierte viele und sie fühlten sich als Bürger zweiter Klasse. Und es entstanden Widerstandsbewegungen; es gab Radikale, welche den Umsturz anstrebten und die Weißen aus dem Land vertreiben wollten. Und es gab auch Gemäßigte, die glaubten, daß die Entwicklung insgesamt positiv verlief, wenn auch nicht optimal und so geradlinig wie es nötig wäre. Aber sie waren davon überzeugt, daß man durch entsprechende Korrekturen des politischen Kurses und durch entsprechende Reformen die völlige Gleichberechtigung schrittweise und in absehbarer Zeit erreichen könnte. Wir Neger waren auch in diesen Zirkeln völlig unter uns, da die Weißen das Problem gar nicht sahen, selbst Frank verstand es nicht. Ich schloß mich einer gemäßigten Bewegung an. Im Gegensatz zu den Radikalen, die im Untergrund agierten, kämpften wir offen. Wir vertraten unsere Forderungen in Flugblättern und Zeitungen, auf großen Kundgebungen und in kleinen Versammlungen. Das war unser Pech. Wissen sie, Gotenland war und ist kein totalitärer Staat, wie man das so gerne in Europa hinstellt. Es gab kein ausgeprägtes Spitzelwesen, keine totale Kontrolle, keine allmächtige Geheimpolizei. Das führte dazu, daß die radikalen Gruppen über lange lange Zeit den Sicherheitsbehörden völlig unbekannt blieben, während wir natürlich auffielen. Unsere Ausführungen und Thesen wurden detailliert dokumentiert und analysiert und schließlich wurden wir als Umstürzler gebrandmarkt. Eines Tages wurde ich verhaftet, tagelang verhört, psychisch unter Druck gesetzt, aber nicht körperlich mißhandelt. Es drohte mir eine Anklage wegen Hochverrats, möglicherweise die Todesstrafe, zumindest eine lange Haftzeit, so etwa fünfundzwanzig Jahre in einem Arbeitslager. Das hing davon ab, wie man meine Tätigkeit in der Bewegung genau auslegte. Ich war auf das Schlimmste gefaßt, doch nach etwa zwei Wochen erschien eine Wärterin, verdächtig freundlich, führte mich in ein Badezimmer, gebot mir zu duschen, legte in der Zwischenzeit frische Kleider zurecht. Sie waren übrigens von hervorragender Qualität und sehr schick, so daß ich in ihnen wie eine feine Dame aussah. Auf meine Frage, was das alles bedeute, erklärte sie nur, ich müsse ja ordentlich aussehen, wenn ich vor den Staatsvogt trete. Dann brachten sie mich zu dessen Sommerresidenz in den Bergen. Totila empfing mich zu meinem Erstaunen sehr freundlich, meinte dann lächelnd 'Sie sind also die gefährliche Rebellin, die Staatsfeindin Nummer eins.' Seine zuvorkommende Art nahm mir die Angst und ich fragte ihn, aus welchem Grund ich hierher gebracht worden sei. 'Ihr Doktorvater, Frank Heselberg, übrigens ein alter Freund von mir, hat sich für Sie eingesetzt, nachdem er erfuhr, daß Sie verhaftet wurden. Und ich denke, es ist besser, jemanden anzuhören bevor man ihn erschießt. Hinterher ist es zu spät und das könnte sich als Fehler erweisen. Also, erzählen Sie mir nun, was sind Ihre politischen Vorstellungen?' Ich fragte ihn, das werde aber ein langer Bericht, ob er denn soviel Zeit hätte. Er antwortete 'ich habe mehr mehr als vierzig Jahre für dieses Land gekämpft, da kommt es auf ein paar Wochen nicht an.' Ich begann meinen Bericht. Er hörte aufmerksam zu, machte hin und wieder einige Notizen. Als ich dann fertig war, meinte er, es sei wohl einiges schief gelaufen im Lande, da müßten Veränderungen eintreten. Auch wenn er meinen Bericht nach dem ersten Eindruck recht positiv einschätze, so seien noch viele Einzelheiten klärungsbedürftig. Daher solle ich vorerst hierbleiben. Ich erhielt ein komfortables Zimmer, auch alles, was ich sonst noch brauchte, Kleider zum Beispiel, blieb insgesamt zwei Wochen. Ich führte täglich mehrere Gespräche mit ihm, nicht nur in seinem Arbeitszimmer, sondern auch in den Freizeiteinrichtungen, im Schwimmbad oder in der Sauna. Obwohl wir uns da natürlich auch unbekleidet gegenüber saßen oder lagen, machte er nie irgendwelche anzüglichen Bemerkungen oder sexuelle Annäherungsversuche. Das verwunderte mich etwas, da bekannt war, daß der Staatsvogt kein Kostverächter war, wie man so schön sagt, sich zahlreiche Konkubinen hielt. Und ich fragte ihn auch nach einigen Tagen, als wir uns schon etwas näher kennengelernt hatten, danach. Er antwortete, er verstehe die Frage nicht ganz, ich sei ja schließlich nicht hier um mit ihm zu schlafen. Es gehe um die Zukunft Gotenlands, und er möchte meine Vorstellungen, meine Schlußfolgerungen, meine Ratschläge und Empfehlungen kennenlernen. Das sei nun wichtig. Intelligente Frauen seien eben nicht primär dazu da, um Männer sexuell zu befriedigen. Es ist zwar schön, wenn sie das auch können, das habe im Moment keine Priorität, kann auch noch später geklärt werden. Ich muß an dieser Stelle zugeben, daß wir später des öfteren miteinander geschlafen haben, aber das war lange nach unserer ersten Begegnung. Mir fiel

in dieser Zeit eine alte Legende aus unserer Überlieferung ein. Es heißt darin, daß Mann und Frau einst eine Einheit bildeten, dann aber durch einen bösen Geist getrennt wurden. Seitdem sucht jeder sein Gegenstück. Und ich hatte den Eindruck, daß Totila mich als sein Gegenstück ansah. Nach bereits zwei Wochen ernannte er mich zur Staatssekretärin für 'Gesellschaftliche Entwicklung' und zu seiner persönlichen Beraterin. Ich begann, Vorschläge zu Reformen auszuarbeiten und sie wurden dann auch großteils umgesetzt. Darüber hinaus war meine Ernennung auch ein Signal. Ich war die erste Einheimische in einem hohen Staatsamt, dazu noch ein Frau. Weitere Ernennungen folgten in der Verwaltung, dem Militär und in der Wirtschaft. Die Stimmung im Lande besserte sich, den Radikalen wurde der Boden entzogen, und die Gruppen lösten sich auf, sofern sie nicht mittlerweile verhaftet worden waren. Wissen Sie, den Kampf gegen die Radikalen sah ich auch als Teil meiner Arbeit. Neun Jahre sind das nun her. Ich blieb fünf Jahre im Amt, wurde dann Wissenschaftsministerin."
Gloria unterbrach ihre Rede kurz, nahm einen tüchtigen Schluck Wein, wartete offenbar auch auf Fragen von Anke. Die schwieg aber, Gloria fuhr dann fort.
„Es trat allerdings eine Veränderung beim Staatsvogt ein, die mir gar nicht auffiel, da ich erst kurze Zeit im Amt war; ich erfuhr es von Mitarbeitern, die ihn schon länger in seiner Umgebung waren. Totila zeigte plötzlich ein sehr starkes Interesse an einer Organisation namens 'Odin'. Er war Jahre zuvor, ich weiß nicht auf welche Weise, mit ihr in Verbindung gekommen, begann sich für ihre Ziele zu interessieren, stellte ihr auch eine der Barbarossainseln, Donarsland, zur Verfügung. Sie müssen wissen, die heutigen Barbarossainseln gehörten zu dem suebischen Kolonialgebiet, waren aber dünn besiedelt; nur etwa dreißigtausend Menschen lebten dort. Sie wurden nach der Einverleibung Alogoramtas auf das Festland übersiedelt, da sie dort 'besser zu kontrollieren' waren. Auf Wotansland, der größten Insel, entstand eine Flotten- und Luftwaffenbasis; der Rest blieb unbesiedelt. Der Staatsvogt hielt zunächst nicht allzu viel von der Bewegung, hielt sie eher für blauäugige Spinner und Phantasten, wie

er sich seiner Umgebung gegenüber einmal ausdrückte. Er hielt sie für Idealisten, die keinen Schaden anrichten, aber dennoch vielleicht ein bißchen nützlich sein könnten. Daher unterstützte er sie. Nun aber beschäftigte er sich intensiver mit 'Odin'. Er empfing des öfteren hochrangige Vertreter, ordnete schließlich, etwa zwei Jahre später, den großzügigen Ausbau der gesamten Inselgruppe an, der natürlich überwiegend von Gotenland finanziert wurde. Und darüber hinaus gewährte er 'Odin' ein hohes Maß an Autonomie. Niemand verstand das so recht. Er begründete es auch nie, sagte lediglich, es sei im Interesse des Staates. Erst lange danach bemerkte er mir gegenüber einmal, meine damaligen Berichte hätten in ihm Zweifel geweckt, ob auf Dauer, aufgrund ihres verschiedenen kulturellen Hintergrundes, ein einvernehmliches Leben zwischen Schwarzen und Weißen möglich sei. Er meinte das im Hinblick auf die Erhaltung der europäischen Kultur, sagte dann, es ginge wohl nur innerhalb einer seichten Zivilisation ohne kulturellen Werte, wie das ja in Samunkelstan der Fall sei. Er zweifelte daher, daß Gotenland der richtige Platz zur Erhaltung der europäischen Kultur sei. Noch werde das Land von ihm zusammengehalten und befriedet, doch er werde alt und könne nicht voraussehen, wer sich letztlich als sein Nachfolger durchsetzt und in welcher Art dieser dann regiert. Er habe sich daher entschlossen, diese Aufgabe 'Odin' zu übertragen; dieser Organisation traue er die Erfüllung der Aufgabe eher zu. Natürlich könne er nicht voraussehen, wie sich 'Odin' langfristig entwickeln wird, aber große Alternativen gebe es nicht."

Gloria schwieg kurz.

„So, nun sind Sie im Bilde. Tun Sie Ihr Bestes. Erfüllen Sie Ihre Aufgabe. Meiner Unterstützung können Sie gewiß sein."

Anke blickte Gloria groß an.

„Sie verlangen sehr viel von mir. Ich bin doch nur eine einfache, bedeutungslose Frau."

Gloria lächelte.

„Unterschätzen Sie sich nicht. Denken sie an meine Geschichte. Wissen Sie, im Grunde schätzen Männer kluge Frauen höher ein als hübsche. Ich meine, Männer, die wirklich etwas bewirken, keine

Schwätzer und Schaumschläger. Allerdings dürfen die Frauen niemals bevormundend wirken, zickig werden, trotzen; sie sollten vielmehr immer sachlich bleiben, auch wenn es manchmal schwerfällt. Dann werden sie auch ernst genommen. Männer lieben Ratschläge, aber keine Belehrungen und schon gar keine hysterischen Auftritte von Weibern."

„Kennen Sie eigentlich 'Nummer Sieben' ?" fragte Anke nun, „der ist doch, soweit mir bekannt ist, bei 'Odin' für Wissenschaft und Forschung zuständig."

„Sie meinen Lohmann. Ja, sicher; das heißt, so gut kenne ich ihn auch wieder nicht. Ich habe ihn ein paarmal getroffen. Wieso interessieren Sie sich für ihn ?"

Anke erzählte Silkes Geschichte. Gloria zuckte mit den Achseln.

„Da kann ich nicht viel dazu sagen. Nun, wenn ich ihn beschreiben sollte: stellen Sie sich Heselberg vor, nur zwanzig Jahre jünger und eine Größenordnung dynamischer. Heselberg kennt ihn übrigens von früher. Lohmann war Doktorand in seiner Arbeitsgruppe als er noch im Reich war. Er kann Ihnen sicher mehr über ihn erzählen als ich. Ich kann eigentlich nur Positives von ihm sagen. Er ist intelligent, hochgebildet, weiß auf vielen Gebieten Bescheid. Er ist geradlinig, ohne Falschheit, prinzipientreu, stets auf die Wahrheit bedacht. Er nimmt die Wissenschaft ernst. Er sagte mir einmal, als Naturwissenschaftler kann man nur dann etwas über die Natur lernen, wenn man sie unvoreingenommen studiert. Die meisten seien aber nur auf spektakuläre Erkenntnisse aus um bedeutend zu werden, um Karriere zu machen. Das führe letztlich aber zu gar nichts, außer zur Zerstörung der Wissenschaft selbst, da sie dann irgendwann keiner mehr ernst nimmt und sie nur noch als eine Art Show angesehen wird. Er zeigte sich aber auch sehr hartnäckig und durchsetzungsfähig wenn es sein muß, was ich bei unserer ersten Begegnung gar nicht vermutet hätte, denn er wirkte eher ruhig. Ich stellte aber dann fest, daß er sehr schnell impulsiv und temperamentvoll werden kann, wenn es um Dinge geht, die ihn interessieren und die ihm wichtig erscheinen, wenn es um Sachfragen und Kontroversen geht. Aber da kann Ihnen Frank sicher mehr erzählen. Übrigens, in zwei Wochen, Sie wissen es vielleicht schon, wird es in Ihrer Meerwasser - Entsalzungsanlage eine große Feier anläßlich der Unterzeichnung eines Vertrages mit Anichloran geben. Die Anichloranesen wollen zehn Anlagen kaufen. Das ist ein Milliardengeschäft. Lohmann wird auch zu dieser Feier kommen. Vielleicht treffen Sie ihn dort."

„Meine Freundin Silke, sie ist in dem Unternehmen Hausjuristin, hat mir davon erzählt. Daß Lohmann auch kommt, wußte sie allerdings nicht oder sie hat es mir verschwiegen. Aber ich gehöre nur zum Fußvolk, bin bei der Feier nur als Zaungast dabei."

Es war spät geworden. Anke verabschiedete sich.

„Wir sehen uns sicherlich noch öfters", meinte Gloria.

Der Chauffeur brachte Anke zu ihrer Wohnung zurück. Anja schlief bereits und so erzählte sie ihr am nächsten Tag beim Frühstück von der Begegnung.

Ankes Gespräch mit Heselberg über den staatbürgerlichen Unterricht

Einige Tage später, an einem Samstag nachmittag, suchte Anke Heselberg erneut auf. Die Sichtung von Heselbergs Photomaterial ging allmählich voran. Anke hatte schon weitgehend ein Voraus-wahl getroffen, was aber die Beschreibungen betraf, gab es noch zahlreiche offene Fragen und so waren häufigeTreffen notwendig. Zunächst drehte sich das Gespräch auch um das eigentliche Thema, die Kirchen, doch irgendwann kam Anke auf den staatsbürgerlichen Unterricht zu sprechen.

„So ganz verstehe ich nicht, was die eigentlich wollen. Manchmal hat man den Eindruck, als möchtenf sie den idealen Staat, die ideale Gesellschaft aufbauen; sie scheinen aber keine vollkommen klare Vorstellung davon haben, wie diese aussehen sollen und wie man diese Art Utopie realisiert. Wir sind doch alle Menschen, haben unsere Gefühle, Vorstellungen, Triebe und was weiß ich noch. Und jeder hat im Grunde seinen eigenen Willen. Und da können doch selbst tausend Belehrungen keinen 'idealen Menschen' schaffen. Und

Zwang will man nicht anwenden, da man weiß, daß dies nicht funktioniert."

Heselberg blickte sie nachdenklich an.

„Um ehrlich zu sein, ich sehe die Entwicklung auch etwas skeptisch, nicht kurzfristig. Der Zwölferrat besteht, soweit ich das beurteilen kann, überwiegend aus kompetenten Männern, die wissen, was sie wollen und auch, wie sie ihre Ziele erreichen können. Und dank Totilas Unterstützung haben sie den Gang der Ereignisse, zumindest kurzfristig, unter Kontrolle. Was aber in zwanzig oder dreißig Jahren sein wird, das kann niemand voraussehen. Es werden dann andere Männer, vermutlich sind dann auch Frauen darunter, herrschen und auch die Bevölkerung wird sich verändert haben. Und insgesamt ist das Projekt ja auch sehr ehrgeizig. Man will die Zivilisation und Kultur nicht nur einer großen Nation, sondern die des ganzen Abendlandes erhalten. Und das möchte man mit einer relativ geringen Anzahl von Menschen erreichen, vermutlich nicht viel mehr als einer halben Million, die auch noch eine starke Wirtschaftsmacht aufbauen sollen, und Kapazitäten für die Verteidigung sind auch noch notwendig. Daneben braucht man auch noch Krankenhäuser, Schulen und auch eine Universität. Und das ist noch nicht alles; es geht auch noch um das Konzept einer neuen Gesellschaft. Es ist zwar so, daß alle Bewohner Angehörige des gleichen Volkes sind, das garantiert aber noch keinen Gemeinsinn. Zum einen war der Begriff 'Volk' im Markomannischen Reich in den letzten Jahrzehnten verpönt, ja schon fast ein krimineller Ausdruck, weil dadurch Unterschiede gemacht wurden zwischen Leuten, die zum 'Volk' gehörten und denen, die nicht dazu gehörten, weil sie aus anderen Kulturkreisen stammten, andere Werte vertraten, also Menschen ausgrenzte, auch solche, die gar nicht zum 'Volk' gehören wollten, also sich selbst ausgrenzten. Man gab sich weltoffen, multikulturell, was natürlich dem Bewußtsein einer Schicksalsgemeinschaft anzugehören geschadet hat, so daß man ein eigentliches Volksbewußtsein von denen, die hier gelandet sind, nicht erwarten kann; zum anderen sind die Bewohner der Inseln ein ziemlich bunt zusammengewürfelter Haufen, Leute eben, die man aufgrund ihrer Fähigkeiten und ihres Wissens für den Aufbau

94

dieses Staates braucht. Ich will 'Odin' deswegen keinen Vorwurf machen, sie hatten den Plan eines Staates und haben sich die Menschen entsprechend ausgesucht, von den 'unplanmäßig' Evakuierten einmal abgesehen, die nicht einmal zehn Prozent der Bevölkerung ausmachen. Es sind da keineswegs alle markomannischen Gesellschaftsschichten vertreten; man legte den Schwerpunkt auf Naturwissenschaftler, Ingenieure, Techniker, Ärzte, Handwerker. Kaufleute, Verwaltungsangestellte, Juristen, ungelernte Arbeitskräfte erschienen weniger wichtig; man holte sie nur in der unbedingt notwendigen Anzahl. Das gleiche gilt für die sogenannten Geisteswissenschaftler; auch hier warb man nur so viele an, wie man braucht um die evakuierten Kulturgüter zu katalogisieren und zu verwalten. Und aus diesem Gemisch will man eine 'Volksgemeinschaft' bilden ? Ich weiß nicht, ob das so einfach gelingt. In Gotenland hat das nicht so recht geklappt."

Anke unterbrach ihn.

„Sei doch nicht so pessimistisch. In Gotenland sind auch die Verhältnisse ganz anders. Wir Menschen hier sind doch froh, dem Inferno entkommen zu sein; wir wollen arbeiten um uns ein neues und gutes Leben aufzubauen. Viele haben auch Kinder, denen sie eine sichere Zukunft bieten wollen. Und außerdem, wir müssen doch auch froh sein, in einem Staat zu leben, der uns Freiheit gewährt, auch wenn die Ziele teilweise vielleicht etwas verschroben sind."

„Ich will ja gar nicht negativ sein, ich wollte nur sagen, daß die Ziele sehr hochgesteckt sind und viel von euch gefordert wird, nicht nur arbeitsmäßig, sondern auch, sagen wir, 'ideell'. Entscheidend ist doch das Menschenbild. Das bei 'Odin' vorherrschende ist durch die Historie und die Struktur bestimmt. Die Organisation entstand, wie du weißt, aus Angehörigen der oberen Bildungsschichten und repräsentierte auch davon wiederum nur eine Gruppe mit besonderen Ansichten, war also nicht unbedingt repräsentativ für die gesamte geistige Oberschicht, wenn ich das einmal so ausdrücken kann. Erhaltung der Kultur und der Zivilisation ist der zentrale Punkt ihres Bewußtseins. Und genau dieses Denken erwarten sie von den anderen. Es ist ihnen völlig fremd, daß das gewöhnliche Volk und das

Proletariat anders denkt. Daher auch die Aussage, daß sie auf selbständiges Denken und Handeln bauen, Vorschriften und Zwänge auf ein Minimum reduzieren wollen, da sie davon ausgehen, daß jeder Mensch vernünftig handelt, wenn man ihn entsprechend unterrichtet, belehrt, schult, informiert oder wie man es nennen will. Daß sich die Massen aber durch geeignete Propaganda beliebig in ihren Ansichten steuern lassen, wie wir das ja im Reich zur Genüge erlebt haben, das ignorieren sie. Und das ist genau der Punkt: jeder soll in dem Bewußtsein leben, der Erhalter einer 'wertvollen Kultur' zu sein und entsprechend handeln. Wobei natürlich von anderen entschieden und vorgegeben ist, was 'wertvolle Kultur' bedeutet. Das heißt, jeder soll sich freiwillig und selbständig mit vorgegebenen Werten identifizieren, wobei er natürlich diese Werte nicht in Frage stellen darf. Das ist doch auch schon Manipulation."

Anke blickte in fragend an.

„Das verstehe ich jetzt nicht so ganz."

Heselberg faßte sich an die Stirn.

„Also, anders ausgedrückt. Jeder soll das tun, was im Grunde befohlen ist, aber glauben, daß er es aus freien Stücken, nach reiflicher Überlegung aus eigener Entscheidung heraus tut. Kann man das besser verstehen?"

„Ein bißchen; das heißt, jeder entscheidet sich so wie die Regierung es will ohne daß es ausdrücklich befohlen wurde, weil man es als das einzig richtige erkannt hat, alternativlos. Hast du das so gemeint?"

„Ja so ungefähr."

„Ich sehe das aber etwas anders. Die meisten Menschen wollen doch ihre Ruhe haben, gut und in Frieden leben. Bietet man ihnen dann noch sinnvolle Freizeitengagements, meinetwegen zur Erhaltung unserer Kultur, dann sind sie zufrieden. Unabhängig davon rennen natürlich viele irgendwelchen Moden nach, sehen das als höheres Bewußtsein."

„Das ist aber genau der Punkt. Die völlige geistige Freiheit, die man gewährt, wird zwangsläufig zu eigenem Denken und dann auch zu Schlußfolgerungen führen, die nicht den Vorgaben entsprechen. Das heißt, die herrschende Ideologie der unbedingten Erhaltung der abendländischen Kultur wird Konkurrenz bekommen und sie wird in einigen Jahrzehnten nicht mehr die Grundlage des Staates sein."

„Und was wäre schlimm daran ?"

„Daß die abendländische Kultur allmählich doch verschwindet. Dann wäre das ganze Unternehmen hier ein Fehlschlag gewesen."

„Das sehe ich nicht so", wandte Anke ein, „Kultur ist nichts starres, Kulturen entwickeln sich, haben ihre Entstehung, ihre Blütezeit, ihren Niedergang. Mit unserer abendländischen Kultur erhalten wir doch im Grunde überwiegend nur das, was schon vor Jahrhunderten erschaffen wurde. In den letzten Jahrzehnten entstand doch nichts Erhaltenswertes. Um die wichtigsten Kulturgüter zu bewahren, genügen vermutlich relativ wenige Leute; wichtig ist es natürlich, den jungen Menschen die kulturellen Werte zu vermitteln; wie sie dann damit umgehen, ist letztlich ihre Entscheidung. Sie können streng nach ihnen leben, sie komplett ignorieren oder sie mit neuen Gedanken verbinden. Das haben weder der Zwölferrat noch ich oder du unter Kontrolle. Und selbst wenn es Veränderungen gibt, heißt das ja noch lange nicht, daß die Grundlage des Staates zusammenbricht und der Staat verfällt. Aber das ist im Moment auch gar nicht unser Problem; wir müssen den Staat ja erst einmal aufbauen und zur Blüte bringen. Über alles weitere müssen wir uns jetzt noch keine Gedanken machen."

Heselberg schwieg einen Moment, dachte nach.

„Das hast du klug gesagt", meinte er dann, „vermutlich hast du recht. Wir können uns zwar auf die Zukunft vorbereiten, aber was sie bringen wird, wissen wir nicht. Und es macht auch gar keinen großen Sinn, in Spekulationen zu verfallen."

Sie saßen dann noch eine Weile zusammen, tranken Kaffee, griffen das Thema 'Kirchen' noch einmal auf. Als es dunkel wurde verabschiedete sich Anke.

Heselberg holte eine Flasche Wein aus dem Vorratsraum, setzte sich in seinen Lehnstuhl und dachte über das Gespräch nach. Und je mehr er darüber nachdachte, desto mehr wuchs Ankes Ansehen und seine Bewunderung für sie. Ihm schien, er habe eher etwas wirr daher gefaselt, Bedenken, Möglichkeiten, Vermutungen in Erwägung gezogen und diskutiert, während sie einen klaren Verstand zutage legte; sie dachte an die Zukunft, und die bedeutete für sie nicht, das, was eventuell in ein paar Jahrzehnten sein könnte, sondern das, was getan werden mußte um in den nächsten Jahren einen stabilen Staat und eine stabile Gesellschaft zu schaffen, die allen eine gute Lebensgrundlage bietet.

Aber er stand da ein bißchen außerhalb; er war eben alt, Gotenländer, und hatte seine Zukunft bereits hinter sich.

Die Vertragsfeier

Der Abschluß des Vertrages über die Lieferung von zehn Meerwasserentsalzungsanlagen nach Anichloran wurde als großes Ereignis angekündigt. Mit Recht. Der Umfang belief sich auf etwa zwei Milliarden gotenländische Taler und es war das erste große Geschäft, das 'Odin' von der Inselgruppe aus tätigte. Das Projekt sollte allerdings gemeinsam mit einem gotenländischen Konsortium abgewickelt werden, da 'Odin' nicht in der Lage war, ein Projekt dieser Größenordnung eigenständig abzuwickeln. Man lieferte 'lediglich' die Technologie, das Hirn und die Nerven der Anlage, wie sich die Führungsspitze ausdrückte. Die Bauausführung lag in den Händen der gotenländischen Partner. Das schmälerte den Erfolg oder vielmehr, den Stolz auf den Erfolg, überhaupt nicht. Man sah darin hauptsächlich auch eine Direktive für die Zukunft. 'Odin' war viel zu klein, es mußte daher seine Ressourcen auf das Wesentliche konzentrieren und das bedeutete Entwicklung und Erprobung von Hochtechnologieprodukten, welche sich in Zusammenarbeit mit für den speziellen Fall auszusuchenden Partnern vermarkten ließen. Daß dies langfristig daraus hinauslief, fast ausschließlich gotenländische Firmen als Partner zu haben, war der Führungsspitze von 'Odin' schon klar, man sagte es aber nicht laut. Zu einen mußte dies nicht unbedingt ein Nachteil sein, zum anderen hatte man ohnehin keine andere Wahl. Die feierliche Unterzeichnung des Vertrages erfolgte im Rahmen eines würdevoll gestalteten Festaktes, bei dem außer der Führungsspitze der Firma und allen Mitarbeitern, die wesentlich an der Ausarbeitung des Vertrages beteiligt waren, eine anichloranische Delegation, sowie Abordnungen von 'Odin' und aus Gotenland anwesend waren. Die 'Odin' – Gruppe wurde von dem 'Zwölfer-ratsmitglied für Wissenschaft und Forschung' Dr. Norbert Lohmann angeführt. Auch Silke war zur Feier geladen; sie hatte als zuständige Hausjuristin wesentlichen Anteil an der Formulierung des Vertrags-textes. So blieb es natürlich nicht aus, daß sich Lohmann und Silke begegneten. Verwundert war keiner von beiden darüber. Lohmann hatte natürlich, auch wenn er mit Silke nicht in Kontakt getreten war, Erkundigungen über ihren Verbleib eingezogen, wußte daher, daß sie in das Projekt direkt involviert war. Er erkannte auch Silke sofort wieder und sprach sie unverfänglich an. Silke blieb allerdings distanziert. Ihr war klar, daß Lohmann ihr bedeutende Sympathien entgegenbrachte, weniger geschwollen formuliert, daß er in sie verliebt war. Daher hatte er ja auch angeordnet sie zu evakuieren. Unter welchen Umständen dies erfolgt war wußte er möglicherweise nicht, auch nicht, daß sie nur dem rechtzeitigen Erscheinen der Soldaten ihr Leben zu verdanken hatte. Sollte sie ihm das jetzt erzählen, aus Dankbarkeit vor ihm auf die Knie fallen ? Das wäre für sie eine Geste der Unterwürfigkeit gewesen, hätte sie gewiß auch 'moralisch' unter Druck gesetzt, wenn er dafür 'gewisse', damit meinte sie natürlich 'sexuelle', Gegenleistungen erwartet hätte. Sie nahm ja an, daß er sie nach den Umständen der Rettungsaktion befragen würde. Daher blieb sie kühl. Man könnte nun sagen, Lohmann mißverstand das. Ihm war ihre ablehnende Haltung nach ihrer ersten, sehr angenehmen Begegnung im Zug noch in Erinne-rung. Noch nie im Leben hatte er einen so offenen, unkomplizierten Menschen getroffen, mit dem man über alle möglichen Dinge ohne Scheu reden konnte, obwohl man sich kaum kannte. Sie war für ihn die großartigste Frau, die ihm je begegnet war. Er konnte ihr deswegen ihr späteres, ablehnendes Verhalten auch gar nicht übel nehmen. Es gab hierfür sicher Gründe, die er nicht kannte und die sie ihm auch nicht mitteilen wollte. Er andererseits unterließ es Nachforschungen anzustellen, da er fürchtete, auf unangenehme Dinge zu stoßen, die das Bild, das er sich von Silke gemacht hatte, trüben konnten. Und das wollte er natürlich vermeiden. Daher nahm er auch jetzt ihre kühle Reaktion einfach zur Kenntnis, verbarg seine Enttäuschung, hakte nicht weiter nach. Andererseits wußte er genau, daß er nicht der Typ war, auf den Frauen 'fliegen'. Ablehnungen war er gewohnt. Er war aber andererseits zu stolz, den Eindruck zu erwecken, daß er sehnlichst Zuneigung und daher auch Kontakt zu ihr suchte, da er dies als Eingeständnis von Schwäche ansah. Und Schwäche zu zeigen war ihm das verhaßteste, was er sich vorstellen konnte. Er reagierte daher auch gar nicht auf ihre ablehnend wirkende Haltung, verabschiedete sich höflich, mit der Bemerkung 'es sei nett gewesen, sie wieder einmal zu sehen, welche Zufälle es doch im Leben gebe', um dann seines Weges zu gehen.

Der offizielle Teil der Veranstaltung war mittlerweile vorüber und die Geschäftsleitung hatte beschlossen, im Anschluß eine größere Betriebsfeier zu veranstalten, zu der alle Mitarbeiter eingeladen waren. Auch Anke war gekommen, einfach um einmal zu sehen, wie die 'große Welt' so aussah. Die gotenländische Ministerin hatte sie als durchaus normalen Menschen kennengelernt und sie war daher neugierig zu erfahren, ob Gloria da nicht eine große Ausnahme bildete. Sie blieb am Rande, beobachtete; sie traute sich nicht, zu einer dieser bedeutenden Personen hinzugehen und sie anzusprechen.

Lohmann andererseits war nach der mißglückten Begegnung mit Silke etwas mißgelaunt und unschlüssig im Saal umher gelaufen, stets darauf bedacht nicht auf einen Lakaien zu stoßen, der ihn wegen irgendwelcher 'Probleme' oder Ideen, Vorschlägen, Ratschlägen oder ähnlichem, die ihn in seiner gegenwärtigen Stimmung auch überhaupt nicht interessierten, ansprechen konnte. So näherte er sich der Gruppe der kleinen Angestellten der Firma, die überwiegend an den Wänden des Saales herumstanden und eher wie Zaungäste wirkten. Er betrachtete die Menschen und dabei fiel ihm eine schlanke, recht hübsche etwa fünfzigjährige, dunkelhaarige Frau auf. Sie paßte irgendwie auf die Beschreibung jener Anke, von der ihm Heselberg bei seinem Besuch gestern abend so begeistert erzählt hatte. Daß er

100

sie hier sah, war auch nicht verwunderlich, da Heselberg erwähnte, daß sie in dieser Firma arbeitete. Er betrachtete sie eine Weile und sie gefiel ihm. Er überlegte, meinte schließlich zu sich selbst:
„Vielleicht ist sie nicht so eine dämliche, gestörte Gans wie Silke."
Dann ging er zu ihr hin, sprach sie an:
„Entschuldigen Sie, heißen Sie zufällig Anke Frobert ?"
Anke drehte sich um, erschrak heftig. Vor ihr stand Lohmann, die 'Nummer sieben'.
„Ja, so heiße ich", stammelte sie, „was wollen Sie von mir ?"
„Erschrecken Sie doch nicht. Ich bin doch kein Unhold", sagte 'Nummer sieben' lächelnd, „mein Name ist Norbert Lohmann und ich bin der Vertreter für Wissenschaft und Forschung im Zwölferrat; vergessen Sie es, das spielt im Moment keine Rolle; ich habe Sie jetzt nur angesprochen, weil auf Sie die Beschreibung paßte, die mir Heselberg von einer gewissen Anke Frobert gab, die er sehr schätzt. Deswegen wollte ich Sie einmal kennenlernen. Sie müssen eine wirklich außergewöhnliche Person sein, wenn Heselberg in den höchsten Tönen von Ihnen schwärmt. Ich kenne ihn seit über zwanzig Jahren. Das ist sonst nicht sein Stil."
Anke faßte sich schnell, zumal der joviale Tonfall Lohmanns sie beruhigte.
„Und Sie sind also 'Nummer sieben', Silke Holleraus Schutzengel."
„Sie kennen Silke Hollerau ?"
„Ja, wir sind Freundinnen. Wir haben uns auf dem Evakuierungsschiff kennengelernt. Ich war auch eine 'Prioritätsdame', weiß aber bis heute nicht warum."
Lohmann lachte.
„Na ja, wenn man Heselberg glauben darf, und das tue ich, war das ja wohl zwangsläufig."
Anke verstand nicht ganz, blickte ihn fragend an.
„Wieso ?" meinte Lohmann, „wer nicht blind durch die Welt geht, einen klaren Verstand besitzt und in der Lage ist, selbst zu denken und nicht nur das nachzuplappern, was andere sagen und was allgemeines Geschwätz ist, erkennt sehr leicht einen außergewöhnlichen Menschen."

Anke errötete.

„Ich bin doch hier nur eine kleine Angestellte."

„Das ist aber nur eine Seite Ihrer Person; Heselberg sagte mir, daß Sie eine Ausstellung über die bedeutendsten Dome im ehemaligen Reich planen. Das gefällt mir. Wir brauchen Menschen, die sich für unsere Kultur engagieren. Sehen Sie, wir sind hier schon in einer etwas schwierigen Lage; wir wollen unsere kulturellen Werte der Nachwelt erhalten, müssen auf der anderen Seite aber auch Geld verdienen um zu leben und all dies zu finanzieren. Und insgesamt sind wir nur ein paar hunderttausend. Da ist jeder wertvoll, der sich engagiert. Wir wollen daher keine Standesunterschiede oder Klassenschranken, jeder Mensch muß zählen, entsprechend seinen Fähigkeiten, seiner Tüchtigkeit und seinem Einsatz für unser Ziel. Machen Sie sich daher nicht klein. Übrigens, die Nummern haben keine Bedeutung mehr. Ich heiße jetzt nur noch Norbert Lohmann. Und schauen Sie mich nicht so betreten an. Wir wollen doch hier gemeinsam eine neue, hoffentlich bessere Welt bauen. Und Ihr Projekt gefällt mir. Mich interessiert das auch. Wie ist denn der Stand ? "

Anke begann zu erzählen. Norbert hörte aufmerksam zu, unterbrach sie lediglich ab und zu mit Detailfragen, meinte schließlich als sie geendet hatte.

„Großartig ! Meine Unterstützung haben Sie auch. Und das nicht nur ideell, wir können Ihnen auch finanzielle und personelle Unterstützung zur Verfügung stellen. Was Photos betrifft, so werde ich mal in den Archiven nachfragen lassen. Baupläne haben wir sicherlich auch. Aber das wird bei uns etwas länger dauern als bei den Gotenländern. Bei uns ist noch vieles im Durcheinander und Priorität haben erst einmal die geretteten Hochtechnologieunterlagen."

Anke fand dem Mann auf Anhieb sympathisch, seine offene Art ließ sie vergessen, daß ein Vertreter der Führungsspitze von 'Odin', eine jener noch vor wenigen Wochen so geheimnisvollen Personen, nun vor ihr stand und sich mit ihr unterhielt als seien sie jahrelange Freunde. Sie spürte natürlich, daß sie ihm auch nicht gleichgültig war, er ihre Freundschaft zu gewinnen suchte und daher Gedanken an Standesunterschiede gar nicht aufkommen lassen wollte. Das konnte natürlich Taktik sein um sie zu umgarnen, aber auch ehrlich gemeint sein. Ihr Gefühl sagte ihr, daß eher letzteres der Fall sei.

„Es wäre schön, wenn wir uns irgendwo ungestört unterhalten könnten. Hier hat man ja keine Ruhe."

Das war auch in der Tat der Fall gewesen. Anke konnte ihren Bericht nicht so flüssig geben, wie es vielleicht aus dem oben gesagten erschien. Es kamen doch immer wieder irgendwelche Leute herbei, die irgendwelche Fragen oder Meinungen von sich gaben und so die Unterhaltung unterbrachen. Manche strebten sogar ein Gespräch mit Lohmann an, ohne darauf Rücksicht zu nehmen, daß er ja bereits eine Gesprächspartnerin hatte. Es waren aber sicherlich keine wichtigen Leute, eher Lakaien und Speichellecker, denn Norbert wies sie zum Teil recht barsch zurecht.

„Der offizielle Teil der Veranstaltung ist ja vorüber und ich kann mich nun zurückziehen ohne unhöflich zu erscheinen. Ich muß mich nur noch offiziell verabschieden. Warten Sie bitte ein paar Minuten. Ich bin bald wieder da."

Nach gut zehn Minuten kam er zurück.

„So, jetzt sind wir frei."

Der Fahrer brachte sie an einen abgelegenen Strandabschnitt.

„Hier sind wir ungestört. Lassen wir auch die Förmlichkeiten. Nenne mich einfach Norbert, ich dich Anke. Lassen wir auch das 'Sie'. Erzähle mir ein bißchen etwas über dich und dann erzähle ich dir von mir. Wir können dabei ja spazieren gehen."

Norbert war bereits vor zehn Jahren zu 'Odin' gestoßen; zunächst war es nur ein lockerer Kontakt; er informierte sich mittels der von der Organisation herausgegeben Schriften über ihre Ziele, besuchte Seminare, die an verschiedenen Orten im Reich, meistens in kleineren Tagungsstätten, ehemaligen Klöstern oder Schlössern, abgehalten wurden. Die Namen der Veranstalter wechselte, meist trugen sie das Attribut 'konservativ'. Der Name 'Odin' trat aber offiziell nie in Erscheinung. Im Laufe der Zeit vertiefte sich der Kontakt, da Norbert die Ziele der Organisation durchaus unterstützenswert fand. Er begann, sich innerhalb der Organisation zu engagieren, fand Zugang zum Führungskreis und übernahm schließlich als mit der Errichtung einer 'Basis' auf den Barbarossainseln begonnen wurde, die Leitung des Aufbaus einer naturwissenschaftlichen Fakultät in der zu gründenden Universität, sowie der Errichtung kleinerer Forschungseinrichtungen, schwerpunktsmäßig auf angewandte Forschung ausgelegt. Er blieb zunächst noch in seiner Stellung als wissenschaftlicher Angestellter in einem Forschungszentrum im Markomannischen Reich, wenn er auch einen Großteil seiner Arbeitszeit den neuen Aufgaben widmete. Er vertuschte dies natürlich; vor zwei Jahren allerdings, ließ sich das nicht mehr so einfach tarnen; er gab daher seine Stellung auf, siedelte auf die Inseln über.

Während der Erzählungen waren sie am Strand entlang geschlendert, zunächst getrennt gelaufen, dann hatten sie Händchen gehalten, sich schließlich in den Arm genommen. Irgendwann blieben sie stehen, umarmten sich, blickten sich tief in die Augen, küßten sich, ließen sich dann im Strandgras nieder, begannen sich zu liebkosen, sich nach und nach zu entkleiden, schliefen schließlich miteinander. Anke fühlte sich trotz der wundervollen Gefühle, die sie empfunden hatte, hinterher einigermaßen unwohl, da sie sich dem Mann offensichtlich zu schnell hingegeben hatte. Norbert merkte das, nahm sie in den Arm, liebkoste sie, sagte:

„Das war keine Eintagsfliege. Du bist wundervoll. Hab keine Angst, daß ich jetzt schlecht von dir denke. Dann müßtest du ja auch schlecht von mir denken. Für mich ist das eher der Beginn einer langen, intensiven Beziehung; vorausgesetzt natürlich, du möchtest das auch.“

„Niemand kann in die Zukunft schauen“, entgegnete Anke, nun schon etwas gefaßter, „aber ich denke, wir sollen es miteinander versuchen.“

Sie kleideten sich an, gingen zurück zum Wagen. Es war mittlerweile Abend geworden. Der Fahrer brachte sie zurück nach Ottosdorf.

„Wir gehen lieber in ein unscheinbares Lokal, wo man uns nicht kennt, zum Abendessen“, bemerkte Norbert, „wir sehen ja nicht mehr so ordentlich aus.“

Und so aßen sie in einer kleinen, etwas abseits gelegenen Kneipe.

Niemand beachtete sie. Dann brachte Norbert Anke zu ihrer Wohnung zurück, begab sich anschließend in sein Hotel.

Als sie allein war, kamen in Anke die Zweifel wieder auf. Sie schlief kaum in der Nacht. Zu sehr hatten sie die Begegnung und die Begebenheiten des Tages sie aufgewühlt. Eine Liebesbeziehung zwischen ihr, einer kleinen, unbedeutenden Angestellten, und einem Mitglied der Führungsschicht. Die Distanz zwischen ihr und Norbert erschien ihr plötzlich so gewaltig. War sie vielleicht nicht mehr als eine Dirne für einen der 'hohen' Herren ? Sie bereute schließlich ihr Verhalten, schämte sich. Ihre Stimmung besserte sich allerdings, als sie am nächsten Vormittag eine Nachricht von Norbert erhielt. Er lud sie zum Abendessen ein; diesmal in ein nobleres Restaurant. Ein Chaffeur holte sich um sechs Uhr ab.

„Morgen früh muß ich leider zurück nach Wotansland. Wir werden uns aber bald wiedersehen. Am Wochenende, wenn es dir lieb ist", sagte er zur Begrüßung.

Anke mußte an Gloria denken, die Lohmann als 'geradlinig' bezeichnet hatte.

„Vielleicht meint er es doch ehrlich", sagte sie sich.

Sie unterhielten sich lange am Abend, hatten aber keine intimen Kontakte. Norbert vermied es auch, Situationen aufkommen zu lassen, die das Verlangen nach solchen Kontakten fördern. Weniger geschwollen ausgedrückt, er verhielt sich zurückhaltend. Anke wunderte sich darüber, argwöhnte, daß dieses Verhalten trotz seiner Worte zur Begrüßung, eine Art geordneter Rückzug sein könnte, sie ihm im Grunde genommen gleichgültig sei, nachdem er seinen Spaß mit ihr hatte, aber das natürlich nicht auf die primitive Art ausdrücken wollte. Anke nahm all ihren Mut zusammen und sprach Norbert darauf an. Der lächelte.

„Ich sehe, jeder von uns muß noch viel über den anderen lernen. Noch versteht keiner von uns die Denkweise des anderen. Das führt zu Mißverständnissen. Gut ist allerdings, daß wir, wie es scheint, offen darüber reden können. Zugegeben, wir waren gestern etwas impulsiv. Aber war das falsch ? Ich schätze dich, ich mag dich. Und du denkst nun, nach unserem gestrigen Erlebnis, ich sei nur auf ein schnelles sexuelles Abenteuer mit dir aus gewesen. Weißt du, ich habe das schon in Betracht gezogen, mich deshalb heute abend zurückgehalten um dir zu zeigen, daß dies nicht so war. Du bist großartig, du faszinierst mich."

„Das beeindruckt mich nun nicht wirklich. Die gleiche Meinung hast du ja wohl von Silke. Da hast du ja noch nach Jahren zehn Männer auf ein Himmelfahrtskommando geschickt um sie herauszuholen."

Norbert lächelte.

„Typische Fraueneifersüchteleien. Der Unterschied ist aber der: mit Silke gibt es kein Zukunft, mit dir schon. Und darauf kommt es an. Bevor ich zurückgehe will ich dir nur sagen, daß ich dich schätze, deine Freundschaft oder auch deine Liebe wünsche, deine Gegenwart, den Gedankenaustausch mit dir, sexuellen Kontakt natürlich auch, schließlich bin ich ja ein normaler Mann; aber das ist nicht das wesentliche an der Beziehung zu dir. Und deswegen habe ich mich heute bewußt zurückgehalten."

Anke verstand, was Norbert vielleicht etwas umständlich ausdrückte. Es entsprach auch dem, was sie fühlte, was sie wünschte und sagte daher nur:

„Also gut, bis zum Wochenende."

Sie trafen sich regelmäßig. Norbert verheimlichte die Beziehung auch gar nicht, bezeichnete sie als 'beste Kameradin', Gefährtin. Er nahm sie regelmäßig auf Reisen, offizielle Empfänge, Staatsakte mit. Sie war dort auch stets an seiner Seite. Anke fühlte sich allerdings in der Welt der 'Großen' und 'Wichtigen' nicht so wohl, sah das alles eher als Pflichtauftritte an. Es beruhigte sie aber, denn im Laufe der Zeit merkte sie, daß Norbert dies nicht anders empfand. Auch er mochte dieses Gehabe der 'Großen' nicht. Er nahm es ihr daher auch nicht übel, daß sie nicht zu ihm in die Hauptstadt, wo dieser Trubel am schlimmsten war, ziehen wollte, sondern lieber auf Donarsland blieb.

Eine andere Sache waren natürlich auch die Kollegen und Kolleginnen aus der Firma. Diese wunderten sich zunächst ziemlich, daß die Freundin eines Mitgliedes des Zwölferrates so bescheiden lebte und in ihrer unbedeutenden Stellung in der Firma blieb. Das einzige Privileg, das sie dort hatte, bestand darin, daß ihr des öfteren Sonderurlaub gewährt wurde, wenn sie Norbert zu Reisen, zu Empfängen und so weiter begleiten mußte. Es war natürlich auch etwas merkwürdig, sie bei offiziellen Staatsveranstaltungen im Kreis der Führungsschicht abends im Fernsehen sehen und sie dann am übernächsten Tag in ihrem kleinen Büro anzutreffen. Aber sie gewöhnten sich daran.

Silke verhielt sich ihr gegenüber anfangs etwas merkwürdig, da sie natürlich auch gerne eine nähere Beziehung zu Norbert gehabt hätte, die Sache aber verpatzt hatte. Nun war sie ungehalten gegenüber Anke, obwohl sie eher ungehalten gegenüber sich selbst hätte sein müssen. Das legte sich aber sehr rasch nach Beginn ihrer Beziehung zu Fritz Ortleb.

Um dem Verlauf der Ereignisse vorzugreifen:

Wenige Jahre später gab Norbert seine Mitgliedschaft im Zwölferrat auf und übernahm die in Ottosdorf angesiedelte 'Historisch - Wissenschaftliche Bibliothek'. Dr. Heselberg war mittlerweile verstorben. Anke und Norbert, mittlerweile verheiratet, kauften das Haus auf den Klippen und lebten von nun an dort zusammen.

Silke und der Offizier

Während die anderen drei mittlerweile Beziehungen angeknüpft hatten, war Silke noch immer alleine geblieben. Auch die Frozzeleien, sie warte auf die 'Nummer sieben', waren mittlerweile verstummt, da sie ihre Chance während der Vertragsfeier verpaßt, ja sogar verpatzt hatte, da nun, völlig unerwartet, Anke eine nähere Freundschaft zur 'Nummer sieben' unterhielt. Das Desinteresse Silkes an einer Beziehung zu einem Mann hatte natürlich einen triftigen Grund, über den sie allerdings niemals sprach: es waren die widerlichen Mißbrauchshandlungen der palschunischen Soldaten, die in ihr einen nachhaltigen seelischen Schaden hinterlassen hatten. Natürlich sehnte sie sich auch nach Liebe und Zärtlichkeit, stellte sich auch oft in ihren

Träumen vor, einen Freund zu haben, der sie zärtlich berührte, streichelte, liebkoste. Aber dann sah sie urplötzlich die widerlichen Fratzen der Palschunen vor sich und empfand nur noch Ekel.

So blieb sie zunächst allein, bis zu jenem warmen, sonnigen Samstag am Strand. Sie war kurz nach Mittag aufgebrochen, hatte sich ein schönes Plätzchen, etwas abseits von den anderen Besuchern, ausgesucht, legte sich in die Sonne, ging zwischendurch immer wieder kurz zum Schwimmen. Sie nahm zunächst gar nicht den Mann wahr, der offensichtlich zufällig vorbei kam und, nachdem er zunächst nur einen kurzen Blick auf sie geworfen hatte, nun stehen blieb, sie intensiver betrachtete, schließlich sogar um sie herum ging. Dieses auffällige Verhalten bemerkte sie dann doch und erboste sie auch. Sie richtete sich auf.

„Ist was ?" fauchte sie den Mann an, „Sie belästigen mich ! Unterlassen Sie das gefälligst und verschwinden Sie !"

Doch der Mann wurde gar nicht verlegen, blieb ruhig und gelassen.

„Nehmen Sie mir bitte mein Verhalten nicht übel, aber Sie sind mir aufgefallen. Und ich glaube, wir sind uns schon einmal begegnet. Heißen Sie zufällig Silke Hollerau ?"

„Ja, so heiße ich", antwortete sie leicht grantig, „aber das ist kein Grund mich so anzuglotzen."

„Vielleicht doch", entgegnete der Mann lächelnd, „erinnern Sie sich noch an mich ?"

„Was soll dieses dumme Gerede; ich erinnere mich nicht an Sie und lassen Sie mich jetzt bitte in Ruhe."

„Schon gut, ich gehe; ich habe damals ja auch noch ein bißchen anders ausgesehen. Na ja, so ist es eben im Leben. Was kann man schon erwarten, wenn man seine Pflicht tut."

Seine Stimme klang etwas traurig, drückte Enttäuschung aus. Er drehte sich um, begann sich zu entfernen. Er hinkte leicht. Die letzten Worte hatten Silke doch neugierig gemacht.

„Warten Sie !" rief sie ihm nach, „und sagen Sie mir endlich, wer Sie sind."

„Mein Name ist Fritz Ortleb, aber der sagt Ihnen wahrscheinlich nichts; ich glaube, ich hatte mich Ihnen damals gar nicht vorgestellt.

Ich war der Führer des Kommandos, das sie herausgeholt hat. Ich war natürlich ein bißchen überrascht gewesen, als ich Sie hier am Strand liegen sah; ich war mir auch nicht ganz sicher, ob ich mich nicht täusche; deswegen habe ich Sie auch so genau betrachtet oder auch angeglotzt, wie Sie das nannten."

Silke wurde jetzt etwas ruhiger und freundlicher.

„Entschuldigen Sie, das konnte ich natürlich nicht ahnen. Sie hätten sich natürlich auch etwas anders benehmen können, nicht so tolpatschig."

„Das sagen Sie so einfach; ich bin ein alter Soldat und habe auch keine große Erfahrung im Umgang mit Frauen. Woher soll ich daher wissen, wie man sich zu benehmen hat ?"

„Na ja, das ist aber jetzt eine Ausrede, entschuldigt gar nichts; aber Schwamm drüber; und wenn Sie schon da sind, dann stehen Sie nicht herum, setzen Sie sich doch, wenn Sie Lust und Zeit haben; dann können wir uns auch ein bißchen unterhalten."

„Gerne."

Fritz entkleidete sich, da er es nicht für angebracht hielt, angezogen einer nackten Frau gegenüber zu sitzen.

Dann ließ er sich nieder.

„Und, was machen Sie hier auf der Insel ?" begann Silke nun.

„Ich bin Soldat geblieben, Kommandeur einer Raketeneinheit auf dem Militärstützpunkt Witigis. Aber wegen meiner Behinderung eigentlich nicht mehr so richtig verwendungstauglich. Meine Dienstzeit läuft noch ein Jahr und man hat mir in Aussicht gestellt, mich mit der entsprechenden Pension als Oberst zu verabschieden. Herumsitzen muß ich dann nicht. Die Firma Technomodern in Frundsberg hat mir schon eine Stelle als Berater angeboten. Wissen Sie, von Beruf bin ich eigentlich Maschinenbau – Ingenieur. Und wie sind Sie hierher gekommen ?"

Silke erzählte ihre Geschichte. Sie saßen sich gegenüber, die Beine angewinkelt, die Arme um die Unterschenkel geschlungen. Fritz blickte Silke unentwegt an. Sie gefiel ihm zweifelsohne. Er machte ihr gegenüber aber keine diesbezüglichen Bemerkungen. Er versuchte ihr Alter abzuschätzen, kam zu dem Ergebnis, daß sie etwa gleichaltrig sein müßten.

„Gut", fuhr dann Silke fort, „Sie haben mir zwar erzählt, was Sie hier auf der Insel treiben, aber was hat Sie eigentlich hierher verschlagen ?"

„Was heißt hierher verschlagen ? Ich bin seit vier Jahren hier, hatte mich damals für fünf Jahre bei dem im Aufbau befindlichen Militär als 'Technischer Offizier' verpflichtet. Meine Ausbildung habe ich auf dem Festland absolviert, darunter auch eine zum Kommandoführer, das war für Offiziere ohnehin Pflicht. Vor zwei Jahren wurde ich dann hierher versetzt, baute die Raketeneinheit mit auf. Als der Krieg begann, teilte man mich als Kommandoführer ein. Wir führten ja keinen eigentlichen Krieg, sondern nur Kommandounternehmen, evakuierten ausgewählte Personen, brachten wichtige Dokumente, technische Unterlagen und kostbare Kulturgüter in Sicherheit. Das Reich konnten wir natürlich nicht gegen die Palschunen verteidigen, dazu war unsere Truppe zu klein. Wir waren, verstärkt durch gotenländische Soldaten, auch nur ein paar tausend Mann. Als sich die Palschunen der Küste näherten wurden wir abgezogen. Ich war allerdings nicht bis zum Schluß dabei, da ich kurz nach unserer Begegnung verwundet und in ein Krankenhaus nach Donarsland zurück gebracht wurde."

„Verzeihen Sie die Frage, vielleicht dürfen Sie das auch gar nicht sagen, aber es wurde schon bei unserer Evakuierung auf dem Schiff gemunkelt, daß es hinsichtlich dieser Kommandounternehmungen Absprachen mit der markomannischen Regierung gab."

„Na ja", antwortete Fritz, „etwas offizielles oder bestimmtes kann ich da nicht sagen; ich weiß auch nichts konkretes; es war aber schon so, daß uns vor Kommandounternehmen 'sichere' Luftkorridore mitgeteilt wurden, in denen wir weder von der Reichsluftwaffe noch von der Luftabwehr angegriffen würden. Wir mußten auch während den Flügen im Minutenabstand per Funk Buchstabencodes als Erkennungszeichen senden. Das heißt konkret, es gab mit Sicherheit Absprachen. Wer sie mit wem getroffen hat, das weiß ich natürlich nicht. Allerdings war es auch so, daß viele Führungspersönlichkeiten von 'Odin' einflußreiche Positionen im Reich inne hatten, und auch oft gute Beziehungen zu staatlichen Behörden, zum Militär und wahrscheinlich auch zur Regierung. Das durfte natürlich alles nicht offiziell laufen, daher auch diese Geheimnistuerei mit den Nummern. Von den Palschunen wurden wir natürlich anfangs heftig angegriffen. Aber wir hatten die besseren Leute und die besseren Waffen. So erlitten erhebliche Verluste, während unsere vernachlässigbar blieben. Nach einigen Tagen wagten sie sich kaum noch an uns heran."

Die eingenommene Sitzstellung war auf Dauer doch etwas unbequem und so legten sie sich auf die Seite, einander zugewandt und erzählten weiter. Bald waren sie auch beim 'du' angelangt. Silke berichtete über ihr gegenwärtiges Leben, ihre berufliche Tätigkeit, ihre Freundschaften. Während sie plauderte, lächelte, strahlte sie. Bald verspürte Fritz das Bedürfnis sie zu streicheln; seine Hand näherte sich ihrem Gesicht. Er zog sie aber schnell wieder zurück als Silke zusammenzuckte und den Kopf ausweichend zu Seite neigte.

„Entschuldige", meinte er „ich hätte daran denken müssen, daß dir die Sache noch nachhängt."

„Welche Sache ?" fragte sie. Es lag eine Portion gespielte Unwissenheit in ihrer Stimme.

„Ich meine die Mißhandlungen durch die Palschunen. Ich habe da Schlimmes erlebt, Massenvergewaltigungen, gepaart mit sadistischen Exzessen, wobei das Abschneiden von Fingern und Ohren noch die harmlosesten Gräueltaten waren; vielfach wurden Frauen auch Gegenstände in die Scheide gesteckt, oft scharfkantige, die innerliche Verletzungen hervorriefen. Einmal fanden wir sogar eine, der ein Palschune einen Pistolenlauf in die Vagina geschoben und dann abgedrückt hatte. Sie hatte Glück, die Wirbelsäule wurde nicht verletzt, wir konnten sie noch retten bevor sie verblutete."

„Du willst doch damit nicht sagen, ich solle mich nicht so anstellen, bei mir sei es ja noch glimpflich abgelaufen ?"

„Nein, um Gottes Willen, so habe ich das nicht gemeint. Sicher du hattest noch Glück, seelische Verletzungen sind aber nicht mit dem Hinweis zu heilen, daß es anderen noch schlechter ergangen ist. Dazu ist sehr viel Geduld und Behutsamkeit erforderlich. Leider gibt es hier keine nennenswerten wirklichen Behandlungsmöglichkeiten.

Es haben sich daher zahlreiche, meist kleine, Selbsthilfegruppen gebildet, da viele sich schämen, in größerem Kreis über ihre Erfahrungen zu erzählen. Hier auf den Inseln war man auf solche Probleme nicht vorbereitet, daher gibt es auch kaum psychologische Hilfe. Und Gotenland ist in der Beziehung ein Entwicklungsland. Das liegt daran, daß Totila der Meinung war, starke Männer hätten nur in seltenen Ausnahmefällen kleinere psychische Probleme, die sie selbst lösen könnten. Und um Schwächlinge müsse man sich nicht kümmern; da wäre auch nicht viel verloren, wenn sie Selbstmord begingen."

Silke schwieg, Fritz schwieg, sie schauten sich ein Weile an, lächelten einander zu. Dann sagte Silke:

„Bitte berühre mich."

Fritz fuhr ihr mit der Hand zärtlich über das Haar, ihre Wangen, ihren Hals.

„Du darfst ruhig tiefer gehen."

Er berührte nun ihre Brüste, streichelte sie zärtlich, fuhr dann mit der Hand zurück ins Gesicht, anschließend wieder zu den Brüsten hin. Silke genoß die Berührungen offensichtlich; sie atmete schwer. Anfangs hatte ihr Gesicht noch einen starren, ernsten Ausdruck, doch nach und nach heiterte es sich auf und schließlich lächelte sie und hauchte:

„Es ist angenehm. Aber ich denke, für heute ist es genug. Ich muß erst wieder lernen zu empfinden."

Fritz küßte sie zum Abschluß auf die Stirn und sie erwiderte den Kuß.

Es war mittlerweile später Nachmittag geworden und die Sonne näherte sich allmählich dem Horizont. Sie kleideten sich an, gingen zurück. Sie suchten eine kleine Gaststätte in Strandnähe auf, nahmen dort das Abendessen ein. Gegen neun Uhr verabschiedeten sie sich mit dem festen Versprechen sich am nächsten Tag wieder zu treffen. Fritz fuhr zum Stützpunkt zurück, er besaß ein Auto; es war nicht sein eigenes, sondern stammte aus dem Fuhrpark der Militäreinheit. Als versehrter Kriegsteilnehmer und Träger des Eisernen Kreuzes hatte er ein Recht darauf, ein Fahrzeug auch für Privatzwecke auszuleihen. Das war so ziemlich sein einziges Privileg. Silke lief zu ihrer Wohnung zurück; sie war glücklich, aber auch beunruhigt; glücklich war sie darüber, daß sie Fritzens Berührungen so genießen konnte; das war ihr ein Zeichen, daß der Alptraum der Mißhandlungen durch die Palschunen nun offensichtlich langsam zu verblassen begann. Beunruhigt war sie deshalb, weil sie Fritz in so kurzer Zeit so tief in ihre Gefühlswelt hatte eindringen lassen. Sie hatte sich spontan in einen Fremden verliebt, das war ihr unheimlich, denn tief in ihrem Innern fürchtete sie, daß seine nette, zuvorkommende, verständnisvolle Art nur eine Maske sein könnte, hinter der sich ein völlig anderer Charakter verbarg. Und selbst wenn ihre Angst unbegründet war, so erschien ihr die heutige Begegnung doch schicksalhaft und gab ihrem Leben sicherlich eine neue Wendung. Nachdem sie nun aber nach den Erlebnissen des letzten halben Jahres wieder etwas Ruhe gefunden hatte, erschien ihr das bedenklich. Sie schlief recht schlecht in der Nacht, war am folgenden Tag müde und bei ihrem Treffen mit Fritz dann schweigsam und träge. Fritz erkannte sehr rasch ihren Zustand und behandelte sie entsprechend sanft, stellte keine Anforderungen an sie. Sie unternahmen einen längeren Spaziergang, am Südstrand der Insel, wo die Küste nicht flach, sondern leicht hügelig und bewaldet war. Von einigen Stellen aus hatte man einen wundervollen Ausblick auf die malerische Küste und die südlich gelegenen kleineren Inseln. Da der Strand sehr schmal und auch nur nach einem längeren Marsch erreichbar war, lud er nicht zum Sonnen und zum Baden ein. Die Gegend war daher fast menschenleer. Sie spazierten langsam, setzten sich öfters für einige Zeit nieder und genossen den schönen, sonnigen Nachmittag. Fritz hatte auch vorsorglich Getränke und Gebäck mitgenommen. Silke kehrte am Abend mit der Überzeugung zurück, daß Fritz sie auch ohne große Worte verstand und die Furcht, daß etwas falsches an ihm sein könnte war weitgehend gewichen.

Sie trafen sich nun regelmäßig. Die körperlichen Berührungen nahm im Laufe der folgenden Wochen langsam, allmählich an Intensität zu. Dies alles geschah ohne Drängen, ohne Hast, immer im gegenseitigen Einklang. Sie erstreckten sich schließlich auch auf den intimsten

Bereich. Silke lernte auch dies wieder zu genießen. Sie verhielt sich in der ersten Zeit aber weitgehend passiv; sie genoß zwar seine Berührungen, vermied es aber ihn zu berühren und zu streicheln. Erst nach und nach taute sie auf und erwiderte die Zärtlichkeiten; die Intensität ihrer Berührungen steigerte sich immer mehr und schließlich schliefen sie miteinander.

„Es war wundervoll", sagte Silke hinterher nur. Eng aneinander geschmiegt verbrachten sie die Nacht.

Die Verbindung festigte sich im Verlauf der nächsten Monate und wurde dauerhaft, auch wenn sie noch lange in getrennten Wohnungen lebten. Erst nach fünf Jahren, Fritz war mittlerweile schon längst bei Technomodern beschäftigt, zogen sie zusammen.

Bibliothek und Theatergruppe

Parallel zur Vertiefung der Beziehung zwischen Anja und Rudolph schritt der Aufbau der Bibliothek voran. Anja engagierte sich auf dem Gebiet der Literatur, speziell der des neunzehnten Jahrhunderts. Sie übernahm die Aufgabe, Bücher aus dieser Zeit für die aufzubauende Bibliothek auszuwählen, sowie kurze Beschreibungen der Autoren und Werke anzufertigen. Das war allerdings nicht so einfach, wie sich das anhören mag. Tatsächlich war an Büchern auf den Inseln nicht allzu viel vorhanden. Aus dem ehemaligen Reich war natürlich auch nichts zu erhalten. So blieb dann die wichtigste Bezugsquelle Gotenland, allerdings nur für zeitgenössische Unterhaltungsliteratur. Die Auswahl an klassischer Literatur war nicht allzu groß, ging nicht sehr weit über das hinaus, was in den Schulen im Unterricht behandelt wurde. In den großen Bibliotheken waren zwar fast alle Werke vorhanden, aber ansonsten waren die letzten Auflagen schon längst ausverkauft. Die meisten Bücher waren auch gar nicht in Gotenland aufgelegt, sondern im Reich gekauft worden. Auch mangelte es an Geld, so daß nur ein Teil der erhältlichen Bücher beschafft werden konnte. Schließlich kam einer aus der Bibliotheks-Gruppe auf die Idee über das Informationsnetz in Gotenland um Büchespenden zu

114

bitten. Der Erfolg war zufriedenstellend, aber es kamen fast ausschließlich Unterhaltungsliteratur und Sachbücher, meist zu geschichtlichen oder politischen Themen, zusammen.

So blieb die Ausstattung der Bibliothek trotz aller Bemühungen zunächst bescheiden.

Eines Tages erzählte Rudolph Anja, ein Kollege habe ihm mitgeteilt, daß 'Odin' über eine umfangreiche elektronische Bibliothek verfüge, in der alle wichtigen literarischen und philosophischen Werke abgespeichert seien. Die sei allerdings nicht öffentlich zugänglich. Anja meinte, da könne vielleicht Anke helfen, sie habe ja engste Beziehungen zum Zwölferrat. Und in der Tat, wenige Tage später erhielt Rudolph durch Vermittlung Norbert Lohmanns die Zugangsgenehmigung zur 'Elektronischen Staatsbibliothek' und konnte die für sie interessanten Werke auf seinen Computer herunterladen. Er gewann auch den Direktor von 'Technomodern' für das Projekt, und der gab ihm die Erlaubnis die Bücher auf Firmenkosten auszudrucken und in der Werksdruckerei binden zu lassen. Das war letztlich zwar nur ein Provisorium, aber für den Anfang reichte es. Die Bibliothek gewann rasch großen Zulauf.

Silke engagierte sich bei der Einrichtung eines Theaters. Sie hatte schon in der Heimat in einer Laienspielgruppe mitgewirkt, dort waren aber nur Stücke der Kategorie 'Boulevard - Theater' aufgeführt worden. Das erschien hier nicht zweckmäßig. Schließlich sollte ein Bezug zur eigenen Kultur gegeben sein und nicht flache Unterhaltung geboten werden.

Es existierte natürlich kein 'Theater'; als Raum für die geplanten Aufführungen stand nur die 'Kulturhalle' zur Verfügung, in der alle möglichen Veranstaltungen stattfanden. Sie war nur mit einer kleinen, einfachen Bühne ausgestattet.

Im Kreise der Projektgruppe 'Theater' diskutierte man lange, welches Stück man als erstes aufführen sollte.

Manche plädierten für ein klassisches Stück wie 'Die Lebensgeschichte des Doktor Faustus', was aber von der Mehrheit abgelehnt wurde. Andere hätten natürlich lieber ein seichtes, unterhaltsames

115

Stück gesehen, das in keiner Weise an die Nöte und Schrecken der jüngsten Vergangenheit erinnerte.

Silke vertrat dagegen die Ansicht, das Stück sollte schon einen gewissen Bezug zur gegenwärtigen Situation haben, aber optimistisch sein, also keine Tragödie. Das führte zu endlosen Diskussionen.

Als Kompromiß wählte man schließlich das Stück 'Der Kabalist' von Heinrich von Borthum. Es handelte von Martin Fiscier, einem Mann mit bescheidenen Fähigkeiten, der sich durch Intrigen und Schmeicheleien in höchste Staatsämter einschleicht, sich dann mit einem Heer willfähiger Speichellecker umgibt und schließlich ein selbstherrliches Regime führt. Er verfolgt alle ehrenhaften Menschen und läßt sie ins Gefängnis werfen. Einer Gruppe aufrechter Männer und Frauen gelingt es zu entkommen und im Schutz tiefer Wälder eine Widerstandsbewegung aufzubauen, die allerdings von gegensätzlichen Meinungen zum Aufbau und zur Form eines gerechten Staates geprägt ist. Da es nicht gelingt, sie mit militärischen Mitteln zu zerschlagen, versucht Fiscier durch Einschleusung von Gewährsleuten die Gegensätze durch süße Reden und zahlreiche wohlklingende aber einander widersprechende Vorschläge so zu vertiefen, daß eine Aufsplitterung der Bewegung in viele kleine Gruppen erfolgen würde. Das gelingt auch. Und durch zusätzlichen Verrat kann ein Großteil der Mitglieder der Bewegung verhaftet werden. Nun ist aber die Stunde Volker von Braudings gekommen. Er sammelt die letzten Helden, befreit die Gefangenen kurz vor ihrer Hinrichtung, stürzt Fiscier und seine feige Ursupatorenbande und errichtet ein Reich der Gerechtigkeit und des Friedens.

Zufrieden war man, wie üblich bei Kompromissen, mit der Auswahl nicht so recht. Vielen erschien das Stück zu seicht, zu schwülstig.

Nichtsdestoweniger begannen die Proben. Silke führte auch Regie, gab sich alle Mühe, die Stellen, an denen das Stück zu schwülstig, zu pathetisch wirkte zu glätten, was ihr auch weitgehend gelang.

Nach sechs Monaten erfolgte dann die Uraufführung, zu der auch das Zwölferratsmitglied für kulturelle Angelegenheiten, Dietrich Ackelheimer, anreiste.

Dem Publikum gefiel das Stück, Ackelheimer war begeistert, lobte bei der anschließenden Premierenfeier die Aufführung in höchsten Tönen und bedankte sich bei Silke überschwenglich für die hervorragende geleistete Arbeit. Silke fand diese Reaktion etwas übertrieben. Aber das ist eben die Ausdrucksweise der Männer des Geistes, der Intellektuellen, sagte sie sich. Die Technokraten sind da wesentlich nüchterner.

„Das habt ihr ganz gut gemacht, wenn man die Mittel berücksichtigt, die ihr zur Verfügung hattet", meinte Norbert Lohmann, der zusammen mit Anke gekommen war.

Schwülstigkeit oder nicht. Die Begeisterung Ackelheimers hatte positive Folgen. Sie erhielten großzügige Mittel für den weiteren Ausbau des Projekts; ein Jahr später begann dann der Bau eines eigenen Theaterhauses.

Ankes Treffen mit Totila

Eines Morgens wurde Anke zum Direktor bestellt; den Grund hierfür konnte sie sich nicht erklären; es hatte aber wohl nichts mit ihrer Beziehung zu Norbert zu tun. Oder etwa doch ?

„Was machen Sie denn für Geschichten ! Das wird ja immer toller !" begrüßte sie der Direktor lachend.

„Ich verstehe kein Wort", erwiderte Anke, „was ist los ?"

„Sie haben eine offizielle Einladung zu einem Treffen mit Totila, dem Staatsvogt Gotenlands, erhalten. Man hat sie an mich geschickt, da gleichzeitig auch noch eine viertägige Dienstbefreiung beantragt wurde. Das war natürlich nur formal, wir hätten sie ohnehin genehmigen müssen."

„Und was hat diese Einladung zu bedeuten ?"

„Ich weiß es nicht", antwortete der Direktor, „bitte, hier ist das Schreiben."

Anke konnte ihm auch nur das Datum der Reise und der 'Audienz', sowie den Abholtermin von ihrer Wohnung entnehmen. Gründe für das Treffen oder dessen Zweck waren nicht angegeben. Das behagte ihr nicht so recht, aber sie sah keine Möglichkeit abzusagen.

117

So reiste sie zwei Tage später nach Gotenland. Am Flughafen von Totilana, der Hauptstadt, wurde sie von einer dunkelhäutigen Frau, die sich als Carina Fernot vorstellte, abgeholt.

„Mein Vater war Gallier, meine Mutter Negerin und ich bin die persönliche Referentin und Geliebte Totilas; ich werde Sie zur Sommerresidenz bringen."

Die Residenz lag in den Bergen an einem See; sie erreichten sie nach zwei Stunden Fahrt. Die Luft war hier kühler und klarer, nicht so stickig heiß und schwül wie im Tiefland.

„Ihr Besuch hat keinen offiziellen Charakter", erklärte Carina nach der Ankunft, „Totila hat lediglich den Wunsch geäußert Sie kennenzulernen. Seien Sie also ganz ungezwungen. Sie werden ihn morgen früh treffen, heute werde ich Ihnen Gesellschaft leisten. Haben Sie einen besonderen Wunsch?"

Anke verneinte.

„Dann bringe ich Sie jetzt auf Ihr Zimmer. Da können Sie sich frisch machen. Und in einer Stunde treffen wir uns dann im Blauen Salon. Ich zeige Ihnen, wo er ist. Ist Ihnen das recht?"

Anke bejahte.

Das Wort 'Zimmer' war etwas untertrieben. Es handelte sich um eine Suite, bestehend aus Schlafzimmer, Wohnzimmer und einem großen Bad.

Zur gegebenen Zeit begab sie sich zum Blauen Salon. Ein Diener fragte, was sie zu trinken wünsche, brachte dann Kaffee und Gebäck. Carina erschien kurze Zeit später.

Der Nachmittag verging wie im Fluge; Carina wollte alles über Anke wissen, Anke alles über Carina. Anke verlor schon bald ihre anfängliche Scheu und so entspann sich eine lockere Unterhaltung; und schon bald duzten sie sich. Anke wunderte sich wieder einmal, wie schon bei ihrer Begegnung mit Gloria, über die Ungezwungenheit, welche die gotenländischen Führungskräfte in ihrem Verhalten ihr gegenüber an den Tag legten. Sie faßte sich ein Herz, fragte Carina nach dem Grund. Die zuckte mit den Achseln.

„Wir sind eben so."

Als es zu dunkeln begann, meinte dann Carina:

„Ich gehe abends gerne in die Sauna und dann in den See schwimmen. Hast du Lust mitzukommen."

Anke hatte Lust. In unmittelbarer Nachbarschaft zur Sauna lag ein Hallenschwimmbad, von dem aus ein Kanal in den See hinausführte. Der See war herrlich warm. Sie blieben etwa eine Stunde im Wasser, nahmen dann gemeinsam das Abendessen ein, saßen anschließend noch einige Zeit zusammen, tranken Wein.

Am nächsten Morgen, gegen neun Uhr, holte Carina sie ab und brachte sie in Totilas Büro. Als sie das Zimmer betrat, erhob er sich von seinem Schreibtisch, ging ihr entgegen, reichte ihr die Hand und meinte lächelnd:

„Sie sind also die Frau, von der alle schwärmen."

„Dessen bin ich mir gar nicht bewußt; ich bin doch nur eine ganz gewöhnlich Frau, ohne besondere Eigenschaften."

„Na, das kann man nicht so sagen: meine Wissenschaftsministerin schwärmt von Ihnen, mein alter Freund Heselberg lobt sie in höchsten Tönen, und dieser Wissenschaftsvertreter im Zwölferrat hat ja ein besonderes Verhältnis zu Ihnen. Und das nicht nur wegen Ihrer weiblichen Qualitäten. Da dachte ich mir, du mußt diese Frau auch einmal kennenlernen, einfach so einen Eindruck von ihr bekommen."

Er ließ sich ausführlich über das Ausstellungsprojekt informieren, stellte dann auch zahlreiche Fragen zu Ankes bisherigem Leben und den Umständen, die sie auf die Barbarossainseln führten. Und obwohl er zwischendurch immer wieder betonte, er wolle eigentlich keine politischen Gespräche führen, so dominierten nach und nach doch Themen wie Freiheit, Verantwortung, Gesellschaft, Erziehung.

„Viele Menschen idealisieren alles, insbesondere solche, die im warmen Zimmer hinter ihrem Schreibtisch sitzen, ein regelmäßiges Gehalt einstreichen und mit dem wirklichen Leben nie in Berührung kommen", begann er schließlich, „ich aber war Söldner. Das mag man gutheißen oder auch für verwerflich halten. Für mich spielt das keine Rolle. Ich war Söldner und ich war jung und wollte noch nicht sterben. Also mußte ich handeln. Und das Ergebnis ist Gotenland. Ob es gut ist oder schlecht, das werden Historiker entscheiden, in ein paar hundert Jahren. Diejenigen, die heute urteilen, sehen alles von ihrem Standpunkt aus. Und das ist schlecht. Sie sind ein Teil des Geschehens und können daher gar nicht objektiv urteilen, da sie persönlich in die Sache involviert sind. Wirklich objektiv ist nur einer, der über den Dingen steht. Alle reden von Demokratie, aber was kommt denn heraus, wenn ein Dummkopf genauso viel zählt wie ein Intelligenter? Es gibt tausendmal mehr Dummköpfe als Intelligente. Daher ist es fraglich, ob es wirklich sinnvoll ist, den Menschen stets die Möglichkeit zu lassen frei zu wählen oder ob es nicht besser ist, ihnen in vielen Fällen einfach das zukommen zu lassen, was die Gesellschaft, die Staatsräson oder auch die Staatsführung für richtig hält."

„Und wer entscheidet das?" fragte Anke.

„Das ist eine gute Frage. Das kann sich aus dem Umständen ergeben. Man kann natürlich auch auf Prinzipien zurückgreifen, die sich seit langem bewährt haben, aber auch die müssen nicht unbedingt ewigen Bestand haben und sind irgendwann unbrauchbar. Wir brauchen ein Gesellschaftsmodell, ein Staatsmodell. Wir haben unseren Staat auf der Basis eines solchen Modells aufgebaut. Es war rasch zusammengestellt, hat aber im Großen und Ganzen funktioniert, aber es hat sich dann doch gezeigt, daß es Unzulänglichkeiten gab. Wir haben Reformen durchgeführt, aber das genügt nicht auf Dauer. Ich habe daher einen 'Rat der Weisen' eingerichtet, der nun auf der Grundlage des bestehenden Staates ein Zukunftsmodell entwickeln soll, das die verschiedenen Aspekte unter einen Hut bringt, wobei der recht inhomogenen Zusammensetzung des Volkes, den verschiedenen Kulturen, Traditionen und so weiter Rechnung getragen werden muß."

„Wenn ich da etwas einwenden darf", meinte Anke „aber hier beginnt doch schon das Problem. Sie sprechen von einem 'Rat der Weisen'. Wer wählt diese Leute aus? Wer bestimmt, wer ein 'Weiser' ist? Nach welchen Kriterien wird hierbei beurteilt? Letztlich hängen doch die Vorschläge dieses Rates von dessen Zusammensetzung, von den Gesellschaftsvorstellungen dieser Leute ab."

Totila seufzte.

„Darin liegt schon die erste Schwierigkeit. Man braucht nicht nur

120

eine Elite, die den Staat führt, sondern auch darüber bestimmt, wer neu in die Elite aufgenommen wird. Da dürfen nur die Fähigkeiten eine Rolle spielen, keine persönlichen Sympathien. Man muß auch in der Lage sein Blender und Schwätzer zu erkennen; die haben natürlich in der Elite nichts zu suchen. Es ist leider aber so: hat man erst einmal einige Unfähige in Führungspositionen, so wird dies das weitere Hochkommen Unfähiger zur Folge haben. Denn keiner wird einen Fähigen fördern, der ihn am Ende aus seiner Stellung verdrängen könnte. Außerdem halten Unfähige zusammen. Das ist nicht unbedingt eine Verschwörung wie manche vermuten. Es ist einfach Selbstschutz. Wer andere zu sehr kritisiert muß damit rechnen, daß man ihn auch kritisch betrachtet und daß das Urteil über ihn dann nicht sehr positiv ausfällt. Das hat sich in den europäischen Demokratien gezeigt. Das Ende ist bekannt: ihr Untergang."

„Es ist leider so", fügte nun Anke hinzu, „daß bei freien Wahlen ja nicht die Besten gewinnen, sondern diejenigen, die sich am besten präsentieren können, am besten das Volk umschmeicheln. Und das ist relativ einfach, da, aus Dummheit oder Faulheit, das sei jetzt dahingestellt, die Masse gar nicht mehr selbständig denken mag, Sachverhalte nicht kritisch beurteilt und alles glaubt, was sogenannte Experten den Menschen weismachen. Dabei wird gar nicht überprüft, ob es überhaupt Experten sind."

„Da haben Sie völlig recht, aber dann gibt es noch einen Punkt bezüglich der freien Wahl, der mir zu denken gibt. Früher war es so, daß die Eltern Braut oder Bräutigam für ihre Kinder aussuchten. War das wirklich schlecht ? Heute wählen die Kinder ihre Ehepartner selbst und die Hälfte aller Ehen wird geschieden. Das heißt doch, daß man bei der Partnersuche die falsche Wahl getroffen hat. Auf der anderen Seite, bringt man zwei Menschen zusammen und verpflichtet sie gemeinsam zu leben, dann müssen sie sich zusammenraufen, eine gemeinsame Lebensbasis finden. Das ist doch besser als wenn sie die Möglichkeit haben, bei jedem kleinen Konflikt wieder auseinander zu laufen."

„Ich denke, da haben Sie jetzt zwei Dinge vermischt: einmal die freie Partnerwahl und zum anderen egoistisches Verhalten. Und es ist doch so, daß heutzutage die Selbstverwirklichung, man kann auch sagen, der Egoismus an oberster Stelle stehen. Dann ist es kaum möglich eine richtige Wahl zu treffen, weil es gar keine richtige Wahl gibt. Bindung ist dann nur etwas Nützliches für den Augenblick; zwei oder drei Jahre später muß das nicht mehr der Fall sein. Es ist doch so: man gibt den Menschen Freiheit, erwartet aber gleichzeitig, daß sie sich in Freiheit so entscheiden, wie es der Staatsaufbau und die Gesellschaftsordnung vorgeben. Das haben sie uns bei der politischen Schulung auch erzählt. Ich denke aber nicht, daß dies so funktioniert. Gedanken, Launen und Triebe kann man nicht kontrollieren, am Ende werden sich die meisten nicht so entscheiden wie man es von ihnen erwartet. Man kann lediglich Handlungen, die ihnen entspringen unterdrücken. Anders ausgedrückt, man hat die Freiheit, freiwillig unfrei zu sein. Und das kann nicht funktionieren, schon deshalb nicht, da die meisten sich eher von ihren Gefühlen, ihrem Instinkt, ihren Launen, ihren Trieben und so weiter leiten lassen als von ihrem Verstand."

„Das ist leider so", entgegnete Totila, „aber trotzdem muß man etwas unternehmen. Wir versuchen, durch Erziehung die Richtung vorzugeben. Vielleicht hat das langfristig Erfolg. Aber sicher ist es nicht."

„Um noch einmal auf die früheren, vorgegebenen Partnerschaften zurückzukommen; die gesellschaftlichen Verhältnisse führten doch dazu, daß sich die Frau dem Manne unterzuordnen hatte, zumindest führt man das heute als Gegenargument an."

„Na ja, schaut man sich aber die Geschichte an, so erkennt man, daß die Stellung der Frauen gar nicht so schlecht war."

Sie schwiegen eine Weile.

„Jetzt haben wir über alles mögliche geredet und dabei etwas den Gesprächsfaden verloren", begann dann Totila erneut, „aber es ist doch so; die Unterschiede zwischen den Menschen sind sehr groß, deshalb braucht es eine Staatsidee, welche das gesamte Gebäude zusammenhält; eine multiethische Gesellschaft, wie wir sie hier in Gotenland haben, kann nie liberaldemokratisch sein, denn sie braucht eine starke Klammer. Die natürliche Klammer, das Volk, fehlt hier und daher wird sie früher oder später auseinanderfallen. Es entstehen

Parallelgesellschaften mit hoher Kriminalität, aber es existiert kein Gemeinschaftsbewußtsein mehr, sondern nur noch nur Egoismus. Es gibt keine soziale Verantwortung mehr, nur falsch verstandene Toleranz. Toleranz, Nächstenliebe, Vielfalt und solche Sachen sind eben keine Klammer für einen starken Staat. Schon der Begriff 'Vielfalt' drückt das aus, er steht im Widerspruch zu Einheit."

Anke wandte ein, Samunkelstan habe doch gezeigt, es möglich ist, daß unterschiedliche Rassen und Kulturen durchaus in einem erfolgreichen Staat zusammenleben können."

„Samunkelstan ein schlechtes Beispiel für das Funktionieren eines liberaldemokratischen, multikulturellen Staat", erwiderte Totila, „Demokratie ist da nur eine Fassade, in Wirklichkeit herrscht das Kapital; und die allgemeine Klammer ist ein extremer Nationalismus, das ständige Einhämmern des Bewußtseins, Samunkelaner und damit etwas Besonderes zu sein, das Recht zu haben, sich über alle anderen Völker zu erheben und sie zu bevormunden: Imperialismus und Streben nach Weltherrschaft sind die Folgen; auf das eigene Land reduziert würde dieses Gebilde bald zerbrechen. Denn was ist es denn im Innern: zerrissen; allgegenwärtiger Rassismus; warum behaupten dann die sogenannten Menschrechtsorganisationen immer wieder, Neger würden von der Polizei oft der Kriminalität verdächtigt, nur weil sie schwarz sind ? Wer dort eine Frau kritisiert wird gleich des Sexismus verdächtigt. Jeder, der ein körperliches oder seelische Wehwehchen zugefügt bekommt, auch wenn man es gar nicht feststellen kann, will gleich Schadensersatz oder Schmerzensgeld in Millionenhöhe. Jeder Psychopath will bestimmen, was Recht und Unrecht im Land ist. Es gibt keine freie Meinung mehr, nur noch 'politische Korrektheit'. Statt sachlicher Kritik gibt es da nur verlogene Unterstellungen, Polemik und Pochen auf Dogmen, die keine wirkliche Basis haben. Und welche kulturellen Werte hat Samunkelstan der Welt gegeben ? Doch nur Schund ! Solche Zustände will ich hier nicht. Dafür habe ich nicht ein Leben lang gekämpft. In Gotenland soll jeder seine Meinung sagen können ohne gleich verteufelt zu werden, auch wenn sie anderen nicht paßt. Und man muß sich herbe Kritik gefallen lassen. Aber jede

Diskussion, egal wie hart, muß sachlich geführt werden, darf nicht dazu führen, daß man sich gegenseitig die Köpfe einschlägt. Am Ende steht immer ein Kompromiß. Aber es ist ein Unterschied, ob er faul ist und nicht lange hält oder ob er ehrlich, tragfähig ist und eine Basis für die Zukunft bietet."

Es wurde Abend.

„Es wird Zeit zur Entspannung", meinte Totila, „ich brauche das in meinem Alter. Um diese Zeit schwimme ich wenn immer möglich zur Insel, verweile dort eine halbe Stunde oder so. Hat Ihnen Carina gestern die Insel gezeigt ?"

Anke war froh, daß diese Diskussion, die sie ermüdete und teilweise auch langweilte, nun endlich ein Ende genommen hatte und antwortete.

„Wir sind im See geschwommen, auf einer Insel waren wir aber nicht", sie zögerte einen Moment, „ich habe allerdings keine Badekleidung dabei."

„Das macht nichts; für solche Fälle besitzen wir einen kleinen Vorrat. Es wird sicherlich ein passender Badeanzug dabei sein. Und was die Insel betrifft, sie bietet ja auch nichts besonderes, ist lediglich ein Fleckchen zum ausruhen, entspannen oder auch um sich zu sammeln. Wissen Sie, ich habe für dieses Land meine Lebenskraft geopfert, sicherlich nicht alles richtig gemacht und nun bin ich alt, möchte nicht mehr bestimmen, nur noch Rat geben. Und da ist so ein Ort, an dem man ungestört nachdenken kann, sehr wertvoll. Ich lade Sie ein; kommen Sie mit."

Anke war einverstanden. Es wurde ein angenehmes Erlebnis. Die freundliche, fast kameradschaftliche Art dieses mächtigen Mannes, den sie hier fernab von allen Förmlichkeiten und Hierarchien erlebte, beeindruckte sie. Sie sprachen über keine politischen Themen mehr, sondern über die Natur, die Tierwelt, das Klima im Land und auf den Inseln. Er ließ nun auch im wesentlichen sie reden, hörte überwiegend zu. Er war nicht aufdringlich, nicht zudringlich. Sie hatte anfangs befürchtet, er könne die Zweisamkeit zu sexuellen Annäherungsversuchen nutzen. Das war aber nicht der Fall. Sie unterhielten sich ungezwungen über alles mögliche, auch recht

124

persönliche Dinge, sein Verhalten ihr gegenüber blieb irgendwie natürlich. Es mag merkwürdig klingen, aber es schien ihr, als sei es für ihn selbstverständlich, ihre Persönlichkeit zu respektieren und sie als gleichrangig zu betrachten, als Freundin, Kameradin.

Nach ihrer Rückkehr in den Palast lud er sie zum Abendessen ein. Sie unterhielten sich noch lange. Gegen elf Uhr verabschiedeten sie sich.

„Ich hoffe, ich habe Sie nicht zu viel mit politischen Reden belästigt. Aber es ist schon ein merkwürdiges Gefühl wenn man alt wird und auf sein Leben zurückblickt. Man hat getan, was man konnte, was man für richtig hielt, aber am Ende ist man doch nicht sicher, ob man seinen Nachfolgern das Haus wohlbestallt übergibt."

Er lächelte.

„Sie waren eine gute Zuhörerin. Leben Sie wohl. Ich wünsche Ihnen eine glückliche Zukunft."

Anke bedankte sich, suchte dann ihre Suite auf.

Am nächsten Tag reiste Anke nach Donarsland zurück.

Jahrestag

Am Jahrestag der Ankunft trafen sich die vier abends beim Wein, zogen Bilanz. Sie hatten sich mittlerweile gut eingelebt, fühlten sich wohl; an eine Rückkehr nach Europa dachte niemand.

Die Palschunen hatten mittlerweile einen markomannischen Satellitenstadt errichtet, der sich 'Markomannische Demokratische Republik' nannte, in Wirklichkeit aber eine Diktatur palschunischer Strohmänner war. Es herrschte Elend im Land; Städte und Fabriken lagen großteils in Trümmern, die Wirtschaft lag am Boden. Von den ursprünglich neunzig Millionen Einwohnern des Landes waren noch fünfunddreißig Millionen übrig. Die Mehrzahl war durch die Kriegshandlungen und die Exzesse der palschunischen Soldateska ums Leben gekommen, deportiert worden oder geflohen. Es lebten noch einige Millionen in Lagern in von den Palschunen nicht eroberten Nachbarstaaten. Die wollten die Flüchtlinge loswerden und begannen mit der Repatriierung. Viele zogen allerdings den Tod einer Rück-kehr in den palschunischen Satellitenstaat vor und begingen Selbst-mord. Unter dem Eindruck der Kritik der Weltöffentlichkeit hatte man die Rückführung nun ausgesetzt. Aber es war so: gerade die Länder, welche aus humanitären Gründen gegen die Zwangsrepatri-ierung am heftigsten protestierten, waren am wenigsten bereit ein größeres Flüchtlingskontingent aufzunehmen.

Auf die Barbarossainseln kamen nur wenige, fast ausschließlich In-genieure, Techniker, Facharbeiter. Andere brauchte man nicht. Kerstin erzählte einmal, die Putzfrau in ihrer Abteilung sei von Beruf Anwältin, habe im Reich sogar eine eigene Praxis besessen. Hier habe man ihr erklärt, man brauche keine Anwälte. Die würden nur Unfrieden stiften. Nun wolle sie sich zur Krankenschwester um-schulen lassen. Silke verzog das Gesicht als sie das hörte.

„Diese ewigen Stänkerer. Setzen sie sich hier auch schon fest ?"

Anja und Kerstin waren mittlerweile schwanger. Kerstin hatte bereits geheiratet und lebte mit ihrem Mann zusammen. Anja und Rudolph wollten demnächst heiraten, hatten bereits eine Wohnung gefunden, aber noch nicht bezogen.

Anke und Silke hatten zwar auch ihre festen Beziehungen, wollten aber vorerst noch für sich bleiben.

Alle blickten der Zukunft optimistisch entgegen.

Zum Toron

Das Kriegstagebuch des Obergefreiten
Peter Klautermann

Vorwort des Herausgebers

Nach dem politischen Umbruch in Europa, der letztlich nach fast fünfzig Jahren Besatzungszeit unserem Staat die Wiedererlangung der völligen Souveränität bescherte, erwachte erneut das Interesse an der Geschichte unseres Landes, insbesondere an dem Zeitraum kurz vor der Katastrophe. Während der Besatzungszeit herrschte das von unserer ,Schutzmacht' Parkhunistan vorgegebene Geschichtsdoktrin: eine Clique reaktionärer, imperialistischer politischer Hasardeure habe den Krieg aus Eroberungslust gegen die friedliebende Nation Parkhunistan vom Zaume gebrochen. Ihr gekauftes Söldnerheer sei aber von der heldenhaft kämpfenden Armee der Parkhunischen Werktätigen zerschlagen worden. Und in ihrer Verantwortung für Frieden, Demokratie und soziale Gerechtigkeit habe die Parkhunischen Regierung dann den Schutz des suebischen Volkes übernommen und die verbrecherische, reaktionäre Herrscherclique eliminiert.

Das galt als die absolute Wahrheit; Zweifel waren nicht erlaubt und weitere Forschungen wurden als unnötig erachtet. Die wenigen Arbeiten zu einer objektiven Darstellung der damaligen Ereignisse wurden nicht nur nicht unterstützt, sondern als unnütz und volksverhetzend unterbunden. Die Forscher wurden verhaftet, in Umerziehungslager gesperrt, die Schriften vernichtet, soweit man ihnen habhaft wurde.

Nach der Wiedererlangung der Freiheit wurde es endlich möglich, sich mit diesem Zeitraum unserer Geschichte wissenschaftlich objektiv zu beschäftigen. Erst jetzt gelangte die damalige Katastrophe so recht in das Bewußtsein der Menschen, der Vernichtungskrieg der Parkhunen, der zur Verwüstung weiter Landstriche, zur Zerstörung unersetzlicher Kulturgüter und zum Tode von fast zwei Drittel der Bevölkerung geführt hatte. Schwerpunktsmäßig beschäftigte sich die Forschung in den vergangenen Jahren mit der These der ‚Aggression‘, sowie den Ursachen des raschen Zusammenbruchs unserer Streitkräfte.

Zum einen galt in jener Zeit unser Staat als liberal, weltoffen, friedliebend und tolerant gegenüber allen geistigen Strömungen, sofern sie keine nationalistischen oder rassistischen Ziele vertraten. Die damalige Gesellschaft bezeichnete sich auch gerne als ‚multikulturell‘; gesellschaftliche 'Buntheit' und 'Vielfalt' galten als die beliebtesten Schlagworte. Jede Kritik daran wurde als Volksverhetzung strafrechtlich verfolgt; jeder, der bezweifelte, daß dieses Konstrukt den idealen Staat darstellte, galt als Staatsfeind, wurde ins Gefängnis geworfen. Das Land war wohlhabend, die Industrie hochentwickelt, die Menschen genossen einen Lebensstandard, der während der nachfolgenden Besatzungszeit und auch bis heute nicht annähernd wieder erreicht wurde. Und der üppige Wohlstand und die mit ihm eingehende geistige Trägheit brachten es wohl mit sich, daß die Einschränkungen der Rede- und Meinungsfreiheit ohne Widerspruch hingenommen wurden.

Zum anderen verfügte Suebien über eine hochgerüstete, mit modernsten Waffen ausgerüstete Armee und so schien es rätselhaft, warum die Parkhunen das Land innerhalb von nur etwa fünf Wochen überrennen konnten. Was waren also die Ursachen für den raschen Zusammenbruch ?
Aus den wenigen Zeugnissen, die mir damals zur Verfügung standen,

glaube ich zu erkennen, daß entgegen der beschönigten Darstellungen in manchen Büchern, die suebische Gesellschaft in sich gespalten war. Es schien, als habe damals eine große, global denkende Schicht existiert, welche auch die öffentliche Meinung bestimmte. Sie bestand aus einer Mischung global agierender Unternehmer, beziehungsweise dem führenden Management global agierender Unternehmen und liberal denkender Politiker, welche die geistigen oder auch ungeistigen Strömungen jener Zeit vertraten und keinen Sinn für die überlieferten kulturellen und nationalen Traditionen besaßen; ihre Anhängerschaft setzte sich überwiegend aus jenen zusammen, die von der globalen Wirtschaft profitierten, sowie aus den verweichlichten Bevölkerungskreisen, die nicht hart für ihren Lebensunterhalt arbeiten mußten. Sie glaubten offensichtlich, Suebien habe sich bereits in das Paradies verwandelt und dieses sei groß genug für alle Menschen auf der Welt. Diese Bonhomis, wie sie sich selbst bezeichneten, befürworteten daher die Aufnahme und Versorgung aller, welche in ihren Heimatländern aus unterschiedlichsten Gründen nicht die Befriedigung ihrer Bedürfnisse fanden. Und sie sahen es als Pflicht der Humanität an, diesen Geflüchteten und Schutzsuchenden, wie sie allgemein genannt wurden, mittels großzügiger Unterstützung in Suebien eine Zukunftsperspektive zu eröffnen. Daß diese Einwanderer eine Bereicherung der Gesellschaft darstellten, galt als unumstößliches Dogma.

Der zweiten Gruppe, welche sich als Verusier bezeichnete, schienen überwiegend Techniker und Werktätige anzugehören, Leute, die wußten, daß Wohlstand nur durch harte Arbeit zu erreichen war, Leistung und Disziplin hochschätzten und die der Ansicht waren, daß nur ein starker Staat, der auch gegenüber anderen Ländern eine gewisse Machtposition inne hatte und vertrat, auf Dauer Wohlstand, Freiheit und Frieden sichern konnte. Die politischen Vorstellungen der Bonhomis hielten sie für verderblich, zumal auch immer mehr finanzielle Mittel aufgebracht werden mußten um die Fremden zu versorgen, welche durch Steuererhöhungen eingetrieben wurden. Sie sahen darin eine Bevozugung jener, fühlten sich diskriminiert, unterdrückt.

Es scheint aber so gewesen zu sein, daß beide Gruppen lediglich etwa ein Viertel der Einwohnerschaft repräsentierten. Die Volksmasse war eher unpolitisch, begnügte sich damit, die Früchte des Wohlstandes zu genießen, tendierte in den Ansichten aber eher zu den Bonhomis hin, da deren Vertreter die Medien beherrschten und daher auch die öffentliche Meinung definierten. Man kann also durchaus sagen, daß die Volksmasse zu träge zum selbständigen Denken war und daher kritiklos als Wahrheit in sich aufnahm, was ihr ständig als solche eingetrichtert wurde.

Breiten Raum nahm in jener Zeit die Selbstdarstellung der im Staat führenden Persönlichkeiten ein. Sie wurden in den Medien permanent als die 'Elite' präsentiert, ihre Leistungen wurden hervorgehoben, ohne allerdings konkret zu sagen, was sie eigentlich in Staat und Gesellschaft leisteten. Sie empfingen permanent öffentliche Lobpreisungen und Ehrungen. Kaum jemand erfuhr allerdings, wer hinter der Verleihung solcher 'Ehrungen' steckte. Und so blieb es verborgen, daß sich eine herrschende Schicht gebildet hatte, deren Anhänger sich gegenseitig beweihräucherten und damit im Grunde dem Volk Sand in die Augen streuten.

Zwischen Bonhomis und Verusiern schien es keinen Diskurs gegeben haben, sie standen sich feindlich gegenüber, wenn es auch nicht zu Gewaltausbrüchen kam. Während nun die Bonhomis den Staat nur als Gebilde ansahen, der die Bedürfnisse der in ihm lebenden Menschen zu befriedigen hatte, aber in einer einzigen, gemeinsamen Welt der Buntheit und der Vielfalt im Grunde überflüssig war, sahen die Verusier die existierende suebische Republik überwiegend nicht als ihren Staat an, sondern als ein faules, hohles Gebilde, so daß es für sie auch keinen Grund gab, sich für deren Erhalt einzusetzen; im Gegenteil, es schien als dachte man in diesen Kreisen, je eher dieser Staat untergeht, desto eher kann ein Neubeginn erfolgen.

Diese Thesen waren natürlich unbestimmt, unbewiesen, aber für mich verlockend genug, mich näher mit ihnen zu beschäftigen. Ich stellte daher vor knapp dreieinhalb Jahren einen entsprechenden Forschungsantrag, der auch genehmigt wurde.

130

Die Arbeit erwies sich dann allerdings als recht schwierig, da außer den recht spärlichen offiziellen Dokumenten wenig vorhanden war. Vieles war wohl durch den Krieg und insbesondere während der Säuberungsaktionen nach der Besetzung Suebiens vernichtet worden, zahlreiche Dokumente waren sicherlich auch nach Parkhunistan verbracht worden, wo sie wahrscheinlich heute noch in unzugänglichen Archiven lagern. Zeugnisse aus jener Zeit, private Aufzeichnungen zum Beispiel, sind auch rar und die meisten Menschen, welche jene Zeit bewußt erlebt haben, sind mittlerweile verstorben. Insbesondere interessierte mich natürlich die Stimmungslage innerhalb der Bevölkerung selbst, die oft völlig anders ist als in den Regierungsberichten oder Medien dargestellt.

Es erscheint mir heute daher als ein Glücksfall, daß ich im Zuge meiner Arbeit vor zwei Jahren die Literaturwissenschaftlerin Frau Professor Ursula Klautermann kennenlernte, mit der ich mich intensiv über mein Projekt unterhielt. Etwa eine Woche später erhielt ich von ihr eine Briefsendung, welche die Kopie einer kleinen Schrift enthielt, die sie als ‚Kriegstagebuch' ihres vor zehn Jahren verstorbenen Großvaters Peter Klautermann bezeichnete. Der Bericht erschien mir aufschlußreich, zeigte er doch die Darstellung der damaligen Situation aus der Sicht eines einfachen Soldaten, der allerdings über genügend Bildung und Intelligenz verfügte um die unmittelbaren Geschehnisse um ihn herum in ihrem gesellschaftlichen und politischen Umfeld zu verstehen.

Ich habe mich daher entschlossen, in freundlicher Absprache mit Frau Professor Klautermann, nun nach Abschluß meiner Forschungen, deren Ergebnisse in dem jüngst erschienen Buch ‚Die unvermeidbare Katastrophe' dargelegt sind, die kleine Schrift des Obergefreiten Klautermann gesondert zu veröffentlichen.

Der Titel ‚Das Kriegstagebuch' wurde vom Herausgeber gewählt, der Originaltext trägt keine Überschrift.

Das Kriegstagebuch

28. September

Wir liegen seit vier Wochen im Dreck, ohne daß sich etwas rührt. Es hatte geheißen, der Angriff der Parkhunen stünde unmittelbar bevor und die Regierung hatte daher in aller Eile die Reserven mobilisiert. Aber bisher herrscht Ruhe; in die eilends ausgehobenen Schützengräben und Deckungslöcher sickert jedoch das Regenwasser. Die Feuchtigkeit läßt sich nicht mehr vertreiben. Das ist unangenehm, zumal die Nächte schon recht kühl werden, schließlich ist es Ende September, Herbst. Die Moral der Truppe schwindet von Tag zu Tag. Unsere Einheit besteht überwiegend aus jungen Burschen, so Anfang zwanzig, die bisher ihr Leben lang nur Bequemlichkeit und Spaß gewohnt waren, ihre Nächte am liebsten in Diskotheken verbrachten. Härte sind sie nicht gewohnt, außer beim Fußball vielleicht. Aber das hier ist kein Sportplatz und es erwartet uns auch ein bißchen mehr als nur eine Kneipenschlägerei. Und obendrein sitzen sie auch vor keinem Bildschirm und werden hier auch keine Schlachtfiguren per Tastendruck oder Mausklick steuern. Sie selbst sind die Figuren. Auch wird ein Granateinschlag nicht nur ein Knall aus dem Lautsprecher sein. Aber das verstehen sie nicht. Sie schimpfen nur über Nässe und Kälte. Und dabei handelt es sich überwiegend um Jungs aus den niederen Volksschichten, da die verwöhnten und verweichlichten Söhnchen aus dem sogenannten Bildungsbürgertum und den Kreisen der Bonhomis überwiegend friedliebend sind und den Wehrdienst verweigern. Warum sie mich, wo ich doch fast doppelt so alt bin wie diese Jünglinge, zu diesem Haufen gesteckt haben, bleibt mir unklar. Vielleicht dachten sie, die Jungens bräuchten einen väterlichen Ratgeber oder Aufpasser, der kein Vorgesetzter ist. Aber das ist nur eine vage Vermutung um dem Ganzen einen Sinn zu geben, denn es würde bedeuten, daß in diesem Falle Bürokraten gedacht haben, was so wahrscheinlich ist wie ein Hitzegewitter an Weihnachten. Eher ist es Zufall, vielleicht haben sie auch nur mein Geburtsjahr falsch gelesen. Aber lohnt es sich darüber Gedanken zu machen, wenn jeden Tag der Tod über uns hereinbrechen kann ? Nun ja, ich denke, es lohnt sich, denn Denken ist das beste Mittel die quälende Langweile erträglich zu machen.

Wie gesagt, wir liegen im Dreck, im Dohlengebirge am Durchbruch des Dottar, auf halber Anhöhe. Dies ist eine der Stellen, wo sie einen Angriffsschwerpunkt mit dem Ziel in Richtung Marub durchzubrechen vermuten. Die Grenze verläuft fünf Kilometer östlich, dort sind auch Panzertruppen und Artillerieeinheiten, die einen feindlichen Angriff schon im Frühstadium stoppen sollen, platziert. Unser Auftrag lautet lapidar, das Dottartal zu sperren und durchgebrochene Feindeseinheiten zu vernichten. Dazu stehen uns einige leichte Haubitzen, panzerbrechende Waffen und die üblichen Infanteriewaffen zur Verfügung. Die eine Hälfte unseres Bataillons liegt auf dieser Talseite, die andere auf dem Hügel gegenüber. Wie unser trauriger Haufen allerdings diese Aufgabe gegen Truppen, die zuvor unsere ‚Eliteeinheiten' überwunden haben müßten, lösen sollen, ist mir von Anfang an unklar geblieben. Andererseits steht es mir aber nicht zu Fragen zu stellen oder auch bloß darüber nachzudenken, denn ich bin schließlich nur Obergefreiter, habe meinem Rang entsprechend daher lediglich Befehle auszuführen und mir nicht über militärische Taktik oder Strategie den Kopf zu zerbrechen. Ja, ich habe nicht einmal Vorschläge zu unterbreiten, wie man die Unterstände besser, vor allem feuchtigkeitssicherer bauen könnte. Ebenso wenig steht es mir zu, darüber zu urteilen, ob diese ganze Aufstellung einen Sinn macht und das Tal überhaupt ein so lohnenswertes Ziel ist wie die Generale behaupten. Denn das Tal ist hier am Eingang nur zweihundert Meter breit, wovon der Dottar etwa zwei Drittel einnimmt. Der Fluß ist hier nicht tief, das Bett mit Geröll durchsetzt. Weiter hinten ist das Tal wesentlich schmaler und mit Felsen übersät. Sie haben eine etwa sechs Meter breite Straße gebaut, die aber teilweise als eine Art Brücke längs des Flußbettes geführt wird. Sie bietet die einzige Möglichkeit, das Tal zu durchqueren, wird auch als Nachschubweg für die vorderen Linien genutzt.. Warum muß man also Truppen verschwenden, wenn eine gut angesetzte Sprengung das Tal im Nu unpassierbar macht ?

Aber, Befehl ist Befehl, da ist nichts zu machen. Deshalb liegen wir hier.

29. September

Am Morgen fanden wir in unserer Stellung Flugblätter mit der Überschrift ,Wollt ihr für Terroristen sterben ?'. Auf ihnen waren die politischen Ereignisse dargestellt, die zur Konfrontation führten. Natürlich war diese Darstellung äußerst einseitig, vertrat die Position und Sichtweise der parkhunischen Seite. Es handelte sich um offensichtliche Desinformation zur Zersetzung unserer Wehrkraft. Als ob es da noch viel zu zersetzen gäbe ? Niemand weiß, wie diese Pamphlete in unsere Stellungen gekommen sind. Möglicherweise wurden sie von Drohnen abgeworfen. Vielleicht gibt es auch Überläufer, parkhunische Agenten, die zwischen den Stellungen hin und her pendeln.

Obwohl unsere Offiziere alles unternahmen die Flugblätter einzusammeln und der Bataillonskommandeur in einem Tagesbefehl verbot sie zu lesen und über den Inhalt zu diskutieren, so blieb es doch nicht aus, daß der Text bekannt und in den Gräben darüber gesprochen wurde. Die Stimmung verschlechterte sich im Laufe des Tages derart, daß der Bataillonskommandeur es unterließ seinen Befehl durchzusetzen, da er offenbar eine Meuterei befürchtete.

Ich möchte an dieser Stelle kurz die politischen Entwicklungen der letzten Monate schildern, soweit sie mir bekannt sind. Meine Informationen sind aber sicher nicht vollständig und möglicherweise auch nicht in allen Punkten korrekt. Aber meine Schilderung stellt das dar, was ich weiß. Die meisten hier sind allerdings wesentlich schlechter informiert und daher für jegliche Propaganda zugänglich, mag sie auch noch so verlogen sein.

Es begann Anfang Juli. Nach einem angeblichen Störfall in einem parkhunischen Kernkraftwerk nahe der suebischen Grenze organisierte eine radikale internationale Umweltorganisation, die ihren Sitz in Suebien hat, eine Demonstration vor dem betreffenden Kernkraftwerk. Es ist mir unklar, ob die parkhunische Regierung diese Demonstration überhaupt genehmigt hatte, denn Parkhunistan ist eine kommunistische Diktatur; öffentliche Kundgebungen, sofern nicht von der Partei angeordnet und organisiert, sind dort üblicherweise verboten. Nun handelte es sich bei den Demonstranten, wie es hieß, überwiegend um Ausländer, die irgendwie über die Grenze gekommen sein mußten ohne daß die parkhunischen Grenzwächter dies verhinderten. Die Kundgebung verlief aber friedlich, daher griff die parkhunische Miliz auch nicht ein. Lediglich die Regierung überreichte dem suebischen Botschafter eine Note, in der die suebische Regierung aufgefordert wurde, in Zukunft derartige unfreundliche, von ihrem Territorium ausgehende Aktionen zu unterbinden. Die suebische Regierung erklärte in ihrer Antwortnote, Suebien sei ein demokratischer, weltoffener Staat, in welchem die Bürger das Recht hätten ihre Meinung frei und öffentlich zu vertreten und sich zu friedlichen Kundgebungen zu versammeln. Dies seien verfassungsmäßig verbriefte Rechte. Die Regierung sehe es daher nicht als gegeben an, der Forderung der parkhunischen Regierung nachzukommen. Hierfür gebe es auch keine Rechtsgrundlage. Im übrigen stelle die Note einen Angriff auf die suebische Souveränität dar.

Zwei Wochen später fand eine erneute Demonstration statt, bei der es allerdings zu gewalttätigen Übergriffen seitens der Demonstranten kam. Die parkhunische Miliz griff hart durch, zahlreiche Personen wurden verletzt und mehrere Dutzend Demonstranten wurden verhaftet. Da sich unter den Festgenommenen zahlreiche suebische Staatsbürger befanden, protestierte unsere Regierung und verlangte deren Freilassung. Die parkhunische Führung ihrerseits betonte nun die Souveränität ihres Landes und erklärte, die Verhafteten hätten gegen parkhunische Gesetze verstoßen, teilweise schwere Straftaten begangen. Sie würden nun vor Gericht gestellt und den Gesetzen des Landes entsprechend abgeurteilt. Dies führte zu zahlreichen diplomatischen Aktivitäten, die ich nicht im Detail kenne. Vermutlich hätten sie aber Erfolg gehabt, wenn nicht in den ersten Augusttagen ein Anschlag auf die Kühlwasser - Hauptleitung des Kernkraftwerkes verübt worden wäre. Dies verursachte einen schweren Störfall, der auch zu einer nennenswerten Freisetzung von Radioaktivität führte. Die Hintergründe des Anschlags blieben unklar, jedoch beschuldigten die parkhunischen Behörden sehr bald die Umweltorganisation der Täterschaft. Wenige Tage später forderte dann die parkhunische Regierung offiziell die Auslieferung mehrerer namentlich benannter Personen, welche der Täterschaft, Planung, Vorbereitung und Ausführung des Anschlages beschuldigt wurden. Pikanterweise waren unter den genannten keine suebischen Staatsbürger, da die Parkhunen offensichtlich bedachten, daß deren Auslieferung an fremde Staaten in der Verfassung verboten ist. Die suebische Regierung verweigerte nun aber trotzdem die Auslieferung mit der Begründung, daß die Beschuldigten in Parkhunistan kein rechtsstaatliches Verfahren zu erwarten hätten, ihnen Folter und Ermordung drohe. Und die suebischen Gesetze verböten ohnehin die Abschiebung oder Auslieferung von Personen, welche den Status 'Schutzbedürftige' hätten, in Staaten, in welchen ihnen Verfolgung drohe. Die parkhunische Regierung protestierte schärfstens gegen diese infame Verleumdung, wie sie sich ausdrückte und wiederholte ihre Forderung, nun verbunden mit einem Ultimatum. Die suebische Regierung ließ es verstreichen. Parkhunistan antwortete darauf mit dem Abbruch der diplomatischen Beziehungen und einem Truppenaufmarsch entlang der Grenze, auf welchen Suebien mit einer Teilmobilisierung seiner Streitkräfte antwortete.

Es folgten nun diplomatische Aktivitäten zur Beilegung der Krise, in die auch die westlichen Großmächte einbezogen wurden. Details konnten wir an der Front nicht erfahren; die Situation blieb unklar. An manchen Tagen hieß es, die Lage habe sich entspannt, an anderen wiederum, sie habe sich verschärft. Es wurde auch über große Demonstrationen in Parkhunistan berichtet, auf denen eine harte Haltung gegenüber Suebien bis zum Krieg hin gefordert wurden. Auch gab es Kundgebungen im Suebischen Reich, meist organisiert von Menschenrechtsorganisationen, Toleranz- und Anti-Rassismusgruppen und den Kirchen, auf denen der bedingungslose Schutz der Beschuldigten gefordert wurde. Dies alles bewirkte den Aufbau einer unerträglichen Spannung unter den Soldaten, auch eine zunehmende Aversion gegen die Demonstranten und deren Anführer, die große Worte von Humanität und so weiter ausspuckten, es sich sonst zuhause gut ergehen ließen, während sie hier im Dreck lagen und bei einer möglichen militärischen Auseinandersetzung die Köpfe für Dinge hinhalten mußten, die sie im Grunde nichts angingen. Und all dies, nur weil sich die Regierung weigerte einige ausländische Terroristen, wie sie unter den Soldaten genannt wurden, nach Parkhunistan auszuliefern.

30. September

Angesichts der Unruhe innerhalb der Truppe sah sich die Regierung gezwungen, in einem Rundschreiben an die Soldaten ihre Position zu erläutern. Es wurde betont, daß aus völkerrechtlichen und humanitären Gründen eine Auslieferung der Personen nicht in Frage komme. Gleichzeitig wurde der Hoffnung Ausdruck gegeben, mit Hilfe befreundeter Nationen die Krise friedlich lösen zu können.

Zumindest in unserer Stellung fand diese Erklärung keinerlei positive Anerkennung. Im Gegenteil: sie wurde als das Geschwätz von Feiglingen gewertet, die nur große Töne spucken können um sich als die guten und edlen Menschen darzustellen, aber den anderen die Last und die Drecksarbeit überlassen. Keiner dieser Bonhomisten lag hier in der Stellung.

Im Grunde drückt diese Stimmung nur die Spaltung unserer Gesellschaft aus. Die staatsbestimmende Schicht lebt auf Kosten des Volkes, welches mit süß klingenden, aber faden Worten abgespeist wird. Und diese naiven Bonhomisten glauben dies alles und verbreiten es noch. Es sind eben Leute, die nicht hart für ihr Geld

137

arbeiten müssen, trotzdem in angenehmem Wohlstand leben, geistig Degenerierte. Wer herrscht denn in unserem Land ? Ich habe es oft genug erlebt, daß meine Leistungen nicht nur nicht anerkannt wurden, sondern Höhergestellte sie sich noch auf die eigene Fahne schrieben. Und ich bin kein Einzelfall. Es herrscht das Schmarotzertum in unserem Land. Wer die Möglichkeit hat, der macht durch Schleimen und Schönreden auf Kosten der Tüchtigen Karriere. Und diesen Blendern wird in der Öffentlichkeit gehuldigt, ja viele steigen sogar in höchste Ämter auf, ohne je im Leben in einem sinnvollen Beruf etwas geleistet oder sich in ihm bewährt zu haben. Diejenigen, die unten stehen und nicht mitschmarotzen können, die einfachen Leute also, merkten das und haben sich schon lange von unserem Staat distanziert. Mir war das nie so bewußt, ich habe es erst in den letzten Wochen unter den jungen Leuten aus den unteren Volksschichten erfahren. Das ist auch ein Grund für die mangelnde Kampfmoral. Aber wird ihnen das helfen ? Ich denke nicht. Für die Parkhunen sind wir der Feind. Sie machen keine Unterschiede. Sie werden uns überrennen und zusammenschießen, ob wir nun zu diesem Staat stehen oder nicht. Und hier tritt zutage, was unsere Herrschenden in den letzten Jahren stets abstritten. Wir sind keine offene, multikulturelle Geschaft, sondern ein Volk, eine Schicksalsgemeinschaft, welche der Vernichtungswillen der Parkhunen mit voller Wucht treffen wird. Es gibt kein Entrinnen.

4. Oktober

Es regnet seit drei Tagen. Wir haben keinen trockenen Fetzen mehr auf dem Leib. Die Stimmung ist mies. Die meisten sind erkältet, einige verabschiedeten sich mit Fieber ins Lazarett. Das drückt noch weiter auf die Stimmung. Es kommt noch hinzu, daß wir Mannschaftsdienstgrade hier ziemlich ungeschützt in kleinen Zelten hausen, die schon längst durchweicht sind. Die Offiziere dagegen verfügen über geräumige, wesentlich hochwertigere Zelte, welche der Nässe standhalten und auch geheizt sind.

138

Sie erhalten vorzügliches Essen, auch Wein, während wir uns mit unseren Feldpaketen, Wasser und Tee begnügen müssen. Selbst Kaffee hat es seit Tagen nicht mehr gegeben.

Keine Neuigkeiten vom Feind. Es wird aber gemunkelt, der Alarmzustand werde bald aufgehoben, da die diplomatischen Bemühungen zur Beilegung des Konfliktes erfolgversprechend verliefen und keine unmittelbare Angriffsgefahr mehr bestehe.

6. Oktober

Es heißt, es sei vorgeschlagen worden, die Beschuldigten vor ein internationales Gericht zu stellen, was aber von der parkhunischen Regierung erst einmal mit der Begründung abgelehnt worden sei, es habe sich um ein Verbrechen auf parkhunischem Territorium gegen das parkhunische Volk gehandelt, nicht um einen Verstoß gegen internationales Recht. Parkhunistan sei eine souveräne Großmacht und so komme nur ein Prozeß vor einem parkhunischen Gericht in Frage. Die Bemühungen um eine friedliche Beilegung des Konfliktes gingen aber weiter.

Die Soldaten hier an der Grenze haben die Schnauze gestrichen voll. Die Moral ist auf einen Tiefpunkt abgesunken. Und das liegt nicht nur daran, daß wir hier durchnäßt und frierend im Morast liegen. Es scheint immer mehr, daß wir auf einen furchtbaren Krieg zusteuern, nur weil eine Horde arroganter Politiker, die noch nie im Leben einer vernünftigen Arbeit nachgegangen sind, ihre Eigensucht befriedigen und ihre Selbstdarstellung als humane, tolerante, weltoffene Edelmenschen genießen wollen. Und dabei wird ihnen auch noch von sogenannten Intellektuellen, also Leuten, die sich für intelligent und gebildet halten, von Kirchenmännern, die nichts können außer von einem Gott predigen, dessen Existenz ungewiß ist, und von Verftretern von sogenannten Menschenrechtsorganisationen der Rücken gestärkt. Und es interessiert sie einen Dreck, wenn das Volk dabei krepiert. Unsere Versorgung ist schlecht, während Politiker und Diplomaten sich wegen irgendwelchem ausländischem Gesindel

139

streiten, sich dabei aber auf ihren Diplomatendinnern vollfressen und besaufen.

Keiner sieht die Notwendigkeit eines Krieges wegen einiger Terroristen, keiner hat Lust für dieses hochnäsige Politikerpack zu sterben.

7. Oktober

Die Spannung steigt, obwohl wir keine neuen Nachrichten erhalten haben. Es spürt aber jeder dumpf eine bevorstehende Gefahr. Ich war heute mit einem Spähtrupp unterwegs. Wir konnten keine Anzeichen für einen bevorstehenden Angriff feststellen. Aber das beruhigte mich nicht. Muß der Angriff denn unbedingt hier erfolgen?

Niemand sieht die Notwendigkeit eines Krieges. Die Beziehungen zu Parkhunistan waren seit langem nie freundlich. Es gab aber auch keinen wirklichen Konfliktstoff. Niemand sah in den letzten Jahren eine wirkliche Bedrohung unseres Landes durch die Parkhunen. Die jetzige Situation wird vielmehr als das Ergebnis des Wirkens aufgeblasener Politiker gesehen, welche nur ihre eigenen Vorstellungen, ihre eigenen Hirngespinste verfolgen um sich vor aller Welt als Edel- oder Gutmenschen, Muster an Moral und Ethik zu profilieren, denen aber das Wohl des Volkes und des Staates völlig gleichgültig sind. Der Haß auf dieses Gesindel wächst. Die Stimmung unter den Soldaten ist so aufgeheizt, daß ich damit rechne, daß in den nächsten Tagen eine Meuterei ausbrechen könnte.

8. Oktober

In der letzten Nacht haben die Parkhunen ihren Angriff gestartet, sind bei Furan, etwa fünfzig Kilometer nördlich von hier durchgebrochen; wir lagen zwar mehrere Stunden unter Artilleriebeschuß, der uns einige Verluste brachte, hatten aber keine direkte Feindberührung. Es wird gemunkelt, wir würden bald abgezogen, da der Feind nach Süden in Richtung Fratanburg vorstoßen wolle und die Gefahr bestehe, daß wir abgeschnitten würden. Der heutige Tag blieb ruhig, keine Granaten, ein Rückzugsbefehl gab es bisher allerdings noch nicht.

Trotzdem, die Nerven sind angespannt. Jeder fühlt wohl, daß es bald ernst wird. Angst macht sich breit, ein paar wurden hysterisch. Die Offiziere haben Schwierigkeiten die Truppe zusammenzuhalten

12. Oktober

Vorgestern Nacht haben sie in unserem Abschnitt Ernst gemacht; ein Großangriff mit siebzehn Divisionen auf einer Front von zwanzig Kilometern, hieß es. Das bedeutete die Hölle. Wir lagen unter Dauerbeschuß ihrer Artillerie, erlitten größere Verluste. Die vorderen Linien wurden innerhalb von drei Stunden durchbrochen, die ‚Elitetruppen' zerrieben, gegen Morgen waren wir an der Reihe, etwa zwei Divisionen griffen unser dezimiertes Bataillon an. Sie haben unsere Stellungen einfach überrannt, sich nicht einmal die Mühe gemacht, sie zu säubern und unsere Offiziere schafften es nicht mehr die Sprengung der Straße durchzuführen. Das hätte doch alles längst vorbereitet sein müssen und nur eine Minutenangelegenheit sein dürfen. Die parkhunischen Panzer rollten daher ungehindert durchs Tal, stießen wohl durch, denn hinter uns gab es auf dreißig Kilometer keine eigenen Truppen mehr.

Sie brachen nur durch, das heißt, wer den Angriff überlebte, konnte sich ungehindert im Wald oder auf einem der Hügel verkriechen. Am Nachmittag war die Luft dann wieder soweit ‚rein', daß wir uns sammeln konnten. Siebzehn von etwa dreihundert kamen zusammen, was aber nicht bedeutet, daß der Rest gefallen oder in Gefangenschaft geraten ist. Ich denke, die meisten sind wohl desertiert. Daß sie allerdings heil nach Hause kommen, bezweifele ich stark. Unter dem guten Dutzend Zusammengekommener waren auch zwei junge Leutnante, die sich um die Führung stritten. Am Ende setzte sich das größere Schlappmaul durch. Kann mir egal sein. Keiner von den beiden weiß genau, wo wir uns gegenwärtig in etwa befinden und wo unsere Truppen stehen. Und so marschieren wir im Schutze der

Wälder westwärts. Meiner Einschätzung nach, die aber keiner von den beiden würdigt, befinden wir uns zur Zeit etwa dort, wo das Dohlengebirge auf die Drosselwaldhöhe stößt, einer abgelegenen, dünnbesiedelten Grenzregion ohne entwickelte Infrastruktur. Hier sind kaum feindliche Truppen zu befürchten, außer an der direkten Nahtstelle beider Gebirge. Denn dort verläuft in einem schmalen sich in Nord – Süd – Richtung erstreckenden Tal die Autobahn von Doberstadt nach Merin, eine der meist befahrenen Straßen unseres Landes. Aber diese Stelle haben wir noch nicht erreicht.

Wir sind durchnäßt, frieren; die meisten haben vom Laufen wunde Füße, jammern.

14. Oktober

Wir durchqueren die Drosselwaldhöhe. Das Überqueren der Autobahn hat ein paar Mann Verluste gekostet, weil der schwachköpfige Leutnant glaubte, ‚in dieser abgelegenen Gegend' werde die Straße wohl kaum bewacht. Er hatte nicht gewußt, daß sich unweit der Stelle, an der wir sie erreichten, eine große Talbrücke befindet. Dort lag eine Besatzung, die offenbar Kameras installiert hatte um die Zufahrtswege zur Brücke zu bewachen. Prompt wurden wir beschossen. Der schlappmäulige Leutnant mußte auch daran glauben, was aber keiner als Verlust empfindet, nun führt der andere. Der wußte zunächst auch nicht, was zu tun sei, ging dann aber auf meinen Vorschlag ein, sich erst einmal ein Stück in den Wald zurückzuziehen und den Einbruch der Dunkelheit abzuwarten. Denn wir mußten damit rechnen, daß sie eine Patrouille aussenden würden. Glücklicherweise unterließen sie das aber, möglicherweise, weil ihre Offiziere auch nicht intelligenter sind als die unsrigen, möglicherweise aber auch, weil die Besatzung zu schwach dazu war. In der Nacht suchten wir dann nach einem Durchgang. Bekanntlich werden an Autobahnstrecken, insbesondere in Waldgebieten, in regelmäßigen Abständen kleine Tunnels angelegt, welche die Fahrbahn unterqueren. Sie dienen Förstern, Jägern oder Wanderern als Durchgang. Das Unternehmen war nicht ungefährlich, da davon ausgegangen werden mußte, daß der Feind von der Existenz solcher Tunnels wußte und daher die Böschungen überwacht wurden, denn schließlich bilden sie ja auch günstige Schlupflöcher für Sabotagetrupps. Hier dachte ich aber zu weit. Die Parkhunen waren sich offenbar ihrer Überlegenheit so sicher, daß sie auf derartige Kleinigkeiten nicht achteten. Und so kamen wir durch.

Wir haben keine Funkverbindung zu eigenen Truppen und so können wir uns nur aus den Radioberichten ein Bild über den Kriegsverlauf machen. Es heißt dort, der Feind versuche nach Westen zum Toron, der an seinem Mittellauf die Grenze zu Bargusien bildet, durchzustoßen und so das Land in einen nördlichen und einen südlichen Teil zu zerreißen. Man nimmt an, daß er bald nach Südwesten schwenken wird um Tarop einzunehmen. Die Kontrolle über dieses wichtige Verkehrs- und Handelszentrum, einschließlich des riesigen Flughafens, welcher den Hauptumschlagsplatz für die Hilfslieferungen seitens unserer Verbündeten darstellt, wird als entscheidend für den weiteren Kriegsverlauf erachtet. Alle bisherigen Versuche der Feindesseite, dieses Zentrum durch Luftangriffe auszuschalten, sind offensichtlich gescheitert.

Für uns bedeutet das aber, daß wir wohl davon ausgehen können, daß unsere Militärführung alle verfügbaren Kräfte im Raum Tarop konzentrieren wird und wir daher die besten Aussichten haben auf eigene Truppen zu stoßen, wenn wir in diese Richtung weiterziehen. Dazu müssen wir allerdings die Wälder, die uns bisher Schutz boten, verlassen und über weitgehend offenes Gelände marschieren.

18. Oktober

Was sind wir doch für ein trauriger Haufen ! Die Jungens schimpfen nur noch und wollen nach Hause; sie jammern, lamentieren ohne Ende. Gestern stieß eine Horde Marodeure zu uns, Gesocks aus der Hauptstadt, offenbar zur ‚Frontbewährung' aus dem Knast entlassen. Sie sind desertiert, uns zahlenmäßig überlegen, geben nun den Ton

143

an. Der Leutnant hat keine Kontrolle über sie. Sie gehen in die Dörfern, klauen dort, nennen das ‚requirieren'. Hinterher sind sie dann in der Regel völlig betrunken. Ich habe dem Leutnant geraten, diesen Schwächezustand auszunutzen um die Kerle zu entwaffnen, aber er traut sich nicht, obwohl wir noch elf Mann sind. Gefährlicher als ihre Waffen ist allerdings ihr Verhalten. Bisher haben wir alles getan um nicht aufzufallen, aber die ziehen uns mit ihrem Benehmen noch die Parhkunen auf den Hals, da wir unter diesen Umständen nicht mit der Solidarität beziehungsweise der Verschwiegenheit der Bevölkerung rechnen können. Im Gegenteil, sie werden uns verraten um vor uns sicher zu sein.

Ich entschloß mich daher, den Trupp zu verlassen und mich auf eigene Faust durchzuschlagen. Der Leutnant bezeichnete dies als ‚Fahnenflucht', unternahm aber nichts um mich daran zu hindern. Zwei Jungs, Kramer und Schmitt, schlossen sich mir an.

Die Informationen über den Frontverlauf sind unklar. Die Parkhunen haben ihren Hauptangriff wohl tatsächlich nach Südwesten, Richtung Tarop, gerichtet, wurden aber offensichtlich von unseren und verbündeten Truppen erst einmal gestoppt und führen jetzt frische Kräfte heran um ihre Offensive dann fortzusetzen. Ich schätze, daß die Frontlinie gegenwärtig so sechzig bis siebzig Kilometer nordwestlich von Tarop verläuft, genau weiß ich es natürlich nicht.

Es bleibt daher nichts anderes übrig als ungefähr die Richtung nach Tarop hin einzuhalten.

20. Oktober

‚Turgunische Brüder': unsere Feinde sind die suebischen Ausbeuter und ihre Lakaien. Sie haben euch ins Land geholt um sich an eurer Arbeit zu bereichern. Nun ist die Stunde der Abrechnung gekommen! Verteidigt sie nicht ! Nehmt euch, was sie euch vorenthalten haben ! Schließt euch uns an ! Ihr seid nicht unsere Feinde !

Solch ein Flugblatt fand ich heute in einer Kleinstadt, die wir durchquerten. Nun versuchen sie also, die hier lebenden Ausländer gegen

144

uns aufzuhetzen. Ich weiß nicht, ob sie damit Erfolg haben werden, allerdings fiel mir auf, daß uns einige südländisch aussehende Typen recht feindlich anblickten, als wir durch die Straßen marschierten. Sie unternahmen allerdings nichts, wohl aus Furcht vor unseren Waffen. Aber sie könnten uns verraten. Ich habe keine Ahnung wie die Front verläuft. Ich gehe aber davon aus, daß wir uns auf einem Gebiet befinden, das bereits von den Parkhunen überrollt wurde.

22. Oktober

Wie das Leben so spielt ! Gestern trafen wir wieder auf die Marodeure. Sie waren auf Parkhunen gestoßen und aufgerieben worden. Es sind insgesamt noch acht Mann. Der Leutnant ist auch tot. Sie finden sich nicht zurecht und baten mich um Hilfe. Was hätte ich tun sollen ?

Der Vormarsch der Parkhunen in Richtung Tarop geht offenbar nur langsam voran. Vielleicht erreichen wir schon morgen die Frontlinie.

26. Oktober

Es war sicherlich ein Fehler gewesen den Marodeuren zu helfen. Aber ich bin nicht dafür verantwortlich, was sie anstellen. Schließlich habe nicht ich dieses Chaos herbeigeführt. Und wenn andere ihr Geld in Sicherheit bringen anstatt ihre Familien zu schützen, bin ich an den Folgen nicht schuld !

Der Reihe nach; wir liegen nahe Tarop und warten auf den Großangriff. Heute morgen haben wir uns, das heißt, die zwei Jungens und ich, bei der eigenen Truppe gemeldet und wurden gleich in eine Kampfeinheit eingegliedert.

Gestern hatten wir im Laufe des Tages, ohne es so richtig zu merken, die Frontlinie überquert und waren gegen Abend nach Bad Bergen, einem mondänen Villenvorort nördlich von Tarop gelangt. Hier wohnen die wirklich Reichen. Der Ort wirkte auf den ersten Blick ziemlich verlassen, was aber täuschte. Tatsächlich waren die meisten jener Männer und Frauen, die in Tarop wohl fast ausschließlich in Finanzgeschäften tätig sind, wegen des drohenden Angriffs am Abend nicht nach Hause gekommen, sondern hatten sich, nachdem sie ihre Vermögenswerte ins befreundete Ausland transferiert hatten, in Richtung bargusische Grenze abgesetzt. Ein Teil der zurückgebliebenen Frauen und Kinder hatte sich am Nachmittag nach Tarop durchgeschlagen und sich ihren Männern und Vätern angeschlossen. Der Rest hatte sich versteckt. Wir quartierten uns im erstbesten Haus ein. Wenn ich geahnt hätte, was an jenem Abend alles passierte, wäre ich im Freien geblieben. Doch zunächst war ich froh, nach etwa acht Wochen wieder einmal eine Nacht in einem warmen Raum verbringen zu können, auch wenn der Empfang alles andere als freundlich war. Bei der Durchsuchung des Hauses stießen wir im Keller auf zwei Frauen. Ohne uns zu Wort kommen zu lassen, sie schrien uns an, beschimpften uns als stinkende Dreckschweine. Als ich höflich fragte, ob wir etwas zu essen bekommen und über Nacht bleiben könnten, warf mir die eine eine Konservendose an den Kopf und schrie:

„Hier hast du etwas zu fressen und jetzt verschwinde, du Arschloch."
Die andere hatte währenddessen ein Gemüseglas geöffnet und schüttete mir den Inhalt ins Gesicht.

„Hier hast du", rief sie, „Bohnen geben Kraft. Und jetzt geht an die Front und kämpft anstatt es euch in unseren Häusern bequem zu machen, ihr Feiglinge. Hättet ihr ein bißchen mehr Mut gezeigt, stünden jetzt nicht die Parkhunen vor der Tür."

Ich taumelte zurück, mir wurde schwarz vor den Augen, ich stürzte. Die Marodeure lachten, der Haufen war mittlerweile wieder auf fünfzehn angewachsen, während die beiden Jungens herbeisprangen um mir auf die Beine zu helfen.

„Wildkatzen mögen wir !" rief einer der Marodeure und griff nach einer der Frauen. Die anderen folgten seinem Beispiel. Bei zwei Frauen und fünfzehn gierigen Männern gab es natürlicher Weise einen ziemlichen Tumult. Ich kümmerte mich nicht darum. Mir war noch schwindelig. Mit Hilfe der beiden Jungens begab ich mich in ein Badezimmer im Obergeschoß, wusch mich erst einmal, legte

146

mich dann in einem kleinen Zimmer nebenan aufs Bett, bemerkte erst nach einigen Minuten die junge Frau, die völlig verängstigt in der Ecke hinter einem Sessel versteckt kauerte. Sie war das Dienstmädchen. Ich sagte ihr, sie brauche keine Angst zu haben. Das beruhigte sie und sie näherte sich vorsichtig, untersuchte meine Wunde an der Stirn, holte Verbandszeug aus einer Schublade. Dann besorgte sie frische Wäsche aus einem Nachbarzimmer, von ihrem ,Herren', wie sie sagte, nahm meine Jacke, wusch sie im Badezimmer aus und legte sie zum Trocknen über einen Heizkörper. Ich hatte mich mittlerweile wieder einigermaßen erholt, überließ der Frau ihr Zimmer, riet ihr, für alle Fälle die Tür abzuschließen, legte mich dann in dem Nebenzimmer, aus dem sie die Wäsche besorgt hatte, aufs Bett. Von unten hörte man das Kreischen der beiden Weiber. Sie waren für die Marodeure ein gefundenes Fressen und diese hatten wohl mittlerweile die Reihenfolge ausgefochten und waren zur Tat geschritten. Von dem Dienstmädchen wußten sie nichts und es war wohl auch nicht zu befürchten, daß sie nach oben kommen würden. Dennoch hielt ich vorsichtshalber mein Gewehr und meine zwei Pistolen griffbereit.
Die Jungens stürzten ins Zimmer:
„Die Kerle vergewaltigen die Frauen, einer nach dem anderen."
„Gleichzeitig geht auch nicht", antwortete ich gleichmütig.
„Ja, willst du ihnen nicht helfen?"
„Wem soll ich helfen, den Weibern oder den Kerlen?"
Kramer wurde ärgerlich.
„Die Sache ist ernst. Hör endlich auf herumzublödeln. Tu was!"
„Warum tut ihr nichts?"
„Wir trauen uns nicht. Es sind fünfzehn."
„Und ich soll mich trauen?"
„Du bist älter; vielleicht hören sie auf dich. Das haben sie die letzten Tage doch auch getan."
„Das waren auch andere Situationen. Hier habe ich wohl keinen großen Einfluß. Und außerdem denke ich nicht daran diesen Schlampen zu helfen. Denen schadet es gar nichts ein bißchen gefickt zu werden."
„Du bist nachtragend", sagte Kramer und blickte dabei auf die Beule

147

an meinem Kopf, „es gibt aber Situationen, in denen man das nicht sein darf, wo man helfen muß. Das haben wir im Ethikunterricht gelernt. Und bedenke, welche psychischen Schäden so eine Vergewaltigung hinterläßt. Das kann zum lebenslangen Trauma werden."

„So einen Quatsch hat man uns damals nicht beigebracht. Und glaubst du vielleicht, es ist leichter zu ertragen, tagelang im Granatfeuer zu liegen, zusehen, wie der Kumpel zerfetzt wird ? Und all das andere, was wir in den letzten Wochen durchgemacht haben ? Wen interessiert denn unsere ‚psychische' Belastung ?"

„Das darfst du nicht so sehen", wandte Schmitt ein, „du bist schließlich Soldat, du mußt das ertragen."

„Ja, ja, ich sehe, ich soll immer der Held sein. Laßt mich doch in Ruhe."

Ich reichte ihm mein Gewehr.

„Im Magazin sind zwanzig Patronen. Das sollte genügen."

Beide wehrten ab.

„Habt keine Gewissensbisse, wenn ihr es nicht tut, tun es die Parkhunen, früher oder später. Es ist ohnehin nicht schade um sie."

Schmitt ließ das Gewehr fallen.

„Also dann nicht", sagte ich und nahm einen Schluck aus der Bierflasche, die sie mir mitgebracht hatten.

„Wenn es so einfach ist, dann mach es doch selbst", entgegnete er.

Ich winkte ab, blickte die beiden scheel an.

„Was gehen mich andere Weiber an, ich hatte genug Ärger mit meiner Alten."

Zwei Marodeure kamen die Treppe hoch.

„Hier oben ist noch eine, gib sie uns."

„Wer sagt das ?"

„Die Weiber da unten. Sie sagen, wenn sie schon gebumst werden, soll das Dienstmädchen auch nicht verschont bleiben."

„Die Kleine ist für mich."

„Das wäre ja noch schöner. Du hast eine für dich allein, und wir sollen ewig warten bis wir dran sind. Du bist hier nicht der Boß !"

Anstelle einer Antwort erhielt er einen Schuß ins Bein.

„Verschwindet! Die nächste Kugel sitzt richtig."

Die beiden flüchteten.

„Es geht also doch", meinte Kramer, „was sollte das Geschwätz vorhin. Die nimmst du ja auch in Schutz. Du bist widerlich. Und was machst du jetzt wenn sie mit Verstärkung wieder kommen."

„Die kommen nicht mehr. Die sind feige, nur mutig gegen Schwache. Tritt ihnen einer entschlossen entgegen, ziehen sie den Schwanz ein. Und außerdem sind sie schon am Saufen."

Tatsächlich war unten der Lärm größer geworden. Offenbar hatten einige um sich die Wartezeit zu verkürzen den Keller nach Trinkbarem durchwühlt, fanden sicherlich auch genug. Irgendwann hatten sich wohl alle befriedigt und kein Interesse mehr an Weibern, denn die beiden drückten sich nach oben, verkrochen sich in einem Schlafzimmer, heulten und wimmerten. Nach einer Weile schlich ich vorsichtig nach unten, blieb aber auf der untersten Treppenstufe stehen, von wo aus ich das riesige Wohnzimmer überblicken konnte. Sie waren fast alle völlig betrunken, einige lagen schon da und schliefen. Allmählich wurde es ruhiger im Haus, man hörte nur noch ein gleichmäßiges Schnarchen. Ich ging wieder nach oben. Das Dienstmädchen erwartete mich.

„Darf ich zu dir kommen? Ich habe Angst alleine."

Irgendwann verließ eine der Frauen das Schlafzimmer, kam zu uns. Sie hatte sich mittlerweile etwas zurecht gemacht, man sah ihr das Vorgefallene höchstens an den verweinten Augen an.

„Bilde dir bloß nicht ein, daß du ungestraft davonkommst", geiferte sie, „ich zeige euch alle an und du hängst mit drin, auch wenn du nicht mitgemacht hast. Unterlassene Hilfeleistung nennt man das. Das Flittchen da hast du ja schließlich auch beschützt. Und Raub und Hausfriedensbruch kommen sowieso dazu."

Auf dem Nachttisch stand ein Telefon. Ich reichte es ihr.

„Hier, ruf die Polizei an."

„Duze mich gefälligst nicht", herrschte sie mich an.

„Du duzt mich ja auch."

„Das ist ein gewaltiger Unterschied. Mein Mann ist Generaldirektor der Merkur-Bank, der größten Bank in Tarop. Und du bist bloß ein hergelaufener Soldat, ein Strolch !"

Ich blickte sie spöttisch an.

„Und was bist du ?"

„Was soll die Frage ? Ich bin seine Frau, seine Gemahlin."

„Ja, und was tust du anderes außer sein Geld ausgeben ?"

Sie wurde zornig.

„Was soll ich schon tun ? Ich sorge für ihn, verwöhne ihn. Ich bin eine gute Ehefrau."

Ich grinste.

„Mit anderen Worten, du lebst davon, daß du für ihn die Beine breit machst. Und vorhin wollten ein paar Jungs, die wochenlang im Dreck lagen, den gleichen Spaß kostenlos. Du hast keinen Grund dich zu beschweren."

„Da ist ein gewaltiger Unterschied: meine Würde, meine Ehre."

„Rede nicht von Ehre, es gibt ohnehin nur zwei Sorten Weiber, kleine Schlampen und große Schlampen."

Sie blickte mich giftig an.

„Du bist ein verkommener Prolet, das ganze Land wimmelt von verkommenen Proleten, deshalb überrennen uns die Parkhunen ja auch. Eine handvoll ehrbarer Männer hätte sie schon längst hinter den Baron zurückgejagt."

„Und an welcher Front kämpft dein Alter ? Und warum sitzt du hier herum und hilfst nicht als Lazarettschwester ?"

„Das ist nicht unsere Aufgabe. Wir gehören schließlich zur Elite, zur höheren Gesellschaft. Wir haben ein besseres Leben verdient."

„Zu den Ratten, welche den Rest der Welt aussaugen, gehört ihr. Die Ehre der anderen interessiert euch einen Dreck solange die Kasse stimmt. Euch ist es egal, wenn andere hungern und in jämmerlichen Hütten hausen müssen, weil sie für härteste Knochenarbeit von morgens bis abends nicht so viel verdienen, daß sie ihre Familien ernähren können. Und weil das so ist, müssen wir jetzt diesen Scheißkrieg führen."

Sie lachte spöttisch.

„Ohne uns würde die Welt im Chaos versinken."

„Mit euch erst recht ! Mit euch haben wir nichts gemein. Helft euch daher jetzt selbst."

Ich war müde, wollte meine Ruhe. Die Weiber waren giftig, vermutlich sogar rachsüchtig und so schien es mir zu riskant sie über Nacht unbeaufsichtigt zu lassen. Ich rief daher die Jungs, befahl ihnen, die beiden in einen Kellerraum einzuschließen. Sie protestierten erst, gehorchten dann aber widerwillig, nachdem ich ihnen klar gemacht hatte, daß dies auch unserer eigenen Sicherheit diente.

„Wenn das so ist wie du sagst, warum kämpfst du dann ? Was haben die Parkhunen mit den Armen in der Welt zu tun. Deren Regierung besteht doch nur aus Verbrechern", sagte Schmitt als er wieder nach oben kam.

„Das mag sein", entgegnete ich, „du bist noch jung, weißt wahrscheinlich gar nicht, welche erbärmlichen Zustände dort früher herrschten. Und nur das Elend der Massen bewirkte die Revolution, die sie an die Macht gebracht hat. Mag sein, daß sie Verbrecher sind, aber nun sind sie angetreten, die Welt vom Übel des Kapitalismus zu befreien. Und sie finden von überall her Zulauf, weil unsere ,Elite' nichts dazulernen wollte und in ihrer Raffgier die anderen von Jahr zu Jahr schlimmer ausgesaugt hat. Die Unsrigen sind nicht die einzigen, die Herrschenden in Bargusien, Rolatien oder Itrakien sind nicht besser, teilweise noch schlimmer, aber wir haben das Pech an der Nahtstelle zu leben und müssen nun als erste die Scheiße ausbaden. So ist das. Ich kämpfe für die Anständigen in unserem Land. Deswegen habe ich auch die Kleine da drüben beschützt. Die ,Elite' geht mich nichts an."

Dann legten wir uns schlafen.

Am nächsten Morgen ließ ich die beiden frei. Sie schrien und schimpften. Dann weckte ich das Dienstmädchen. Zu viert verließen wir das Haus, marschierten nach Süden, stießen nach zwei Stunden auf eigene Truppen.

Die Marodeure hatten noch geschlafen. Unterwegs stieß mich Kramer an.

„Vielleicht hätten wir das anders machen sollen. Die Weiber werden sich jetzt an ihnen rächen."

„Das ist nicht unsere Sache und außerdem haben sie nichts Besseres verdient."

„Du bist hart und grausam."

„Nicht ich, sondern die Welt ist es."

3. November

Es war vorauszusehen, daß wir Tarop nicht halten konnten. Die reichliche Bewaffnung täuschte die ersten zwei oder drei Tage der Schlacht darüber hinweg, daß die Moral der Truppe schon einen Tiefststand erreicht hatte. Solange Artillerie und Luftwaffe noch Überlegenheit demonstrieren konnten, war die Stimmung noch einigermaßen gut. Aber auch deren Höllenfeuer konnte nicht verhindern, daß für jeden gefallenen Parkhunen drei neue Soldaten nachrückten. Deren Führung wollte die Entscheidung, um jeden Preis. Es heißt, in den letzten sechs Tagen seien etwa zweihundertfünfzigtausend Parkhunen getötet und mindestens die dreifache Zahl verwundet worden, davon mehr als zwei Drittel in den ersten Tagen der Schlacht. Insgesamt sollen sie mit etwas mehr als zwei Millionen Mann angetreten sein. Unter diesen Umständen ist es zu verstehen, daß sie trotz der horrenden Verluste immer näher an unsere Stellungen heranrückten und als es zu direkten Berührungen kam, brach unser Widerstand rasch zusammen. Gestern hielten noch etwa zehn Bataillone die Stadt, der überwiegende Rest der ursprünglich etwa dreihundert Bataillone war nicht etwa im Kampf gefallen, sondern geflohen; es heißt, unzählige seien auf der Flucht abgeknallt worden wie Hasen.

Wir, die Standhaften, hatten um jedes Haus, ja um jedes Zimmer gekämpft, doch die Übermacht war erdrückend. Wir schafften es noch bis zum Einbruch der Dunkelheit durchzuhalten. Glücklicherweise herrschen Neumond und trübes Wetter. So flauten die Kämpfe im Laufe der Nacht etwas ab, was uns die Gelegenheit gab, uns durch

152

die Trümmerwüste nach Südwesten hin durchzuschlagen. Allzu viele haben es nicht aber geschafft, ein paar hundert vielleicht. Wir haben keinerlei Verbindung mit unseren Truppen und so bleibt uns nichts anderes übrig als uns zum Toron zurückzuziehen.

Heute herrschte weitgehend Ruhe, wahrscheinlich haben die Parkhunen erst einmal ihren Geländegewinn gesichert, müssen sich auch nach ihren schweren Verlusten neu formieren. Das gibt uns für vielleicht ein oder zwei Tage etwas Luft. Wir haben fast das Odingebirge erreicht, sind noch etwa fünfzig Kilometer vom Toron entfernt. Bleibt es auch morgen einigermaßen ruhig, werden wir ihn wohl bis zum Abend erreichen. Wir werden die Dunkelheit nutzen, da einzelne Personen aus der Luft auch mit Nachtsichtgeräten schwer erkennbar sind. Und Fahrzeuge haben wir nicht. Noch tragen die meisten Bäume ihr Laub, so daß wir in den Gebirgswäldern bessere Deckung finden werden.

7. November

Noch einmal war es gelungen mit schweren Luftschlägen den Vormarsch der Parkhunen aufzuhalten. Aber unsere Kräfte erlahmen und so setzt der Feind jetzt seine Angriffe fort. Wir haben den Toron erreicht, waren unterwegs nur in einige kleinere Gefechte mit feindlichen Fernaufklärern verwickelt. Am Ufer waren bereits mehrere zehntausend Flüchtlinge versammelt. Stündlich kommen neue hinzu. Die bargusische Regierung hat die Genehmigung erteilt die Flüchtlinge über den Fluß zu bringen, sogar Boote bereitgestellt. Sie sehen das als größte Gunst an, die wir eigentlich angesichts Jahrhunderte langer Feindschaft gar nicht verdient hätten. Das sei das äußerste, was sie angesichts ihrer noch bestehenden Neutralität tun könne, betonte sie dabei. Vermutlich ist das aber mit der parkhunischen Regierung abgesprochen. Und zu meinem Erstaunen haben es unsere Offiziere mit Hilfe der aus Tarop evakuierten Truppen innerhalb kürzester Zeit geschafft, die Transporte zu organisieren. Tatsächlich waren zahlreiche tatkräftige Männer darunter, denen es gelang, aus den heranströmenden Soldaten neue Einheiten zu formieren und an die Front zurückzuschicken. Ein paar Dutzend, vorwiegend ältere, darunter auch ich, wurden zurückbehalten um die Transporte durchzuführen. Wir sind pausenlos im Einsatz.

Über den Kriegsverlauf gibt es nur unklare Meldungen. Es heißt, im Norden seien mächtige Verbände aus Itrakien gelandet und man bereite den Gegenschlag vor. Aus dem Süden, der im Osten größtenteils an das nicht in den Krieg verwickelte Ulanistan grenzt, sind die meisten dort stationierten Verbände zur Mittelfront abgezogen und mittlerweile aufgerieben worden, so daß von hier aus den Parkhunen gegenwärtig keine Gefahr droht. Es wird daher damit gerechnet, daß sie bis zum Toron vordringen werden und nach Sicherung der Südflanke sich auf die bevorstehenden Kämpfe im Norden konzentrieren werden. Es heißt aber, die Parkhunen seien dabei, das Odingebirge östlich zu umgehen um bei Pirast, etwa vierzig Kilometer südlich von hier den Toron zu erreichen, was bereits für morgen oder übermorgen zu erwarten ist. Die Flüchtlinge können daher nicht nach Süden ausweichen und so bleibt die Überquerung des Torons der einzige Rettungsweg.

10. November

In den letzten Tagen haben wir wohl an die fünfzigtausend Flüchtlinge über den Fluß gebracht, doch täglich werden es mehr. Sie berichten von gräßlichen Massakern an der Zivilbevölkerung nach dem Fall Tarops. Das hat die Menschen aufgeschreckt.
Nicht nur bei Pirast, sondern auch bei Morenia, zwanzig Kilometer nördlich von hier haben sie mittlerweile den Toron erreicht. Wir befinden uns nun in einem Kessel, den sie langsam aber sicher zuziehen.
Die Fahrten werden immer gefährlicher; waren es anfangs nur einzelne Tieflieger, die uns zu schaffen machten, so liegen wir jetzt schon in Reichweite ihrer Artillerie. Aber wenn wir schon nichts tun können um die Parkhunen aufzuhalten, so müssen wir doch mög-

154

lichst viele vor ihrem Zugriff retten. Bei der letzten Fahrt gerieten wir bereits in heftiges Feuer.

„Das werden wohl die letzten sein", dachte ich.

Doch dann fiel mir kurz nach dem Ablegen als ich mich noch einmal umdrehte eine blonde Frau in der Menge auf.

„Carola!" schoß es mir durch den Kopf.

Sie war meine Jugendliebe, die ich nie vergessen konnte. Ich hatte sie wohl mehr als fünfundzwanzig Jahre nicht mehr gesehen. Und nun glaubte ich sie in der Menge erkannt zu haben. Hier und unter diesen Umständen, am Rande des Verderbens und doch konnte ich sie retten. Vielleicht täuschte ich mich bloß, sehr wahrscheinlich sogar. Aber es ließ mir keine Ruhe. Nur mit Mühe konnte ich das Boot steuern. Endlich legte ich an.

„Du kannst da nicht mehr rüber", warnte Kramer, „die Parkhunen sind nur noch wenige hundert Meter vom Ufer entfernt.

„Ich muß aber ! Schafft die Leute raus und füllt Sprit nach."

Hastig schreibe ich währenddessen meine Notizen nieder, gebe dann, bevor ich ins Boot steige, Kramer mein Büchlein.

„Hebe es auf, für wen auch immer."

11. November

Inzwischen lagen das Ostufer und der Fluß unter Dauerbeschuß, das bargusische Ufer verschonten sie aber. Trotzdem gelangte ich glücklich an. Die Menschen drängten nach dem Boot und ich suchte nach Carola, konnte aber die blonde Frau nirgends entdecken. Ich stieß und schubste die Menge auseinander, drohte mit der Waffe, schrie wie ein Wahnsinniger so laut ich konnte „Carola". Sie zeigte sich nicht. Ein stechender Schmerz riß mich aus meiner Trance. Feindliche Soldaten hatten mittlerweile das Steilufer erreicht, schossen auf uns.

„Schnell ins Boot", rief ich.

Die Menge drängte, aber ich konnte nur etwa dreißig mitnehmen. Dann stieß ich ab. Geschosse pfiffen über uns hinweg. Doch ich kam glücklich fast über den Strom. Wir waren schon in Ufernähe, als ich

155

eine Granate heranheulen hörte. Sie schlug unweit neben uns im Wasser auf. Eine Welle erfaßte das Boot, schleuderte es hoch; es kenterte. Irgend etwas mußte mir dabei an den Kopf geschleudert sein, denn ich verlor das Bewußtsein.

Stunden später erwachte ich auf einer Decke in einem Zelt. Kramer beugte sich über mich.

„Glück gehabt, alter Junge, beinahe wärst du ersoffen."

Begegnung mit Ariovist

Europa trauert – Europa atmet auf. Die Kommentare unterschieden sich ebenso wie die politischen Lager, die urteilten. Aus ihrer Sicht hatten im Grunde beide recht: einerseits war er ohne Zweifel ein bedeutender Herrscher gewesen, dessen Leistungen niemand in Abrede stellen kann, andererseits hatte er seine eigenen dunklen und freudlosen Wesenszüge soweit auf das Suebische Reich und die ‚befreundeten‘ Staaten übertragen, daß den Völkern jede Lebensfreude genommen wurde und sein Tod als Morgenröte erschien. Die sachlichste Meldung kam aus dem Reich selbst: Am 18. August im Jahre 2... verstarb im Alter von 65 Jahren unser großer Herrscher Ariovist. Bis zum letzten Atemzug erfüllte er treu und gewissenhaft seine Pflicht im Dienste des Vaterlandes. Mehr nicht, keine Kommentare, keine Nachrufe, auch kein Rückblick über Leben und Werk wie sonst üblich. Selbst die Trauerfeier, die immerhin im Fernsehen übertragen wurde, blieb in bescheidenstem Rahmen. Entgegen den allgemeinen Erwartungen gab es keinen pompösen Staatsakt mit den Oberhäuptern der ‚befreundeten‘ Staaten und Vertretern sonstiger Länder, mit denen das Reich politisch und wirtschaftlich verbunden war, sondern lediglich eine bescheidene Beerdigung, an der nur die Mitglieder des ‚Nationalen Rates‘ und eine Formation des Elitekorps teilnahmen und die zudem mit einem Eklat endete. Viele werden sich sicher noch an das Entsetzen der anwesenden Trauergäste erinnern, als nach der Nationalhymne ein alter Rocksong erklang – Stairway to Heaven. Ich mußte damals lächeln, vielleicht, weil ich es im Grunde nicht anders erwartet hatte. Die öffentliche Meinung sah das anders, wochenlange kontroverse Diskussionen in Presse, Rundfunk und Fernsehen folgten. Heute, fünf Jahre später, werden diese Ereignisse als Beginn der Liberalisierung gewertet, und man spekuliert, ob er das so beabsichtigt hatte. Ich glaube es nicht.

Ein einfacher Steinblock ziert Ariovists Grab auf dem Zentralfried-
hof für die im ‚Großen Krieg zur Wiederherstellung der nationalen
Würde' gefallenen Angehörigen des Elitekorps, dessen Kommandeur
er bis zuletzt gewesen war. Diese Schlichtheit entsprach seinem Na-
turell. Schon zu Lebzeiten hatte er verboten, Straßen, Plätze oder öffentliche Gebäude nach ihm zu benennen oder gar Monumente zu
seinen Ehren aufzustellen, wie es andere Diktatoren tun. Ja, seine
Ablehnung des Personenkults ging sogar so weit, daß nicht einmal
Porträts von ihm öffentlich aufgehängt werden durften.
„Die größte Ehrerbietung, die mir das Volk entgegenbringen kann, ist
die Pflichterfüllung", war einer seiner Wahlsprüche.
Und das waren nicht einfach pathetische Worte.
„Denkmäler können nur gestürzt werden, wenn sie vorher errichtet
worden sind", äußerte er sich in einem Interview kurz vor seinem
Tod, einem der wenigen, die er überhaupt gab.
Er wußte vermutlich genau, daß sein Herrschaftssystem seinen Tod
nicht lange überleben würde.

Die zwanzig Jahre seiner Herrschaft waren eine freudlose Zeit. Es
kann zwar nicht geleugnet werden, daß große Leistungen erbracht
wurden: der Wiederaufbau der durch den Krieg zerstörten Länder,
die Versöhnung der Völker, obwohl nach den Monaten des Mordens
und Terrors jahrhundertelanger Haß vorgezeichnet schien, die konse-
quente und großzügige Förderung von Wissenschaft und Technik, die
dem Suebischen Reich und den ‚befreundeten' Staaten einen überlegenen Spitzenplatz unter den Industrienationen einbrachten und die
Grundlage unseres Wohlstands bildet, sowie nicht zuletzt die Abwehr
des verderblichen Amerikanismus und damit die Erhaltung der
christlich - abendländischen Kultur, Sitte und Moral zumindest im
mittleren und östlichen Teil Europas. Dagegen steht die Vergötterung
von Arbeit und Pflichterfüllung, die lediglich den Mangel an
Visionen verdecken sollte. Denn Ariovist war kein Ideologe, er besaß
kein Sendungsbewußtsein, wollte keine neue Gesellschaft, keinen
neuen Menschen schaffen, er war lediglich der Herrscher, dessen
Willen sich alle zu unterwerfen hatten. Der Umbruch nach seinem

Tod erfolgte sehr schnell, er wurde oft mit dem in Iberien nach Pizarros Ableben verglichen. Ich brauche auf die Einzelheiten wohl nicht einzugehen.

Wenn Arbeit und Pflichterfüllung vergöttert werden, sind Vergnügungen verpönt. Ariovists düsterer Trübsinn in allen menschlichen Dingen legte sich allmählich wie ein Schleier über die Völker. Das Fernsehen beschränkte sich im wesentlichen auf ‚Kultursendungen', wie sie genannt wurden: das waren Opern, Konzertübertragungen, Theateraufführungen, natürlich ausschließlich klassische Stücke, Sportsendungen, sogenannte Wissensspiele und Filme, die patriotische Pflichterfüllung und, natürlich, die Arbeit verherrlichten. Shows, Komödien, lustige Spielfilme oder humorvolle Sendungen sah man nie. Die Radioprogramme sahen ähnlich aus. Schlager hörte man natürlich nicht. Tanzlokale, Diskotheken oder Spielsalons gab es nicht, Spontaneität und Lebensfreude galten als Untugend. Ja, selbst die Liebe galt als Zeitverschwendung sofern sie nicht der Zeugung des Nachwuchses diente. Feiern gab es, außer an den Nationalfeiertagen, nur zu offiziellen Anlässen, etwa bei der Einweihung neuer Autobahnen, Schnellbahnlinien und so weiter oder der Landung des ersten bemannten Raumschiffs auf dem Mars.

„Die Völker Europas freuen sich über die neuerliche geniale Leistung, die unter der Führung Ariovists erbracht wurde – der 'Erste des Volkes', dies war sein offizieller Titel, ist zufrieden", hieß es dann in den offiziellen Kommentaren. Die Wortwahl war nicht zufällig, ‚der Erste des Volkes war zufrieden', aber er freute sich nie. Bei seinen öffentlichen Auftritten zeigte er immer ein ernstes, fast steinernes Gesicht, nie lachte oder lächelte er.

Zahlreiche Historiker, Psychologen, Philosophen und wie sie alle heißen mögen, haben sich in den letzten fünf Jahren, vor seinem Tod war das strengstens verboten, mit seiner Persönlichkeit auseinandergesetzt; ich brauche die Werke nicht aufzuzählen. Auch wenn zahlreiche Interpretationsunterschiede bestehen, so ist doch allen gemeinsam die Einschätzung als einen gefühllosen, kalten, aller menschlichen Regungen abholden Technokraten, unfähig, sich zu freuen, zu lieben oder Verständnis für andere aufzubringen, eines Einzelgän-

159

gers, der zur Macht strebte, sich der Arbeit und dem technischen Fortschritt verschrieb, um sein armseliges, freudloses Dahinvegetieren zu rechtfertigen. Das heißt, zusammengefaßt, alle zeichnen ein negatives Bild von ihm.

Ich will mich in diese Diskussionen nicht einmischen, ich bin schließlich nur eine einfache ältere Frau, aber ich weiß, daß es jenseits der Bitterkeit einen anderen Ariovist gab, einen Menschen, der sich freuen, lächeln und sogar lieben konnte. Und obwohl ich glaube, daß all diese studierten Stubengelehrten über mich lachen werden, will ich dennoch meine Geschichte, die Ariovists anderes Gesicht zeigt, niederschreiben, und sei es nur als Bericht für spätere Generationen, die vermutlich weniger emotional betroffen urteilen werden.

Mein Bericht konzentriert sich im wesentlichen auf die Zeit kurz vor, beziehungsweise während des ‚Großen Krieges zur Wiederherstellung der nationalen Würde‘, wie er noch heute im Suebischen Reich und in den ‚befreundeten‘ Staaten genannt wird, und die Terrormonate im Anschluß daran, weil ich nur aus den Erlebnissen in dieser Zeit urteilen kann. Frühere oder spätere Ereignisse werden nur kurz gestreift, sofern sie nicht zur Abrundung beitragen.

Ich wurde als Maria Suwora in einer kleinen, skirischen Stadt nahe Krastaad geboren, besuchte die Grund- und dann die Mittelschule und erlernte den Beruf einer Kindergärtnerin, der mir in den ersten Jahren ein unter den gegebenen Verhältnissen ausreichendes Einkommen gewährte. Nach dem Zusammenbruch des ‚alten Regimes‘ in Skirien und der darauffolgenden wirtschaftlichen Veränderung reichte mein Gehalt kaum noch zum Leben. An Kleider, Schuhe, Schmuck, Kosmetika, Tanzveranstaltungen oder auch Kinobesuche, kurz, an alles, was einer jungen Frau Spaß und Freude macht, war nicht zu denken. Bei der Beerdigung eines Onkels traf ich nach vielen Jahren meinen Vetter Marek wieder. Marek hatte in Suebien bei einer Gebäudereinigungsfirma Arbeit gefunden und erzählte mir begeistert davon. Die Arbeit sei nicht besonders schwer, sagte er, die Bezahlung zwar nach den dortigen Verhältnissen auch nicht besonders hoch, aber man könne sich dennoch wesentlich mehr leisten als man es je hier könnte. Außerdem braucht man keine großen Sprachkenntnisse. Da sein Bericht mein Interesse fand, bot er mir seine Unterstützung an.

„Du mußt die aber rasch entscheiden, auch in Suebien wird die Wirtschaftslage immer schlechter und man kann nicht wissen, wie lange sie noch Ausländer nehmen", riet er mir.

Ich zögerte nicht, zwei Wochen später reiste ich nach Monemfurt. Die Arbeit als Putzfrau war sicherlich kein Traumjob, aber von dem verdienten Geld konnte ich mir vieles leisten, was in Skirien unerschwinglich war. Irgendwann lernte ich Dragan kennen, einen Freund Mareks. Er war Dalmatier. Wir verliebten uns ineinander, zogen zusammen, verlobten uns. Doch schon bald zeigte sich sein Hang zur Eifersucht. Er wollte mich heiraten, aber ich zögerte. Ich dachte an Trennung. Ebenfalls Sorgen machten mir die Nachrichten von zuhause, mein Vater war ernsthaft erkrankt. Auch jene seltsame, mich verwirrende Begegnung mit einem merkwürdigen Mann im „Zentralinstitut für Nuklearforschung", wo ich meistens arbeitete, fiel in jene Zeit. Bei all diesen Problemen bemerkte ich nicht die dunklen Wolken, die sich im Schatten des Krieges auf dem Balkan, der mir in weiter Ferne erschien, zusammenbrauten.

Ende März jenes bösen Jahres telegraphierte mir meine Mutter, daß es Vater sehr schlecht gehe und mit seinem baldigen Tod zu rechnen sei. Ich nahm Urlaub und reiste sofort nach Skirien. Drei Tage später starb Vater. Eigentlich wollte ich nach der Beerdigung nur noch drei Wochen bei Mutter bleiben und dann nach Suebien zurückkehren, doch alles kam anders. Mitte April tauchte wie aus dem Nichts plötzlich eine „Suebische Befreiungsarmee" auf, die sich angeblich im Schatten des Krieges auf dem Balkan gebildet hatte, und begann nach Norden vorzustoßen. Rasch durchquerte sie Rugien, Raukien und fiel in unser Land ein. Nichts konnte diese disziplinierten, eisernen Soldaten mit ihren überlegenen Waffen aufhalten. Innerhalb von sechs oder sieben Tagen überrannten sie ganz Skirien, dann schwenkten sie nach Westen, ihrem eigentlichen Ziel entgegen – dem Suebischen Reich.

161

Die Männer einer Eliteeinheit, sie trugen graue Uniformen, hinterließen bei der Bevölkerung einen guten Eindruck als sie unser Städtchen durchquerten. Sie winkten uns zu, einige riefen Scherzworte. Da sich keine skirischen Truppen in der Nähe befanden, gab es auch keine Kämpfe, nichts wurde zerstört. Der kommandierende Offizier suchte kurz den Bürgermeister auf, übergab ihm einen gedruckten Befehl mit Anweisungen, wie wir uns zu verhalten hätten und verabschiedete sich mit den Worten:

„Bleiben Sie gelassen, Sie haben nichts zu befürchten."

Tatsächlich schien sich das Leben wieder rasch zu normalisieren. Wir ahnten daher auch nichts Schlimmes, als zwei Wochen später erneut Soldaten in unser Städtchen kamen – sie trugen allerdings olivgrüne Uniformen. Schnell stellten wir fest, daß dies nicht der einzige Unterschied zu den Elitesoldaten war. Sie drangen in unsere Häuser ein, raubten, zerstörten, schlugen willkürlich Männer, Frauen, Kinder und vergewaltigten. Wer sich ihnen widersetzte wurde, oft bestialisch, ermordet. Ich bemerkte, daß außer ihren Offizieren nur sehr wenige suebisch sprachen. Offenbar hatten sie alles Gesindel Europas und Vorderasiens angeheuert, um die Schmutzarbeit zu erledigen, zu der ihre Elitesoldaten zu schade waren. Am nächsten Morgen trieben sie alle jungen und arbeitsfähigen Männer und Frauen zusammen und verschleppten uns in ein Lager nach Norden, wo wir zum Bau einer Straße – es war die Autobahn von Stellberg nach Darun, wie ich später erfuhr – eingesetzt wurden. Die Arbeit war hart und es gab wenig zu essen. Es gab kaum sauberes Wasser, keine medizinische Versorgung; viele starben. Glücklicherweise hörten die Vergewaltigungen auf, die Wachen dort hatten ihre eigenen Mädchen und kein Interesse an uns hart arbeitenden, erschöpften und ausgemergelten Frauen. Nach einigen Wochen, es war mittlerweile Ende Juli, regte sich unser Widerstand, es kam zum Streik. Sie hörten sich unsere Forderungen nicht einmal an, sondern schossen rücksichtslos in die Menge. Die Überlebenden wurden nach Süden in ein anderes Lager verschleppt.

„Willkommen in der Hölle", begrüßten uns die dort bereits anwesenden.

Sie hatten recht. Man ließ uns sinnlose, schwere Arbeit verrichten – Gräben ausheben und anschließend wieder zuschütten, zum Beispiel – nur um uns zu quälen. Bei jeder Unachtsamkeit oder ‚Regelverstoß' gab es Peitschenhiebe. Auch ich blieb nicht davon verschont. Zu essen gab es noch weniger als zuvor, und von unseren mageren Rationen nahmen uns die Wachen oftmals einen Teil ab. Unser Quartier bestand aus halbverfallenen Baracken, in die der Regen eindrang. Glücklicherweise war es noch warm, aber wir dachten mit Bangen an den herannahenden Herbst. Und dann setzten die Vergewaltigungen wieder ein; jede Nacht holten die Wachmannschaften Frauen aus dem Quartier, um sie zu mißbrauchen, oft bis zu zehnmal hintereinander. Anfangs blieb ich verschont, weil ich wie durch ein Wunder meine Regel bekommen hatte. Dann schützte mich einige Tage Agatha. Sie war krebskrank.

„Mir macht es nichts aus, ich sterbe sowieso bald", sagte sie und bot sich an, wenn sie mich holen wollten.

Beim ersten Mal war es noch einfach, aber schon bald mußte sie alle Überredungskünste aufbieten – die Soldateska verlangte nach frischem Fleisch. Schließlich holten sie mich doch ab. Sie zerrten mich gerade in Richtung des Mannschaftsquartiers als plötzlich zwei Höhergestellte – es waren Sueben – erschienen.

„Die da ist für den Kommandeur !"

Widerwillig gaben mich die Soldaten frei. Der Kommandeur, er hieß Woschinski, begrüßte mich mit den Worten:

„Da ist ja unsere Schöne !"

Er riß mir die Kleider vom Leib und vergewaltigte mich, kaum daß die beiden anderen das Zimmer verlassen hatten.

„Die da ist nur für mich. Jeder andere, der sie anrührt, wird erschossen. Ist das klar ?" brüllte er den Wachen zu, als sie mich wieder abholten.

Ich warf mich auf mein Lager und weinte bitter. Mir war schlecht, elend; ich zitterte am ganzen Körper vor Wut, Scham und wegen der Erniedrigung. Ich bat Gott, mich sterben zu lassen. Agatha versuchte mich zu trösten.

„Du hast Glück gehabt. Für den Kommandeur reserviert zu sein ist besser als wenn zehn dieser Schweine über dich herfallen", sagte sie.

„Einmal ist genauso schlimm wie zehnmal", erwiderte ich.

„Du dummes Kind", entgegnete sie nur.

Der Gang zum Kommandeur wurde für mich zur Prozedur, etwa vierzehn Tage lang. Eines abends, als der Kommandeur wieder einmal sein Geschäft an mir erledigt hatte und er die Wache rief, erschien Dindo.

„Die anderen mußten schnell weg, es wollte einer fliehen, Herr General", meldete er.

Dem Kommandeur schien die ganze Sache nicht recht zu sein.

„Dann bringen Sie sie halt zurück", knurrte er mürrisch.

Dindo – seinen richtigen Namen habe ich nie erfahren – war einer der Oberaufseher und eine Ausnahme unter den Wachen, wie man erzählte. Ich hatte schon einiges über ihn gehört, ihn aber noch nie gesehen. Er war Angehöriger der Elitetruppen gewesen und hatte bei den Kämpfen einen Arm verloren, sich jedoch wenige Wochen später wieder zum Dienst gemeldet. Warum er ausgerechnet zu den Lagerwachen kam blieb uns ein Rätsel. Er trug auch noch seine graue Uniform. Dindo war streng, aber gerecht. Er machte keinen Hehl aus seiner Verachtung gegenüber dem anderen Gesindel. Wenn er Dienst hatte, schützte er die Frauen vor Übergriffen und sorgte dafür, daß man uns nicht auch noch einen Teil unseres Essens wegnahm. Er war bei den übrigen Wachen verhaßt und abends in den Quartieren wurde oft darüber spekuliert, aus welchem Grund er hier war. Es gab die wildesten Gerüchte, Sicheres wußte aber niemand. Die letzten drei Wochen hatte er im Lazarett verbracht, wie man erzählte.

Dindo führte mich in Richtung Quartier. Plötzlich jedoch gebot er mir, nach rechts in einen schmalen Gang abzubiegen.

„Der Weg ins Quartier geht aber geradeaus", wandte ich schüchtern ein.

„Das weiß ich besser", sagte er streng.

„Will er mich jetzt auch noch vergewaltigen?" dachte ich.

Mir war aufgefallen, daß er mich schon seit dem Eintreten in das Kommandeurszimmer so merkwürdig angesehen hatte. Unser Weg führte in einen hell erleuchteten Gang. Er gebot mir stehen zu bleiben und betrachtete mich ganz genau. Mehrmals schritt er um mich herum.

„Wie heißt du ?" fragte er mich schließlich, und seine Stimme klang gar nicht so unfreundlich.

„Maria Suwora", antwortete ich.

Dindo zuckte zusammen.

„Und wo waren Sie als der Krieg ausbrach ?"

„In Skirien."

„Warum ?"

„Mein Vater war gestorben."

„Scheiße !" stieß er hervor, er schien ziemlich erregt.

Ich erschrak. Dann gebot er mir kehrt zu machen und brachte mich ins Quartier zurück.

„Was hat das alles zu bedeuten ?" dachte ich, als ich auf meiner Matratze lag; er kannte doch offensichtlich meinen Namen, sonst wäre er ja nicht zusammengezuckt. Woher aber ? Und, hatte ich mich nur verhört oder hatte er mich tatsächlich hinterher mit ‚Sie' angeredet ? Warum wollte er wissen, wo ich bei Kriegsbeginn gewesen war ? Warum hatte er ‚Scheiße' gesagt ? Weil mein Vater gestorben war ? Weil ich in Skirien gewesen war ? Ich fand keine Antwort. Einige Zeit später wurde Agatha zurückgebracht. Ich erzählte ihr den Vorfall, aber auch sie schüttelte nur den Kopf:

„Ich kann mir das auch nicht erklären."

Ich dachte noch lange darüber nach, schließlich schlief ich ein.

Am nächsten Morgen erwachte ich früher als sonst. Es herrschte Unruhe im Raum.

„Da ist etwas im Gange," riefen einige, „es wurde heute nacht geschossen."

„Wahrscheinlich wollten einige fliehen."

„Nein, nein, das kann nicht sein, sonst hätten sie die übliche Razzia gemacht."

Das Wecksignal ertönte, wir begannen uns für den Tag fertigzumachen. Kurze Zeit später traten zwei Wachen, wie wir meinten, in den Raum. Alle wunderten sich: sie trugen die Uniformen der Elitetruppen, graue, keine olivgrünen. Niemand von uns hatte die beiden je vorher im Lager gesehen. Es waren ein Feldwebel und ein Leutnant, wie ich später erfuhr.

„Alle Frauen in einer Linie aufstellen", kommandierte der Feldwebel.

Wir gehorchten. Der Leutnant schritt die Linie ab und blieb vor mir stehen.

„Frau Suwora, kommen Sie bitte mit", sagte er freundlich.

Ich erstarrte.

„Frau Suwora, kommen Sie bitte mit", wiederholte er, noch einen Ton freundlicher.

Er lächelte sogar. Es war nicht die Aufforderung selbst, die mich erstarren ließ, das war ich gewohnt, es war vielmehr die Wahl der Worte und der Ton, in dem sie ausgesprochen wurden.

„Frau – Suwora - kommen - Sie - bitte - mit."

‚Frau Suwora', ‚Sie', ‚bitte' - wie lange hatte ich diese Worte schon nicht mehr gehört ! Was bedeutete das ? Was wollten die beiden Männer in der Uniform der Elitetruppen von mir ? Ich dachte an Dindo, an gestern abend, an sein ‚Scheiße'; und hatte er nicht auch ‚Sie' zu mir gesagt, nachdem er meinen Namen gehört hatte. Agathas Stoß in die Rippen brachten mich in die Wirklichkeit zurück.

„Jawohl", sagte ich und folgte den beiden aus dem Raum.

Sie führten mich ins Hauptgebäude. Vor einer Tür mit der Aufschrift ‚Badezimmer' erwartete uns eine junge Frau. Sie reichte mir die Hand:

„Guten Morgen, Frau Suwora. Ich heiße Monika und werde Ihnen behilflich sein", sagte sie, öffnete die Tür und führte mich in den Raum; die beiden Soldaten blieben zurück.

„Was soll ich hier ?" fragte ich sie.

„Baden und sich neu einkleiden; in diesem Aufzug können Sie doch unmöglich zum Kommandeur."

„Ich habe bisher noch nie vorher gebadet."

„Ja, bis gestern war das so, heute ist das anders."

Ich verstand nicht, worauf sie hinauswollte.

„Bitte ziehen Sie sich aus, hier ist die Dusche."

Unschlüssig blickte ich in die Kabine, ich hatte Angst. Wollten sie mich ermorden ? Vielleicht kam gar kein Wasser aus der Düse wenn man den Hahn aufdrehte, sondern Gas; so was hatten sie doch früher schon öfters getan. Monika schien meine Gedanken zu erraten. Sie drehte den Hahn auf.

„Sehen Sie, es ist wirklich nur Wasser."

Ich zögerte weiterhin, vielleicht war Säure darunter gemischt. Mein Mißtrauen hatte sich noch nicht gelegt. Monika seufzte.

„Sie sind aber mißtrauisch !"

Sie entkleidete sich und stellte sich unter die Brause.

„Es ist wirklich nur Wasser", wiederholte sie. Sie betonte das ‚nur' besonders deutlich.

„In Ordnung, ich komme, aber nur, wenn Sie auch darunter bleiben."

„Also gut."

Ich zog meine Kleider aus und stieg in die Duschkabine. Das warme Wasser tat mir gut, obwohl die Wunden von den Peitschenhieben auf meinem Rücken zu schmerzen anfingen.

„Hier nehmen Sie."

Monika reichte mir eine Tube Duschgel. Es war eine der teuersten Sorten, welche es in Suebien zu kaufen gab. Ich hatte mir so etwas bisher noch nie geleistet. Ich nahm nur einen kleinen Tropfen. Monika lachte.

„Sie brauchen nicht zu sparen, wir haben es extra für Sie besorgt."

Nach dem Abtrocknen gab mir Monika ein neues Kleid, Unterwäsche, eine Strumpfhose, Schuhe. Sie föhnte mir die Haare und frisierte mich. Auch an Make-up war gedacht, natürlich die teuersten Sorten. Als ich fertig war, packte sie die Kosmetika in eine lederne Handtasche und reichte sie mir hin.

„Die dürfen Sie behalten."

Auf einem kleinen Tisch in der Ecke stand ein Frühstück für mich bereit.

„Lassen Sie sich ruhig Zeit mit dem Essen, der Kommandeur soll warten", bemerkte Monika lachend.

Der Kommandeur soll warten ! Was trieben sie bloß für ein Spiel ?

Die beiden Soldaten saßen auf einer Bank, rauchten und unterhielten sich als wir das Badezimmer verließen. Als sie mich erblickten, stießen sie beide fast gleichzeitig einen leisen Pfiff aus, so wie Männer hübschen Frauen hinterherpfeifen.

„Ist das wirklich noch die, die wir abgeliefert haben?" fragte der eine scherzhaft.

„Na, und wenn die erst einmal wieder etwas Fleisch auf den Backen hat ... kein Wunder, daß sie wegen ihr so einen Rummel gemacht haben", entgegnete der andere.

Ich verstand nicht, worauf er hinauswollte.

Dann wurden sie wieder dienstlich und führten mich ins Kommandeurszimmer.

„Frau Suwora, Herr Oberst!" meldete der Leutnant.

Ich sah den Kommandeur an – es war nicht Woschinski, sondern ein Mann in grauer Uniform. Er erhob sich von seinem Sitz hinter dem Schreibtisch.

„Sie können jetzt gehen", wies er die beiden an.

Dann wandte er sich zu mir. Er reichte mir die Hand.

„Guten Morgen, Frau Suwora, bitte setzen Sie sich."

Auch er ließ sich auf einem Stuhl nieder. Er wollte etwas sagen, fand aber offenbar nicht die richtigen Worte, wurde nervös, kramte eine Zigarette hervor.

„Erlauben Sie?" fragte er höflich.

Ich nickte. Er zündete die Zigarette an, rauchte, schwieg eine Weile.

„Es tut mir leid, daß wir Ihnen so viele Unannehmlichkeiten bereitet haben", begann er schließlich.

Während des bisherigen Morgens hatte sich in mir, bedingt durch die ungewöhnliche Freundlichkeit und Zuvorkommenheit, die mir unerwartet entgegengebracht wurde, wie auch durch die Ungewißheit über das Spiel, das hier mit mir getrieben wurde und über dessen Ausgang, eine unerträgliche Spannung in mir aufgebaut, die sich nun entlud.

„Unannehmlichkeiten?" schrie ich ihn an, „ich wurde beraubt, verschleppt, geprügelt, ausgepeitscht, vergewaltigt, mußte arbeiten wie ein Pferd, mußte hungern und und und ... und Sie reden von Unannehmlichkeiten als wäre das alles nur eine etwas längere Wartezeit beim Friseur !"

Ich erschrak über meinen Gefühlsausbruch und rechnete damit, sofort wieder in das Elendsquartier zurückgebracht zu werden, doch der Kommandeur blieb freundlich.

„Bitte beruhigen Sie sich wieder, Frau Suwora", sagte er, dann schwieg er wieder eine Weile.

„Sie werden entlassen", sagte er endlich.

Er wollte wohl noch mehr sagen, fürchtete aber, nur einen erneuten Wutausbruch zu provozieren.

„Entlassen wohin ?" fragte ich erregt, „unsere Stadt und unser Haus sind geplündert und zerstört, meine Schwester und meine Mutter verschleppt ! Wo soll ich hingehen ?"

Der Kommandeur blieb beherrscht.

„Nein, so meine ich das nicht; wir bringen sie in ein anderes Quartier, wo Sie sich erholen können. Was geschehen ist, können wir nicht mehr ungeschehen machen, aber wir können Ihnen helfen, die Schrecken zu überwinden. Sie sind noch jung und wenn Sie erst einmal wieder völlig gesund sind ..."

Hier brach er ab. Es war sicher gut gemeint, aber für mich klang all dies ziemlich unverschämt. Ich wollte ihm heftig antworten, schwieg aber dann doch. Möglicherweise hat er recht, dachte ich. Aber wohin wollten sie mich bringen ? In irgendein Vorzeigelager, wo sie der Weltöffentlichkeit vorführten, wie gut sie uns behandelten ? Und vor allem, warum sind sie so freundlich und warum entlassen sie mich ?

Während ich meinen Gedanken nachhing hatte der Kommandeur die beiden Soldaten hereingerufen.

„Die beiden Herren bringen Sie weg", sagte er, „leben Sie wohl und viel Glück für die Zukunft."

„Ich möchte mich noch von meiner Freundin Agatha verabschieden, bat ich.

Keine fünf Minuten später stand Agatha vor mir; ihr fehlten die Worte als sie mich sah. Wir umarmten uns still.

„Ich habe noch eine Bitte, Herr Kommandeur. Agatha hat mich hier immer vor den Wachen beschützt; Sie wissen, was ich meine ? Sie ist sehr krank, sorgen Sie bitte für sie."

Der Kommandeur blickte mich nachdenklich an.

„Ich verspreche es. Sie können sich auf mich verlassen."

Und er hielt Wort, aber davon später.

Der Leutnant und der Feldwebel führten mich zu einem geräumigen Auto. Wir fuhren in Richtung Nordosten davon. Im Laufe der Zeit wurden beide gesprächig. Sie fragten mich nach meiner Zeit in Suebien, nach meiner Arbeit, meinen Freunden und erzählten ihrerseits auch aus ihrem Leben. Ich versuchte herauszubekommen, was eigentlich geschehen und wieso ich entlassen worden war, noch dazu mit diesem Aufwand, aber meine Mühe war vergeblich. Sie wußten nichts oder wollten nichts sagen.

Gegen Mittag bogen sie von der Hauptstraße ab und fuhren in einen Waldweg hinein.

„Wollt ihr mich jetzt auch vergewaltigen ?" fragte ich halb belustigt als der Wagen anhielt.

„Um Gottes Willen", rief der Feldwebel, „wir wollen doch nicht erschossen werden wie Woschinski !"

„Woschinski wurde erschossen ?"

„Ja, weil er Sie vergewaltigt hat. Befehl von ganz oben."

„Wieso denn ?"

Der Feldwebel wollte etwas antworten, aber der Leutnant gebot ihm zu schweigen.

„Sie haben ohnehin schon mehr erfahren als Sie wissen sollten."

Die beiden Soldaten packten die mitgebrachten Speisen aus und wir begannen zu essen. Dann fuhren wir weiter.

Endlich zeigte der Leutnant nach vorn auf ein großes Haus, das mitten in einem wunderschönen Park lag.

„Wir sind am Ziel, das ist das Hotel ‚Tannenwald' oder wie immer es heißen mag."

Wir passierten den Posten am Eingang des Parks und fuhren zu dem Gebäude. Meine beiden Begleiter brachten mich zu einer Art Pförtnerloge, die mit einer älteren Frau besetzt war.

„Das ist die Neue, eine Frau Maria Suwora, alles andere steht in diesem Brief", erklärte der Leutnant und reichte der Frau das Schreiben. „Wir melden uns dann ab; auf Wiedersehen; leben Sie wohl, Frau Suwora."

Sie liefen zum Auto, stiegen ein und fuhren davon.

Ich war allein. Die Anwesenheit der beiden hatte mir die ganze Zeit über Sicherheit gegeben, doch nun waren sie weg. Ich schaute mich ängstlich um. Einige Soldaten mit Maschinenpistolen standen in der Eingangshalle herum.

„Gott sei Dank, sie haben graue Uniformen", murmelte ich halblaut vor mich hin.

„Heute morgen waren sie noch olivgrün", entgegnete ein älterer Herr, der in der Nähe an einem Tisch saß und Zeitung las.

Ich kam leider nicht dazu, seine Bekanntschaft zu machen, denn die Empfangsdame wies mich an, ihr zu folgen.

„Ich zeige Ihnen Ihr Zimmer."

Das Zimmer lag im ersten Stock; es erwies sich als geräumig, ausgestattet mit Dusche und WC. Die Frau öffnete eine Schranktür.

„Hier bitte, wir haben für Sie schon einige Kleidung gekauft. Was Sie sonst noch brauchen, können Sie sich ja in den nächsten Tagen besorgen. Aber kommen Sie jetzt bitte mit zum Arzt. Er erwartet Sie bereits."

Der Arzt untersuchte mich gründlich.

„Die Wunden auf Ihrem Rücken sind nicht besonders schlimm, bei guter Pflege sind sie in zwei bis drei Wochen verheilt. Ansonsten sind Sie fast gesund, aber ziemlich unterernährt. Ich bin nicht ganz sicher, ob Sie nach der langen Hungerzeit normales Essen vertragen. Sie sollten in den nächsten Tagen noch Schonkost nehmen. Schwanger sind Sie glücklicherweise auch nicht."

Ich durfte zurück auf mein Zimmer. Ich legte mich auf mein Bett – wie schön weich es war – und schlief gleich ein. Doch die Ruhe währte nicht lange. Gegen halb sieben wurde ich zum Abendessen geweckt. Noch etwas verschlafen betrat ich den Speisesaal, wo mir ein Platz zugewiesen wurde. Mein rechter Tischnachbar erwies sich als der ältere Herr aus der Eingangshalle. Er nickte mir freundlich zu.

„Ich heiße Jan Solbich."

171

„Und ich heiße Maria Suwora."

„Sie sind also die Neue."

Er schwieg eine Weile während er aß. Ich nahm derweil etwas von der Schonkost, die man mir hingestellt hatte, zu mir.

„Welche Funktion hatten Sie eigentlich vor dem Krieg ?" fragte er schließlich.

„Ich war Putzfrau in Suebien."

„Und wo ?"

„Hauptsächlich im ‚Zentralinstitut für Nuklearforschung' in Monemfurt."

„Aha, Sie haben also Nachrichten besorgt !"

„Nein, ich habe geputzt, Gänge, Büros, Labors, was eben so anfiel."

„Und dabei spioniert !"

„Nein, nur geputzt."

„Ach, liebe Frau, ich war Staatssekretär im Außenministerium und außerdem für unseren Auslands - Nachrichtendienst zuständig. Sie brauchen mir nichts vorzumachen, ich war sozusagen ihr Chef; wir haben überall spioniert; natürlich habe ich nicht alle Agenten und Agentinnen persönlich gekannt."

„Nein, ich habe nicht spioniert, nur geputzt."

Der Mann lächelte.

„Wissen Sie eigentlich, wo Sie hier sind ?"

„Der Leutnant, der mich hierher brachte, sagte etwas von einem Hotel ‚Tannenwald' oder so ähnlich."

Solbich schüttelte den Kopf.

„Hotel 'Tannenwald' ! Mein Gott, sind Sie wirklich so naiv oder tun Sie nur so ?"

„Wieso ?"

„Das hier ist das Prominentenlager, in dem sie die Führungsspitze unseres Landes untergebracht haben – soweit sie ihnen nützlich erscheint", belehrte er mich feierlich.

Ich verstand nichts.

Solbich erklärte:

„Draußen im Land herrschen jetzt noch Mord und Terror. Aber das ist nicht auf Dauer. Das sind Leute wie Woschinski, Angehörige der suebischen oder rugischen Minderheit in Skirien, die uns hassen."

Ich verstand nicht so recht. Aber der Name Woschinski hatte mich hellhörig gemacht. Woher kannte Solbich ihn ? Doch ich fühlte mich diesem würdigen Herrn gegenüber wie ein Schulmädchen gegenüber dem Lehrer. Ich wagte daher nicht zu fragen.

„Diese Kerle sind voller Haß. Sie haben sich das Gesindel aus den Gefängnissen zusammengesucht und nehmen jetzt Rache. Aber die aus dem Westen hassen uns nicht. Die werden den anderen das Handwerk legen, sobald sich die Machtverhältnisse stabilisiert haben. Da bin ich sicher. Erste Anzeichen gibt es schon. Was sollen sie auch tun ? Sie wissen, daß sie langfristig mit uns zusammenarbeiten müssen; sie werden uns daher nicht ausrotten. Denn wer sollte das Land dann bevölkern ? Sie kennen doch Suebien ! Abgesehen davon, daß dort die Sterberate seit vielen Jahren deutlich größer als die Geburtenrate ist, das Volk also langsam vergreist, dürfen Sie doch nicht im Ernst glauben, daß viele dieser bequemen ‚Wohlstands-bürger' als Pioniere in den Osten wandern. Und gewaltsam deportieren werden sie auch niemanden. Das konnte nur Stalnor bei den Paschtunen. Die Weltbevölkerung wächst schnell. Sollen sie das entvölkerte Land, das ihnen nichts einbringt, jahrzehntelang bewachen? Sollen sie Turgunen oder Neger hier ansiedeln ? Nein, junge Frau, es mag furchtbar sein, was jetzt abläuft, aber ich bin sicher, der Alptraum ist bald zu Ende. Ich weiß nicht, ob sie Skirien zur Provinz, zu einer autonomen Region oder zu einem Satelliten-staat machen wollen, aber auf jeden Fall brauchen sie Leute, mit denen sie zusammenarbeiten können, deshalb haben sie auch alle, die in Frage kommen könnten, hier zusammengefaßt."

„Und Sie schämen sich nicht, mit dem Feind zu kollaborieren ?" warf ich ihm vor.

„Ach, was, Kollaboration", verteidigte er sich, „was sollen wir tun ? Bewaffneten Widerstand leisten ? Die Partisanengruppen, die sich nach der Besetzung gebildet hatten, wurden doch innerhalb weniger Tage von ihren Elitetruppen vernichtet. Es ist besser, zu verhandeln. Zugegeben, wir haben gegenwärtig praktisch keine Macht, das

173

stimmt, aber immerhin haben wir schon erreicht, daß die Verschleppungen aus den Dörfern und Städten aufgehört haben und einige Lager aufgelöst und die Insassen zur Zwangsarbeit nach Suebien gebracht wurden, wo sie wenigstens einigermaßen anständig behandelt werden. Aber ich bin vom Thema abgewichen. Also, hier ist die Elite unseres Volkes oder zumindest ein Teil davon versammelt. Verstehen Sie jetzt, weshalb eine, verzeihen Sie, einfache Putzfrau hier nicht her paßt ?"
Ich verstand.
„Aber ich war wirklich nichts anderes", sagte ich hilflos.
Solbich blickte mir scharf in die Augen.
„Sie sind nicht ohne Grund hier ! Ich bin ein alter Diplomat, mich kann man nicht so leicht täuschen. Aber andererseits, Sie haben ehrliche Augen, und ich denke nicht, daß Sie lügen. Sie müssen jedoch einsehen, daß ich etwas verwirrt bin. Erzählen Sie mir Ihre Geschichte, vielleicht verstehe ich dann mehr – nach dem Essen."
Wir aßen zu Ende. Solbich führte mich in einen kleinen, mit Polstermöbeln ausgestatteten Raum. Wir setzten uns.
„Hier sind wir ungestört, erzählen Sie", bat er.
Ich begann, er hörte aufmerksam zu.. Erst als ich auf meine Begegnung mit dem Kommandeur heute morgen zu sprechen kam, unterbrach er mich.
„Sie verwechseln etwas, aber das können Sie nicht wissen, Woschinski ist nicht einfach der Kommandant jenes Lagers, ich nehme an, es ist Bergtakel, vielmehr ist der Oberbefehlshaber der sogenannten Schutztruppen, er befehligt alle Lager in Skirien. Vermutlich hält er sich zur Zeit nur dort auf. Es ist daher nicht verwunderlich, daß Sie heute morgen ein anderer empfangen hat. Es wundert mich nur, daß er die Uniform des Elitekorps trug, denn diese Leute haben mit den Lagern eigentlich nichts zu tun; aber auch hier wurden vor wenigen Stunden die Wachen ausgetauscht, ich sagte Ihnen das bereits bei Ihrer Ankunft. Merkwürdig ist das schon. Möglicherweise ist etwas im Gange, hoffentlich was Positives."
„Aber Woschinski wurde erschossen", entgegnete ich.
Solbich sprang aus seinem Sessel auf.

174

„Was sagen Sie da ? Erschossen ! Warum ?"

„Weil er mich vergewaltigt hat."

„Weil er Sie vergewaltigt hat ?" schrie er erregt, „täglich werden Tausende Skirinnen vergewaltigt. Kein Hahn kräht danach. Und ausgerechnet Woschinski soll wegen Ihnen erschossen worden sein ? Das kann ich nicht glauben !"

Er betonte das ‚kann' sehr scharf.

„Was ist mit Woschinski ?" fragte ich ahnungslos.

„Woschinski ? Er ist ein alter Freund und Kampfgefährte des Chefs des Revolutionsrates oder 'Rates zur Nationalen Erneuerung', wie er offiziell heißt. Ich weiß aus gut unterrichteter Quelle, daß er in Kürze Chef des neu errichteten Reichssicherheits – Hauptamtes werden soll. Er ist dann nicht nur der Befehlshaber jener Schutztruppen, die uns jetzt terrorisieren, sondern auch der gesamten Polizei, der Geheimpolizei, des Geheimdienstes, des Sicherheitsdienstes, der Grenztruppen und wie sie alle heißen. Sie sehen, er ist einer der mächtigsten Männer im Reich. Sie glauben doch nicht im Ernst, daß sie einen ihrer höchsten Funktionäre liquidieren, nur weil er eine – verzeihen Sie – einfache skirsche Putzfrau gevögelt hat !"

„Der Feldwebel hat es aber gesagt !" beharrte ich.

„Der hat Sie angelogen !"

„Nein, bestimmt nicht !"

Unser Gespräch hatte an Hitzigkeit zugenommen und so bemerkten wir den uniformierten Mann, der eingetreten war, erst als er zu reden anfing.

„Guten Abend, Solbich", sagte er, „hier steckst du also, ich habe dich schon überall gesucht. Weißt du schon das Neueste – sie haben Woschinski liquidiert !"

Solbich starrte den Neuankömmling, es war ein gewisser General Thomas, an.

„Ja, ich weiß", stieß er hervor, „weil er die da" – er zeigte dabei auf mich - „gefickt hat !"

Der General schüttelte den Kopf.

„Was ist mit dir los ? Was benutzt du für Ausdrücke, das ist doch sonst nicht deine Art. Und warum regst du dich so auf. Es ist doch eine gute Nachricht, daß sie diesen widerwärtigen Bluthund erschossen haben. Na, hat dir etwa die schöne, junge Dame die Sinne verwirrt? Ich denke, wir reden morgen weiter, wenn du wieder bei Verstand bist. Gute Nacht."

Er drehte sich um und verließ das Zimmer.

„Die da! Gefickt!" geiferte ich, „Sie hätten sich ruhig etwas höflicher und gewählter ausdrücken können!"

Solbich beruhigte sich wieder.

„Entschuldigen Sie bitte, aber Ihre Erzählung hat mich ziemlich aufgewühlt. Und dann kommt noch dieser Thomas mit seiner Nachricht. Ich habe einfach die Nerven verloren. Verzeihen Sie mir, ich wollte Sie nicht kränken."

Ich lächelte ihn an.

„Schon gut, Herr Solbich. Aber sehen Sie, ich hatte recht. Woschinski wurde erschossen!"

Solbich zuckte mit den Schultern.

„Ich denke, wir sollten jetzt etwas entspannen," schlug er vor, „heute Abend läuft ein alter fränkischer Film im Fernsehen, er heißt ‚Die Sehnsucht nach Freiheit' und handelt von zwei fränkischen Offizieren, die im Fränkisch - Suebischen Krieg vor hundert Jahren in suebische Kriegsgefangenschaft geraten, nach vielen Versuchen fliehen können, bei einer jungen suebischen Frau Zuflucht finden, die sie vor ihren Verfolgern verbirgt und schließlich nach Helvetien entkommen. Ich verstehe nicht, warum sie so einen Film im Fernsehen zeigen, das paßt irgendwie nicht. Aber, was solls. Wenn wir uns beeilen, können wir noch die Nachrichten sehen. Vielleicht erfahren wir etwas Näheres über Woschinskis Tod."

Wir gingen in den Fernsehraum. In den Nachrichten brachten sie nur einige unwichtige Sachen, die mich nicht interessierten, aber kein Wort über Woschinski. Erst ein längerer Redeausschnitt am Ende der Sendung erregte meine Aufmerksamkeit. Es war nicht so sehr der Inhalt der Rede, es ging um Konzepte zur Technologieentwicklung, wovon ich sowieso nichts verstand, nein, es war der Redner selbst, der mich in seinen Bann zog. Ich betrachtete mir das Gesicht genau.

176

Alte Erinnerungen stiegen in mir hoch. Ich stieß Solbich an.

„Den da kenne ich."

Er fuhr herum.

„Was ? Woher kennen Sie ihn ?"

„Aus dem ‚Zentralinstitut für Nuklearforschung'; ich bin ihm dort oft begegnet."

„Was sagen Sie da ?" Solbichs Stimme wurde lauter.

„Ja, er war sogar in mich verliebt."

„Verliebt ? Wie kommen Sie darauf ?"

„Eine Frau spürt das; ja, er war in mich verliebt !"

„Verliebt ! Mein Gott !"

Solbich brüllte jetzt fast. Im Fernsehraum wurden Stimmen laut, die uns zur Ruhe mahnten.

„Kommen Sie mit !" raunte mir Solbich zu.

„Aber der Film !"

„Vergessen Sie den Film !"

Wir kehrten in den kleinen Salon zurück und setzten uns.

„Wissen Sie eigentlich, wer dieser Mann ist ?" begann Solbich, er war sichtlich nervös und zündete sich eine Zigarette an.

„Ja, er heißt Dr. Frankenbacher."

„Das stimmt. Was wissen Sie über ihn ?"

Ich begann:

„Also, wie ich schon sagte, ich arbeitete meistens im ‚Zentralinstitut für Nuklearforschung'. Ich war sehr hübsch, müssen Sie wissen. Viele Männer schauten mir nach. Einer fiel mir im Laufe der Zeit besonders auf, er war so Anfang vierzig, glaube ich. Er war immer freundlich, lächelte mir zu, sagte schließlich stets ein paar nette Worte wenn er mich traf. Ich begegnete ihm oft. Er hielt mir die Türen auf, wenn ich meinen Wagen durch die Gänge schob, und ich denke, unsere Begegnungen waren häufig nicht zufällig; er lief absichtlich herum, um mich zu sehen. Irgendwann muß er erfahren haben, daß ich Skirin bin, denn eines Tages begann er, mich auf skirisch anzureden. Es waren nur einige Worte, die er konnte, aber ich spürte, er hatte sie

177

gelernt um mir zu gefallen, um irgendwie Kontakt zu mir zu knüpfen. Eines Tages, es war Anfang September vorletzten Jahres, lud er mich sogar zu einer Tasse Kaffee in die Kantine ein. Ich lehnte jedoch ab, ich hatte Angst, Dragan, mein Verlobter, könne davon erfahren und mir eine Szene machen. Er war sehr eifersüchtig, wissen Sie."

Solbich lächelte.

„Er blieb aber weiterhin freundlich, er nahm es mir wohl nicht übel. Einige Tage später hatte ich die merkwürdigste Begegnung mit ihm. Es war ein wunderschöner Septembertag, außergewöhnlich warm für die Jahreszeit. Ich saß in der Mittagspause auf der Treppe vor unserem Aufenthaltsraum in der Sonne und las in einem Buch. Aus dem kleinen Radio neben mir ertönte Musik. Er kam vorbei, absichtlich, wie ich vermute, grüßte freundlich, sagte ein paar Worte und ich erwartete, daß er weitergehen würde. Doch er blieb neben mir stehen, blickte abwechselnd zu mir und zum Himmel. ,Was wollen Sie von mir?' fragte ich ihn ungehalten. ,Nichts,' antwortete er, ,ich lausche nur der Musik.' Ich betrachtete ihn vorsichtig. Er starrte geistesabwesend zum Himmel, manchmal auch zu mir, und ich hatte das Gefühle, er träumte von einer weiten Reise in eine bessere Welt – zusammen mit mir. Einmal glaubte ich ihn sagen hören ,komm mit, wir gehen weit weg, irgendwohin, wo wir in Frieden zusammen leben können.' Doch es war wohl nur Einbildung. Ich achtete jetzt mehr auf das Lied im Radio. Es hatte sehr romantisch und leise, mit einem wunderschönen Vorspiel aus Flöte und akustischer Gitarre begonnen. Ein zarter Gesang setzte ein. Weitere Instrumente, Elektrogitarre, Baß, Schlagzeug setzten nacheinander ein, das Flötenspiel verschwand, die akustische Gitarre trat in den Hintergrund, der Klang wurde voller, aber der Gesang blieb ruhig und träumerisch. Später kam noch eine zweite Elektrogitarre hinzu und die Musik änderte sich abrupt, sie wurde schnell und laut, rockig, wie man das so nennt. Auch der melodische Gesang wechselte mehr zu einem Schreien. Schließlich brach die Musik ab und das Lied endete mit einem kurzen, ruhigen a capella Gesang. Ich glaube, ich bin jetzt etwas ins Schwärmen geraten, aber ich habe mir

178

das Stück später sehr oft angehört. Kommen wir jedoch zum Thema zurück. Als das Lied geendet hatte, es dauerte ziemlich lange, fragte er mich: ‚Ein herrlicher Song, hat er Ihnen auch gefallen?' ‚Ja, er war sehr schön.' Er lächelte. ‚Ich habe ihn zuhause auf CD und höre ihn jeden Morgen, wenn ich ins Büro fahre. Ich kann ihn zehnmal am Tag hören. Aber gerade eben, in der Sonne, neben Ihnen, nie hat er herrlicher geklungen.' ‚Leider habe ich ihn nicht ganz mitbekommen, weil ich am Anfang nicht darauf geachtet habe,' meinte ich verlegen. ‚Macht nichts,' erwiderte er, ‚ich habe ihn auf Kassette, ich kann sie Ihnen geben, wenn Sie möchten.' Ich sagte: 'Ja, das wäre fein' und hoffte, er würde dann endlich gehen, denn die ganze Szene hatte für mich trotz seiner Freundlichkeit etwas Unheimliches an sich, ich spürte eine leichte Angst. Er verabschiedete sich und ging. Etwa eine Stunde später, als ich schon wieder bei der Arbeit war, erschien er und gab mir die Kassette. Es waren sehr viele träumerische Lieder darauf, das Gegenteil dessen, was man sonst üblicherweise im Radio hörte, doch dieses eine Lied war mit Abstand das wunderbarste. Es trug den Titel ‚Stairway to Heaven', von einer Band namens Led Zeppelin. Es muß wohl schon älter sein. Kennen Sie es?"

Solbich kannte es nicht.

„Die Geschichte ist gleich zu Ende. Wenige Tage später verschwand er nämlich."

„Verschwand?"

„Ja, so muß man es wohl nennen; ich sah ihn nicht mehr. Zuerst dachte ich, er habe Urlaub oder sei auf einer Dienstreise, aber er kam nicht zurück. Ich habe ihn vorhin im Fernsehen zum ersten Mal seit fast zwei Jahren wiedergesehen. Aber weshalb haben Sie sich so aufgeregt als ich Ihnen sagte, daß ich ihn kenne?"

Meine Erzählung mußte auf Solbich einen tiefen Eindruck gemacht habe. Er schwieg lange.

„Wissen Sie wer dieser Mann ist?" fragte er endlich.

„Dr. Frankenbacher?" Ich kannte Solbich mittlerweile gut genug, um zu ahnen, daß er auf etwas bestimmtes hinauswollte, „was ist mit ihm? Ich habe Ihnen alles erzählt was ich weiß."

179

„Dr. Frankenbacher nennt sich jetzt ‚Ariovist'."

„Ariovist ? Nie gehört. Was ist das für ein Name ?"

„Ariovist war ein Heerführer oder auch König der Sueben. Unter seiner Führung fiel der Stamm oder zumindest ein Teil um 71 v. Chr. in Gallien ein und machte sich dort breit. Schließlich wurde seine Machtausdehnung den Römern zu gefährlich; Cäsar zog ihm mit einem Heer entgegen und besiegte ihn. Aber weichen wir nicht vom Thema ab. Unser Ariovist, also Dr. Frankenbacher, gehört zu ihrem Führungskreis, ist Mitglied des ‚Rates zur Nationalen Erneuerung', ein äußerst undurchsichtiger Mensch; manche sagen, er sei der einzige ernst zunehmende Rivale des Vorsitzenden, strebe selbst nach der totalen Macht, warte nur auf eine Gelegenheit zum Losschlagen. Möglicherweise sind das auch nur Gerüchte ohne Grundlage. Das alles können Sie natürlich nicht wissen, Sie waren ja die letzten Monate im Lager. Aber was Sie da eben sagten, widerspricht allem, was ich bisher von ihm gehört habe."

Solbichs Worte trafen mich wie ein Keulenschlag, ich versuchte an irgend etwas zu denken, konnte aber keinen klaren Gedanken fassen. Dieser schüchterne Mann sollte einer ihrer Anführer sein ? Unvorstellbar.

„Was wissen Sie über ihn ? Berichten Sie mir", bat ich Solbich.

„Viel ist nicht bekannt. Er gehört wohl schon seit frühester Jugend zu jenen Nationalisten, denen die Zustände im Reich, Liberalität, Verfall der Sitten, Multikulturalismus, Konsumstreben, die zunehmende Einbindung in internationale Organisationen, die damit verbundene Einschränkung der Souveränität und so weiter nicht paßten. Das alles hielten sie für Zeichen der Degeneration. Doch bei ihm verbanden sich Radikalität und Intelligenz. Ihm wurde offensichtlich schon frühzeitig klar, daß eine nationale Erneuerung und die Wiederherstellung der alten Größe des Suebenreiches nur durch eine gewaltsame Machtübernahme und die Gewinnung der Herrschaft über das gesamte Mitteleuropa, was aber auch die Gefahr eines Krieges mit den Westmächten barg, erreicht werden könnte. Ihm war offenbar auch klar, daß in einem zukünftigen Krieg nicht die Zahl der Soldaten oder ihre Tapferkeit, sondern die Qualität der Waffen und die Fähig-

180

keit, sie zu bedienen entscheidend sein würde. Seitdem galt seine ganze Leidenschaft der Naturwissenschaft und der Technik. Er war ein typischer Einzelgänger, hatte nie Freunde, geschweige denn Freundinnen, kannte keine Vergnügungen, sondern nur ein Ziel: den Krieg vorzubereiten. Er studierte Physik und Elektrotechnik, beschäftigte sich daneben intensiv mit Chemie, Computertechnik und Maschinenbau. Nach seiner Promotion bekam er eine Stelle im ‚Zentralinstitut für Nuklearforschung‘, und wenn er auch einige beachtenswerte Arbeiten publiziert hat, so war das alles im Grunde nur Tarnung. In Wirklichkeit benutzte er die dortige Computeranlage, nicht zufälligerweise die leistungsfähigste in Europa, zur Entwicklung jener Geheimwaffen, mit denen sie jetzt den Krieg gewonnen haben. Irgendwann muß er wohl den Vorsitzenden kennengelernt und ihm seine Dienste angeboten haben. Näheres ist mir nicht bekannt, jedenfalls hatte er sich vorher nie politisch betätigt. Im vorletzten September ist ihm dann der Geheimdienst auf die Spur gekommen. Er hat es rechtzeitig gemerkt und sich mit allen Unterlagen auf den Balkan abgesetzt – daher sein plötzliches Verschwinden. Dort sammelte sich gerade diese ‚Befreiungsarmee‘, die sie übrigens mit Gewinnen aus dem Drogenhandel aufgebaut haben. Die Tarnung war nicht schwierig, denn es herrschte Bürgerkrieg, Chaos und es gab eine große Anzahl irgendwelcher Milizen. Er organisierte die Produktion der neuen Waffen und bildete die Truppen, die sie einsetzen sollten, in ihrem Gebrauch aus. So entstand das Elitekorps. Doch Ariovist begnügte sich nicht damit, er verschaffte sich auch den Oberbefehl über diese Truppen. In der neuen Reichsregierung leitet er das sogenannte ‚Zukunftsministerium‘ und kontrolliert damit nicht nur den staatlichen Einfluß auf die Industrie, die technische Entwicklung und den Ausbau der Infrastruktur, sondern auch das gesamte Erziehungswesen, vom Kindergarten bis zur Universität. Das Kommando über das Elitekorps hat er bisher behalten; er sieht es wohl als seine eigentliche Machtbasis an.“
Wir schwiegen eine Weile.
„Wenn ich das alles richtig verstehe“, meinte ich endlich, „hat vermutlich Ariovist mich befreien und Woschinski erschießen lassen.“

Solbich dachte lange nach.

„Ja, das könnte sein; das ist sogar wahrscheinlich. Langsam wird mir alles klar", sagte er schließlich.

„Was wird Ihnen klar ? Klären Sie mich bitte auf."

„Also gut; ich habe lange an Ihren Erzählungen gezweifelt, aber wenn man logisch denkt, paßt alles zusammen. Manches, was ich jetzt sage, ist zwar Spekulation, aber so ähnlich muß es gewesen sein. Ich beginne mit einer Merkwürdigkeit, die wir nie verstanden haben, aber nun so einfach erklärbar ist: unmittelbar nach ihrer Machtübernahme in den einzelnen Regionen im Westen Suebiens wurden alle dort lebenden Skiren interniert. Das war nicht anders zu erwarten. Ungewöhnlich war nur, daß sie alle Frauen zwischen zwanzig und vierzig Jahren aussonderten und in erstklassigen Hotels auf dem Lande unterbrachten. Während woanders Skirinnen mißhandelt, vergewaltigt, getötet wurden, Sie wissen das besser als ich, lebten diese Frauen wohlbehütet und mit allem Luxus versorgt. Als wir das erfuhren, dachten wir zuerst, daß sie unter ihnen die Liebesdienerinnen für ihre Führungsschicht aussuchen wollten, aber das war nicht der Fall. Keine der Frauen wurde zur Prostitution gezwungen, im Gegenteil, es war bei Todesstrafe verboten, sie anzurühren. Es sollen sogar welche erschossen worden sein, die es versuchten. Ende Juli jedoch wurden diese Frauen dann überraschend in normale Lager überführt, wo sie nicht anders behandelt wurden als die übrigen. Jetzt ist mir klar, warum das so war: Ariovist wollte Sie schützen. Bedenken Sie: es herrschte Krieg, Chaos und vermutlich wußte er damals nicht einmal wie Sie heißen und wo Sie wohnten. Zu Nachforschungen war keine Zeit, auch hatte er wahrscheinlich andere Sorgen. Also ließ er alle Skirinnen einsammeln, in der Hoffnung, Sie seien darunter. Daß Sie zu jener Zeit in Skirien waren, konnte er ja nicht wissen. Als sich die Lage wieder etwas beruhigt hatte, ließ er dann alle überprüfen; ihren Namen wußte er mittlerweile wohl, auch besaß er wahrscheinlich ein oder mehrere Photos. Sie waren aber nicht darunter und an den anderen Frauen hatte er kein Interesse. Ariovist war nun sicherlich beunruhigt. Wo waren Sie ? Es gab, falls Sie überhaupt noch lebten,

182

mehrere Möglichkeiten; sie konnten ins neutrale Ausland, ins Fränkische Reich etwa, geflohen sein und waren nun in Sicherheit. Andererseits konnten Sie sich noch in ihrem Machtbereich, im besetzten Skirien, in einem Lager, befinden. Dann waren Sie in höchster Gefahr. Ariovist zögerte vermutlich nicht lange und wies alle Dienststellen an, ihm Meldung zu erstatten, wenn jemand Sie finden würde. Alles geschah natürlich unter strengster Geheimhaltung, sonst hätten wir davon erfahren. Doch Ariovists Macht ist beschränkt und im Osten herrschte Woschinski mit seinen Horden, der ihm möglicherweise nicht unbedingt wohlgesonnen war, seine Machtfülle beneidete. Ariovist konnte daher nicht damit rechnen, daß seine Anordnungen auch befolgt wurden und wies daher ihm getreue Leute, die dort Dienst taten, diesen Dindo zum Beispiel, an, Augen und Ohren offenzuhalten. Wahrscheinlich wurde Woschinski erst durch Ariovists Anweisung auf Sie aufmerksam, fand Sie in einem seiner Lager, meldete es aber nicht weiter, sondern nahm Ariovists vermeintliche Geliebte für sich selbst. Vielleicht wollte er sich damit an ihm rächen, ihn demütigen. Auf seine Leute konnte er sich verlassen, sie wußten entweder von nichts oder würden schweigen. Dann kam dieser Dindo aus dem Lazarett zurück. Er wußte offenbar von Ariovists Suchbefehl und gestern abend, als er Sie zurückbrachte, erkannte er Sie. Woschinski befürchtete das anscheinend, deshalb war er auch so mürrisch. Doch Dindo war sich nicht ganz sicher, deshalb führte er Sie auch in den hellen Gang, um Sie besser sehen zu können. Er fragte nach Ihrem Namen und die Sache war klar, und es war ihm auch klar, warum Ariovists Schutzaktion schiefgelaufen und was mit Ihnen passiert war, das erklärt seinen Ausruf ‚Scheiße'. Ich nehme an, er benachrichtigte sofort Ariovist nachdem er Sie zurückgebracht hatte. Der zögerte nicht lange und schickte seine Elitetruppen aus, um das Lager zu besetzen und die Sache zu überprüfen. Daher die Schüsse heute Nacht. Und Dindos Angaben stimmten: Sie kamen frei und Woschinski wurde kurzerhand auf Ariovists Befehl hin erschossen. Deshalb haben wir auch nichts darüber in den Nachrichten gehört."
Solbich schwieg lange.

„Die Sache kann übel enden; Ariovist hat viel riskiert und seine Befugnisse überschritten. Er hatte kein Recht, das Lager zu stürmen und Woschinski zu liquidieren. Das war Rebellion, fast ein Putsch. Ich nehme nicht an, daß der Juntachef das so ohne weiteres hinnehmen wird, zumal Woschinski ein alter Freund und Günstling war."

„Und was passiert jetzt?"

„Ich habe keine Ahnung, aber ich nehme an, daß ein schwerer Machtkampf innerhalb ihrer Führungsschicht bevorsteht. Für Ariovists Schicksal wird jedoch maßgebend sein, ob das Elitekorps im entscheidenden Augenblick zu ihm, seinem Kommandeur, oder zum Juntachef hält. Sie sind jedenfalls hier vorläufig sicher, denke ich. Das Haus wird von Ariovists Leuten bewacht und vermutlich hat er hier in der Gegend eine ganze Division zusammengezogen. Den ganzen Tag über gab es umfangreiche Truppenbewegungen. Warten wir es ab!"

Es war mittlerweile spät geworden und wir wurden müde.

„Wir sollten jetzt schlafen gehen. Morgen sehen wir weiter. Gute Nacht!"

Solbich verabschiedete sich und verließ den Raum. Auch ich ging auf mein Zimmer. Ich legte mich auf mein Bett: Welch ein Tag! Noch am Morgen war ich eine von vielen namenlosen, gedemütigten Gefangenen in einem gräßlichen Arbeitslager gewesen und nun, wenige Stunden später, lebte ich in einem goldenen Käfig, bewacht von den besten Soldaten der Welt, während draußen im Lande ein Machtkampf, dessen Ursache letzten Endes ich war, um die Herrschaft über das Suebische Reich zu brodeln begann, der in einen furchtbaren Krieg, noch viel blutiger als der vorige, münden konnte. Wie würde das enden? Ich zitterte am ganzen Körper. Erst lange nach Mitternacht übermannte mich die Müdigkeit und ich schlief ein.

Als ich am nächstem Morgen erwachte, packte mich die Unruhe erneut. Doch nichts besonderes geschah, auch nicht an den folgenden Tagen. Ich führte lange Gespräche mit Solbich, deren Inhalt größtenteils für diese Geschichte unwichtig ist und lernte die anderen Mitbewohner kennen. Bald fühlte ich mich hier wohl. Dank guter Pflege heilten die Wunden auf meinem Rücken rasch, zumindest dort

184

blieben keine Narben zurück. Über Politik sprachen wir wenig, Solbich vermutete noch immer einen sich anbahnenden Machtkampf, was er aus diesen oder jenen Nachrichtendetails schloß; er begründete es unter anderem damit, daß sich die Situation in vielen Lagern offenbar erheblich verbesserte, in anderen dagegen noch schlechter geworden war.

„Dies ist ein Zeichen für Zwist in der Führung", meinte er.

Zu meiner Überraschung erhielt ich Post von Agatha. Sie war noch am gleichen Tag wie ich aus dem Lager entlassen und in ein Krankenhaus nach Rätien gebracht worden. Sie schrieb, die Ärzte seien guter Hoffnung; ihr Krebsleiden sei zwar nicht zu heilen, aber doch soweit einzudämmen, daß sie noch einige Jahre unbeschwert werde leben könne. Ich freute mich für sie. Wenig erfreulich dagegen waren die Nachrichten, die ich von meinen Angehörigen erhielt. Meine Mutter und meine jüngere Schwester waren in einem Arbeitslager gestorben, nur meine ältere Schwester lebte noch. Sie war aus dem Lager entlassen worden und arbeitete jetzt in einer Textilfabrik.

Etwa vier Wochen nach meiner Ankunft wurde ich eines Nachmittags in die Empfangshalle gerufen. Ein Oberst erwartete mich dort: „Frau Suwora, Sie werden morgen früh abreisen, nach Saanland."

„Ich habe mich hier gut eingelebt, Bekannte gefunden, ich möchte gerne hier bleiben."

„Das geht nicht ! Also, bis morgen."

Er verabschiedete sich. Beim Abendessen sprach ich Solbich wegen dieser Sache an.

„Aha", meinte er, „der Machtkampf spitzt sich zu. Ariovist will Sie in Sicherheit wissen, wenn der Krieg beginnt. Hier können Sie nicht bleiben, man wird sich an Ihnen rächen, sie töten, wenn man Sie erwischt, und wenn Ariovist den Kürzeren zieht, sind Sie sowieso verloren. In Saanland dagegen sind Sie sicher, es ist ein unabhängiger Staat und gilt als befreundete Nation. Sie sind keine Gefahr für das Reich und nur wegen einer ‚kleinen' Rache werden Sie wohl kaum die freundschaftlichen Beziehungen aufs Spiel setzen und Ihnen ein

Mordkommando auf den Hals hetzen. Ariovist weiß das genau. Also, wenn Sie meinen Rat hören wollen: seien Sie nicht dumm, tun Sie das, was der Oberst sagt und gehen Sie nach Saanland; es ist übrigens sehr schön dort."

Ich verabschiedete mich von ihm um zu packen.

Am nächsten Morgen holte mich der Oberst, zusammen mit zwei Begleitern, ab. Wir fuhren nach Darun zum Flughafen.

„Wir werden erst in die Hauptstadt nach Werlaburg fliegen, Ariovist möchte Sie sehen. Ja, und dann geht's in die Freiheit, nach Hesgerborg, nach Saanland", erklärte er mir lachend.

Ariovist wollte mich also sehen ! Und ich ihn ? Unter anderen Umständen gewiß; aber nach all den schrecklichen Ereignissen graute mir vor seinem Anblick. Ich will nicht undankbar sein und er hatte mich ja beschützen wollen, aber hatte er nicht auch diesen schrecklichen Krieg angezettelt, die Waffen konstruiert, die ihnen den Sieg brachten, jenen Sieg, der Mord und Terror erst ermöglichte? Ja ! Auch er war schuldig an meinem Leidensweg, meiner Demütigung, meiner Schändung, dem Tod meiner Angehörigen. Ich dachte zurück an jenen Tag im vorletzten September. Vielleicht hätte ich damals etwas sagen sollen, vielleicht wollte er wirklich mit mir weggehen, in Frieden leben, die Schrecken, die er wohl vorausahnte, meiden. Aber jetzt war es zu spät. Er war seinen Weg gegangen, ich auf meinen getrieben worden. Nein, ich konnte ihm jetzt nicht in die Augen schauen, die so romantisch und sehnsüchtig blicken konnten, hinter denen sich aber ein Gehirn voll Mord und Zerstörung befand. Nein, ich wollte nicht, lieber wollte ich ins Lager zurück als zu ihm.

„Entschuldigen Sie, aber ich möchte lieber gleich nach Saanland", bat ich den Oberst in der Erwartung, daß man mich wegführen würde. Doch seine Antworte überraschte mich, er blieb äußerst freundlich.

„Wir verstehen Ihre Haltung, Sie können natürlich auch gleich nach Hesgerborg fliegen."

Ich wurde dennoch nervös, ängstigte mich, denn damit hatte ich nun nicht gerechnet. War das nur ein übler Trick ? Mit klopfendem Herzen bestieg ich das Flugzeug. Es war ein klarer Herbsttag und ich

186

konnte gut den Boden unter mir sehen. Wir flogen tatsächlich aufs Meer hinaus. Aber vielleicht war es eine Falle und das Flugzeug kehrte bald um. Gebannt blickte ich durch das kleine Fenster nach unten: Wasser, nichts als Wasser. Allmählich beruhigte ich mich wieder. Nach einer guten Stunde landeten wir in Hesgerborg. Ein Mann namens Boger, der sich als Militärattaché vorstellte, holte mich vom Flughafen ab.

„Ich bringe Sie zu Ihrer Wohnung."

Es war ein kleines Haus am Stadtrand.

„Wegen der Formalitäten komme ich morgen vorbei. Ruhen Sie sich erst einmal aus."

Bevor er mich verließ, überreichte er mir noch einen Umschlag mit Geld, einem Ausweis – und einem saanländischen Sprachführer; die dachten wirklich an alles.

Jetzt war ich wirklich frei. Ich verließ das Haus zu einem kleinen Spaziergang. Es war ein sonniger aber kühler Herbstnachmittag. Die frische Luft tat mir gut. Zum erstem Mal seit vielen Monaten konnte ich mich wieder unbeschwert bewegen, wurde nicht ständig von Wachen bedrängt, sah wieder normale Menschen, nicht bloß Gefangene und Soldaten. Gegen Abend aß ich in einem kleinen Restaurant und kehrte erst als es schon dunkel war zu meinem Haus zurück.

Am nächsten Morgen, so gegen neun, erschien der Attaché mit einem Bündel Papiere.

„Reisepaß, den Personalausweis haben Sie ja schon, Aufenthaltserlaubnis, Arbeitserlaubnis und so weiter. Sie brauchen nur noch zu unterschreiben. Die Miete für das Haus ist übrigens für zwei Jahre im voraus bezahlt. Sie werden erst einmal einen Sprachkurs besuchen, dann bekommen Sie eine Stelle als Kindergärtnerin."

Er reichte mir ein Blatt Papier.

„Hier sind die Adressen, es ist alles schon arrangiert."

Ich unterschrieb die Papiere. Mit einem Blick auf den Zettel fügte er hinzu:

„Sie können aber auch alles anders machen, wenn Sie wollen, es ist Ihre Entscheidung. So, jetzt müssen wir noch zur Bank, dann sind Sie mich los."

Auf der Bank legte man mir verschiedene Papiere vor, aus denen ich entnahm, daß man hier für mich ein Konto über 200 000 Dollar eingerichtet hatte, sowie ein weiteres über 500 000 Dollar bei einer Bank in Helvetien.

In den nächsten Wochen genoß ich meine neue Freiheit. Außer dem Besuch des Sprachkurses hatte ich ja keine weiteren Pflichten. Ich ging oft spazieren, schaute mir die Stadt an – natürlich auch die Schaufenster, kaufte manches hübsche Stück, besuchte Konzerte, Museen, auch des öfteren Gottesdienste und las einige Bücher. Ich bedauerte nur, daß es langsam Winter wurde. Andererseits hörte ich keine Nachrichten, schaute in keine Zeitung und wollte nichts von dem wissen, was in der übrigen Welt, insbesondere auf der anderen Seite des Ostmeeres, vor sich ging. Ich wollte einfach nur meine Ruhe haben.

Mitte November erhielt ich Besuch. Es war Solbich. Ich war überrascht – ihn hätte ich nicht erwartet.

„Fragen Sie mich bitte nicht, warum ich in Saanland bin", er lächelte geheimnisvoll, „wie geht es Ihnen?"

Ich bedankte mich und schilderte ihm kurz, was ich seit meiner Abreise erlebt hatte.

„Im Reich wird's brenzlig; der seit fast drei Monaten schwelende Machtkampf weitet sich zum offenen Konflikt aus. Im ‚Rat der Nationalen Erneuerung' herrscht praktisch schon Krieg unter den Mitgliedern, nur wenige halten zu Ariovist. Er selbst hat Werlaburg verlassen und befindet sich jetzt im Hauptquartier der Division ‚Alboin' in Skirien; ein Bataillon aus dieser Division hat sie übrigens damals befreit."

„Dann geht es also bald zu Ende mit ihm."

„Das denken viele, aber ich bin anderer Meinung."

„Sie sind ein kluger Kopf. Wieso denken Sie das?"

„Sehen Sie, ich fragte mich, warum er nicht in seine Heimat, nach Rätien zur Division ‚Marbod' geflohen ist. Die ist wesentlich stärker bewaffnet, außerdem ist es von da aus näher nach Helvetien."

Er zwinkerte mit den Augen.

188

„Falls die Sache schief geht und er fliehen muß."

„Und was denken Sie ?" fragte ich.

„Es ist merkwürdig, aber gerade diese kalt denkenden Technokraten besitzen seltsamerweise einen starken Hang zur Mystik und Symbolik. Verstehen Sie jetzt, warum Ariovist gerade bei dieser Division ist ? Marbod war König der Markomannen, lange Jahre ein mächtiger Herrscher. Doch dann wurde er von einem abtrünnigen Adeligen gestürzt, mußte fliehen, ins Römische Reich ins Exil gehen. Alboin war Herzog der Langobarden; er vernichtete das Gepidenreich, zog ein Jahr später nach Italien, wo er sein eigenes Reich etablierte. Alboin war der Sieger, Marbod der Verlierer. Ich denke, Ariovist will damit ausdrücken, daß er die ‚Fußstapfen' Alboins treten, die Herrschaft gewinnen und das Reich neu oder auch ein neues Reich aufbauen will: es ist eine Kampfansage an seine Gegner."

Solbich behielt wieder einmal Recht. Zwei Tage später schlug Ariovist zu. Gestützt auf das Elitekorps, welches geschlossen hinter ihm stand, vernichtete er alle seine Gegner innerhalb von nur zwei Wochen. Er regierte nun allein. Bereits an Weihnachten herrschte wieder tiefster Friede im Land. Auch die Menschen in den Lagern spürten das, die Gewalttaten hörten schlagartig auf, die Verpflegung besserte sich. Waren sie auch noch nicht frei, so konnten sie dennoch das Weihnachtsfest ohne Angst und Hunger verbringen. Die Lager wurden dann im Laufe des Frühjahrs aufgelöst. Ariovist leitete die Versöhnung mit den unterworfenen Völkern ein; Skirien entstand neu. Der Wiederaufbau begann. Es war aber auch der Beginn jenes totalen Arbeitseinsatzes, jenes Lebens ohne Freude, was seine Herrschaft charakterisieren sollte. Ich brauche hier nicht viel über diese Ereignisse schreiben, sie können Sie in den Geschichtsbüchern nachlesen. Jan Solbich erlebte all dies leider nicht mehr. Er starb zwei Monate nach unserer letzten Begegnung an den Folgen eines Herzinfarktes.

Ich blieb fünf Jahre in Saanland. Erst im Laufe der folgenden Monate wurden mir die schrecklichen Erlebnisse richtig bewußt, und ich brauchte diese Zeit, um sie zu überwinden und das seelische Gleich-

189

gewicht wiederzufinden. Erst dann besaß ich die Kraft, in die Heimat zurückzukehren. Es waren ruhige Jahre, über die es nichts besonderes zu berichten gibt.

Im ersten Sommer besuchte mich Agatha. Sie fühlte sich völlig gesund und war neu aufgeblüht. Ich erkannte sie fast nicht mehr. Sie arbeitete jetzt in einem Hotel in Zokapo, dem bekanntesten Wintersport in Skirien. Wir hatten uns viel zu erzählen, unsere Erlebnisse, Träume, private Dinge, die hier unerwähnt bleiben sollen. Wir blieben in Kontakt und sahen uns später, bis zu ihrem Tod vor sieben Jahren, noch oft.

Obwohl mir Saanland gefiel überkam mich im Laufe der Zeit doch mehr und mehr das Heimweh, doch es dauerte lange bis die Wunden in meiner Seele soweit geheilt waren, daß ich zurückkehren konnte. Ich erkannte das Land und meine Heimatstadt kaum noch, überall wurde gebaut. Wir galten jetzt seit drei Jahren offiziell als ‚befreundeter Staat' und erhielten großzügige Hilfe. Fast alle Kriegszerstörungen waren beseitigt, unser Städtchen erstrahlte in neuem Glanz. Ich fand eine Anstellung als Kindergärtnerin, machte aber bald eine Ausbildung zur Lehrerin. Ich heiratete und bekam zwei Kinder.

Von Ariovist habe ich nichts mehr gehört, das heißt, genau gesagt – er war ja oft im Fernsehen und in den Zeitungen präsent – er versuchte nie mit mir Kontakt aufzunehmen. Dennoch hing sein Schatten weiterhin über mir, er beobachtete, überwachte mich und griff sogar in mein Leben ein, wenn er es für notwendig hielt. Meistens habe ich das wahrscheinlich gar nicht gemerkt; so richtig bewußt wurde es mir erst, als meine Tochter schwer erkrankte.

Daniela war schon immer ein zartes Mädchen gewesen. Doch als sie acht Jahre alt war, klagte sie plötzlich über ständige Müdigkeit, Schlappheit, Appetitlosigkeit. Der Hausarzt konnte nichts feststellen und überwies uns ins Krankenhaus, wo man nach gründlicher Untersuchung einen besonders schweren Herzfehler diagnostizierte.

„Die Sache sieht schlecht aus, tut mir leid für Sie", sagte der behandelnde Arzt, „das Kind muß operiert werden, möglichst bald. Wir können das hier nicht machen. Es gibt überhaupt nur wenige Spezialkliniken auf der Welt, wo solch komplizierte Eingriffe durchgeführt werden können. Und abgesehen von den hohen Kosten, sind die Wartezeiten sehr lang, in der Regel mehrere Monate. Bei Daniela ist es aber dringend, ohne Operation hat sie nur noch wenige Wochen zu leben."

Verzweifelt und niedergeschlagen fuhren wir nach Hause.

„Die Kosten sind kein Problem, ich habe ja noch das Geld in Helvetien. Aber wie kommen wir so schnell zu einem Operationstermin?" sagte ich zu meinem Mann; er wußte auch keinen Rat.

Wir verbrachten eine böse Nacht. Um so erstaunter waren wir, als es am nächsten Tag schon vor sieben Uhr morgens an unserer Haustür klingelte. Es war der Chefarzt persönlich. Bevor er richtig das Haus betreten hatte jubelte er los:

„Gute Nachricht, packen Sie sofort, wir fliegen nach Municum; in drei, spätestens vier Tagen wird die Kleine operiert. Die notwendigen Papiere habe ich schon."

„Wieso geht das so schnell?" fragte ich erstaunt.

„Keine Ahnung, ich habe gestern Nachmittag den Fall ihrer Tochter weisungsgemäß ans Kreisgesundheitsamt gemeldet ..."

Mein Mann unterbrach ihn:

„Wieso gemeldet? Ein Herzfehler ist doch keine meldepflichtige Krankheit."

„Das ist richtig, aber es gibt eine Anweisung, daß alle ernsten Erkrankungen in ihrer Familie unverzüglich, mit allen Unterlagen gemeldet werden müssen. Ich habe keine Ahnung, warum. Ich habe diese Anweisung von meinem Vorgänger übernommen. Jedenfalls, heute um sechs in der Frühe", er gähnte bestätigend, „klingelte mich ein Bote aus dem Bett und übergab mir einen dicken Brief, der besagte, daß wir sofort in die Universitätsklinik nach Municum kommen sollen, wo die Operation schon vorbereitet wird. Prof. Bergfelser und Prof. Yoshima werden die Operation leiten; übrigens, in Krastaad wartet schon ein Flugzeug."

Er machte eine kurze Pause und fuhr dann mit wichtiger Mine fort:

„Und stellen Sie sich vor: Yoshima kommt extra aus Tokio."

191

Mein Mann schaute mich ungläubig an.

„Hier hat wohl der liebe Gott seine Hand im Spiel gehabt", meinte er schließlich.

„Nein, Ariovist", murmelte ich leise.

„Was haben Sie gesagt ?" fragte der Chefarzt, der meine Worte offenbar nicht verstanden hatte.

„Ach, nichts weiter", entgegnete ich.

„Sie brauchen sich wirklich keine Sorgen zu machen", fuhr der Chefarzt fort, „Bergfelser und Yoshima gehören zu den besten Spezialisten der Welt."

In der Verbannung

Vorwort

Lebensberichte aus der Zeit vor der Liberalisierung sind neuerdings in Mode gekommen, zumal sie nun nicht nur publiziert, sondern auch öffentlich diskutiert werden dürfen, was vor ein paar Jahren noch undenkbar war. Überwiegend legen Menschen, die längere Zeit in Straflagern zubrachten, ihre Erlebnisse nieder. Das ist vermutlich ihre Art, sich mit ihrer Vergangenheit auseinander zu setzen und auch ein Versuch, die Traumatisierung zu überwinden, welche in vielen Fällen heute noch nachwirkt.

Ich hatte eigentlich nie daran gedacht, meine Erlebnisse niederzuschreiben, doch Klara, meine Frau, hat mich letztlich überredet, da sie der Ansicht ist, meine seien in irgend einer Art untypisch. Sie muß es wissen, da sie in den vergangen Jahren zahlreiche solcher Biographien gelesen hat.

Und nun, nachdem ich meine Stellung als Direktor des Holzwerkes in Woodenbuch aufgegeben habe und in den Ruhestand eingetreten bin, fand ich Zeit und Muße meine Gedanken zu ordnen und meine mehr als zwanzig Jahre zurückliegenden Erlebnisse aufzuzeichnen.

Ob die Geschichte nun gut oder schlecht erzählt ist, ob meine Erlebnisse typisch oder außergewöhnlich waren, das möge der Leser entscheiden.

Woodenbuch, im September 20..

Fritz Sachsenthaler

Die Forststation

Wir erreichten die Forststation gegen Abend. Die letzten drei Kilometer mußten wir laufen. Das war fast angenehmer als die stundenlange Fahrt in einem altersschwachen, schlecht gefederten Bus über holprige Pisten, die nicht einmal der Distrikts-Parteikommissar auf dem jährlichen Kongreß ‚Huldigung des gesellschaftlichen Fortschritts' in Korandi, unserer Hauptstadt, als ‚Straße' bezeichnen würde. Unseren Ingenieuren und Automobilarbeitern gebührt schon deshalb ein Denkmal, weil ihre Produkte selbst solchen Belastungen standhalten. Wenn dies nur in anderen Bereichen unseres Staates auch so wäre ! Aber ich will nicht abschweifen. Wir waren in einem dreitägigen Transport per Eisenbahn von Korandi nach Marodi gebracht worden, wurden dann in einen Bus verfrachtet, der uns zu einer Forststation im Bezirk Buratino bringen sollte. Dort sollten wir durch gesunde Arbeit an ‚frischer Luft' zu ‚ordentlichen' Menschen, das heißt, zu Leuten, die ins System paßten, erzogen werden. Das war die mildeste Form der Bestrafung, die uns sogar einen Rest persönlicher Freiheit ließ. Wir konnten uns also nicht beschweren. Es zeigte sich aber, daß die letzte Strecke nur mit geländegängigen Fahrzeugen zurückzulegen war, über welche die Miliz in Woodenbuch allerdigs nicht in genügender Anzahl verfügte. Wir mußten also den Bus verlassen und laufen. Das war nicht sonderlich anstrengend, da wir nur wenig Gepäck mitführten, einen Rucksack und einen Koffer mit geringer persönlicher Habe und Kleidung. Die Wachen ließen sich nach der Ankunft in der milden Abendsonne im Gras nieder, tranken mitgebrachten Schnaps, rauchten, warteten auf den Geländewagen, der sie abholen sollte. Ihre Aufgabe war erfüllt. Sie überließen uns dem Oberförster. Und der machte auf den ersten Blick keinen schlechten Eindruck. Er wies uns als vorläufige Unterkunft eine Baracke zu, meinte, es sei dort ausreichend Platz, so daß es genüge, einen Raum mit zwei Personen zu belegen. Wer unbedingt wolle, könne sogar eine Einzelkammer haben. Allerdings gelte das nur in

Ausnahmefällen, da lediglich drei Räume überzählig seien. Wir, das waren insgesamt neunzehn Personen, elf Männer und acht Frauen, waren aus unterschiedlichen Gründen zu ‚Besserungsmaßnahmen' verurteilt worden. Was dies konkret bedeutete, wußten wir bei unserer Ankunft allerdings noch nicht. Der Oberförster sagte lediglich, wir könnten bei einem Gehilfen Bettzeug und Abendessen erhalten, das Weitere würden wir morgen oder auch später erfahren. Die Kammerbelegung sollten wir selbst übernehmen.

Annika stieß mich an.

„Ich würde gerne mit dir auf ein Zimmer gehen."

Das wunderte mich, denn ich hatte auf der Fahrt hierher wenig Kontakt mit ihr gehabt. Sie war eine hübsche, gut aussehende Frau, etwa dreißig Jahre alt. Ich war müde, hatte nichts dagegen. Der Oberförster auch nicht.

„Das ist eure Sache", meinte er, „ich bin schließlich kein Moralwächter."

Wir erhielten Bettzeug und Essen, richteten uns ein. Es dunkelte bald, aber in der Baracke gab es sogar elektrisches Licht. Ich legte mich auf eines der Betten, Annika legte sich neben mich.

„Danke", sagte sie. Dann schwieg sie eine Weile.

„Wundert dich mein Verhalten nicht?" fragte sie schließlich.

„Nein", antwortete ich, „es wird seine Gründe haben. Alles hat seine Gründe. Und ich denke, ich werde deine irgendwann erfahren."

„Nicht irgendwann", fuhr sie fort, „ich kann es dir gleich sagen: Ich traue dir."

„Das soll vorkommen, aber was hat das mit der Sache zu tun?"

„Na ja, ich war Prostituierte. Die meisten wissen das und glauben nun, ich sei ihre Allgemeine. Ich möchte das aber nicht. Verstehst du?"

„Sicher, aber was habe ich damit zu tun?"

„Ich suche Schutz", sagte sie leise, „und ich denke, ich finde ihn bei dir."

„Wieso?"

„Die Männer achten dich. Sie haben Respekt vor dir, weil du mehr weißt als sie. Du behältst den Überblick, auch wenn es kritisch wird. Das habe ich auf dem Transport gemerkt. Und deshalb glaube ich, sie werden mich in Ruhe lassen, solange du bei mir bist. Verstehst du?"

„Das kann gut sein. Aber warum bist du hier? Prostitution ist nicht verboten, zumindest, wenn sie im offiziellen Rahmen abläuft. Oder warst du etwa ein ‚Wilde'?"

„Nein, natürlich nicht. Ein hoher Parteifunktionär war sogar ein Stammkunde. Der mochte am liebsten Analverkehr."

„Solche Typen soll es geben. Obwohl solche Praktiken offiziell als ‚pervers' gelten. Aber du hast meine Frage nicht beantwortet."

„Das war es ja gerade. Ich habe darüber erzählt. Es wurde bekannt. Die Sache war ihm peinlich, er stritt es ab und ich kam vor Gericht, wurde wegen Verleumdung verurteilt."

„Du hättest den Mund halten sollen."

„Das kann man hinterher leicht sagen. Und was haben sie dir angehängt?"

„Nichts Besonderes. Ich habe mich nur in einem Leserbrief an die Lokalzeitung über eine in Angriff genommene Umgehungsstraße mokiert."

„Was?"

„Ja, sie schloß sich direkt an eine Wohnsiedlung an. Das war aber nicht unbedingt der Punkt. Sie verlief durch ein Feuchtgebiet, kostete auch entsprechend das Dreifache einer normalen Straße. Man hätte sie ohne Schwierigkeiten und auch verkehrstechnisch günstiger ein paar hundert Meter entfernt bauen können. Aber der Punkt war, daß der Bürgermeister gerade dort an und für sich wertlose Grundstücke besaß, die er so teuer an den Staat verkaufen konnte."

„Und das war dir nicht bekannt?"

„Doch. Ich wußte auch, daß der Landrat korrupt war und einen Teil des Geldes bekam. Allerdings glaubte ich, daß im zuständigen Bauministerium die Beamten wenigstens halb so anständig sind wie sie immer tun. Aber sie hielten zusammen. Und ich kam vor Gericht, wurde verurteilt: auch wegen Verleumdung."

„Dann passen wir ja auch zusammen."

„Vielleicht. Aber ich denke, das wird sich irgendwann zeigen", sagte ich leicht ironisch.

Annika verstand die Anspielung.

„Aber bis dahin mußt du brav sein. Gute Nacht."

Ich lag noch längere Zeit wach. Alles kam mir seltsam vor: die offensichtlich milde Bestrafung in idyllischer Umgebung, die Achtung, welche mir die überwiegend unflätigen, wenn auch nicht unbedingt schlechten Kerle angeblich entgegenbrachten, die süße Hure, die keine Freier mehr wollte. All dies schien mir so befremdlich, so abwegig, ja fast absurd, daß ich es nicht wirklich der Realität zuordnen konnte. In anderen Worten, ich war mir nicht sicher, ob ich dies alles nur träumte, während ich tatsächlich irgendwo in einer dunklen Gefängniszelle auf einer harten Pritsche lag. Ich lauschte dem gleichmäßigen Atmen Annikas. Aber auch das konnte lediglich Täuschung sein. Irgendwann schlief ich ein.

Ein schriller Pfeifton weckte mich.

„In zehn Minuten ist Antreten", brüllte es draußen.

„Da bleibt ja kaum Zeit zum Waschen", sagte Annika, die sich sogleich aus ihrem Bett erhob, während ich noch überlegte. Sie schüttete aus einer großen Kanne Wasser in eine flache Schüssel, die auf einem Tischchen in einer der Zimmerecken stand, streifte ihr Nachthemd ab, begann mit der Körperreinigung. Genußvoll betrachtete ich ihre wohlgeformte, nackte Gestalt.

„Willst du dich nicht auch waschen?" rief sie mir zu, ohne sich umzudrehen.

„Wir haben nur eine Schüssel", wandte ich ein.

„Der Platz reicht; komm her, ich mag keine Leute die stinken."

Ich gehorchte, streifte ebenfalls mein Nachtgewand ab, stellte mich neben sie.

„Hier sind Seife und Waschlappen."

Weiß der Teufel, wo sie das Zeug her hatte. Als sie fertig war, drehte sie sich zu mir hin, streichelte sanft meinen Kopf. Unwillkürlich wandte ich mich ihr zu. Sie lächelte. Sie legte ihre Arme um meine Schultern, preßte so ihren Körper an den meinigen, drückte mir einen

197

Kuß auf den Mund. Ein Gefühl der Wonne stieg in mir auf. Doch so schnell wie sie mich zu sich zog, hatte sie auch bereits wieder ihre Arme gelöst, war ein Schritt zurückgewichen.

„Und jetzt ab in die Klamotten und raus. Es wird Zeit", kommandierte sie.

Der Oberförster erwartete uns schon in einer Art Hof. Er musterte uns eine Weile als schien er unschlüssig. Man merkte, daß er innerlich arbeitete, wohl nach den rechten Worten für seine Rede suchte, die er ja unbedingt halten mußte. Endlich begann er, zunächst recht unsicher.

„Ihr seid also die Neuen."

Er zögerte. Es war als fiele ihm ein, daß die ‚Alten' schon lange weg waren.

„Also, ihr seid also die, welche mir als Helfer oder wie man das nennen könnte zugeteilt sind. Die Zeiten haben sich geändert. Früher bekamen wir viele von eurer Sorte, deshalb ist auch so viel Platz. Aber seit dem Krieg setzen sie die Arbeitskommandos zum Aufbau in den zerstörten Westprovinzen und den eroberten Gebieten ein. Hierher kommt kaum noch jemand. Die Letzten waren vor fünf Jahren da, glaube ich. Damals hatten wir auch noch bewaffnete Wachen. Deswegen ist jetzt auch alles nicht mehr so in Ordnung", er sagte dies fast entschuldigend, „aber im Vergleich zu dem, was eure Vorgänger hatten, ist es schon fast luxuriös. Die schliefen noch zu zehnt in den Räumen, hatten auch noch kein elektrisches Licht. Ich habe die Leitungen erst vor zwei Wochen legen lassen. Da seht ihr, daß ich es gut mit euch meine. Ich bin ja auch kein Unmensch. Es gibt da auch noch die Räume der Wachen. Es sind Steinbauten. Die haben sogar Bäder und Toiletten. Wenn ihr euch bewährt, dürft ihr sie renovieren und bewohnen. Das ist angenehmer für den Winter. Das Essen gibt es vorläufig in der Baracke da drüben", er deutete dabei nach hinten links, „es gibt allerdings im Steinhaus noch den Speiseraum der Wachen. Den müßt ihr allerdings noch herrichten. Ich brauche Küchenpersonal. Zwei genügen, aber sie sollten einen Führerschein haben, damit sie die Vorräte holen können."

Zwei eher kräftige, nicht mehr ganz junge Frauen, namens Maria und

198

Anna, meldeten sich.

„Ihr könnt gleich anfangen. Jakob wird euch einweisen."

Dabei blickte er einen neben ihm stehenden Gehilfen an. Der verstand, winkte die Frauen zu sich und verschwand mit ihnen in Richtung Steinhaus.

Das für ihn offenbar ungewohnt lange Reden im Stehen hatte den Oberförster womöglich ermüdet, darum fuhr er lapidar fort:

„Den Rest, den ihr für den Anfang wissen müßt, kann ich euch drüben im Speiseraum erzählen."

Wir marschierten zur Baracke, ungeordnet. Die Einrichtung war einfach, rohe Tische, rohe Bänke. Wir setzten uns. Für den Oberförster gab es ein spezielles Podest, so daß er etwas erhöht sitzen konnte.

„Also", begann er, „zunächst das wesentliche: Wecken ist an Werktagen morgens um sechs, Frühstück gibt es um halb sieben, um sieben ist Arbeitsbeginn. Gearbeitet wird montags bis freitags zehn Stunden, bei einer halben Stunde Pause, samstags fünf Stunden, ohne Pause. Samstag abend um sieben ist politische Schulung in Woodenbuch, das ist knapp vier Kilometer entfernt. Da müßt ihr hinlaufen. Teilnahme ist Pflicht. Sonntags ist frei. Bei Arbeiten in entfernten Abschnitten bleibt ihr die Woche über in einem Camp. Wer sich bewährt, bekommt einmal im Monat einen halben Tag frei. Dann könnt ihr euere Angelegenheiten erledigen. Euer Lohn beträgt ein Taler pro Tag, den bekommt ihr am Ende jeden Monats hier bar ausbezahlt. Euer Vermögen, sofern ihr welches hattet, wurde ja nicht eingezogen. Ihr könnt darüber frei verfügen. Ihr könnt damit zum Beispiel die Renovierung der Wohnräume im Steinhaus bezahlen oder auch Gegenstände des täglichen Bedarfs kaufen. Private Radios oder Fernsehgeräte sind allerdings nicht erlaubt, Tonkassettengeräte dagegen schon. In Woodenbuch gibt es eine kleine Bank, dort könnt ihr die Einzelheiten regeln. Es gibt da auch einen kleinen Laden, in dem ihr einkaufen könnt. Was allerdings über Seife, Kleidung oder Ähnliches hinausgeht, müßt ihr bestellen. Die Lieferung kann zwei bis drei Wochen dauern. Ihr werdet im wesentlichen zu Waldarbeiten, vielleicht auch ab und zu zum Wegebau eingesetzt. Das Bäume fällen und den Abtransport der Stämme übernehmen Leute, die das können. Eure

Aufgabe ist es, das Astholz zu verarbeiten, die Stümpfe zu roden und Neuanpflanzungen vorzunehmen. Meine Gehilfen werden euch einweisen."

Er machte eine Pause.

„Seid vernünftig und tut euere Pflicht. Dann geht es euch gut. Versucht vor allen Dingen nicht abzuhauen. Ihr seid registriert und habt keine Pässe, nur Gefangenenausweise. Ihr schafft es nicht über die Grenze und wenn ihr erwischt werdet, landet ihr in einem Bergwerk bei Schwerverbrechern. Ich weiß nicht, was dort schlimmer ist: die Arbeit oder eure ‚Kameraden'. Und übrigens, ich habe weder Lust noch Zeit, mich mit jedem einzelnen von euch abzugeben. Sucht euch also einen Vormann aus, der eure inneren Angelegenheiten oder Streitigkeiten regelt und eventuelle Beschwerden oder Wünsche bei mir vorträgt. Ich werde einmal pro Woche eine Sprechstunde für ihn einrichten. Die Zeit gebe ich noch bekannt. Wählt einen aus und nennt ihn mir bis morgen abend. Alle Arbeitsangelegenheiten habt ihr mit dem Obergehilfen Max zu regeln. Der ist dafür zuständig. Er wird euch nach dem Frühstück übernehmen. Noch irgendwelche Fragen ?"

Ich meldete mich.

„Wie ist das mit der Renovierung ? Wo bekommen wir Material her ?"

Der Oberförster überlegte, zögerte.

„Mußt du gleich mit der Tür ins Haus fallen. Ich habe nur Möglichkeiten genannt, noch nichts fest versprochen."

„Sicher", entgegnete ich, „aber es ist bereits Mitte Juli. Und im Oktober wird es kalt. Bis dahin müssen wir fertig sein, wenn wir nicht in der Baracke überwintern wollen."

Ich merkte es seinen Gesichtszügen an, daß der Oberförster mir recht geben mußte. Das war ihm allerdings nicht sehr lieb. Er war mit seiner Inaussichtstellung von Vergünstigungen wohl etwas voreilig gewesen, wurde jetzt beim Wort genommen, mußte dazu stehen, wenn er nicht gleich von Anfang an als unglaubwürdig gelten wollte, was er sicherlich nicht beabsichtigte. Er überlegte kurz.

„Also", sagte er schließlich, „wenn ich nach zwei Wochen sehe, daß

ihr euere Arbeit ordentlich tut, werde ich die Sachen besorgen. Gebt mir dann eine Liste dessen, was ihr braucht. Bezahlen müßt ihr es aber selbst. Sonst noch was?"
Niemand meldete sich. Er verabschiedete sich kurz, ging.

Das war kein schlechter Anfang. Besser als ich annahm. Und ich träumte nicht. Nun galt es, die Leute für mich zu gewinnen. Es war kein bestimmtes Strafmaß verhängt worden. Unser Aufenthalt hier konnte nur ein Jahr oder auch fünf Jahre dauern. Wollten wir also etwas verändern, so mußten wir es bald tun, sonst bestand die Gefahr, daß wir nicht mehr, zumindest der eine oder andere, in den Genuß der Früchte unserer Arbeit kommen könnten, falls wir bereits im nächsten Jahr entlassen würden. Andererseits würde mehr Bequemlichkeit sicherlich die Stimmung und die Zufriedenheit heben. An Flucht war ohnehin nicht zu denken. Da hatte der Oberförster recht. Das Land grenzte im Norden an das Eismeer, im Osten an das rauhe Obolssche Meer. Dessen Küste war unwirtlich und es gab dort auch nur einen nennenswerten Hafen. Im Süden grenzte es an das gewaltige Zentralgebirge, das nur an wenigen Stellen überquert werden konnte. Die Westgrenze war gut dreitausend Kilometer entfernt und wurde schärfstens bewacht. Und schon der Weg dorthin schien ausgeschlossen, da wegen der vielen Kontrollen die Eisenbahn nicht benutzt und auch kein Nachtquartier gefunden werden konnte. Es blieb also nur die Möglichkeit zu Fuß zu gehen und monatelang in den Wäldern zu hausen. Ein Entkommen schien nicht möglich, zumal die meisten nicht mehr ganz jung und damit den Strapazen eines gewaltigen Marsches sicherlich auch nicht gewachsen waren. Während ich so meinen Gedanken nachhing, hatten die anderen bereits eine Diskussion um die Ernennung eines Sprechers begonnen.
„He, Fritz", rief jemand schließlich so laut, daß ich fast erschrak.
„Was gibt es?" fragte ich erstaunt.
„Wir haben eben ein bißchen diskutiert", begann ein kräftiger Kerl, der Horst hieß. Er hatte auch meinen Namen gerufen, „wir meinen, daß du unser Sprecher werden sollst. Du kannst dich am besten ausdrücken, weißt am meisten, bist auch Doktor, wie wir erfahren ha-

ben. Nimmst du an ?"

Ich überlegte kurz.

„Es kommt darauf an", begann ich, „daß wir aus unserer Situation das Beste machen. Unsere Lage ist nicht schlecht und wir können nur gewinnen. Der Oberförster scheint mir ein vernünftiger Mensch zu sein, mit dem wir sicherlich gut auskommen, solange wir ihm keine Schwierigkeiten machen, das heißt, solange er nicht durch uns mit den Behörden Schwierigkeiten bekommt. Wir sind hier am Rande der Welt und ich denke nicht, daß sich in der so ziemlich fünfhundert Kilometer entfernten Distriktshauptstadt irgendeiner für uns großartig interessiert. Von da aus drohen uns sicherlich keine Repressalien, solange wir keine provozieren. Das heißt, ich fordere euch auf, unnötige Opposition und unnötiges Aufbegehren, also alles, was Aufmerksamkeit auf uns lenken könnte, zu unterlassen. Wenn ihr damit einverstanden seid, nehme ich den Posten an."

„Das versprechen wir", tönte es aus der Runde.

„Dann ist der Punkt geregelt", antwortete ich.

Solch prompte Versprechen bedeuten natürlich nicht sehr viel. Innerhalb einer so großen Gruppe kann es erfahrungsgemäß sehr schnell zu Spannungen kommen. Ein böses Wort, nicht nur von Seiten des Oberförsters oder einem seiner Gehilfen, sondern auch aus den eigenen Reihen heraus, genügt oft. Außerdem gaben mir Annikas Worte bezüglich der ‚Allgemeinen' vom Vorabend zu denken. Auf menschliche Triebe aufbauende Konflikte konnten jederzeit ausbrechen und eskalieren. Es galt also aufzupassen, die Lage stets im Auge zu behalten.

Die beiden Küchenfrauen erschienen mit dem Frühstück. Es gab Malzkaffee, Brot, Margarine und Marmelade. Das war nicht jedermanns Geschmack, aber ich sagte mir, daß wir langfristig notfalls einen Teil unseres Verdienstes zur Verpflegung beisteuern könnten.

Max befahl uns dann ins Freie. Für heute genüge es, meinte er, uns mit den Örtlichkeiten vertraut zu machen. Er zeigte uns die Werkzeugkammer, erklärte den Gebrauch von Äxten, Motorsägen, Seilwinden und anderen Geräten. Ich merkte bald, daß fast alle Männer über genügende handwerkliche Fähigkeiten verfügten, so daß hinsichtlich der Arbeit keinerlei Schwierigkeiten zu befürchten waren. Dann zeigte er uns die nähere Umgebung, die bereits auf den ersten Blick recht angenehm schien. Mir fiel ein kleiner See in der Nähe auf, der in der warmen Sommersonne zum Baden einlud. Meine neue ‚Heimat' begann mir zu gefallen. Wie sahen das die anderen? Vielleicht hatten sie, im Gegensatz zu mir, zuhause Familien, litten schon jetzt unter der Trennung. Dann war eine Verschlimmerung zu befürchten. Auch das mußte berücksichtigt werden. Möglicherweise sahen sie auch, ebenso wie ich, ihre Verurteilung als ungerecht an und wollten sich nicht langfristig mit der ‚Verbannung' abfinden. Auch das bot Konfliktmaterial. So gelangte ich mehr und mehr zur Überzeugung, daß die Lage im Allgemeinen, das heißt für uns als Gruppe doch nicht so rosig war, wie sie mir persönlich dünkte, zumal ich auch selbst einiges zu beschönigen schien. Schließlich hatte auch ich meine Stellung, meine bürgerliche Existenz verloren und es war ungewiß, ob ich sie jemals zurückgewinnen könnte. Der Bürgermeister erschien mir mit Sicherheit rachsüchtig und es war zweifelhaft, ob ihm meine zeitweilige Verbannung ausreichende Genugtuung sein würde und er mir nicht nach meiner Rückkehr bei jeder Gelegenheit Steine in den Weg legen würde, auch aus dem Grunde, mich zu einem erneuten ‚Fehlverhalten' zu provozieren, welches Gelegenheit geben würde, mich endgültig loszuwerden. Je länger ich darüber nachdachte, desto unwahrscheinlicher erschien mir allerdings dieses Szenario und ich beruhigte mich wieder.

So verging der erste Tag. Zum Mittagessen gab es Eintopf, der sogar Fleisch enthielt, zum Abendessen Brot und grobe Wurst. Das war zwar nichts für Feinschmecker, aber auch nichts, was zu Beschwerde Anlaß geben konnte. Als es dunkelte kehrten wir in unsere Baracken zurück.

„Für den Anfang nicht schlecht. Und unsere Lage ist noch verbesserungsfähig", sagte ich zu Annika.

„Du bist ein Optimist, der allen Lagen positive Seiten abgewinnt", entgegnete sie, „dabei sind wir doch bloß Ausgestoßene. Der Oberförster behandelt uns gut nicht weil er gut ist, sondern weil er seine Ruhe haben will. Er hatte sie nun fünf Jahre und will nicht, daß sich für ihn die Lage zum Schlechteren wendet."

„Das ist mir klar. Und darum haben wir gemeinsame Interessen. Das ist förderlicher als bloß guter Wille oder ein Hauch humaner Gesinnung. Hast du den Bericht von Juriman über die Situation in den Straflagern vor dem Krieg gelesen?"

Sie schaute mich fragend an.

„Wie sollte ich? Der Besitz des Buches ist doch strengstens verboten. Es soll nur wenige, geheime Abschriften gegeben haben."

„Ich kenne es trotzdem. Und ich sage dir, gemessen an den damaligen Zuständen, leben wir hier fast im Paradies, vorläufig jedenfalls. Wir können unsere menschliche Würde erhalten, das allein ist wichtig. Vielleicht kommen wir sogar zu neuen Einsichten."

„Das ist doch Intellektuellengerede. Wir sind nur ein paar und die meisten sind eher einfache Menschen. Die sind an ‚höheren' Einsichten nicht interessiert, wollen nur die einfachen Dinge im Leben: essen, trinken, ficken und unterhalten werden. Dann sind sie zufrieden. Die werden nichts ändern."

„Das ist durchaus möglich, aber ich denke, in jedem ruht ein göttlicher Funke, den man vielleicht wecken kann. Das wichtigste ist aber, für sich selbst innere Ruhe zu finden. Und hierzu ist es notwendig, das Leben hier nach den eigenen Vorstellungen zu gestalten und zu verhindern, daß jemand alles verdirbt."

Annika seufzte.

„Ich sehe, du willst herrschen, alles kontrollieren. Verkalkuliere dich nicht. Du bist auch nur ein kleiner Gefangener, der eigentlich nicht zählt."

„Das mag sein. Deshalb sollte man auch nicht laut über seine Pläne reden, sondern still aber zäh an ihrer Verwirklichung arbeiten. Übrigens, wie siehst du deine Lage hier? Du sagtest doch gestern abend, du willst nicht die ‚Allgemeine' sein. Das warst du doch vorher? Hier mußt du nicht anderen zu Willen sein, ekelhafte Dinge tun, deine Würde in den Staub zu werfen. Ist das nichts Besseres?"

Sie runzelte die Stirn.

„Das Leben in der Hauptstadt hatte auch seine angenehmen Seiten. Es war nicht alles schlecht. Und an vieles habe ich mich im Laufe

204

der Jahre gewöhnt. Es schien dann normal, weil ich nichts anderes kannte. Und ich hatte auch wesentlich mehr Bequemlichkeiten. Da mag das eine das andere aufwiegen. Aber wenn das eine wegbricht, mag man auch das andere nicht mehr."

Ich schwieg, dachte nach. Was sie sagte, das erschien mir durchaus schlüssig. Es ist schon ein Unterschied, ob man sich hergibt und gutes Geld dafür erhält oder ob man es tut oder tun muß nur um der ‚Vorteile' anderer willen, ohne die entsprechende Belohnung zu erhalten. Dann ist man wirklich nur Objekt, während man sich im anderen Fall einreden kann, es handele sich um ein faires Geben und Nehmen. Vielleicht war sie gar nicht die gequälte Kreatur, die ich in ihr zu sehen begonnen hatte, vielleicht liebte sie ihren Beruf, hatte ihn freiwillig begonnen. Ich merkte, ich konnte das nicht beurteilen, da ich sie zu wenig kannte und ich daher manches Urteil aufgrund meiner eigenen Anschauungen fällte, die aber mit den ihren nichts zu tun hatten. Sie wohnte nun mit mir zusammen in einer Kammer, mochte auch ganz lieb sein, entsprach aber sicherlich nicht dem Frauenideal, das ich mir aufgebaut hatte. So suchte sie möglicherweise meinen Schutz nur so lange, bis sie eine bessere Lösung gefunden hatte. Allerdings besaß ich kein Recht ihr deswegen Vorwürfe zu machen oder sie gar zu verurteilen.

„Na, gut. Es ist noch zu früh für Vergleiche. Man muß beide Seiten zur Genüge kennen."

„Ist das dein Ernst oder nur eine Ausrede? Ich hatte den Eindruck, daß du vorschnell Urteile fällst. Man muß Dingen ihren Lauf lassen, wenigstens in einem gewissen Rahmen. Andere lassen sich nicht gern in Schemata pressen. Du magst das doch auch nicht."

Sie rückte etwas näher zu mir.

„Du darfst mich nicht falsch verstehen. Ich behaupte nicht, daß mein früheres Leben ideal war, daß ich nie über Alternativen nachgedacht habe. Aber ich verabscheue es nicht. Vielleicht ist meine jetzige Lage Keimzelle zu etwas Besserem. Aber das kann ich im Moment noch nicht wissen."

Sie rückte dicht an mich heran, legte einen Arm um mich, streichelte mich mit der anderen Hand.

„Deine Nähe tut mir gut, besser als die Nähe der meisten Männer, ich meine auch ‚die meisten' und nicht ‚alle', mit denen ich bisher Kontakt hatte. Aber das bedeutet nicht, daß ich auch in einem Jahr noch so fühlen werde. Und das liegt nicht nur an mir."

Mittlerweile war es spät geworden, es war Zeit zu schlafen. Annika schaute mich an.

„Heute sehne ich mich nach deiner Nähe, besonders in der Nacht. Rücken wir unsere Betten zusammen?"

Ich hatte nichts dagegen. Sie schmiegte sich an mich. Und es erzeugte in mir ein Wohlgefühl ihren Körper zu spüren.

„Versuche aber nicht, etwas zu erzwingen. Noch ist die Zeit nicht gekommen", sagte sie leise.

„Du brauchst keine Angst zu haben", antwortete ich.

Bald schliefen wir ein.

Am nächsten Tag begannen wir mit unserer Arbeit. Der Obergehilfe führte uns zu einem etwa sechs Hektar großen, abgeholzten Waldstück, das ungefähr eine halbe Marschstunde von unserer Unterkunft entfernt lag. Die Stämme waren bereits am Rand eines breiten Forstweges hoch aufgeschichtet, warteten auf den Abtransport. Unsere Aufgabe war es nun, das noch die Fläche bedeckende Geäst zu Brennholz zu verarbeiten und anschließend die Wurzelstöcke zu roden; sicherlich eine Arbeit, die viele Wochen in Anspruch nahm. Ich wunderte mich, wozu das viele Brennholz gebraucht wurde.

„Ihr sollt mit eurer Arbeit keinen Schönheitspreis erringen. Das Holz muß nur so zerschnitten werden, daß es einigermaßen ordentlich abtransportiert werden kann. Wir schaffen es nach Woodenbuch, dort haben sie eine Fabrik gebaut, in der das Holz zermahlen und zu großen Tabletten gepreßt wird. Die liefern wir dann an Kraftwerke im Bezirk, die speziell für diesen Brennstoff konstruiert sind", erklärte mir der Obergehilfe.

„Ist das denn wirtschaftlich ?" fragte ich zurück.

Max zuckte mit den Schultern.

„Du stellst Fragen. Typisch für Städter aus dem Westen. Ich habe von so etwas echt keine Ahnung, weiß nur, daß Öl, Kohle oder Gas über

mehr als tausend Kilometer herangeschafft werden müßten, ab Marodi mit Lastwagen, weil die Eisenbahn nur bis dorthin geht wie du weißt. Und eine Pipeline gibt es nicht. Ich denke daher, das wird sich schon lohnen, das werden die Planer schon ausgerechnet haben. Aber das ist nicht mein Problem und auch nicht eures. Macht eure Arbeit."
Ich sah ein, daß er wohl recht hatte. Und da uns einige technische Hilfsmittel zur Verfügung standen, die per Lastwagen herbeigeschafft wurden, war die Arbeit körperlich nicht übermäßig anstrengend, auch nicht für die Frauen. So fielen wir auch abends nicht todmüde ins Bett, wenn wir zurückkamen. Ich nutzte daher die Gelegenheit eine Versammlung einzuberufen um den Vorschlag einer Renovierung des Steinhauses zu erörtern. Er stieß nicht auf prompte Zustimmung. Einmal gab es Bedenken wegen der Kosten über die noch keine Klarheit bestand. Die meisten hatten wohl einiges Spargeld, hofften aber schon bald wieder entlassen zu werden, so daß sie der Meinung waren, die Ausgaben würden sich nicht lohnen. Etliche waren von der Redlichkeit des Oberförsters oder auch der Behörden weniger überzeugt als ich. Sie mißtrauten der guten Behandlung, glaubten, diese würde nur vorübergehend gewährt und fürchteten zudem, wir könnten irgendwann verlegt werden, so daß wir nicht die Früchte unserer Arbeit genießen könnten. Ich befragte den Oberförster während seiner wöchentlichen Sprechstunde. Er wunderte sich über meinen Eifer, bewunderte ihn vielleicht sogar, konnte oder wollte aber keine konkrete Auskunft geben.
„Ich habe keine Leute angefordert", sagte er bloß, „ihr wurdet mir zugeteilt, ohne daß ich vorher um meine Meinung gefragt worden wäre. Das heißt, ebenso gut wie ihr hierher gebracht worden seid, könnt ihr auch wieder abgeholt und durch andere ersetzt werden."
„Ich denke aber, das Astholz wird im Holzwerk in Woodenbuch gebraucht. Dann müssen auch Leute da sein, die es aufarbeiten. Und es wäre sicherlich nicht sinnvoll, das Personal ständig auszutauschen."
„Sie denken zu viel, das ist Ihr Fehler. Überlassen Sie es denen, die dafür zuständig sind. Jedenfalls kann ich da nicht helfen. Ich werde mich auch hüten nachzufragen, auch in eurem Interesse. Das könnte nur schlafende Hunde wecken."

207

Damit war das Gespräch zu Ende. Das einzige was blieb, war meine Verwunderung darüber, daß er mich mit ‚Sie' angeredet hatte. Aber ich gab nicht auf. Ich inspizierte das Steinhaus, durchsuchte Schuppen und Gerätehallen. Und es ergab sich folgendes Bild: das Gebäude war im wesentlichen noch in gutem Zustand, die Zimmer waren auf Bequemlichkeit ausgelegt, wohl um der Zufriedenheit der Wachmannschaften entgegenzukommen, die in dieser abgelegenen Gegend ihren Dienst hatten verrichten müssen. Zimmer, Fenster und Türen brauchten lediglich einen frischen Anstrich, nur in zwei der fünf Bädern mußten neue Waschbecken oder Toiletten installiert werden, an den elektrischen Einrichtungen waren nur kleine Reparaturen vorzunehmen. Auch der Speisesaal konnte leicht wieder hergerichtet werden. Die Küche war ohnehin für uns in Ordnung gebracht worden. Lediglich die Fußböden, welche aus Holzdielen bestanden, hatten arg gelitten und mußten ausgetauscht werden. Ich hatte aber mittlerweile in Erfahrung gebracht, daß die Holztablettenfabrikation in dem Werk in Woodenbuch nur eine erst kürzlich vorgenommene Erweiterung der Produktionspalette beinhaltete. Die Fabrik bestand schon länger, stellte ursprünglich und auch noch heute Holzbretter her. An einem der ersten Samstage hatte ich nachmittags die Fabrik aufgesucht und glücklicherweise den Produktionsleiter, einen Mann um die sechzig, angetroffen. Er war sehr freundlich, hatte ein offenes Ohr für meine Wünsche, was vielleicht daran lag, daß er selbst vor mehr als fünfundzwanzig Jahren als Verbannter hierher kam, Gefallen an der Gegend gefunden hatte und nach Verbüßung seiner Strafe hiergeblieben war. Er erklärte mir, daß er einen größeren Posten Dielenbretter ‚minderer' Qualität vorrätig habe, die er mir zu geringen Preis überlassen könne. Die Bretter seien völlig in Ordnung, hätten nur einige Astlöcher, die aber leicht mit einer geeigneten Masse, welche er mir sogar schenken würde, zugespachtelt werden könnten. Aufgrund seiner Vergangenheit wage er es nicht, die Bretter, wie es sonst üblich ist, an die Einheimischen zu verkaufen, da er Beschwerden bei den Behörden fürchten müsse. Betriebsleiter, die gute Parteimitglieder seien, könnten dies ohne Gefahr tun, da sie solche Beschwerden nicht fürchten müßten. Bei ihm sei das aber anders, da

man noch immer ein waches Auge auf ihn habe. An die Zentralab-
nahmestelle zu liefern käme schon gar nicht in Frage, obwohl sich
die Bretter für Einschalungen an Baustellen durchaus eigneten. Das
wunderte mich etwas, aber er erklärte, selbst eine Deklarierung als
Schalbretter würde nicht helfen, da solche laut Produktionsplan in
seiner Fabrik nicht herzustellen seien. Wenn er also solche Bretter
anböte, könne ihm das als Beweis für eine schlechte Produktionsqua-
lität in seiner Fabrik angelastet werden. Verdiente Parteimitglieder
hätten natürlich solche Probleme auch nicht. Aber er sei eben nur ein
ehemaliger Verbannter. Es bliebe ihm daher nichts anderes übrig, als
die Bretter für Reparaturarbeiten innerhalb der Fabrik zu verwenden.
Allerdings übersteige der Vorrat den Bedarf bei weitem.

Farbe, Nägel, Schrauben und anderes notwendige Kleinmaterial fand
sich in größerem Umfang in den Geräteschuppen der Forststation, so
daß hiervon nur kleinere Mengen beschafft werden mußten. Insgesamt berechnete ich die Materialkosten auf ungefähr tausend Taler.
Dennoch gab es genügend Einwände, die erst ausgeräumt wurden als
ich mich bereit erklärte, die Hälfte der Kosten zu übernehmen und
damit für die anderen ein knapper Monatsverdienst verblieb. Und so
konnten wir in der zweiten Augusthälfte mit den Arbeiten beginnen
und innerhalb von fünf Wochen zu Ende bringen.

Vorher mußte ich allerdings noch ein Problem bereinigen, welches
mein Vorhaben zeitweise in Frage zu stellen schien. Der Oberförster
hatte ja seine Zustimmung zu diesem Projekt von genügender Arbeitsleistung unserseits abhängig gemacht. Ich habe das bisher noch
nicht deutlich genug gesagt, aber im Grunde genommen verrichteten
wir ja Zwangsarbeit, auch wenn wir einen geringen Lohn erhielten.
Das bedeutete aber, daß die Motivation der Leute nicht sehr hoch
war und unsere Arbeitsleistung anfangs noch gering blieb. Der Oberförster kritisierte das, drohte mit Konsequenzen, was jedoch ohne
Wirkung bei den Leuten blieb. Ich redete oft auf sie ein, sagte ihnen,
es werde von keinem verlangt sich zu Tode zu arbeiten, aber unsere
Arbeitsleistungen müßten schon dem Staatsdurchschnitt entsprechen,
wenn wir nicht unsere Vergünstigungen verlieren wollten. Es sei also
auch in unserem Interesse das Plansoll zu erfüllen. Auch ich fand zu-

nächst kein Gehör, überredete dann den Oberförster unsere Essensrationen und unsere Freizeit wenigstens kurzfristig zu reduzieren. Er wollte das zwar nicht, da er Ärger fürchtete. Ich überzeugte ihn aber dann, daß dies ein Teil meines Planes zur Hebung der Arbeitsmoral sei und ich schon dafür sorgen würde, daß die Entwicklung in die richtige Richtung lief. Es war mir klar, daß es sich um ein gefährliches Spiel handelte, denn immerhin mußte befürchtet werden, daß dadurch die Arbeitsleistung noch weiter sinken und eventuell sogar eine so starke Unruhe ausbrechen konnte, daß der Oberförster die Hilfe der Behörden in Anspruch nehmen mußte. Mit Sicherheit waren dann nicht nur wir sondern auch er verloren. Und ich war mir der Handlungsweise der Leute nicht soweit sicher, daß ich eine solche Entwicklung hätte ausschließen können. Glücklicherweise zog der Oberförster diese Möglichkeit nicht in Betracht, es sei dahingestellt, ob aus Naivität oder aus mangelndem Denkvermögen. Ich hatte mich allerdings auf diese Umstände gut vorbereitet, machte den Leuten schon gleich am ersten Tag heftige Vorwürfe, malte die weitere Entwicklung in schwärzesten Farben, schilderte ihnen die unerträglichen Lebensbedingungen in den Bergwerken, die sie unbedingt erwarteten und so gelang es mir, schwerwiegende Ängste in ihnen zu wecken. Bereits nach drei Tagen zeigte sich eine erste Wirkung und nach einer Woche konnte der Oberförster mit unserer Arbeitsleistung mehr als zufrieden sein.

Obwohl wir uns mittlerweile persönlich sehr nahe gekommen waren, weihte ich Annika in diesen Plan nicht ein. Es schien mir zu gefährlich. Weiber sind bekanntlich schwatzhaft und ein unbedachtes Wort, an falscher Stelle gesagt, konnte die Leute gegen mich aufbringen und alles zunichte machen. Das durfte nicht riskiert werden. Statt dessen malte ich ihr in den herrlichsten Farben das Ergebnis der Renovierungsarbeiten aus und konnte sie nach und nach soweit begeistern, daß sie einen Teil der Vorbereitungen und der Organisation der Arbeiten übernahm.

Politische Schulungen

Die politischen Schulungen blieben eine Randepisode. Schon bei der ersten Versammlung ließ der Parteifunktionär durchblicken, daß er uns nicht für grundsätzlich schlechte Menschen ansah, sondern er hielt uns vor, nicht über das rechte Bewußtsein zu verfügen und daher diejenigen zu beneiden, welche jenes bereits gewonnen hätten.

„Es sei ja schließlich so", meinte er, „daß die Partei nur zu unserem Besten arbeitet, stets bemüht ist, uns ein menschenwürdiges Leben zu ermöglichen. Dies ist keine leichte Aufgabe und die Funktionsträger im Staat verzehrten sich daher im Dienst an der Gemeinschaft, den sie mit Einsatz aller Kräfte ausübten. Aber sie seien ja schließlich auch nur Menschen, die entsprechende Bedürfnisse und", er wiegte dabei etwas den Kopf, „Triebe hätten. Natürlich muß man verlangen, daß Disziplin und Selbstzucht geübt werden. Was passiert aber, wenn hierzu die Kräfte nicht völlig ausreichen, weil man sich schon im Dienst für den Staat erschöpft hat? Dann könne es natürlich in Ausnahmefällen zu kleineren Fehlverhalten kommen, die aber nicht überbewertet werden dürften. Deswegen sei es auch nicht statthaft, diese wertvollen Menschen öffentlich anzugreifen und zu diffamieren, sondern man müsse vor allen Dingen ihre Leistungen und ihren Einsatz für die Allgemeinheit sehen. Dies stehe im Vordergrund und dies sei der klare Standpunkt der Partei. Es sei daher äußerst schädlich, wenn jemand versuche, die Eckpfeiler unseres Staates durch billige Beschuldigungen, die oft nur auf Gerüchten beruhen und im Kern auch unwahr seien, zum Einsturz zu bringen. Es sei daher klar, daß Staat und Partei derartige Umtriebe, selbst in kleinen oder minderschweren Fällen, auf schärfste verfolgen und unterbinden müssen. Es solle hierbei allerdings zwischen ‚schweren' und ‚leichten' Delikten unterschieden werden. Das sei übrigens eine neuere Erkenntnis, die erst vor drei Jahren auf dem siebzehnten Parteitag erarbeitet wurde und uns jetzt zugute komme. Danach sind ‚schwere' Delikte solche, die auf bewußte Zerstörung unserer gesellschaftlichen Ordnung hinarbeiteten. Die Täter seien Provokateure und Volksverhetzer, in deren Lügen und Verleumdungen die vorsätzliche Absicht liege, das Volk und die Partei, welche den Staat vertritt, zu entzweien, Unruhe und Chaos zu erzeugen und letztlich Umsturzversuche und Bürgerkrieg hervorzurufen um die Mächte, welche sie bezahlen zum Schaden des Volkes an die Macht zu bringen. Ja, ich sage es ganz offen, diese Verbrecher handeln keineswegs aus eigenem Antrieb, sie sind vielmehr charakterlose, gekaufte Agenten unserer Feinde, die aus purer Geldgier, alles, was Volk und Partei in vielen Jahren mühsam aufgebaut haben, zerstören wollen. Diese Wesen sind unbelehrbar und haben keine Schonung verdient. Ihr dagegen", er schlug dabei in die Hände, „seid nur Verwirrte. Ihr mäkelt gegen verdiente Männer oder Frauen, nur weil etwas an ihnen euch nicht gefallen hat oder weil ihr etwas über sie gehört habt, was nach euren Begriffen ‚nicht richtig' ist. Nein, ihr seid nicht gegen Staat oder Partei, sondern gegen einzelne Funktionsträger. Aber ihr greift sie an, haltet ihnen Dinge vor, die ihr für nicht richtig haltet und die daher auch das restliche Volk für nicht richtig erachten soll. Und unterschwellig werft ihr damit der Partei vor, wenn auch der eine oder andere Vorwurf berechtigt sein mag, daß sie derartiges billigt, weil sie diese Leute in ihren Reihen duldet. Das mag im Einzelfall unmerklich sein, aber viele solcher kleinen Stiche untergraben das Vertrauen, schaffen Unruhe. Das kann nicht geduldet werden. Hinzu kommt, daß die Partei selbstverständlich darauf bedacht ist, ehrenhafte Funktionsträger zu haben und Unregelmäßigkeiten entsprechend der Schwere des Falls auch maßregelt. Woher wollt ihr denn eigentlich wissen, ob nicht Verfehlungen, die ihr anprangert, schon lange parteiintern abgestraft wurden ? Es kann doch nicht jede kleine Lappalie landesweit verkündet werden. Die Partei hat ein Recht auf Selbstreinigung ohne öffentliche Einmischung oder Rechtfertigung. Unsere Partei ist nicht insgesamt schlecht, nur weil der eine oder andere Parteigenosse ein bißchen schlecht ist ! Die Wahrheit ist nicht deshalb Lüge nur weil der eine oder andere Verkünder eine kleine Sünde begangen hat. So ist das ! Das müßt ihr verstehen ! Ihr müßt lernen, das Große zu sehen und nicht am Kleinen herumzumäkeln. Das heißt, ihr müßt unsere Lehre begreifen. Deshalb dürft ihr euren Einsatz hier auch nicht als Strafe ansehen, sondern als Möglichkeit zur Läuterung, zum Erkennen der Wahrheit. Ich kann euch hier nur unsere Ideen verkünden, begreifen müßt ihr sie selbst. Und das soll in gesunder Umgebung, bei sinnvoller, körperlicher Arbeit geschehen. Und da wir nicht wissen, ob schädliche Einflüsse das Erkennen behindern, haben wir euch hierher gesandt, aus eurer gewohnten, vielleicht schlechten Umgebung entfernt. Begreift euren Aufenthalt hier also als Chance. Wie wissen natürlich nicht, wie schnell ihr lernt, deshalb ist es noch unbestimmt, wie lange ihr hier sein müßt. Das kann ein Jahr sein, vielleicht auch drei. Das hängt nur von euch ab."

Nach dieser erschöpfenden Vorrede legte er eine Pause ein, die auch uns die Möglichkeit gab ein bißchen zu entspannen. Wir erhielten sogar Bier. Das mußte aber bezahlt werden.

Nach etwa einer Viertelstunde befahl er uns wieder auf unsere Plätze.

„Nun", begann er, „fürs Erste wollen wir einmal einen konkreten Fall betrachten."

Er schaute mich an.

„Nun erzählen Sie einmal, warum Sie hier sind. Sagen Sie ruhig alles, beschönigen Sie nichts. Das hätte ohnehin keinen Zweck, da ich Ihre Unterlagen bei mir habe."

Ich berichtete.

„Seht ihr", begann er dann, „das ist so ein typischer Fall. Sie haben übrigens nicht erwähnt, daß Sie mit dem Bürgermeister einmal wegen eines Mädchens eine Auseinandersetzung hatten. Warum?"

„Das hat mit dem Fall nichts zu tun. Offen gestanden, sie war eine kleine Schlampe. Und den Bürgermeister hat sie nach kurzer Zeit wegen eines anderen auch wieder verlassen. Das ist doch Schnee von gestern."

„Ja, das denken Sie. Heute sagen Sie, das Mädchen war eine Schlampe. Aber haben Sie das damals auch gedacht? Und wenn ja, warum haben Sie sich mit ihr überhaupt abgegeben? Sie nennen sie jetzt verächtlich eine Schlampe, aber fürs Bett war sie Ihnen damals trotzdem gut genug. Haben Sie denn kein Ehrgefühl?"

Der Kerl war gefährlich, drehte jedes Wort im Munde herum. Vielleicht lag Absicht dahinter, wahrscheinlich wußte er, daß ich bei den Leuten ein gewisses Ansehen hatte und wollte es nun zerstören. Es galt vorsichtig zu sein.

„Nun", verteidigte ich mich, „natürlich habe ich sie damals nicht für eine Schlampe gehalten, auch nicht als sie die Affäre mit dem heutigen Bürgermeister begann, damals war er es ja noch nicht. Erst ihre weitere Lebensweise, Details spielen hier keine Rolle, ließen mich zu diesem Urteil kommen. Und daraus schloß ich dann auch auch, daß sie schon damals nicht besser war. Ich will damit sagen, daß es für mich daher später keinen Grund gab, Groll gegen den Bürgermeister zu hegen, nur weil er sie mir seinerzeit ‚ausgespannt' hatte, wie man das so sagt."

„In gewissem Sinn gebe ich Ihnen sogar recht. Was Sie hervorgebracht haben sind Vernunftgründe. Ich kenne Ihr Psychogramm. Sie lassen niemals andere Gründe als die der Vernunft gelten. Das ist Ihre Oberfläche. Deswegen können Sie aber noch lange nicht das, was in Ihrer Seele rumort, beherrschen. Oberflächlich hegten Sie keinen Groll gegen den Bürgermeister, da stimme ich Ihnen zu, aber tief in Ihrem Innersten haßten Sie ihn vermutlich. Das war Ihnen wahrscheinlich gar nicht bewußt. Aber die Sache mit der Straße transportierte diese dunklen Gefühle sicherlich wieder hoch und Sie schmiedeten den Plan ihn öffentlich zu brüskieren. Ja, wenn Sie Anlieger gewesen wären, könnte man das ja verstehen. Aber Sie waren von der Sache ja gar nicht betroffen, wohnten sogar in einem anderen Ortsteil. Ja, da kamen die geheimen Rachegelüste hoch. Sie zählten eins und eins zusammen ohne sich um die Details zu kümmern. Oder haben sie alle Planungsunterlagen eingehend studiert."

Ich zuckte mit den Schultern.

„Ich hatte ja überhaupt keinen Zugang zu den Akten."

„Sehen Sie, Sie urteilten ohne genaue Kenntnis der Sachlage. Sicherlich gab es gute Gründe, die Straße gerade dort zu bauen. Und die Anwohner erhielten eine Lärmschutzwand. Es herrscht in ihren Häusern kein erhöhter Lärmpegel; das ist gemessen, das ist amtlich. Vielleicht wäre aber durch Ihre Alternativroute ein Gebiet seltener Flora geschädigt worden."

214

„Trotzdem bleibt zu beachten, daß die teure Lösung realisiert werden sollte und mittlerweile auch realisiert wurde und der Bürgermeister daran gut verdient hat. Ich wollte lediglich auf diesen Sachverhalt öffentlich aufmerksam machen und damit die Behörden sozusagen veranlassen, ihre Entscheidung gegenüber dem Volk zu begründen."

„Da haben wir den rationalen Punkt", lächelte der Funktionär, „da gibt es umfangreiche Diskussionen und Planungen innerhalb der zuständigen Staatsorgane, die viele Aktenordner füllen, dazu vielfältige Gutachten, deren Quintessenz war, daß die Straße dort gebaut werden sollte, wo sie letztlich auch gebaut wurde und Sie unterstellten, daß nur gemauschelt wurde, daß sich einer bereichern konnte. Ich sage Ihnen, die Straße wäre auch dann dort gebaut worden, wenn Sie alle Grundstücke besessen hätten. Sie werden nun einwenden, dann hätten die Behörden das ja auch begründen können. Aber ich sage Ihnen, viele ehrbare Leute haben ordentliche Arbeit geleistet. Das hätten Sie berücksichtigen und sich eingehend informieren müssen, bevor sie anfingen herumzukritisieren. Wo kämen wir denn hin, wenn die Behörden jede Entscheidung öffentlich ausführlichst begründen müßten ? Ich brauche Ihnen nicht zu sagen, wie viel Aufwand das wäre und was das kosten würde ! Große Aufgaben liegen vor uns, die den Einsatz aller Kräfte erfordern. Da können wir uns nicht in Kleinigkeiten verzetteln. Das wäre dem Volk gegenüber unverantwortlich."

Ich hatte nicht den Eindruck, daß ihm auch nur einer im Raum glaubte. Aber seine Position war dominierend und ich sah keine Möglichkeit eines vernünftigen Einwands. Allerdings war ich noch nicht am Ende.

„Es ist aber erwiesen, daß der Landrat vom Bürgermeister Geld erhalten hat."

Der Funktionär atmete tief durch.

„Das ist richtig. Aber können Sie beweisen, daß diese Zahlung unmittelbar mit der Straßenplanung zusammenhing."

„Er bekam eine größere Summe kurz nachdem der Bürgermeister das Geld aus dem Grundstücksverkauf erhalten hatte. Das ist doch deutlich."

„Für Sie vielleicht. Aber ein Beweis ist das nicht. Das kann genauso gut purer Zufall sein. Kannten Sie die finanzielle Situation des Landrats ?"

„Natürlich nicht !"

„Sehen Sie, da kann man leicht die falschen Schlüsse ziehen. Vielleicht hatte der Landrat gerade für seine Frau eine neue Küche gekauft. So etwas ist teuer. Frauen wollen da heutzutage nur das Beste. Insbesondere wenn der Mann einen gehobenen Posten hat geben sie sich nicht mit Standardware zufrieden. Habe ich nicht recht ?"

Er blickte dabei zu den Frauen hin.

„Eine gute Küche ist schon teuer", stimmte ihm Maria zu, „und vornehme Damen kochen gern und gut. Da kann man keinen Ramsch brauchen."

„Sehen Sie", triumphierte der Parteifunktionär. Er hatte den ironischen Tonfall in ihrer Stimme nicht bemerkt.

„Ja", fuhr er dann fort, „und ein Landratsgehalt ist ja auch nicht gerade übermäßig hoch. Vielleicht ging kurze Zeit später in seinem Haus die Heizung kaputt und zu allem Unglück noch das Auto. Teure Reparaturen oder gar Ersatz warrn nötig und der Landrat hatte wegen der Küche kaum noch etwas auf dem Sparkonto. Er war daher sicher ganz froh, daß ihm in dieser Situation sein Freund, der Bürgermeister, der gerade eine größere Summe erhalten hatte, unter die Arme griff. Und die beiden waren schon lange befreundet, das wissen Sie genau. Er hätte sonst einen teuren Kredit aufnehmen müssen und die Zinsen sind zur Zeit hoch. Es ist doch nicht verwerflich, einem Freund in einer Notlage zu helfen. Nein, es ist vielmehr Ausdruck eines hohen sozialen Bewußtseins. Würden Sie nicht auch so handeln ?"

Ich lächelte.

„Ich habe weder Frau noch Freunde."

„Da haben wir es ja ! Das ist der Kern. Sie sind ein völlig unsoziales Wesen ! Einzelgänger ! Individualist ! Da können Sie zwischenmenschliche Beziehungen gar nicht begreifen."

„Das lenkt etwas vom Thema ab", wandte ich ein, „in meinem Fall ging es um Korruptionsvorwürfe. So etwas läßt sich doch leicht nachprüfen."

„Das ist richtig", stimmte mir der Funktionär zu, „und das hätten Sie tun müssen, bevor Sie Korruptionsvorwürfe erheben. Ich habe ja auch nicht behauptet, daß es so war, ich habe nur eine Möglichkeit diskutiert um Ihnen zu zeigen, daß nicht unbedingt dort Korruption herrscht, wo Sie Korruption vermuten. Anders ausgedrückt, Sie dürfen nicht aufgrund von Augenschein Vorwürfe erheben, Sie müssen schon harte Fakten bringen."

Ich grinste ihn an.

„Sie haben völlig recht !"

Er mißverstand dies und sagte in die Runde.

„Sehen Sie, er hat seinen Fehler eingesehen."

Keiner sagte ein Wort. Keiner glaubte ihm. Zu haarsträubend waren seine Argumente gewesen. Aber alle hatten etwas Wichtiges gelernt: Die Partei war eine Mafia, ein Dschungel, in dem man sich nur verstricken konnte. Und für alles fand man eine Erklärung, aber Klarheit fand man nicht.

Jedoch, was war zu tun ? Ich wußte es nicht.

Befriedigt über seinen angeblichen Sieg, begann der Funktionär nun mit dem, was er Schulung nannte und gab uns dabei einen Vorgeschmack auf das, was uns an den kommenden Samstagabenden erwartete. Für heute beließ er es mit der Darstellung der Vorgeschichte der Parteigründung. Das zog sich bis kurz nach elf hin, mit einer gewissen Absicht wie die folgenden Wochen zeigen sollten. Denn es war uns im Prinzip nicht verboten die Dorfschenke, welche um elf Uhr abends zu schließen hatte, aufzusuchen; es war aber auch nicht erwünscht. Und so löste man das Problem ganz einfach dadurch, daß man die Schulung erst nach Schließung der Kneipe beendete.

Im übrigen war der Funktionär von seiner Redseligkeit so begeistert, daß er seinen Vortrag praktisch nicht durch Fragen an uns unterbrach. Auch Diskussionen wie die heutige waren später rar. So konnte man es sich an jenen Abenden bequem machen, sich berieseln lassen, wie man das vor dem Fernsehapparat tut, entspannen oder ungestört seinen Gedanken nachhängen.

Für den Rückweg hatten wir einige Laternen mitgenommen, was

217

auch bitter notwendig war um den Weg durch den stockfinsteren Wald zurück zur Forststation zu finden.

Ich muß erwähnen, daß die meisten von uns schon am frühen Samstag nachmittag ins Dorf gekommen waren um Einkäufe zu erledigen, soweit es die finanziellen Mittel zuließen, und um die Kontoübertragung, von welcher der Oberförster gesprochen hatte, zu veranlassen. Das mußte natürlich vor Ende der Schalterstunde um vier Uhr nachmittags geschehen, während das kleine Kaufhaus bis sieben Uhr geöffnet hatte. Die Kontoübertragungen würden allerdings einige Wochen in Anspruch nehmen, wurde uns erklärt und da wir noch keinen Lohn erhalten hatten, besaßen wir nur die Reste des ,Transportgeldes', also jener geringen Summe, welche uns als ,Wegzehrung' für die Reise in die Verbannung zugestanden worden war. Das war nicht viel, reichte aber für ein paar Dosen Bier, etwas Schnaps und Zigaretten. Andere ,Luxusgüter' brauchte man hier ja ohnehin nicht.

Nun begannen die meisten auf dem Rückweg zu trinken und da Alkohol bekanntlich die Zunge löst, entspann sich bald ein lebhaftes Gespräch.

„So eine Dummschwätzerei", sagte Otto, der aus einem nördlichen Vorort Korandis stammte und vor der Verbannung als Schlosser gearbeitet hatte, „das ist hier genau wie bei uns daheim. Die Bonzen reden groß daher, machen schöne Versprechungen, aber in Wirklichkeit stopfen sie sich nur die Taschen voll. Sie sind unfähig, den Laden zu Laufen zu kriegen und denken wohl, wenn schon das Volk nichts hat, dann sollten wenigstens die Funktionäre gut leben."

„Ja", warf Franz, ein Elektriker aus Joniburg, ein, „und da sie nichts arbeiten, haben sie genug Zeit sich Ausreden auszudenken, mit denen sie ihre Eigensucht zu rechtfertigen versuchen. Wir brauchen die doch alle nicht. Guckt euch nur einmal das Parlament an. Da hocken sechshundert Faulenzer herum, die nichts anderes tun als dumm daherreden, aber sie bringen kein einziges gescheites Gesetz zusammen."

„Unter Tungensten war das noch anders. Da herrschte noch Ordnung, da kamen korrupte Funktionäre ohne Umschweife ins Lager, und heute: da muß man korrupt sein um Karriere zu machen", rief Richard dazwischen.

„Hör mir mit dem auf", unterbrach ihn Hanna, die vorher wohl als Krankenschwester oder so etwas in der Richtung gearbeitet haben mußte, „damals konnte jeder ins Lager kommen, auch wenn er gar nichts getan hatte. Es genügte, daß für irgendein Prestigeprojekt Arbeitskräfte gebraucht wurden und schon wurde eingesammelt. Meinen Mann haben sie auch mitgenommen."

„Das war für ihn sicher die bessere Lösung", meinte Maria, die Köchin, spitz, „immerhin hat Tungensten den Überfall der Imperialisten abgewehrt und die Westprovinzen zurückgewonnen. Das war eine Leistung! Und was machen sie heute? Sie holen diese Dreckskapitalisten ins Land, schieben ihnen noch Geld in den Hintern und uns kürzen sie die Löhne."

„Das ist wahr", fügte Otto hinzu, wandte sich dann zu mir, „und du sagst überhaupt nichts. Du weißt doch sonst alles."

„Was soll ich da sagen? Eines ist klar: an diesem ganzen Müll ist letztlich Tungensten Schuld, weil er in seiner Machtgier keinen ‚Kronprinzen' neben sich duldete, alle Fähigen liquidieren ließ. Nur die Schleimer blieben übrig. Und als er starb, teilten diese sich den Staat. Konkurrenten gab es ja nicht. Unsere Führungsclique ist dumm und unfähig. Deshalb halten die Kerle ja auch zusammen und decken sich gegenseitig, damit ja keine Fähigen nach oben kommen, denn dann wären ihre guten Zeiten vorbei. Aber ich habe auch keine Ahnung wie man das ändern kann. Es ist doch so: mit einem genügend großen Hammer und mit genügend Kraft kann man einen Felsen zerschmettern. Schlägt man aber mit der gleichen Wucht in eine Pfütze mit Matsch, dann spritzt es nur und man bekleckert sich selbst. Lassen wir diese Schulungen über uns ergehen ohne viel aufzunehmen, da hören wir ja doch nur Käse."

„Du meinst also, wir sollten aufgeben, uns ducken", meinte Paul, ein gelernter Schreiner.

„Nein, das meine ich nicht. Es hat aber keinen Zweck, daß man seine Kräfte für Dinge verschwendet, die nichts bringen. Wir sollten lieber etwas für uns selbst tun."

Und ich begann, den Leuten erstmals meine Renovierungspläne zu erläutern, die aber bekanntlich damals noch nicht auf große Gegenliebe stießen.

„Na, da bin ich aber bei einem komischen Typen gelandet: keine Frau, keine Freunde, wahrscheinlich auch kein Heim", sagte Annika später, als wir unsere Kammer betreten hatten, „was hast du eigentlich außer großen Plänen? Einen gescheiten Job scheinst du doch auch nicht gehabt zu haben, sonst würdest du dich hier nicht so wohl fühlen. Du bist wohl der absolute Einzelgänger und daher ist es dir auch wohl egal, wo du gerade bist."
Ich schüttelte den Kopf.
„Ganz so ist es nicht. Ich hatte sogar einmal eine Frau, auch ein Haus. Beide sind zum Teufel gegangen. Um das Haus war es schade, um die Alte nicht. Schwamm drüber, das ist schon ein paar Tage her. Und Freundschaften sind gefährlich. Man muß Freunden trauen können, sonst hauen sie dich bei der ersten Gelegenheit in die Pfanne. Kannst du jemandem wirklich trauen? Sei ganz ehrlich. Es ist daher besser auf Distanz zu bleiben, anderen nicht zu viel Einblick in dein Leben, Denken und Fühlen zu geben. Keine Freunde zu haben bedeutet ja nicht, daß man nur Feinde hat. Ich habe etliche Bekannte, aber die sind nicht so wichtig für mich. Andererseits ist es so: ich habe begriffen, daß das Leben nicht aus einem Guß ist, sondern aus vielen Abschnitten besteht. Der Übergang ist oft abrupt, und der gegenwärtige Abschnitt muß nicht unbedingt viel mit dem vorherigen zu tun haben. Vor allen Dingen darfst du Vergangenem nicht nachweinen, du mußt dich in jedem Abschnitt bewähren. Jetzt bin ich hier und muß das Beste daraus machen. Noch haben wir Sommer, aber in drei Monaten wird es kalt. Und ich habe keine Lust, in dieser zugigen Baracke zu überwintern, zumal es eine Alternative gibt. Deshalb müssen wir das Steinhaus renovieren. In zwei Jahren sind die heutigen Pläne vielleicht ohne Relevanz, weil ich vielleicht ganz wo anders sein werde, aber für die Bewältigung der Gegenwart spielt im Moment weder das Vergangene noch das Zukünftige eine Rolle."
Annika schüttelte den Kopf.

„In gewissem Sinne kann man es sich leicht machen wenn man heimatlos ist."

„Wieso?" spöttelte ich zurück, „hast du etwa Sehnsucht nach deinem Puff?"

„Das hättest du jetzt nicht unbedingt sagen müssen", antwortete sie beleidigt.

Sie zog dann auch ihr Bett ein Stück von dem meinigen weg und legte sich dann ohne ein weiteres Wort zu sagen schlafen. Der Zustand hielt allerdings nicht sehr lange an, denn schon am nächsten Morgen war sie nicht mehr eingeschnappt.

Das Steinhaus

Die warmen Sommerabende und die Sonntage luden zum Bad im See ein. Wir hatten Zeit. Anfangs gab es ja noch Unstimmigkeiten wegen der geringen Arbeitsleistungen und der geplanten Renovierung des Steinhauses, aber die Probleme waren nach drei Wochen geklärt und es entstand ein recht freundschaftliches Klima innerhalb der Gruppe. Es ist wohl überflüssig zu sagen, daß sich zwischen einigen Männern und Frauen nähere Beziehungen entwickelten, ohne daß jedoch die von mir befürchteten Rivalitäten entstanden. Dies mag wohl auch an Klara gelegen haben, der ein Mann nicht genügte. Andererseits entsprach diese Haltung durchaus auch den Wünschen einiger Männer, die keine tiefere Bindung suchten und daher mit dieser Art Beziehung zufrieden waren. Anfangs gab es diesbezüglich einige tadelnde Stimmen, insbesondere Klara betreffend. Ich fühlte mich in dieser Situation verpflichtet sie in Schutz zu nehmen. Erstens stand es in unserer Situation niemandem an, das Gefühlsleben anderer zu beurteilen oder gar zu verurteilen und zum zweiten erfüllte sie in natürlicher Weise, das heißt, ohne daß irgendein äußerer Zwang auf sie ausgeübt wurde, eine ausgleichende Rolle, was dem Funktionieren unserer Gemeinschaft zugute kam. Im übrigen war sie nicht nur was ihr Aussehen betraf eine positive Erscheinung. Sie war freundlich, hilfsbereit, hatte stets ein Ohr für die Sorgen anderer, war klug, diplomatisch und wirkte bei Streitigkeiten oft ausgleichend und friedensstiftend, wenn ich wegen meiner teilweise starren Haltung einen Konflikt eher zu verschärfen drohte. Aufgrund dieser Vermittlerrolle, die sie des öfteren spielte, kam auch ich in näheren Kontakt zu ihr, beginnend mit einem harmlosen Gespräch, nachdem sie erstmals eine Auseinandersetzung geschlichtet hatte. Annika war im übrigen ab und zu eifersüchtig auf sie, meistens jedoch unbegründet. Es darf natürlich zur Beurteilung ihrer Person nicht unerwähnt bleiben, daß Klara durchaus Prinzipien hatte und Männer, die ihr zuwider waren, ablehnte. Das brachte anfangs einigen Ärger mit Robert und Rudolf ein, zwei kräftigen, aber dummen und eher primitiven Typen, die ihr intensiv nachstellten und lautstark ihr vermeindliches Recht forderten, also der Ansicht waren, wenn sie anderen ihre Gunst gewähre, müsse sie das ihnen gegenüber auch tun. Das ging bis zu versuchter Gewalttätigkeit hin. Klara lehnte allerdings den Umgang mit ihnen strikt ab, suchte bei anderen Schutz und es kam einige Male zu kleineren Schlägereien, bei denen die beiden allerdings stets den Kürzeren zogen. Rettung, wenn man das so nennen darf, brachte schließlich die dralle Köchin Anna. Es ist nämlich so, daß solche Männer nicht bei allen Frauen auf Ablehnung stoßen. Anna hatte ein Auge auf Robert geworfen, aber er schenkte ihr keine Beachtung, Klara regte ihn aus verständlichen Gründen mehr an. Anna fand jedoch Mittel und Wege zum Ziel. Sie besaß etwas Geld, erwarb davon einen kleinen Vorrat an Schnaps. Eines Abends am See nach dem Baden bat sie Robert, den Branntwein als Lockmittel benutzend, sich zu ihr zu setzen und ein bißchen zu plaudern. Kurzum, sie machte ihn betrunken, aber nur soweit bis er in ihr einen gewissen Liebreiz erblickte und Klara vergaß. Dann bugsierte sie ihn in ihr Zimmer; ihre Kameradin Maria mußte übrigens in jener Nacht im Gang auf dem Fußboden schlafen. Mit leichter Freude betrachteten wir die Szene wie er Anna fast willenlos folgte. Es sollen hier nicht die nachfolgenden Ereignisse geschildert werden, bei denen wir ohnehin nur Ohrenzeugen waren. Robert stand von da an jedenfalls voll unter dem Einfluß Annas, selbst wenn sie ihm keinen Schnaps gab. Und Klara hatte ihre Ruhe, in doppelter Hinsicht. Ohne seinen Mitbuhler

Robert wagte es Rudolf nicht mehr sie zu belästigen. Allerdings mußte auch er nicht auf Dauer darben. Die aufgeflammte Liebe zwischen Anna und Robert brachte es nämlich mit sich, daß beide nun immer öfter das Nachtlager teilten. Selbstverständlich störte Maria hierbei und so mußte sie dann stets im Gang auf dem Fußboden schlafen, was natürlich auf Dauer unbequem war. Sie beschwerte sich bei mir. Es gab zwar noch eine freie Kammer, aber kein Bettgestell mehr. Sie konnte natürlich Roberts Bett nehmen, der es ohnehin nur noch selten benutzte und in die neue Kammer stellen. Ich klärte das ab und so suchte Maria einen Tag später abends die Kammer auf um das Bett zu holen, hatte auch eine kleine Flasche Schnaps dabei, denn das Bettgestell war schwer und sie brauchte unbedingt Rudolfs Hilfe. Der muß ihr jedoch einen besseren Vorschlag gemacht haben, denn das Bett wurde nicht abtransportiert und Maria schlief weder in jener noch in den folgenden Nächten im Gang oder in der leeren Kammer auf dem Fußboden.

So hatte diese Geschichte ein gutes Ende gefunden und ich konnte optimistisch in die Zukunft blicken.

In Klaras Leben war das nicht immer so gewesen. Die Art, die sie hier an den Tag legte, war nicht neu. Sie hatte schon immer mehrere Männer gehabt.

„Es ist nicht so, daß mir ein Mann allein nicht genügt, ich bin schließlich keine Nymphomanin", sagte sie einmal, „es ist vielmehr für mich die Bestätigung meiner Unabhängigkeit; kein Mann soll sich einbilden, daß ich ihm allein gehöre, daß er mich besitzen kann. Ich verschweige auch keinem, daß er nicht der einzige ist. Wenn er es nicht akzeptiert, lassen wir es eben bleiben. Verstehst du? Ich bin keine Nutte, ich tu es nur mit dem, der mir gefällt. Ich habe noch nie Geld oder Geschenke dafür genommen. Das unterscheidet mich von Annika. Die ist doch nur bei dir untergekrochen, weil sie es nicht umsonst machen will. Guck mich nicht so dumm an, das weiß hier doch jeder. Es geht mich ja auch nichts an. Aber laß dich nicht zu ihrem Affen machen."

Letztlich war diese Haltung Klara zum Verhängnis geworden. Sie arbeitete als Sekretärin in einem Bezirksparteibüro und der Büroleiter war scharf auf sie. Klara sah in ihm allerdings nur einen schleimigen Widerling und sie wies ihn ab. Er setzte jedoch seine Belästigungen fort, sann, als der Erfolg ausblieb, auf Rache, intrigierte, beschuldigte sie zunächst, sie habe parteiinterne Geheimnisse preisgegeben, kam damit aber letztlich nicht durch. Allerdings saß sie zwei Monate in Untersuchungshaft und verlor ihre Stellung. Sie verlangte ihr Recht, die Wiederaufnahme in den Dienst und Bestrafung des Büroleiters wegen Verleumdung. Beides wurde abgelehnt. Erbost machte sie daraufhin seine Annäherungsversuche publik, veröffentliche auch einige auffordernde Notizen, die er ihr zugesteckt hatte. Sie sagte mir nur, deren widerlicher Inhalt würde nicht nur jedem anständigen Menschen die Schamröte ins Gesicht treiben, sondern sei auch für sie äußerst demütigend gewesen. Der Büroleiter drehte den Spieß um, erklärte die Schriftstücke für Fälschungen, obwohl ein graphologisches Gutachten die Echtheit bestätigte. Er hatte jedoch genügend gute Verbindungen nach ‚oben', die sogar ausreichten einen Richter, der nach der Verfassung ja dem Gesetz verpflichtet war, unter Druck zu setzen. Kurz und gut, Klara wurde verurteilt.

Der September war anstrengend. Neben unserer Arbeit mußten wir ja noch die Renovierung durchführen und außerdem unser eigenes Brennholz für den Winter aufarbeiten. Doch mit entsprechender Organisation klappte es vorzüglich. Wir arbeiteten allerdings bis spät in die Nacht und opferten unsere Sonntage. Für das Holz genügten fünf Mann, Robert, Rudolf, Reinhold, Wolfgang und Richard, der Rest arbeitete im Steinhaus. Die Frauen übernahmen die Streicharbeiten und das Abdichten der Fenster. Ich hatte anfangs, es war ja Hochsommer, nicht bemerkt, daß ihnen nicht nur Farbe und an einigen Stellen Fensterkitt fehlte. Erst während der Arbeiten, an kühlen Septemberabenden, bemerkten wir, daß sie nicht völlig dicht schlossen und es durch die Ritzen zog. Glücklicherweise konnte ich kurzfristig eine spezielle Dichtfolie besorgen. Das Fußbodenlegen übernahmen zunächst Otto, Paul und ich. Franz kümmerte sich um die elektrischen Leitungen; das Austauschen der Waschbecken und Toilettenschüsseln übernahm Hubert, der von Beruf Installateur war. Dieter, ein handwerklich eher ungeschickter Lehrer, half ihm. Hubert kontrollierte auch die Duschen, die Wannen fand er in Ordnung, sie mußten lediglich neu abgedichtet werden, was Dieter übernahm. Einige Armaturen waren auch in schlechtem Zustand, Hubert fand irgendwo in einem Lagerschuppen Ersatz, tauschte sie aus. In Ergänzung der ursprünglichen Planung legte er jeweils einen Wasseranschluß und Wasserabfluß in die Zimmer.

„Wenn schon, denn schon", meinte er, „da kann man einmal eine kleine Küche einbauen."

Und Franz sorgte für den notwendigen Elektroanschluß. Es zeigte sich allerdings, daß die Fußbodenlegetruppe zu klein war und wir das Pensum wohl kaum rechtzeitig schaffen würden. Mitte des Monats zog ich daher Reinhold von der Brennholztruppe ab, wies Olga an Hubert zu helfen und zog Dieter zu Fußbodenlegen heran. Wir arbeiteten jetzt in drei Gruppen Dieter und ich, Otto und Reinhold, sowie Paul, der sagte, er brauche keinen Helfer.

Um die Öfen brauchten wir uns, ich erwähne das der Vollständigkeit halber, nicht zu kümmern, sie waren noch völlig in Ordnung.

In der ersten Oktoberwoche konnten wir umziehen. Im Prinzip erhielt jeder sein eigenes Zimmer. Es hatten sich aber inzwischen einige Paare zusammengefunden; die bekamen nebeneinander liegende Kammern. Man hatte nämlich beim Bau, aus welchen Gründen auch immer, die Räume mit Zwischentüren versehen und so konnten die Paare ihre Kammern als kleine Zweizimmer-Wohnungen nutzen. Natürlich fehlten anfangs noch geeignete Möbel, da die Einrichtung der Barackenräume einfach war: zwei Betten, Schrank, Tisch, zwei Stühle. Mehr war nicht vorhanden. Aber da konnte im Laufe der Zeit wohl Abhilfe geschaffen werden, zumal wir ja in Paul auch einen Fachmann hatten. Wir mußten allerdings noch zwei Sonntage opfern um den Speisesaal auf Vordermann zu bringen. Dann hatten wir es fürs Erste geschafft. Wir waren zwar erschöpft, aber vor allen Dingen stolz, aus eigener Kraft unsere Lage verbessert zu haben.

Der Oberförster kümmerte sich um unsere Arbeit wenig, er schaute auch nie vorbei; den Speisesaal im Steinhaus suchte er zum ersten Mal Anfang Dezember auf, soweit ich mich erinnere. Ihn interessierte nur die Menge des abtransportierten Holzes und war höchst zufrieden als er feststellte, daß unsere Arbeitsleistung zwanzig Prozent über dem Staatsdurchschnitt lag. Mich erschreckte die Zahl allerdings, da wir dadurch bei den Behörden auffallen konnten und wies die Leute an, etwas weniger zu arbeiten. Fünf bis zehn Prozent sind genug, sagte ich ihnen. Das stieß zunächst auf Unverständnis, weil sie der Meinung waren, eine hohe Arbeitsleistung sei doch positiv.

„Positive Eindrücke müssen nicht unbedingt positive Konsequenzen haben. Zu große Übererfüllung des Solls kann zum Beispiel dazu führen, daß die Vorgaben erhöht werden, wir uns also damit selbst schaden. Zum anderen könnten die Behörden neugierig werden, Kontrolleure herschicken, denen dann auch unser Quartier auffällt. Und ich denke, im Sicherheitsministerium wird man sie unangemessen für Häftlinge halten. Unsere Arbeitsleistung nutzt uns da nichts. Wird die Sache publik, dann wollen die anderen den gleichen Komfort. Und das wiegt mehr als die paar Ster Holz, die wir zusätzlich abliefern und die landesweit ohnehin nicht ins Gewicht fallen."

Der Oberförster wunderte sich zwar über das offensichtliche Absinken der Arbeitsleistung, ich erklärte ihm aber, daß wir in den vergangenen Wochen einen Abschnitt aufgearbeitet hätten, der besonders günstige Bedingungen bot, so daß die Arbeit rascher voranging. Nun hätten wie wieder schwierigeres Gelände zu bearbeiten. Aber neun Prozent über dem Durchschnitt sei doch auch beachtlich. Der Oberförster blieb mißtrauisch, zog Max zu Rate. Der kratzte sich am Kopf.

„Einfaches Gelände, schwieriges Gelände, ich kann da nichts feststellen. Und schaffen tun sie ja."

„Nun, ja", sagte ich, „er ist schon lange hier, alles ist Gewohnheit für ihn. Aber wir sind Städter, Neulinge, viel empfindlicher auf Feinheiten."

Der Oberförster zog die Augenbrauen hoch.

„Alles hat seinen Grund, oft einen anderen als den offensichtlichen, insbesondere wenn du deine Finger im Spiel hast. Aber lassen wir das, neun Prozent sind schließlich in Ordnung. Sieh nur zu, daß es nicht weniger wird."

„Bist du jetzt zufrieden ?" fragte Annika an einem regnerischer Abend Ende Oktober, nachdem alle Arbeiten erledigt waren.

„Nein", antwortete ich, „wer zufrieden ist wird träge und wer träge ist, beginnt zu rosten. Für dieses Jahr haben wir allerdings unser Werk beendet. Die Tage sind schon recht kurz und es wird bald kalt. Die Leute sind auch etwas erschöpft, brauchen erst einmal Ruhe. Man darf sie nicht überstrapazieren, zumal die Arbeit draußen jetzt auch unangenehmer wird."

Den Sommer und Frühherbst über war es weitgehend warm und trocken gewesen, aber nun regnete es häufig und wir kamen abends oft frierend und durchnäßt in unser Quartier zurück. Unter diesen Bedingungen ließ sich niemand zu zusätzlicher Arbeit motivieren.

„Na schön, wenn du meinst, aber ich denke, du bist erst zufrieden, wenn du auf dem Platz des Oberförsters sitzt."

„Ich verstehe nicht viel von Holzwirtschaft."

„Das Nötige lernst du schnell."

„Das ist zwar möglich, aber du mußt bedenken, daß wir uns auf dünnem Eis bewegen. Wir haben mehr erreicht als uns eigentlich zusteht und können daher sehr schnell alles verlieren, wenn wir nicht vorsichtig sind."

„Das ziehst du in Erwägung. Stimmts ?"

„Das ist nicht so einfach. Hier auf der Station oder im Dorf kann ich zwar die Stimmungen abwägen; auch, glaube ich, kann ich unseren Schulungsfunktionär gut einschätzen, aber was außerhalb des täglichen Erfahrungsbereichs liegt, kann ich nur ahnen. Wir wissen nicht, was in Lande vorgeht, wir erfahren nur ab und zu ein paar Einzelheiten von den Forstgehilfen, dem Funktionär, die aber nicht ausreichen sich ein Gesamtbild zu machen. Wir brauchen dringend eine Informationsquelle, ein Fernsehgerät zum Beispiel, eines genügt, wir können es im Speisesaal, den wir ja auch als Gemeinschaftsraum nutzen können, aufstellen. Ich werde in der nächsten Sprechstunde mit dem Oberförster darüber reden."

Der Oberförster war von meinem Anliegen nicht überrascht, eher darüber, daß ich ihn nicht schon vorher darauf angesprochen hatte.

227

„Wir waren bisher zu sehr beschäftigt. Und ich wollte auch nicht, daß unsere Arbeit leidet."

„Du hattest Angst, daß die Leute abends lieber fernsehen?"

„So ungefähr."

Der Oberförster blickte mich scharf an.

„Aha", sagte er bloß.

„Im Grunde ist es ja kein abwegiger Wunsch", sagte er nach einigem Nachdenken, „ich werde mich erkundigen, ob es zulässig ist."

Einige Tage später erhielt ich die Antwort, allerdings nicht von ihm, sondern vom Schulungsfunktionär.

„Ein Fernsehgerät kann unter Umständen als Vergünstigung gewährt werden. Allerdings erst nach einen halben Jahr, in eurem Fall also frühestens Mitte Januar, und nur bei entsprechender Bewährung: eure Arbeitsleistung scheint in Ordnung zu sein, euer Gesamtverhalten bewerte ich zwar als gut, aber die offizielle Beurteilung obliegt natürlich dem Oberförster. Und die Schulung macht Fortschritte. Ich werde mit ihm reden, denke aber, die Aussichten sind nicht schlecht. Ihr müßt euch allerdings gedulden."

Ich war über die Antwort nicht ganz glücklich. Die Tage waren mittlerweile kurz und die Arbeitsnormen konnten gerade noch eingehalten werden, da es bei Dunkelheit unmöglich war im Wald zu arbeiten. Das Areal war mittlerweile aufgearbeitet, der neue Abschnitt lag etwa eine Wegstunde entfernt. Oberflächlich betrachtet, erschien dies als Fehlplanung, denn sinnvoller Weise hätte man ja die größere Strecke bei längerem Tageslicht zurücklegen können. Anderseits hätten die längeren Märsche die Leute mehr ermüdet und wir wären abends auch später zurückgekehrt, so daß weniger Zeit für die Renovierungsarbeiten zur Verfügung gestanden hätte. Nun konnten wir die Dunkelheit für den Hin- und den Rückweg nutzen und bei Tageslicht arbeiten. Und die Leute waren abends müder, gingen eher schlafen. Zuviel Freizeit schien mir schädlich, denn sie konnte Langeweile erzeugen, Langeweile erzeugt aber Überdruß und Überdruß erzeugt Unmut. Das mußte unbedingt vermieden werden. Ich machte dem Oberförster daher den Vorschlag, die frühen Abende zum Aufräumen der Lagerschuppen zu nutzen. Er hatte dies noch nicht in Erwägung gezogen, griff meine Idee auf. Bei den Leuten stieß er allerdings nicht auf große Begeisterung, aber auch nicht auf Widerstand. Ich sagte den Leuten, wir hätten im Sommer dort doch zahlreiche, für die Renovierung brauchbare Dinge gefunden und es sei daher sinnvoll, eine genaue Inspektion vorzunehmen. Möglicherweise könnten wir brauchbare Sachen finden, die falls beschädigt, repariert werden und uns im kommenden Sommer von Nutzen sein konnten. Außerdem schienen mir die Lagerräume nicht effektiv genutzt und so könnte vielleicht der eine oder andere leergeräumt und uns für Freizeitaktivitäten zur Verfügung gestellt werden. Das sahen sie ein.

Kurzzeitige Rückkehr in die Heimat

Doch dann warf ein unvorhergesehenes Ereignis alle meine Pläne über den Haufen. Mitte Dezember ließ mich der Oberförster außerhalb der Sprechstunde in sein Büro rufen. Er war nicht allein, der Schulungsfunktionär war bei ihm. Etwas verwirrt grüßte ich beide freundlich. Der Funktionär grinste mich an, erwiderte kurz meinen Gruß, sagte dann lapidar:
„Sie werden verlegt."
Mir fiel, wie man im Volksmund so schön sagt, beinahe die Kinnlade herunter.
„Wieso ? Wohin ? Wann ?"
Der Funktionär grinste noch mehr.
„Wieso, weiß ich nicht. Wohin, hm, in die Heimat. Wann ? Sofort !"
Ich schaute ihn entgeistert an. Der Funktionär setzte sein Grinsen fort.
„Ich kenne Sie jetzt schon ein paar Monate, aber so blöde haben Sie noch nie geglotzt."
„Ja, werde ich entlassen ? Oder was ?"
„Das weiß ich doch nicht", sagte der Funktionär ein wenig mürrisch, „ich soll Sie hier nur abholen und schnellstens nach Marodi zur Eisenbahnstation bringen. Das sind hin und zurück fast tausend Kilometer. Glauben Sie vielleicht, mir paßt das ? Mitten im Winter, bei

vereisten Straßen !"

Ich ließ nicht locker.

„Ja, aber Sie müssen doch einen schriftlichen Befehl erhalten haben."

„Den habe ich auch, sogar von ganz oben. Unterschrieben vom Wissenschaftsminister oder wie sich der Kerl nennt. Und natürlich auch vom Innenminister, ist ja klar bei so Sachen. Da stand aber nur ‚aufgrund einer dringenden Anforderung seitens …', ihrer Firma oder was immer das für ein Laden ist. Von Entlassung ist da aber nicht die Rede."

Jetzt grinste ich. Daß sie ohne mich Schwierigkeiten haben würden, das war mir klar, auch wenn bisher nie jemand meine Arbeit anerkannt hatte. Aber daß es so brannte, daß der Direktor, der mich ohnehin nicht leiden konnte, das Ministerium einschalten mußte und die Kerle dort sogar reagierten, überstieg meine bösartigsten Erwartungen. Ich konnte mir nicht vorstellen, was da wohl passiert war.

Der Oberförster schaute mich dumm an.

„Ich wußte gar nicht, daß du so wichtig bist."

Ich grinste noch immer, sagte nur:

„Ich auch nicht."

Packen war überflüssig. Ich zog schnell meinen alten Anzug an, den ich bei der Verhaftung getragen hatte. Ansonsten hatte ich nur noch Klamotten, mit denen ich mich in der Zivilisation nicht sehen lassen konnte. Blieben nur noch Zahnbürste, Kamm und Rasierzeug.

Jeder, der die winterlichen Straßenverhältnisse in unserem Land kennt, kann sich vorstellen, daß ich die nächsten zehn Stunden Todesangst ausgestanden habe, aber der Funktionär brachte mich heil nach Marodi. Zum ersten Mal gewann er in meinen Augen etwas Achtung. Dort erwartete mich bereits mein ‚Reisebegleiter', der mich dann gute sechzig Stunden später beim Direktor ablieferte. Der führte mich gleich in sein Büro, ohne Rücksicht darauf, daß ich von der Fahrt völlig ermüdet war. Nach dem Gespräch wurde mir allerdings klar, daß da Absicht dahintersteckte. Er begann ohne Umschweife:

„Wie Sie wissen, Sie waren ja schließlich der Koordinator, haben wir

230

die Führungsrolle in einer äußerst wichtigen internationalen wissenschaftlichen Kooperation. Es ist für uns natürlich von höchster Bedeutung, daß diese Kooperation eine Kontinuität zeigt, gerade in der heutigen Zeit, damit unsere Partner sehen, daß wir die Kollaboration ernst nehmen; sonst springen sie ab und das würde dem Ansehen unseres Instituts in der Welt aufs äußerste schaden. Sie spielen da natürlich keine allzu große Rolle, aber Sie sind als Koordinator bekannt und es ist schon mit Befremden festgestellt worden, daß Sie bei den Sitzungen nicht mehr anwesend sind und auch bei dem großen Kollaborationstreffen im vergangenen Monat gefehlt haben. Außerdem sind Sie innerhalb unseres Instituts für die Durchführung der Messungen verantwortlich, man kennt Sie natürlich auch deswegen und es würde keinen positiven Eindruck machen, wenn Sie bei den anstehenden Experimenten plötzlich fehlten. Es ist ja auch im Interesse Ihrer zukünftigen Karriere, daß Sie mit dabei sind. Ich habe mich daher für Sie eingesetzt und der Minister, ein überaus gutmütiger und vernünftiger Mann, der über große Sachkenntnis verfügt und unsere Arbeit zu würdigen weiß, hatte da Einsehen und Ihre ‚Beurlaubung‘ für die Zeit der Experimente beim Innenministerium durchgesetzt. Seien Sie daher vernünftig und erkennen Sie endlich einmal an, daß es Menschen gibt, die es gut mit Ihnen meinen und nicht alle anderen ständig nur gegen Sie intrigieren, wie Sie glauben. Eines möchte ich aber betonen, ich verlange von Ihnen, sozusagen als Gegenleistung, daß Sie Ihren ausländischen Kollegen gegenüber Ihren gegenwärtigen Aufenthalt mit keinem Wort erwähnen. Dr. Perder wird Ihnen diesbezüglich nähere Instruktionen geben. Und zum Schluß: es ist Ihnen natürlich nicht erlaubt, das Institutsgelände zu verlassen. Sie werden für die Dauer Ihres Aufenthaltes hier im Gebäude ein Zimmer erhalten. Über die Verpflegung hinausgehende Bedarfsgüter können wir Ihnen in bescheidenem Rahmen gewähren. Übergeben Sie bei Bedarf eine entsprechende Aufstellung an meine Sekretärin. Sie wird das weitere veranlassen. Sie wird Ihnen jetzt auch Ihr Zimmer zeigen.“

Die alte Schreckschraube mit der schnarrenden Stimme, die ich seit fünfzehn Jahren haßte, winkte mir zu folgen. Kaum aus dem Zimmer, fing sie an über mich herzuziehen, mir Vorwürfe zu machen, zu bekräftigen, daß sie ja schon immer gewußt habe, daß ich ein absoluter Querulant und ein fürchterliches Scheusal sei, und meine jetzige Lage völlig verdient hätte. Ich müsse ja dem Direktor die Füße küssen, aus Dankbarkeit, daß er sich derart für mich eingesetzt habe. Ob mir eigentlich klar sei, was er damit riskiert habe ? Wie leicht hätte er infolge seines Einsatzes für mich bei den Oberen in schlechtes Licht rücken, ja sogar seine Stellung verlieren können. Ich solle mich daher wenigstens einmal in meinem Leben zusammenreißen und ordentlich benehmen, damit wir nicht alle vor unseren ausländischen Gästen bis aufs Mark blamiert würden.

Gott sei Dank erreichten wir endlich das Zimmer und sie verließ mich. Möglicherweise hätte ich bei weiteren Belehrungen noch ein schlechtes Gewissen bekommen. So konnte ich mich auf mein Bett legen und nachdenken, soweit es die Müdigkeit zuließ. Trotzdem wurde mir noch klar, daß die Rede des Direktors an Hohlheit und Schwachköpfigkeit wohl kaum noch überboten werden konnte. Er als mein Wohltäter ! Das war wohl das Allerletzte, was von ihm zu erwarten war. Eher konnte man an die jungfräuliche Geburt Jesu glauben ! Nein, das steckten ganz andere Gründe dahinter. Die Lage mußte sehr schlimm sein.

„Wahrscheinlich werde ich morgen von Ottmar mehr erfahren", dachte ich, dann schlief ich ein.

Trotz der Müdigkeit schlief ich schlecht in jener Nacht, erwachte gegen sechs Uhr morgens endgültig, beschloß, meine alte Wirkungsstelle aufzusuchen. Die Büroräume waren verschlossen und so ging ich weiter zu unserem Experimentierplatz. Einiges hatte sich verändert, aber nicht zum Besseren. Anschlußkabel hingen lose, beziehungsweise zu Knäueln verwirrt herum, waren zum Teil verkohlt, Meßkammern waren geöffnet oder ganz entfernt worden, empfindliche Anlagenteile standen verstreut auf dem Fußboden, verstaubten. Auf einem Tisch lagen an die zwanzig zerrissene, auf Aluminiumrähmchen aufgeklebte Meßfolien. So viele hatte ich in den letzten fünf Jahren nicht kaputt gemacht.

Hinzu kam noch die furchtbare Unordnung; überall lag Werkzeug herum, ebenso Schrauben, Ordner, Unterlagen, Schreibmaterial, leere Getränkebecher, alles durcheinander.

„Mein Gott", dachte ich, „wer hat denn da gehaust? Wie wird erst die Meßelektronik aussehen?"

Da im Moment nichts anderes zu tun war, suchte ich Reinigungsflüssigkeit, Zellulosetücher, Aluminiumfolie, begann die empfindlichen Teile vorsichtig zu säubern und gegen weitere Verschmutzung in Folie einzupacken.

„Was machst du denn hier? Wer bist du eigentlich?" schnauzte mich plötzlich von hinten eine Stimme an. Erschrocken drehte ich mich um und erblickte einen jungen Mann, der mich grimmig anschaute. Ich lächelte.

„Und wer bist du?" fragte ich spöttisch. Die Miene des jungen Manns verfinsterte sich noch mehr.

„Jetzt hör mir einmal gut zu: ich heiße Dr. Axel Lauscher und bin der Verantwortliche für diesen Meßplatz. Ist das klar? Und ich frage dich nun zum letzten Mal. Wer bist du?"

Der Lackaffe konnte mich nicht im geringsten einschüchtern.

„Dann bist du wohl für den Saustall hier verantwortlich?"

Der junge Mann bebte vor Zorn.

„Ich verbitte mir diesen Ton!"

Ich hatte es bisher nicht für nötig gehalten aufzustehen, holte dies nun nach, verschränkte die Arme, schaute in scharf an.

„Du wirst dich in den nächsten Wochen noch an ganz andere Töne gewöhnen müssen. Es sei denn, du nimmst zwei Monate Urlaub. Und um dich zu beruhigen: ich bin Fritz Sachsenthaler."

Seine Miene wandelte sich von Zorn zu Verachtung.

„Ich kenne keinen Fritz Sachsenthaler."

Ich lachte ihn an.

„Es gibt zwei Möglichkeiten: entweder du lügst oder du bist noch dümmer als du aussiehst. Such dir einen Besen und kehre durch. In diesem Dreck kann ja keiner arbeiten."

„Das wirst du noch bereuen!" schrie er und verschwand.

233

Ich ging hinüber zu den Magneten. Die Anschlußkabel waren größtenteils abgerissen, die Reste verschmort.

„Wenn die Spulen genauso aussehen, kann ich getrost morgen in den Wald zurückfahren."

Eines war völlig klar: der Direktor hatte mir eine dreiste Lüge aufgetischt. Hier hatte sich eine größere Katastrophe abgespielt und ich sollte die Sache nun richten. Aus einem mir noch unbekannten Grund war das ungeheuer wichtig. Ich dachte kurz nach. Was es auch sei, mit diesem Schrotthaufen konnte man jedenfalls keine Experimente mehr machen und damit stand eines unserer internationalen Projekte auf dem Spiel. Ich wußte natürlich nicht welches, hatte aber einen bestimmten Verdacht. Es schien mir wissenschaftlich gar nicht so bedeutend, hing aber im wesentlichen an meiner Person. Ich hatte im Vorfeld die Fäden geknüpft, war am Anfang mit dem Projekt beim Direktor auch nicht auf große Gegenliebe gestoßen. Und so gigantisch war es auch wieder nicht. Es war eine Gruppe von fünf Amerikanern beteiligt, hinzu kamen drei Japaner, zwei Franzosen und ein Finne. Es handelte sich nicht um Wissenschaftler in nennenswerten Positionen. Sie brachten etwas Geld mit ein, etwa hunderttausend Taler, auf vier Jahre verteilt. Das entsprach etwa zwanzig Prozent unseres Etats. Also auch keine entscheidende Summe. Warum nahm man die Sache so wichtig und schaltete sogar das Ministerium ein ?

Um was auch immer es sich handelte, ich schien in diesem Spiel eine zentrale Rolle einzunehmen, brauchte mir daher von diesem Schnösel auch nichts gefallen zu lassen, wer immer er auch sein mochte.

„Guten Morgen. Schön, dich mal wieder zu sehen", rief eine freundliche Stimme.

Es war Ottmar, mein ehemaliger Gehilfe, mein ‚Laboraffe', wie ich ihn bezeichnete. Der Direktor hatte ihn gestern Dr. Perder genannt. Ottmar log natürlich, denn so wie es hier aussah konnte man unmöglich von einen ‚guten' Morgen sprechen und er konnte sich unmöglich über meinen Anblick freuen, er mußte sich eher fürchten. Der junge Mann hatte ihn wohl als Verstärkung mitgebracht. Jener blickte nun wesentlich freundlicher, aber er konnte mich nicht täuschen. Es war nur Heuchelei.

234

„Sei nicht so grob zu ihm", sagte Ottmar, „er ist solche Töne nicht gewohnt."

„Ich bin nie ohne Grund grob", entgegnete ich und deutete auf das Chaos, „das weißt du genau."

„Wir hatten das letzte Mal ein bißchen Pech", erwiderte Ottmar zerknirscht.

„So!" entgegnete ich scharf und unterließ fürs Erste jeden weiteren Kommentar.

„Er heißt übrigens Axel, ist einer unserer neuen Mitarbeiter. Den anderen, er heißt Achim, wirst du auch bald kennenlernen. Die Jungs sind ganz fähig, aber noch unerfahren, kennen sich hier halt noch nicht so gut aus."

„Aber du solltest dich auskennen", sagte ich vorwurfsvoll.

„Manchmal kommt eben einiges zusammen."

„Habt ihr Kramer schon benachrichtigt. Ohne ihn schaffe ich es im Leben nicht, hier wieder Ordnung hereinzubringen."

„Das muß Johann entscheiden."

„Er hätte es längst tun müssen."

Bernd Kramer war unser ehemaliger Laboringenieur. Er war von einem guten Jahr in Pension gegangen. Und Prof. Johann Brand war der Leiter unserer Arbeitsgruppe.

Ich blickte Ottmar fragen an.

„Was ist also passiert ?"

Der blickte Axel an, zögerte mit der Antwort.

„Verschiedenes. Aber das ist nicht so von Bedeutung. Wichtig ist, daß bis Mitte Januar alles wieder läuft."

„Du meinst also, ich brauche das nicht zu wissen. Na schön. Ich sehe, die Zeit ist knapp und sollte nicht mit unnützem Geschwätz vertan werden. Aber ich brauche unbedingt Kramer."

„Klär das mit Johann ab."

„Ist er schon da ?"

„Ich denke nicht. Er kommt üblicherweise gegen halb zehn. Wie früher."

„Na schön, arbeiten wir weiter."

Gegen zehn Uhr ging ich hoch zu Johanns Büro. Er begrüßte mich kühl.

„Sieht übel aus", sagte ich bloß, „ich brauche unbedingt Bernd."

„Der ist informiert, kommt morgen vorbei."

Wir nahmen uns am nächsten Tag zunächst die Magnete vor.

„Kurzschlüsse", meinte Bernd nach kurzer Inspektion, „die Zuleitungen sind verschmort, aber nur eine Spule ist beschädigt. Seltsam, was haben die nur angestellt? Die Kühlwasserwächter sind defekt. Aber das kann es nicht gewesen sein."

„Alle?"

„Ja."

„Seltsam."

„Finde ich auch. Der Schaden an der Spule sieht nicht allzu schlimm aus. Ich denke, wir können das reparieren."

Vier Tage später liefen die Magnete wieder.

„Jetzt kann ich getrost Weihnachten feiern. Bis demnächst."

Während der Feiertage nahm ich mir die Detektoren vor, sie mußten größtenteils ausgetauscht werden. Eine diffizile und aufwendige Arbeit, zur der Ruhe nötig war. Die hatte ich nicht unbedingt, denn Achim und Axel schauten ständig zu, fragten häufig. Achim schien mir der intelligentere von beiden, begriff rascher. Axel dagegen schien mehr damit beschäftigt zu sein, mich zu kontrollieren und aufzupassen, daß ich nicht ungestört mit Ottmar redete. Jener nahm sich in Acht.

„Nomen est omen", dachte ich.

Ottmar erschien spät am Weihnachtsabend. Achim und Axel waren bereits gegangen. Ich saß gerade in unserer Meßhütte, testete die Computerprogramme aus, wenigstens hier hatten sie nicht allzu viel Unheil angerichtet.

„Wie läuft es?" fragte er an Stelle eines Grußes.

„Wenigstens das hier funktioniert noch halbwegs", antwortete ich, den Rücken noch immer zu ihm hingekehrt; ich drehte mich um.

„Was willst du mir sagen?"

Ottmar schaute mich groß an.

„Wie kommst du darauf?"

Ich atmete tief durch.

„Halte mich doch nicht für blöd: es ist Feiertag und halb elf Uhr abends. Kein Mensch kommt um diese Zeit ohne triftigen Grund ins Labor, es sei denn, es gibt etwas sehr Wichtiges oder man hofft ungestört zu sein. Axel ist der Parteispitzel. Stimmts?"

„Er wurde uns kurz nach deiner Verhaftung zugewiesen, vorläufig, als Ersatz, sozusagen. Aber wir haben bald gemerkt, daß seine fachliche Qualifikation nicht sehr hoch ist und er mehr darauf aus war, hier herumzuschnüffeln. Johann hat den Direktor vorsichtig darauf angesprochen, der wich den Fragen aus, aber vierzehn Tage später bekamen wir eine zusätzliche Stelle. Die Ausschreibung zog sich etwas hin, Achim ist erst gut einen Monat hier. Er ist wirklich fähig. Und mit dem Schlamassel da hat er nichts zu tun. Das passierte vorher."

Weiter sagte er nichts. Daher setzte ich das Gespräch fort.

„Also, wie ist das eigentlich mit der Kollaboration? Ab Januar haben wir acht Wochen Meßzeit. Insgesamt hatten wir zwölf Wochen. Sieben Wochen waren bis zu meiner Verhaftung schon abgearbeitet, vier Wochen für Oktober schon fest eingeplant. Blieb eine Woche und die galt als ‚eiserne' Reserve zur Klärung eventueller Detailfragen. Also, wo kommen plötzlich die sieben zusätzlichen Wochen her?"

Ottmar atmete tief durch.

„Das ist ja gerade der Punkt, deshalb bin ich hier. Eigentlich sollst du das nicht wissen. Der Direktor hat verboten darüber zu reden. Axel paßt da auf. Aber das ist naiv, er kennt dich nicht. Ich will nicht, daß es zum Eklat kommt, wenn die Ausländer hier sind und du vielleicht zufällig einiges erfährst. Also, die Katastrophe passierte im Oktober. Das Experiment war ein Fiasko. Es fing damit an, daß wir nichts beobachteten."

„War wieder einmal ein Ventil zu und ihr habt es nicht gemerkt?"

Ottmar blickte mich zerknirscht an.

„Ja, ich bin zu nichts gut, aber Axel und Johann machten ziemliche Hektik. Und ich hatte irgendwann die Schnauze voll. Axel probierte

237

herum, meistens ohne Sinn und Verstand, machte einiges kaputt. Bald blickte keiner mehr durch. Irgendwann waren sie der Meinung die Magnete seien falsch gepolt, änderten die Stromzuführung, produzierten aber nur Kurzschlüsse. Und so weiter. Den Detektor der Amis haben wir auch geschlachtet. Jedenfalls reisten die Ausländer nach drei Wochen völlig verärgert ab, drohten die Kollaboration zu beenden."

„Na ja", sagte ich, „die Amis sagen doch selbst ‚Shit happens' und immerhin hatten wir ja schon mehr als die Hälfte der Zeit verbraucht und auch gute Ergebnisse erzielt. Also, so katastrophal war die Sache ja dann auch wieder nicht und schon gar kein Grund mich aus dem Lager zu holen. Das muß ja der reinste Staatsakt gewesen sein."

Ottmar blickte mich groß an.

„Du hast ja wirklich keine Ahnung!"

Ich schüttelte den Kopf.

„Woher soll ich Ahnung haben? Ich stecke seit einem halben Jahr im Wald."

Ottmar atmete erneut tief durch.

„Du erinnerst dich an Phillis Rysce?"

„Das ist doch der unsympathische Ehrgeizling aus der Amitruppe."

„Sei vorsichtig! Er ist seit August Staatssekretär. Wie er zu dem Posten gekommen ist, weiß ich nicht. Man sagt, er hätte ein Verhältnis mit der Tochter des Vizepräsidenten. Ist auch egal. Jedenfalls hat er Einfluß. Und er will auch noch eine Professur an einer Eliteuniversität. Er wollte sich mit den Oktobermessungen entsprechend profilieren. Jetzt lief die Sache aber schief und er hat nichts in der Hand. Und dann kam der Hammer. Mitte November erhielt unsere Regierung von dem Amis einen Brief, in dem sie aufgrund der Vorgänge im Oktober die Aufkündigung aller wissenschaftlichen Kooperationen androhten. Wegen Unzuverlässigkeit unsererseits. Und uns wurde die Schuld in die Schuhe geschoben. Hier war der Teufel los. Der Direktor konnte nur dadurch seine Haut retten, indem er die acht Wochen Meßzeit ab Januar anordnete und heiligst versprach, daß dann alles klappen würde, machte aber zur Bedingung, daß man dich holen müsse. Ich brauche wohl nicht mehr zu sagen."

Er schwieg eine Weile. Ich grinste.

„Dein Grinsen kannst du dir sparen", fuhr er fort, „es gibt da nämlich noch etwas: sie haben den Ausländern gesagt, du hättest aufgrund von dir angezettelter Querelen gekündigt und vor deinem Abgang einiges manipuliert. Die anderen hätten davon nichts gewußt und wären so ahnungslos in die Katastrophe geschlittert."

„Und dann haben sie wohl noch gesagt, ich werde jetzt, unter Androhung von fünfundzwanzig Jahren Straflager, herbeizitiert um den Schlamassel, den ich angerichtet habe, wieder in Ordnung zu bringen?"

„So ungefähr, aber sie haben sich natürlich diplomatischer ausgedrückt. Aber merke dir eines, ich mache keine Witze: geht das nächste Experiment schief, dann fliegen wir wahrscheinlich raus und du kannst dein Testament machen."

Ich schwieg eine Weile, sagte dann bloß.

„Keine Angst, das kriegen wir hin."

Das waren keine leeren Worte; mit Kramers Hilfe schaffte ich es alles wieder in Gang zu setzen. Achim lernte schnell und besaß bald im Großen und Ganzen den nötigen Überblick. Auch Axel erwies sich letztlich gelehriger als anfänglich vermutet, wenn er sich auch im wesentlichen auf seine Aufpasserrolle beschränkte. Als die Ausländer dann eintrafen wich er nicht mehr von meiner Seite. Ich denke, er unterdrückte sogar des öfteren menschliche Bedürfnisse um mich nicht aus den Augen zu lassen. Er verhinderte jeden näheren Kontakt, griff sofort ein, wenn das Gespräch über das für die Arbeit unbedingt notwendige hinauszugehen drohte. Das war allerdings auch keine allzu schwierige Aufgabe. Man hatte mich als Buhmann gebrandmarkt und so schnitten sie mich ohnehin. Insbesondere Phillis, der auch für etwa vier Wochen mit dabei war, blickte mich nie anders als feindselig an. Für mich war das eine fast unerträgliche Situation und ich war daher froh als alles vorüber war. Das Experiment lief perfakt, von Kleinigkeiten abgesehen. Einen Tag nach Ende der Messungen saß ich im Zug nach Marodi, erleichtert und betrübt. Achim wußte nun über fast alles im Detail Bescheid, den Rest würde er nach und nach von selbst dazulernen. Das bedeutete allerdings, ich war dort im Prinzip nicht mehr notwendig und mußte daher damit rechnen nach meiner Entlassung, die ja noch in den Sternen stand, nicht mehr aufgenommen zu werden. Meine Zukunft erschien ungewiß.

Die neue Gruppe

Drei Tage später traf ich auf der Forststation ein. Ich erlebte eine böse Überraschung. Eine neue Gruppe von zehn Mann und vier Frauen war während meiner Abwesenheit eingetroffen. Ein gewisser Franz-Josef führte nun Regie. Er hatte bereits mein Zimmer in Beschlag genommen, lebte dort zusammen mit Annika. Ich forderte mein Recht. Er lachte mich aus, wagte es allerdings nicht, mir allein gegenüberzutreten, sondern brachte seine ‚Leibgarde' mit, Edmund, Klaus und Werner. Edmund war wie er eher schmächtig, seine Kopfform erinnerte an eine Ratte, sein Charakter auch. Darin waren sich die beiden sehr ähnlich. Edmund und Franz-Josef waren gute Freunde, letzterer dominierte allerdings. Beide waren intelligent, das machte sie gefährlicher als Klaus und Werner, die lediglich dumm und stark waren, Franz-Josef aber aus Gründen, die ich nie in Erfahrung bringen konnte, treu ergeben. Meine Lage war prekär. Allein konnte ich nichts ausrichten und die anderen aus der alten Gruppe hatten sich bereits der neuen Ordnung unterworfen. Von ihnen war keine Unterstützung zu erwarten. Die restlichen Neuen waren unscheinbare Typen, Mitläufer, die mir von vornherein ablehnend gegenüber standen und offensichtlich Anhänger Franz-Josefs waren. Ich lernte sie kaum kennen, kann mich auch nicht mehr an ihre Namen erinnern. Ich suchte den Oberförster auf. Der zuckte nur mit den Achseln.

„Ich habe dir doch schon zu Anfang gesagt: die Raumeinteilung ist eure Sache. Regele das mit Franz-Josef."

Ich drang weiter auf ihn ein, wies ihn darauf hin, daß schließlich ich die Renovierung organisiert und auch zur Hälfte bezahlt hätte und es auch meinem unermüdlichen Einsatz zu verdanken sei, daß die Arbeitsleistung überdurchschnittlich und die Leute zufrieden gewesen seien. Letztlich habe er ja auch davon profitiert, er möge sich vorstellen, welchen Eindruck er bei der Behörde hinterlassen hätte, wenn die Arbeitsleistung gering und die Mannschaft rebellisch gewesen wäre. Es sei daher nicht mehr als recht und billig gewesen, als Zeichen einer geringen Dankbarkeit während meiner Abwesenheit zumindest meine Kammer freizuhalten. Die Miene des Oberförsters verfinsterte sich. Er schrie mich an:

„Was bildest du dir überhaupt ein. Du bist nichts weiter als ein gewöhnlicher Gefangener. Du hast kein Recht auf Dank oder Anerkennung und schon gar nicht das Recht, mir gegenüber irgendwelche Forderungen zu stellen. Und die Renovierungsarbeiten waren eure Sache, die mich überhaupt nichts angeht. Du kannst ja in der Baracke auf dem Fußboden schlafen. Da ist genügend Platz. Im übrigen hast du dich hier nicht mehr sehen zu lassen. Franz-Josef ist jetzt der Sprecher. Verschwinde also.“

Da war nichts zu machen. Und sich ärgern half schon gar nicht. Ich suchte in dem Schuppen nach Laken, fand aber nur zerrissene Lumpen. Die mußten genügen. Dann zog ich mich in die Baracke zurück, durchforstete die Räume, fand sogar noch zwei brauchbare Decken. Und in einer Kammer stand sogar ein Ofen. Ich ging nochmals nach draußen, klaubte etwas Holz zusammen, machte dann Feuer. Möbel gab es nicht in dem Raum, also setzte ich mich in die dem Ofen am nächsten zugewandte Ecke auf den Fußboden. Nach einer Weile klopfte es an der Tür. Klara trat ein, setzte sich ohne Gruß neben mich.

„Es wäre zynisch, dir einen ‚Guten Abend‘ zu wünschen.“
Dann schwieg sie eine Weile.
„Es hat sich nach deiner Abreise einiges verändert. Anfangs lief es ja noch ganz gut, obwohl schon nach einigen Tagen zu erkennen war, daß dein Einfluß fehlte und sich eine gewisse Lässigkeit breit machte. Die Aufräumarbeiten in den Schuppen wurden bald eingestellt, Trägheit machte sich breit. Da ihnen keine vernünftige abendliche Beschäftigung einfiel begannen die meisten Männer zu trinken. Anna

und Maria besorgten tagsüber im Dorf den Schnaps. Es nahm immer schlimmere Ausmaße an und in der Neujahrsnacht zündeten sie sogar im Rausch einen Schuppen an. Der Oberförster hat das allerdings aus Angst um seine eigene Stellung vor den Behörden vertuscht und als Unfall dargestellt. Ich weiß nicht, ob es damit etwas zu tun hatte, aber bereits eine Woche später bekamen wir Zuwachs. Das war kein willkürlich zusammengestellter Haufen, sondern eine Truppe mit fester Struktur. Franz-Josef übernahm sofort das Kommando, teilte die Räume neu ein, nahm die schönsten Zimmer für sich und seine Leute in Beschlag. Es gab Protest, aber die Truppe, allen voran Klaus und Werner, zeigten sofort deutlich, wer der neue Herr ist. Deine kleine Hure hat die Zeichen der Zeit gleich erkannt und sich Franz-Josef an den Hals geworfen. Die bist du los. Sie hat sich natürlich damit auch den Nachstellungen der anderen entzogen. Das kam hinzu. Die Ratte hatte es auf mich abgesehen und sich gleich am zweiten Abend an mir vergriffen, ganz offen, im Speisesaal. Ich habe meine ‚Freunde‘ gebeten mir beizustehen, aber die haben sich nicht getraut. Da habe ich ihm eine Backpfeife gegeben. Er schlug zurück, wurde noch zudringlicher. Aber ich habe gewehrt. Schließlich hat Franz-Josef ihn zurückgepfiffen.“

Sie lachte.

„Er wollte verhindern, daß sein Freund öffentlich von einer Frau verprügelt wird. Aber der Kerl läßt nicht locker, er lauert mir bei jeder Gelegenheit auf, erst vorgestern abend haben sie mich wieder in die Scheune gezerrt. Er hatte natürlich Verstärkung dabei. Ich konnte sie zwar bisher immer erfolgreich abwehren und fliehen, aber es tut weh.“

Sie zog ihre Jacke und ihr Hemd aus, zeigte mir ihre Brust und ihren Rücken. Sie waren mit Schürfwunden, Kratzern und blauen Flecken übersät.

„Monika und Birgit hatten weniger Glück, die haben sie schon zweimal voll erwischt. Wir wohnen zusammen, teilen uns zwei Räume, verrammeln nach Einbruch der Dunkelheit Türen und Fenster, gehen nur noch zusammen weg. Wir haben furchtbare Angst. Komm zu uns, es ist noch ein Bett frei. Wir fühlen uns dann sicherer und du

242

brauchst nicht auf der Erde zu schlafen."
Da gab es nicht viel zu überlegen. Ich folgte ihr.

Noch vor Tagesanbruch zogen wir am nächsten Morgen zu unserem Abschnitt. Auch bei der Arbeit bemerkte ich eine Veränderung. Franz-Josef und sein Clan, Annika und Olga gehörten auch dazu, hielten sich merklich zurück, während die anderen schufteten. Mehrfach schnauzte mich Klaus an, ich solle schneller arbeiten. Einmal wurde er sogar handgreiflich. Max fuhr dazwischen. Mit finsterer Miene zog sich Klaus zurück. Das ließ nichts Gutes zu befürchten. Beim Abendessen bemerkte ich, daß der Clan die Portionen einteilte. Sie nahmen sich die besten Stücke, wir bekamen nicht nur das Schlechtere, sondern auch weniger.

„Das ist nicht das Einzige", sagte Klara später, „Franz-Josef hat den Oberförster überredet, ihm den Lohn auszuzahlen. Er verteilt ihn dann nach Gutdünken. Wir bekommen nur noch die Hälfte von dem was uns zusteht. Dabei müssen wir doppelt so viel arbeiten. Denn die Gesamtleistung ist nicht gesunken. Im Gegenteil, wie liegen bei fünfzehn Prozent über dem Soll."

Ich lag lange wach, dachte nach, faßte schließlich einen Plan. Er war gefährlich. Es mußte aber riskiert werden. Ich mußte nur eine günstige Gelegenheit finden. Dazu war es notwendig, die Situation zu überblicken, denn auf Hilfe konnte ich nicht zählen. Aber ich wollte nicht untergehen.

Zwei Tage später tauchte abends ein Fremder auf. Er blieb einige Stunden, unterhielt sich offensichtlich lange mit Franz-Josef, verschwand dann wieder. Klara sagte mir, er sei schon mehrfach gekommen. Allerdings habe sie bisher nicht herausfinden können, was er wolle.

Bei den Schulungen zeigte sich Franz-Josef von einer ganz anderen Seite. Er war aufgeschlossen, arbeitete fleißig mit, das heißt, er unterbrach den Funktionär des öfteren, aber nicht um ihm zu widersprechen, sondern um seine Ausführungen zu unterstützen. Ich erkannte bald, daß er mit den Lehren der Partei innigst vertraut war, sogar mehr wußte als der Funktionär. Aber es lag etwas Schleimiges in sei-

243

nen Worten. Der Funktionär erkannte das auch und ich hatte den Eindruck, daß Franz-Josef ihn anwiderte. Aber er zeigte das nicht offen. Im Gegenteil, er lobte ihn ständig. Da mir das seltsam vorkam, sprach ich den Funktionär nach Ende der Veranstaltung darauf an. Der Clan betrachtete mich mißtrauisch. Der Funktionär erkannte die Situation, sagte den Leuten, er müsse mit mir wegen meiner vorübergehenden ‚Abberufung' reden, befahl ihnen zu gehen.

Als wir alleine waren, begann ich ohne Umschweife. Ich sprach leise, denn es war nicht auszuschließen, daß hinter der Türe gelauscht wurde.

„Franz-Josef scheint mir ein guter Parteigenosse zu sein. Ich verstehe nicht, warum er zu Besserungsmaßnahmen verurteilt wurde."

Der Funktionär atmete tief durch, überlegte lange, was und wie er es sagen solle. Endlich sagte er.

„Also, der Fall ist schwierig. Franz-Josef war Kreisvorsitzender in Rohlstadt in der Provinz Paginam. Es kam zu Schwierigkeiten mit der Bezirksleitung. Worum es da genau ging, weiß ich nicht, spielt wahrscheinlich auch keine Rolle. Jedenfalls gelang es dem Bezirkskommissar, ihn abzusetzen und in die Verbannung zu schicken. Das ging sehr, sehr schnell. Der Fall ist jedoch noch nicht abgeschlossen, denn Franz-Josef besitzt einflußreiche Freunde in der Provinzleitung und es gelang ihm, nach seiner Verurteilung Kontakt mit ihnen aufzunehmen. Die haben die Sache neu aufgerollt und, das sage ich dir im Vertrauen, ich vermute sogar, daß er bald freikommt, in der Hierarchie sogar aufsteigt und der Bezirkskommissar im Straflager landet. Zugeben, das ist nur eine vage Vermutung, denn ich habe keine Ahnung, wie die Sache steht. Verdächtig ist nur, daß er regelmäßig über einen Mittelsmann über den Fortgang der Angelegenheit unterrichtet wird."

Der Funktionär beugte sich nahe zu mir, begann zu flüstern.

„Das ist nach den Bestimmungen unzulässig, aber ich habe Anweisung, nichts dagegen zu unternehmen. Ich schätze Sie, habe Ihnen das nur gesagt, damit Sie keine Fehler machen."

Ich bedankte mich, verließ den Raum. Klara, Monika und Birgit warteten draußen. Franz-Josef und seine Leute waren verschwunden.

Wir schlugen einen anderen Weg zurück zur Forststation ein, da ich einen Überfall fürchtete.

„So, nun reden wir einmal Fraktur", Franz-Josef kam an nächsten Tag nach dem Abendessen zu meinem Tisch, baute sich gewaltig auf, blickte mich finster an, „was hast du mit den Funktionär besprochen? Ich mag es nicht, wenn man hinter meinem Rücken gegen mich intrigiert. Merke dir eins, es nutzt dir sowieso nichts. Der ist ebenso ein kleiner Wurm wie du."
Ich grinste ihn an.
„Warum willst du es dann wissen, wenn es mir nichts nützt und dir nicht schadet."
Sein Gesicht wurde krebsrot vor Zorn.
„Warum? Warum? Weil ich es eben wissen will! Rede oder ich lasse es aus dir herausprügeln!"
Das war die Gelegenheit. Ich mußte nur rasch genug handeln. Ein Blick zur Tür zeigte mir, daß der Weg frei war.
„Versuch es."
Er winkte kurz. Klaus und Werner erhoben sich von ihren Plätzen. Ich sprang auf, rannte zur Tür.
„Abhauen nutzt dir nichts", rief er, „wir kriegen dich. Ihm nach."
Ich eilte über den Hof zur Scheune.
„Du willst dich dort wohl verstecken. Vergiß das!" schrie er mir nach.
Ich ließ mich nicht beirren, obwohl meine Beine leicht zitterten. Die nächsten Minuten würden entscheiden, vielleicht sogar über Leben und Tod. Aber es mußte gewagt werden. Ich stieg die Leiter zum Dachboden hoch. Die Bretter dort oben waren morsch. Ich wußte das. Vorsichtig schlich ich in die der Leiter gegenüber liegenden Ecke, verbarg mich unter einer dort zufällig liegenden Plane. Klaus und Werner folgten mir. Sie ahnten die Gefahr nicht, stürmten über die Bretter. Mein Herz klopfte wild, ich hatte das Gefühl zerrissen zu werden. Ein Knacken, ein Krachen, Schreie, zwei dumpfe Aufschläge. Es folgte ein furchtbares Gebrüll. Sekunden später setzte ein wüstes Geschimpfe, durchsetzt mit furchtbaren Flüchen, ein. Ich wagte

nicht unter der Decke hervorzukriechen, konnte daher nur aufgrund der Geräusche vermuten, daß die beiden aus der Scheune geschafft wurden. Es schien aber niemand zu mir hochzuklettern. Auch hörte ich keinen entsprechenden Befehl Franz-Josefs. Nach ein paar Minuten wurde es ruhig in der Scheune. Von draußen setzte einige Zeit später ein Motorengeräusch ein, das bald verklang. Ich wartete noch eine Weile, schlich mich dann nach unten, lugte aus der Scheune heraus. Auf dem Hof war es ruhig, aus dem Speisesaal ertönte lautes Gerede. Ich weiß heute nicht mehr, was mich damals bewog, jedenfalls kehrte ich in die Scheune zurück, nahm die kleine Taschenlampe, die ich bei Dunkelheit immer bei mir trug, in die Hand knipste sie an und begann, die Scheune abzusuchen, entdeckte schließlich eine Axt. Ich nahm sie auf und schritt, ein leichtes Unbehagen fühlend, in Richtung Speisesaal.

„Willst du noch immer aus mir herausprügeln, was ich mit dem Funktionär besprochen habe ?" rief ich, noch in der Tür stehend, Franz-Josef zu.

„Halte den Mund und leg die Axt hin", brüllte mich der Oberförster an, der mit zwei seiner Gehilfen mitten im Saal bei Franz-Josef stand. Ich gehorchte.

„Du hast genug Scheiße angerichtet."

„Ich habe gar nichts getan", unterbrach ich ihn erregt.

„Nichts getan ? Du hast sie provoziert. Das ist ja auch das einzige, was du kannst. Und das massiv. Du stiftest ja immer nur Unruhe."

„Ich habe niemanden provoziert. Sie haben mich bedroht und ich bin davongelaufen", schrie ich zurück, „Franz-Josef hat die beiden hinter mir her gehetzt. Ja, hätte ich mich etwa totschlagen lassen sollen ? Lüge ich vielleicht ?"

Ich schaute zu den ‚Alten' hinüber, mein Blick forderte Antwort. Der Oberförster wandte sich ihnen zu. Sie starrten nur ausdruckslos. Lediglich Klara, Monika und Birgit riefen laut:

„Nein ! Fritz hat Recht !"

„Ihr drei Schlampen zählt nicht", schnauzte Franz-Josef sie an.

„Er will hier nur wieder das Sagen haben und haßt daher Franz-Josef", ergänzte Annika.

„Halte du dich da gefälligst raus, du kleine Nutte", fuhr Monika sie giftig an.

„Ruhe !" brüllte der Oberförster und blickte streng zu den Männern hin.

„Hat er provoziert oder nicht ?"

Seiner Bluthunde entkleidet, hatte die Autorität Franz-Josefs zwar offensichtlich gelitten, die Angst war aber noch nicht völlig gewichen.

„Vielleicht, vielleicht auch nicht. Ich habe gegessen, nichts mitbekommen. Plötzlich war dann Tumult und Fritz rannte weg", sagte Otto.

Offenbar erleichtert über diese fast diplomatische Antwort, pflichteten die anderen ihm bei.

„Und was sagt ihr ?"

Der Oberförster wandte sich nun den ‚Neuen' zu.

„Er hat den Streit angefangen. Franz-Josef wollte doch nur wissen, was er gestern abend mit dem Funktionär besprochen hat", sagte einer mit unschuldiger Miene.

Der Mann hatte es in seiner Naivität sicherlich gut gemeint, war aber mit der Antwort voll ins Fettnäpfchen getreten. Franz-Josef erkannte das sofort, schaute den Mann derart böse an, daß jener so heftig erschrak, daß es selbst der Oberförster bemerkte. Und der fand sofort den Königsweg.

„Da seht ihr wieder einmal, wohin eure läppischen Streitereien führen", sagte er ruhig und blickte zu mir herüber, „du bist doch ohnehin nur ein Querulant."

Und er fuhr dann, zu Franz-Josef gewandt, fort.

„Das weiß der Funktionär schon lange. Das hat er mir selbst gesagt. Der nimmt den doch gar nicht ernst. Und außerdem, Klaus und Werner hätten wissen müssen, daß der Boden da oben morsch ist und man da nicht wie Elefanten rumtrampeln kann. Und ich habe jetzt den Ärger. Wie soll ich die Verletzungen den Behörden gegenüber erklären ?"

Er schwieg eine Weile.

„Verschwindet jetzt und gebt Ruhe. In Zukunft rufe ich bei der geringsten Kleinigkeit die Miliz. Dann blüht euch was."

247

„Du mußt in Zukunft aufpassen, daß dich nicht ein verirrter Ast trifft“, sagte Klara nachdem wir das Zimmer wie üblich verrammelt hatten.

„Ich denke, schärfere Sicherheitsmaßnahmen sind vorläufig nicht notwendig, denn solange seine Bluthunde außer Gefecht sind, wird er wohl kaum offen gegen mich vorgehen. Dazu sind er und Edmund zu feige und auf die anderen ist nicht genug Verlaß.“

„Aber gut gemacht hast du das schon“, sagte Birgit, „das war doch Absicht ?“

„Es war vor allen Dingen sehr riskant“, antwortete ich.

Franz-Josef begegnete mir an nächsten Tag zwar kalt, aber nicht offen feindselig. Dennoch war ich sicher, daß er etwas gegen mich unternahm, zumal er zunächst in einem Punkt klein beigeben mußte.

Beim Abendessen wurde er auf die geringe Arbeitsleistung seines ‚Clans‘ hingewiesen.

„Jetzt, wo die beiden fehlen, darf trotzdem die Gesamtleistung nicht sinken“, hielt ihm Otto vor, die anderen ‚Alten‘ pflichteten ihm bei, „das heißt, du und dein Anhang, ihr müßt euch mehr anstrengen. Ist das klar ? Außerdem bekommt das nächste Mal jeder den gleichen Lohn.“

Franz-Josef antwortete nicht, aber bereits am nächsten Tag sah man, daß er sich fügte. Ich hielt mich von ihm und seinen Leuten aus begreiflichen Gründen fern.

Die Verletzungen Klaus und Werners waren schwer aber nicht lebensbedrohlich, Knochenbrüche, Hautabschürfungen. Die völlige Genesung würde jedenfalls mehrere Monate in Anspruch nehmen.

Am darauffolgenden Samstag abend nahm mich der Funktionär in der Pause unbemerkt beiseite.

„Sie werden verlegt.“

„Wohin ?“

„Ich weiß es nicht, aber Sie können davon ausgehen, daß Ihre neue Heimat ein Straflager im Nordosten sein wird. Es ist noch nicht amtlich, aber bereiten Sie sich darauf vor.“

Mir wurde flau im Magen.

„Da steckt Franz-Josef dahinter ?"

„Ich habe nichts gesagt."

Er wandte sich ab.

„Warten Sie einen Moment. Es ist mir nicht bange um mich, aber ich habe Angst um die drei Frauen. Kann man für sie etwas tun ?"

Der Funktionär überlegte kurz.

„Es müßte dringender Bedarf von anderer Stelle kommen."

Ich suchte daher am Sonntag den Betriebsleiter der Holzfabrik auf. Ich hatte ihn den Herbst über des öfteren besucht und in vielen Gesprächen seine Sympathie gewonnen.

„Ich bitte Sie um Ihre Hilfe. Es geht nicht um mich", sagte ich ohne Umschweife und erklärte ihm den Fall. Er lächelte.

„Wir sollen dieses Jahr die Produktion um zwanzig Prozent erhöhen, bekommen aber keine Arbeitskräfte, weil niemand freiwillig hierher kommt. Für körperlich nicht allzu anstrengende Tätigkeiten und fürs Büro können wir schon Frauen brauchen. Entscheiden muß das natürlich der Direktor. Ich werde jedenfalls ein gutes Wort einlegen."

Die bevorstehende Verlegung schlug sich auf mein Gemüt nieder. Ich redete nicht darüber, wurde im allgemeinen schweigsamer, begann abends zu trinken. Klara wunderte sich anfangs lediglich über mein verändertes Verhalten, begann sich aber bald zu ärgern, stellte mich zur Rede, aber ich verteidigte mich nicht. Gegen Ende der Woche warf sie mich sogar eines Abends aus dem Zimmer und ich mußte auf dem Flur schlafen. Am nächsten Morgen tat es ihr allerdings leid und entschuldigte sich mit vielen Worten, daß sie mich sozusagen dem Zorn Franz-Josefs ausgesetzt hatte, denn es wäre ja nicht auszudenken, was passiert wäre, wenn einer seiner Gesellen mich nachts so hilflos hätte liegen sehen. Diese Gefahr war mir allerdings nicht bewußt, denn er hatte über mein Schicksal entschieden und mußte sich nicht auf billige Weise die Hände schmutzig machen. Letztlich war es für mich eine Erlösung als mich am folgenden Montag der Oberförster nach dem Frühstück zu sich rief und mir erklärte, ich werde abgeholt, müsse in einer halben Stunde im Hof bereit stehen.

Im Straflager

Ein Geländewagen erschien; außer dem Fahrer und einem Wachposten befanden sich zwei weitere Männer, offensichtlich auch Sträflinge, darin. Sie luden mich ein. Eine stundenlange Fahrt über holprige Pisten folgte. Der Wagen mußte meistens langsam fahren und so schätzte ich, daß das Ziel, welches wir gegen Abend erreichten, nicht weiter als dreihundert Kilometer von der Forststation entfernt lag. Wir mußten etwa hundert Meter vor dem Tor aussteigen, zum Wachhaus laufen. Unser Aufpasser übergab dort eine Mappe. Wenig später erschienen zwei Wachposten, die uns zu einer recht ordentlich aussehenden Baracke führten. Einer ging hinein, erschien nach einer kurzen Weile mit einem Milizionär. Sie nahmen einen von uns zwischen sich, brachten ihn weg. Der andere und ich mußten warten. Nach etwa einer Viertelstunde erschienen sie wieder, nahmen nun mich in die Mitte, führten mich zu einer schon eher schäbig aussehenden Baracke. Drei Männer standen vor dem Eingang, sie wirkten wie ein Begrüßungskomitee. Der Milizionär nickte dem mittleren zu.

„Du bist also der Neue", er blickte mich prüfend an, „du brauchst nur eines zu wissen: ich bin hier der Boß und bestimme. Widerspruch gibt es nicht."

Und zur Bekräftigung seiner Worte schlug er mir ins Gesicht. Zorn übermannte mich und ohne nachzudenken oder zu zögern trat ich ihm zwischen die Beine, dorthin, wo es am meisten schmerzt. Er sackte zusammen. Die beiden anderen fielen über mich her, aber bevor sich mich schlagen konnten, waren die beiden Bewaffneten dazwischen gefahren. Sie faßten mich derb, führten mich zur ordentlichen Baracke zurück. Diesmal mußte ich allerdings nicht draußen warten; sie brachten mich hinein zu einem an einem Schreibtisch sitzenden Offizier. Die Schulterklappen wiesen ihn als Hauptmann aus. Sie schilderten den Vorfall, natürlich zugunsten des Getretenen. Der Offizier hörte schweigend zu, nahm dann meine Akte, die noch vor ihm lag, blätterte kurz darin, sagte dann nur ohne aufzublicken.

„Es war ja vorauszusehen, daß der Kerl nur Schwierigkeiten machen würde. Ich möchte wissen, warum sie ihn so gut eingestuft hatten. Kann wohl gut schleimen."

Er verzog den Mund, schaute mich an, sagte:

„Das nutzt dir hier gar nichts."

Ich wollte ein Wort zu meiner Verteidigung sagen, er mußte doch unbedingt sehen, daß meine Nase blutete, aber er schrie mich nur an:

„Halts Maul!"

Dann blickte er wieder auf die Akte. Er nahm einen Stift in die Hand, strich das große ,A' rechts oben auf dem Deckblatt durch, schrieb ein ,C' daneben. Die beiden Wachen beobachteten den Vorgang genauestens. Der Offizier bemerkte dies, sagte daher bloß:

„Ihr wißt also Bescheid."

Sie nahmen mich, führten mich zu einer anderen, weiter abgelegenen und ziemlich heruntergekommen aussehenden Baracke.

„Das ist dein neues Zuhause", sagte der eine. Dann wandten sie sich um, gingen zurück.

Das jüngste Erlebnis noch in deutlicher Erinnerung betrat ich vorsichtig den Bau. Im Innern war es bereits finster.

„Hast du Zigaretten?" fragte eine Stimme aus dem Dunkel.

Ich hatte noch welche in der Tasche, trat zwei Schritt aus der Baracke heraus, rief dann hinein.

„Ja, aber du mußt herkommen."

In der Tür erschien eine Gestalt, ein Mann, vielleicht fünfzig Jahre alt, kräftig, mit zerzaustem Haar und wildem Bart. Er war sehr schmutzig.

„Was suchst du hier?"

„Dies ist mein neues Zuhause", sagte ich leicht zynisch.

Der Mann blickte mich an.

„Diesen Ton wirst du dir bald abgewöhnen, freiwillig", antwortete er, „nun gib mir schon eine Zigarette. Hast du auch Feuer?"

Ich reichte ihm beides, nahm selbst eine. Der Mann blies genüßlich den Rauch in die Luft, fuhr dann etwas freundlicher fort:

„Wir erwarten keinen Neuen; normalerweise erfahren wir das vorher.“

„Ich war auch erst woanders. Da sah es besser aus.“

Der Mann blickte mich prüfend an:

„Und ?“

„Dort hat mir einer zur Begrüßung in die Fresse geschlagen und ich habe ihm dafür in die Eier getreten. Und jetzt bin ich hier.“

Der Mann lachte kurz auf.

„Du bist ein Dummkopf !“

„Warum ?“

„Weil du nicht weißt, daß In-die-Fresse-geschlagen-zu-werden hier noch so ziemlich das angenehmste ist, was dir passieren kann. Wo warst du denn ?“

„Keine Ahnung ?“

„Hast du nicht deine Papiere gesehen ?“

„Nein, ich weiß nur, der Offizier strich das ‚A‘ auf dem Deckblatt durch und malte ein ‚C‘ daneben. Weißt du, was das bedeutet ?“

„Daß du dich gleich ganz schön in die Scheiße gesetzt hast. Na ja, das wirst du noch merken. Komm rein und ‚Willkommen bei den Hoffnungslosen‘. Leg dich irgendwo hin, jeder Platz ist gleich schlecht. Und du brauchst keine Angst zu haben: hier haut dir keiner in die Fresse. Die sind viel zu fertig dazu. Licht gibt es hier nicht.“

Ich fand ein Plätzchen, kauerte mich in die Ecke. Ich fröstelte, aber es war unmöglich in der Dunkelheit herumzulaufen um eine Decke zu suchen. Ich schlief schlecht. Schon vor Sonnenaufgang ertönte der Weckruf. Alles sprang auf, eilte nach draußen, wo es dünnen Tee und trockenes Brot zum Frühstück gab. Dann wurden wir zur Arbeit getrieben. Ich hatte noch keine Ahnung, wo ich hinverfrachtet worden war, erstaunte aber nicht, als ich feststellte in einer Erzgrube gelandet zu sein. Es wurde hier im Tagebau abgebaut. Das Erzgestein wurde aus einer Felswand gesprengt und mußte soweit zerkleinert werden, daß es auf kleine Loren verladen werden konnte. Das geschah per Hand, mittels schwerer Hämmer und war die Arbeit der Häftlinge der Kategorie ‚C‘, zu denen ich auch gehörte. Es war die furchtbarste und schwerste Arbeit im ganzen Lager. Die Häftlinge der Kategorie ‚B‘ mußten das zerkleinerte Gestein auf Schubkarren laden und zu kleinen Loren transportieren, die von Ponys gezogen wurden. Die Häftlinge der Kategorie ‚A' mußten sie zu der Bahnverladestation führen. Das war schon eine privilegierte Arbeit.

Das Ganze machte wirtschaftlich wenig Sinn. Hatte ich im Wald noch die Notwendigkeit intensiver Handarbeit eingesehen, so wirkte sie hier als reine Schikane, als das, was man so in den Städten hinter vorgehaltener Hand als ‚Vernichtung durch Arbeit' bezeichnete. Zwar gab es schon seit einigen Jahren in der Holzwirtschaft bereits Maschinen, die in einem Arbeitsgang Bäume fällen, entasten, die Rinde abschälen und Rinde sowie Astholz bereits zerkleinert ausspucken konnten, und sie wurden auch bereits in den westlichen Forsten verwendet, aber für den Einsatz in den unwirtlichen Urwäldern des Ostens schienen diese komplizierten und aufwendiger Pflege bedürfenden Maschinen noch nicht geeignet. Hier war das anders. Die Technik der Steinzerkleinerung ist hochentwickelt und es gibt robuste Maschinen, die selbst in dem rauhen Klima hier ohne Schwierigkeiten arbeiten. Und auch das Verladen kann mittels Bagger wesentlich schneller verrichtet werden. Man könnte auch größere Loren verwenden und mehrere in einem Verband von einer kleinen Lokomotive ziehen lassen. Aber darum ging es hier nicht. Die Arbeit war nicht auf Gewinn ausgelegt, zumal auf drei Häftlinge ein Bewacher kam. Und diese Leute mußten ja auch versorgt und bezahlt werden. Hier sollten vielmehr die ‚schädlichen' und ‚nutzlosen' Elemente der Gesellschaft bis zur völligen Erschöpfung arbeiten, um dann aufgrund einer Mischung von Entkräftung, Hunger und Krankheit zu sterben. Es wäre humaner gewesen, die Menschen gleich zu ermorden. In jener Zeit gab es nur noch wenige solcher Lager, weniger als ein zehntel der Anzahl von noch vor zwanzig Jahren existierenden, aber das war in meiner Lage kein Trost.

Es galt hier die Regel, daß die Kost an die Arbeitsleistung geknüpft war und die Sollvorgaben sehr hoch lagen. Wir wurden daher nie satt. Andererseits waren die Männer abends zu erschöpft um zu streiten. Sie vegetierten nur noch dumpf dahin. Auch mich erfaßte dieses Gefühl bereits nach einigen Wochen, wie sehr ich mich auch dagegen wehrte. Allein die abendliche Erschöpfung ließ keine Gedanken an

Pläne zu Veränderungen heranreifen. Dies unterschied meine Situation grundsätzlich von der in der Forststation. Selbst wenn es die Möglichkeit Verbesserungen an unserer Unterkunft vorzunehmen gegeben hätte, so wären sie an den mangelnden physischen Reserven unbedingt gescheitert. Wir mußten jetzt in den Frühjahrs- und Sommermonaten je nach Tageslänge zwölf bis sechzehn Stunden arbeiten, hinzu kam noch ein jeweils halbstündiger Fußmarsch zur Grube und zurück. Und das an sechs Tagen die Woche. Sonntags fand die unvermeidliche politische Schulung statt, bei der die meisten nur körperlich anwesend waren. Ich dachte an Flucht, mir war allerdings klar, daß ohne genaue Kenntnis der Örtlichkeit, jeder Plan von vornherein zum Scheitern verurteilt war. Ich kannte aber nur die unmittelbare Umgebung der Baracke und den Weg zur Grube. Die Baracken der Kategorie ,C' lagen übrigens in einem eigenen Bereich, von denen der Kategorien ,A' und ,B' durch einen elektrisch geladenen Zaun abgetrennt. Allein um den zu überwinden waren geeignete Schutzkleidung und Werkzeug notwendig, die innerhalb unseres Bereichs nicht aufzutreiben waren. Dennoch gab ich nicht auf, suchte die Gegend ab so gut es ging, fand auch die eine oder andere Kleinigkeit und auch einen passenden Platz sie zu verstecken. Ich meldete mich stets, wenn, was ab und zu vorkam, Leute für Arbeiten außerhalb des Bereichs gesucht wurden. Die Aussicht genommen zu werden, war allerdings gering, denn jeder spekulierte darauf, konnte er sich damit doch wenigstens für einen Tag der Arbeit in der Grube entziehen. Ich rechnete mir aus, daß ich auf diese Art und Weise mindestens ein Jahr zur Fluchtvorbereitung benötigen würde und es erschien mir zweifelhaft, ob ich diesen Zeitraum körperlich überhaupt durchstehen konnte. Bereits im Juni brach ich zum ersten Mal aufgrund völliger Entkräftung zusammen. Man brachte mich in das Krankenlager. Die Pfleger dort waren ein Ausbund an Unfreundlichkeit, sie ließen uns bei jeder Gelegenheit wissen, daß sie uns für Faulpelze hielten, die sich nur vor der Arbeit drücken wollten. Im Gebäude herrschte ständig ein furchtbarer Gestank, der mir künstlich erzeugt erschien, die Kammern waren fast noch schmutziger als die in unserer Baracke, das Essen noch schlechter. Alles schien darauf

254

ausgerichtet, uns den Aufenthalt hier so gut es ging zu verleiten. Ich fühlte, ich hatte nichts mehr zu verlieren.
Nach drei Tagen verließ ich die Krankenstation.

„Sagen Sie mir doch bitte, was ist der Sinn der politischen Schulung, welche Sie hier durchführen?" fragte ich daher den Funktionär am nächsten Sonntag gegen Ende der Veranstaltung, „sind Sie nicht selbst erbittert darüber, daß Sie mit so sinnlosem Tun ihre Zeit verschwenden müssen, während es doch woanders genügend große Taten zu verrichten gibt?"
Der Funktionär wirkte aufs Erste verärgert und auch verwirrt, schaute mich groß an.
„Wenn du im Unterricht aufgepaßt hättest, wüßtest du genau, daß unsere Maßnahmen darauf abzielen, euch zu bessern und zu wertvollen Mitgliedern der Gesellschaft zu machen", antwortete er gar nicht unfreundlich nach einigem, nachdenklichem Zögern.
„Das weiß ich genau", antwortete ich, „aber die Lebensbedingungen hier führen unweigerlich zum Tode bevor dieses Ziel erreicht ist. Sie sehen, Ihre Aufgabe ist daher sinnlos, nicht etwa weil sie falsch ist, sondern weil sie unmöglich erfolgreich durchgeführt werden kann."
„Das verstehe ich nicht", antwortete er ärgerlich.
„Es ist doch so", entgegnete ich ihm, „nehmen wir an, irgend jemand fragt Sie einmal, wie viele Menschen Sie durch Ihre Arbeit zu wertvollen Mitgliedern der Gesellschaft erzogen haben. Sie werden dann unbedingt antworten müssen: niemand, alle sind vorher gestorben."
„Na und?"
„Nichts ‚na und'; ich wollte es Ihnen lediglich sagen, damit Sie verstehen, warum Ihnen keiner zuhört. Es hat ja doch keinen Nutzen für uns."
Der Funktionär sann eine Weile nach.
„Wie heißt du?"
„Fritz Sachsenthaler."
Zwei Tage später holte mich ein Wachposten ab und führte mich in die ordentliche Baracke zum dem Offizier, den ich bei meiner Ankunft aufgrund seiner Schulterklappen als Hauptmann identifiziert

hatte. Er nahm meine Akte zur Hand, blätterte darin, klappte sie schließlich zu, sagte:

„Ich habe es ja gleich gewußt; nichts als Schwierigkeiten hat man mit dem Kerl."

Er strich das ,C' auf dem Deckblatt durch, schrieb ein ,B' daneben.

Vermutlich hatte ich bei meiner Ankunft im Lager einfach nur Pech gehabt, denn hier erwiesen sich die Mitgefangen im allgemeinen als friedliche Zeitgenossen. Zwar gab es oft Streitereien, meistens aber nur verbaler Art, zu Handgreiflichkeiten kam es selten. Ich spürte die Erschöpfung, mußte erst neue Kraft schöpfen. Die Leidensgenossen verstanden das, sahen mir nach, daß meine Arbeitsleistung anfangs noch weit unter dem Durchschnitt lag, erst im Laufe des Augusts fügte ich mich als vollwertiges Mitglied in die Gruppe ein.

Die Unterkünfte waren hier annehmbar, die Verpflegung stand in ausreichendem Verhältnis zur Schwere der Arbeit.

Die Schulungen verliefen hier lebhafter als in der Kategorie ,C', es gab häufig Diskussionen, wie ich sie selbst in der Forststation nicht erlebt hatte. Der Ton war viel offener. Es wunderte mich, daß der Funktionär dies zuließ. Anfangs lediglich Zuhörer, mischte ich mich im Laufe der Zeit immer häufiger ein.

„Es erscheint mir nicht sinnvoll uns schlecht zu behandeln", brachte ich einmal vor, „denn Lehren können nur wirken, wenn sie in richtigem Verhältnis zu Taten stehen, ansonsten bleiben sie leeres Geschwätz. Wir können uns nur ,bessern', wenn Fortschritte anerkannt werden."

„Wie meinst du das?" fragte der Funktionär zurück.

„Arbeit sollte ein Mittel zu Erziehung, nicht zur Demütigung sein. Wir könnten aus eigener Kraft manches verbessern, wenn man es uns zugesteht. Und welchen Grund gibt es, Vorschläge zur Verbesserung unserer Lebensbedingungen zu verweigern, wenn die Arbeitsleistungen entsprechend sind?"

„Es gibt Vorschriften zum Vollzug, die kann man nicht einfach nach Belieben außer Kraft setzen. Da sind uns, selbst bei gutem Willen, die Hände gebunden."

256

„Aber es gibt genug Möglichkeiten, sie auszulegen. Wir erwarten ja nicht pauschal Verbesserungen, aber man kann ja von Fall zu Fall entscheiden."

„Das ist ‚Salami-Taktik'", entgegnete er.

„Das kann man so nennen."

„War das nur leeres Gewäsch oder hast du etwas vor?" fragte mich mein Bettnachbar Hans am Abend.

„Es ist noch nicht an der Zeit konkrete Forderungen zu stellen", antwortete ich, „selbst wer guten Willens ist hat Grenzen, kann nicht über seinen Schatten springen, einfach vergessen, was er sein Leben lang verinnerlicht hat. Das braucht Zeit, man muß sie zunächst verunsichern, sie zwingen nachzudenken. Es ist bekannt, daß jeder Veränderung eine Änderung des Geistes, der Gesinnung vorangehen muß. Wenn wir eine bessere, gerechtere Gesellschaft wollen, dann müssen wir dafür sorgen, daß ehrliche, aufrichtige und geradlinige Männer den Staat führen und Kriecher, Schleicher und Intriganten aus führenden Ämtern entfernt werden. Wir müssen daher diejenigen Guten ermutigen, stützen, die schon ein bißchen Macht besitzen und somit das System von innen heraus aushöhlen können. Sonst wird das nichts. Und gerade darin liegt das Problem: gegenwärtig bestimmen bei uns Minderwertige. Und selbst wenn sie sich gegenseitig bekämpfen, so halten sie doch gegen die Guten zusammen. Nur wenn das System in sich zusammenkracht besteht die Chance zur Wendung zum Besseren. Dann müssen aber die Guten bereitstehen. Einfach nur ohne geistige Grundlage revoltieren ist sinnlos, dann löst nur eine Diktatur die andere ab. Und pures Murren führt bestenfalls zu kleinen Reformen. Dann ist das Volk erst einmal zufrieden und die Herrschenden haben Zeit, ihre Machtposition den veränderten Verhältnissen anzupassen, sofern sie genügende geistige Wendigkeit besitzen. Dann werden zwar ein paar fallen, aber insgesamt bleibt die alte Struktur erhalten."

„Du bist wirklich ein Träumer", erwiderte er, „träume daher schön. Gute Nacht."

Tatsächlich konnten in den folgenden Wochen kleine Verbesserungen

257

erreicht werden. Unsere Baracke war zugig und wir bekamen auf unsere Bitten hin Dichtmaterial. Wir erhielten zwar keinen Fernsehapparat für den Gemeinschaftsraum, aber einige Zeitschriften, unverfängliche Magazine zwar, jedoch stellten sie immerhin einen ersten Kontakt mit der Außenwelt her. Das war ein ermutigender Anfang. Mir war aber klar, daß der Weg länger sein würde als in der Forststation. Ende September erhielten wir Brennholz. Die Arbeitszeit wurde für einige Wochen samstags um vier Stunden verkürzt um uns die Möglichkeit zu geben, es aufzuarbeiten. Das notwendige Werkzeug wurde zur Verfügung gestellt, abends allerdings wieder eingesammelt. Auch schien es, daß die Männer in Kategorie ‚C' nun besser behandelt wurden. Sie sahen nicht mehr so verhungert aus. Die Stimmung hob sich.

„Langsam geht es vorwärts", dachte ich, „es sind nur kleine Schritte, aber selbst so können wir nach und nach einen großen Weg zurücklegen."

Vollkommen überraschend wurden Mitte November Maschinen angeliefert und montiert. Die Männer, die sie zusammenbauten waren keine Häftlinge, das merkten wir rasch, obwohl zunächst nicht erlaubt war Kontakt zu ihnen aufzunehmen. Eine Woche später wurde die erste Steinzerkleinerungsmaschine in Betrieb genommen und wir erhielten zwei kleine Radlader zum Befüllen der Loren. Unsere Arbeitszeit wurde verkürzt. Anfang Dezember kam die große Überraschung.

„Das Lager wird zum Jahresende aufgelöst", erklärte uns der Funktionär zu Beginn der Schulung ohne Einleitung, „Die Männer aus Kategorie ‚A' und ‚B', also auch ihr, werden bald entlassen."

Keiner verstand so recht, was geschehen war. Eine Erklärung gab es zunächst nicht. Allmählich sickerte allerdings durch, daß die Regierung den Beschluß gefaßt hatte, die internationalen Beziehungen weiter zu verbessern und als Zeichen des guten Willens nun die meisten Lager auflösen und einen Großteil der Häftlinge entlassen wollte. All dies klang unglaublich, aber welchen Sinn hätte es ansonsten gehabt, unsere Arbeitskraft immer mehr durch Maschinen zu ersetzen, die von fremden Arbeitern bedient wurden ? Wir hatten nicht mehr viel zu tun.

Zwei Wochen später mußten wir morgens antreten.

„Packt eure Sachen zusammen", hieß es, „um zwölf Uhr ist Abmarsch."

Rückkehr nach Woodenbuch

Und so gelangte ich kurz vor Weihnachten in mein Heimatort. Ich meldete mich bei der Ortsbehörde, sie wiesen mir ein kleines Zimmer als Wohnung zu und ich erhielt zusätzlich die Aufforderung, mich am zweiten Januar in meinem Institut zu melden.

„Da sind Sie ja wieder", sagte die Sekretärin des Direktors unfreundlich und nahm meine Papiere in Empfang. Melden Sie sich bei Prof. Brand. Sie wissen ja, wo Sie ihn finden."

Johann schien über mein Kommen nicht sehr erfreut.

„Du mußt mit einem Tisch im Labor vorlieb nehmen. In deinem Zimmer sitzen jetzt Achim und Axel."

„Da saßen sie vor einem Jahr schon."

Ich wartete. Aber anstatt etwas bezüglich meiner zukünftigen Aufgaben zu sagen, fragte er nur:

„Was gibt es sonst noch ?"

„Wo kann ich meine Unterlagen finden ?"

„Welche Unterlagen ?"

„Na ja, eben alles, was ich in meinem Schrank hatte."

„Das meiste hat Axel übernommen, ein paar Sachen Achim. Der Rest liegt irgendwo in einer Kiste im Keller. Such dir heraus, was du brauchen kannst."

Ich ging, fand die Kiste im Keller, trug sie ins Labor, begann sie auszuräumen.

„Aha, kaum da und schon wieder bei der Wühlarbeit", sagte Axel lakonisch, als er kurz hereinkam um Wasser für Tee aufzusetzen.

Einen Gruß hielt er nicht für nötig. Auch Achim beachtete mich nicht. Er grüßte nur kurz als er mich sah, vermied aber ein Gespräch. Ottmar hatte noch Urlaub.

„Kein guter Anfang", dachte ich, hielt das aber noch für den Ausdruck einer Scheu gegenüber einem frisch Entlassenen.

Ich hatte die freie Zeit zwischen Weihnachten und Neujahr genutzt, mich um meine Vermögensangelegenheiten zu kümmern und mir einen kleinen Fernsehapparat zu kaufen. Noch immer verstand ich nicht so recht die Hintergründe meiner Entlassung, wollte Klarheit. Ich las auch ausgiebig Zeitungen. Mich interessierten besonders die Nachrichten und politische Magazine. Der Ton hatte sich nur leicht verändert, die Namen der Regierenden waren gleich geblieben.

„Nur eine winzige Reform", sagte ich mir.

Die nächsten Tage verliefen wie der erste. Die Kollegen schnitten mich. Zu Beratungen wurde ich nicht hinzugezogen. Über das Arbeitsprogramm erfuhr ich nichts. Ich ordnete daher weiterhin meine Unterlagen, setzte wieder dort an, wo ich vor etwas mehr als anderthalb Jahren so jäh unterbrochen worden war. Es gab da noch einige kleinere Messungen, die noch nicht analysiert worden waren. Ich griff die Daten wieder auf. Ottmar kehrte aus dem Urlaub zurück, auch er wirkte distanziert. Ich fragte ihn, ob ich am Experimentierplatz etwas Sinnvolles tun könne.

„Nein", meinte er, „Axel und Achim kennen sich mittlerweile dort genügend gut aus. Du würdest nur stören."

Mitte Januar ließ mich der Direktor rufen. Er empfing mich unfreundlich.

„Wir haben Sie nur wieder übernommen, weil das Gesetz es so verlangt. Aber das heißt nicht, daß wir Sie auch behalten müssen. Dazu gibt es auch keinen Grund. Und Ihre bisherigen Leistungen geben auch keine Veranlassung hierzu."

„Das ist mehr als unverschämt", entfuhr es mir, „meine Arbeiten werden seit Jahren international hoch geschätzt. Nicht umsonst, war ich ja auch der Verantwortliche für die internationale Kooperation."

„Halten Sie den Mund", unterbrach er mich barsch, „Sie sind der Letzte, der mich belehren könnte. Ich weiß das besser. Hier ist die Kündigung zum einunddreißigsten März."

Er schob mir erst einen Brief hin, dann ein Formular.

„Bestätigen Sie den Empfang!"

Ich unterschrieb, stand auf, verließ das Zimmer ohne Gruß.

„Flegel", rief er mir nach.

Ich wäre am liebsten umgehend nach Hause gegangen, überlegte mir dann allerdings, daß ich so noch drei Monate Lohn erhalten würde und es keinen Grund gab, nur aus Kränkung auf das Geld zu verzichten. Vielleicht hatte der Direktor sogar darauf spekuliert.

Ich erkundigte mich nach der Möglichkeit das Land zu verlassen. Dies sei aufgrund einer neuen Rechtslage möglich, allerdings würde mir dann die Staatsbürgerschaft aberkannt. Das erschien mir in dieser Situation als das kleinste Übel. Ich nahm Kontakt zu früheren Kollegen aus dem Ausland auf, fragte nach der Aussicht auf eine Stelle bei ihnen. Die Antworten, wenn überhaupt welche kamen, waren durchweg negativ. Dieser Weg war nicht möglich. Anfang Februar begann ein längeres Experiment. Man schloß mich aus. Nur einmal, als keiner mehr weiter wußte, fragte man mich nach drei Tagen um Rat. Drei Tage verplempern, aus purer Ablehnung, darüber konnte ich nicht einmal mehr den Kopf schütteln. Ich schrieb eine kleine Publikation, reichte sie bei unserem ‚Standard-Journal' ein. Bereits am nächsten Tag erhielt ich die Nachricht, daß sie 'wegen mangelnder wissenschaftlicher Qualität' abgelehnt worden sei. Totaler Boykott also. Die beiden folgenden Wochen langweilte ich mich nur noch. Am letzten Tag des März packte ich meine Sachen zusammen, holte bei der Sekretärin, die mich erwartungsgemäß unwirsch empfing, meine Papiere ab, verließ den Ort meiner langjährigen Tätigkeit ohne mich zu verabschieden. Das war wohl auch nicht erwünscht. Ein elendiger Abgang.

Ich bemühte mich um eine neue Stelle, aber außer Hilfsarbeitertätigkeiten war nichts zu bekommen. Es war sinnlos hier zu bleiben. Ich erkundigte mich, ob es für mich Reiseeinschränkungen in den Bezirk Buratino gebe. Das war nicht der Fall. Also kaufte ich eine Fahrkarte nach Marodi.

Ich quartierte mich in einem kleinen Hotel nahe des Bahnhofs ein, verbrachte meine Zeit auf dem Marktplatz, erkundigte mich bei jedem Lastwagenfahrer nach einer Transportmöglichkeit nach Woodenbuch. Nach vier Tagen hatte ich Glück. Ich zahlte abends im Hotel meine Rechnung. In aller Frühe, noch vor Sonnenaufgang, fuhren wir los.

„So, aus der Hauptstadtprovinz kommst du?" fragte der Fahrer nach einer Weile, wir befanden bereits in der Steppe, neugierig, „eine Stelle hast du dort wohl auch nicht?"

Er schüttelte den Kopf.

„Ja, wozu um alles in der Welt willst du dann ausgerechnet nach Woodenbuch? Selbst ein Verrückter käme nicht auf die Idee."

„Es gibt sonst keinen Ort, wo ich hingehen könnte", antwortete ich lakonisch.

Er schwieg eine Weile.

„Na ja, wie sagt man so schön: des Menschen Wille ist sein Himmelreich. Es geht mich ja auch nichts an. Mach was du willst. Ich fahre die Tour einmal pro Woche. Rückfahrt ist immer donnerstags, vom Kaufhaus aus. Kannst jederzeit mitkommen."

Viel mehr redeten wir nicht. Wir erreichten Woodenbuch am frühen Abend. Ich dankte, gab ihm ein größeres Trinkgeld, stieg aus, lief zum Gasthaus, fragte nach einer Unterkunft. Der Wirt schaute mich an als sei ich ein Gespenst.

„Haben Sie keins?" fragte ich.

„Doch, doch", stotterte er, „ein sehr schönes sogar. Wissen Sie, es kommt ab und zu ein Funktionär aus Marodi, aber andere Gäste hatten wir noch nie."

Das Zimmer war wirklich hübsch eingerichtet, war auch nicht teuer.

Am nächsten Tag begab ich mir zum Holzwerk. Der Pförtner wies mir den Weg zum Vorzimmer des Direktors. Ich klopfte an.

„Herein", rief eine weibliche Stimme.

Ich trat ins Zimmer. Die Frau saß an der Schreibmaschine, wandte mir den Rücken zu, fragte ohne sich umzudrehen:

„Was wollen Sie?"

„Ich suche Arbeit."

Erschrocken fuhr sie herum, starrte mich an. Ich erkannte sie sofort, ließ es mir aber nicht anmerken.

„Was ist ?" fragte ich, „Sie brauchen keine Angst vor mir zu haben. Ich suche nur Arbeit."

„Entschuldigen Sie, ich dachte, Ihre Stimme; aber das ist ja unmöglich."

Ich lächelte.

„Guten Morgen, Klara; lange nicht gesehen. Wie geht es dir ?"

„Fritz !" rief sie gedehnt, „nein, nein, das kann doch nicht sein."

„Warum nicht ?" entgegnete ich.

„Weil, weil. Ich weiß nicht."

Sie stürzte auf mich zu, umarmte mich. Die Nebentür öffnete sich. Der Direktor trat ein.

„Was geht hier vor, was bedeutet dieser Lärm ?"

„Das ist Fritz", stammelte sie.

„Welcher Fritz ?"

Nun gab es kein Halten mehr. Sie redete wie ein Wasserfall, erzählte die ganze Gschichte.

„Sie suchen Arbeit ? Was können Sie ?"

„Was notwendig ist."

Ich reichte ihm meine Papiere.

„Hm, meinte er. Ich werde sie mir ansehen. Kommen Sie morgen wieder."

Er verließ das Zimmer.

„Tut mir leid, ich habe viel Arbeit. Aber heute abend können wir uns unterhalten. Ich habe um fünf Uhr Schluß. Holst du mich ab ?"

„Sicher."

„Mein Gott. Ich hätte niemals geglaubt dich wiederzusehen", begann sie als wir am Abend im Gasthaus saßen und auf das Essen warteten, „hier ist einiges passiert mittlerweile."

„Überall ist einiges passiert, mittlerweile."

Und ich erzählte meine Geschichte.

„Und wie war es hier ?"

„Wir hatten natürlich große Angst vor Franz-Josef und seinen Leu-

263

ten, nachdem du abgeholt worden warst", begann sie, „doch bereits am nächsten Tag wurden wir zum Oberförster gerufen. Wir würden verlegt, erklärte er uns. Es gebe da eine dringende Anforderung aus der Fabrik in Woodenbuch, erklärte er dann augenzwinkernd, wir würden in einer Stunde abgeholt. Ich bekam eine Stelle als Schreibkraft, Monika wurde dem Betriebleiter als Gehilfin zugeordnet, Birgit kam zum Lagerverwalter. Wir erhielten ein Zimmer im Dachgeschoß des Bürohauses. Franz-Josef wurde einige Zeit später entlassen, wie wir hörten, Edmund verschwand mit ihm. Annika mußte allerdings bleiben. Geschah ihr auch recht. Klaus und Werner tauchten nicht mehr auf. Ende letzten Jahres wurden wir alle in die Freiheit entlassen. Monika und Birgit kehrten in ihre Heimat zurück, ich fragte, ob ich bleiben könne. Ich hatte gehört, der Büroleiter sei mittlerweile in der Hierarchie aufgestiegen, noch immer rachsüchtig gegen mich, und so sah ich keine Chance in der Heimat eine geeignete Arbeit zu finden, während ich hier offenbar gebraucht wurde. Der Direktor war mit meiner Arbeit mehr als zufrieden, hatte mich mittlerweile zu seiner Sekretärin ernannt. Ich hatte aber nichts mit ihm, ich hatte mit keinem mehr was ! Weißt du, die haben mich alle nur benutzt. Aber ich wollte es ja so, war der Ansicht, dies sei ein Ausdruck von Selbstbestimmung, Emanzipation, wie man so schön sagt. Aber als ich Hilfe brauchte, Schutz vor Franz-Josef und seinen Kerlen suchte, da hat sich keiner gerührt. Schwamm drüber. Der Direktor war ganz froh über meine Entscheidung und ich bin es auch bisher. Weißt du, in Wirklichkeit hat sich doch nichts geändert und im Westen herrscht noch der gleiche Sumpf wie vorher, aber das hast du ja selbst erfahren. Hier sind die Leute ehrlicher, offener. Korandi ist weit weg. Was geht uns die Politik dort an ?"

„Das habe ich vermutet. Deshalb bin ich ja gekommen."

„Und du willst bleiben ?"

„Wenn ich hier mein Auskommen finde, ja."

Sie fiel mir um den Hals.

„Es würde mich sehr glücklich machen !"

„Das ist ein weiterer Grund."

Sie bewohnte nun die Dachkammer allein.

264

„Ich habe einen Schlüssel für die Hintertür. Da können wir vom Pförtner unbemerkt rein."

Am nächsten Morgen suchte ich den Direktor auf.
„Sie verstehen etwas von Technik ?"
„Ziemlich viel sogar."
„Nun ja, die Zeiten ändern sich, wir expandieren. Eine Kooperation mit einem amerikanischen Konzern steht uns bevor. Sie können englisch ?"
„Fast perfekt."
„Das ist gut, sehr gut. Wissen Sie, der Betriebsleiter braucht dringendst einen fähigen Assistenten, der auch den Posten übernehmen kann, wenn er in anderthalb Jahren in Pension geht. Ich hatte eigentlich an einen Ingenieur gedacht, bekomme aber keinen hierher. Aber Sie lernen das Nötige sicherlich auch schnell. Sie sind eingestellt, allerdings erst einmal ein halbes Jahr auf Probe, zu sechzig Prozent Gehalt. Sind Sie einverstanden ?"
„Ja."
„Das war eine schnelle, sehr schnelle Entscheidung", er lächelte, „trotz der nicht so ganz günstigen Bedingungen. Na ja, es gibt da wohl auch noch andere Gründe."
Er steigerte sein Lächeln.
„Ihr braucht den Pförtner nicht zu fürchten; jetzt sowieso nicht mehr."
Ich hatte keine Bedenken wegen der Probezeit. Wir begannen sogleich nach einer geeigneten Wohnung zu suchen, fanden nach kurzer Zeit ein kleines, hübsches Haus, das sogar käuflich zu erwerben war und mit wenig Aufwand gemütlich eingerichtet werden konnte. Klara war begeistert.